Jutta Maria Herrmann

Schuld bist du

Über die Autorin:
Mitte der Achtziger strandete die Saarländerin Jutta Maria Herrmann in Berlin, studierte Germanistik und Filmwissenschaften, sympathisierte mit der Hausbesetzerszene und stürzte sich ins Nachtleben. Sie war u.a. als Buchhändlerin, Putzfrau, Sekretärin, Synchrondrehbuch-Autorin und Veranstalterin von Punkkonzerten tätig. Heute arbeitet sie für eine Tageszeitung und lebt mit ihrem Mann, dem Autor Thomas Nommensen, vor den Toren Berlins im brandenburgischen Panketal.
Ihr Thrillerdebüt HOTLINE erschien 2014 im Knaur Verlag. Drei weitere Triller folgten. Mit ihrem 5. Thriller BÖSE BIST DU, den sie im Juni 2019 exklusiv bei Amazon herausbrachte, gelang ihr auf Anhieb der Sprung in die Top 50 der meistverkauften eBooks und sie gewann den Kindle Storyteller Award 2019.

JUTTA MARIA
HERRMANN

SCHULD BIST DU

PSYCHOTHRILLER

Impressum:
»Schuld bist du« ist erstmals im Juni 2016 im
Knaur Verlag erschienen

Überarbeitete Neuausgabe August 2019

Covergestaltung und Satz: Saskia Calden (saskia-calden.de)
Lektorat: Theresa Pütz

Jutta Herrmann
Grünewaldstraße 14
16341 Panketal

Für meinen Vater
In Memoriam
Hans-Joachim Herrmann

DAS ENDE

Die Stille explodiert in einem Schrei. Eine Eruption tief in deinem Innern.

Ein Zittern erfasst dich. Jeder einzelne deiner Nerven scheint zu vibrieren, jede Faser deines Körpers zu beben.

Du reißt beide Hände hoch, presst sie fest gegen die Lippen. Der Schrei lässt sich nicht ersticken. Er bricht aus dir heraus mit einer Gewalt, die droht, dich zu zerfetzen.

Der Schrei wütet in deinem Kopf. Tobt durch deinen Verstand.

Was war das?

Was ist passiert?

Dein Atem geht keuchend, dein Herz schlägt wilde Trommelwirbel gegen die Brust.

In deinen Ohren rauscht das Blut.

Dreh dich nicht um!

Schau nicht in den Spiegel!

Sieh weg!

Nichts ist passiert.

Alles ist gut, wispert eine Stimme in deinem Kopf.

Einen tröstlichen Augenblick lang hältst du dich daran fest. Wiederholst leise flüsternd die drei Worte.

Immer wieder. Wie ein Mantra.

»ALLES IST GUT!«

Wie töricht und dumm.

Nichts ist gut. Mach dir nichts vor!

Dein Blick irrt umher. Kehrt zum Spiegel zurück.

Schau nicht hin!

Dreh dich nicht um!

Du musst!

Dein Blick flackert, huscht zurück zum Spiegel.

Augen. Weit aufgerissen. Wie schwarze Löcher. Starren dich an.

Du brauchst Sekunden, bis du begreifst, dass es deine Augen sind, aus denen die Angst dich anspringt wie ein wildes Tier. Du spürst die Feuchtigkeit der Tränen auf deiner Haut. Schmeckst ihren salzigen Geschmack auf deinen Lippen. Riechst den penetranten Geruch des Schweißes, der den Stoff unter deinen Achseln durchnässt.

Deine Lider flattern.

Was ist das, da im Spiegel hinter dir?

Flammen.

Ein Meer aus Flammen.

Du schnellst herum.

Feuerzungen aus gleißendem Gelb und purpurnem Rot. Wolken aus schwarzem Rauch plustern sich auf. Zerbersten und steigen in den Himmel.

Da!

Eine brennende Fackel löst sich aus dem Flammenmeer, taumelt über die Straße auf dich zu.

Die Erkenntnis trifft dich wie ein elektrischer Schlag.

Das ist ein Mensch.

I

Als Jakob Auerbach in der Uhlandstraße aus dem Taxi stieg, mischten sich erste Schneeflocken in den Regen, der aus einem grau verhangenen Himmel fiel. Obwohl seine Armbanduhr erst kurz nach drei anzeigte, war es so duster, als wäre es schon viel später am Tag. In den Wasserlachen auf der Straße spiegelte sich das Scheinwerferlicht der vorbeifahrenden Autos. Die Luft war getränkt von dem Gestank nach Abgasen und dem Geruch nach Gebratenem aus den umliegenden Imbissbuden. Die Reisetasche in der Hand, den Rucksack über der Schulter, wartete Jakob auf eine Lücke im fließenden Verkehr. Sein Blick wanderte an der Jugendstilfassade des Hauses auf der anderen Straßenseite hoch, blieb an den hell erleuchteten Fenstern im zweiten Stock hängen. Sofort war das unbehagliche Gefühl wieder präsent, das er in Vietnam so erfolgreich hatte verdrängen können. In den letzten Wochen hatte er sich immer häufiger wie eine leere Hülse gefühlt, in die andere all ihre Vorstellungen und Wünsche häuften, die nicht im Entferntesten etwas mit ihm zu tun hatten. Das Wort *Erfüllungsgehilfe* schoss ihm durch den Kopf, hinterließ einen schalen Nachgeschmack. Er wusste, dass er ungerecht war, konnte sich aber nicht gegen das Gefühl wehren, nicht mehr Herr über sein eigenes Leben zu sein.

Anne verstaute sicher gerade die letzten Utensilien wahllos in irgendwelchen Umzugskisten, in denen sie noch einen Platz fand. Morgen sollte es losgehen. Weg von Berlin, raus aufs Land, in ein Kaff, dessen Name sich Jakob in der ersten Zeit partout nicht hatte merken können.

»Du willst ihn dir nicht merken. Irgendetwas in dir wehrt sich vehement dagegen, ein geordnetes Spießer-Dasein mit Frau, Kind und Eigenheim auf dem Land zu führen«, hatte Anne konstatiert. Sie hatte dabei gelächelt, spöttisch, wie es Jakob schien.

Aber er glaubte auch einen leisen Vorwurf aus ihren Worten herauszuhören. Bevor er etwas darauf erwidern konnte, hatte Mia »Ein Hündchen, ein Pferd, eine Ziege und ein Schaf fehlen noch« dazwischengerufen. »Und mindestens drei Katzen. Besser noch vier.« Sie hatten laut gelacht und das Thema danach nicht wieder angesprochen. Im Grunde hatte Anne recht. Jakob machte diesen Umzug vor allem Mia zuliebe mit. Auch wenn es ihm schwerfiel, er sah ein, dass ein Kind auf dem Land besser aufgehoben war als in einer Großstadt. Aber für sich selbst konnte er sich keinen besseren Ort zum Leben vorstellen. Er genoss die Hektik und das Chaos der quirligen, niemals zur Ruhe kommenden Stadt, in der das Leben pulsierte wie in kaum einer anderen Metropole in Deutschland. Nirgendwo sonst fühlte er sich so lebendig, so aufgeladen mit Energie, so voller Tatkraft. In Zukunft würde er nur noch zum Arbeiten und für gelegentliche Theater- und Konzertbesuche nach Berlin fahren, leben würde er vor den Toren der Stadt. Im Grünen. In Niederschönwalde.

Es fiel ihm immer noch schwer, sich an den Gedanken zu gewöhnen, *draußen* auf dem Land zu leben. Wahrscheinlich würde er sich nie richtig damit anfreunden können. Jakob stöhnte unwillkürlich und zog die Schultern hoch. Er fror geradezu erbärmlich in seinem dünnen Jackett. Schwungvoll hob er die Reisetasche vor den Körper, quetschte sich zwischen zwei eng nebeneinander parkenden Autos durch und eilte mit großen Schritten über die Straße. Er wich zwei mit Regenschirmen bewaffneten Passanten aus, die ihn fast umgerannt hätten, und stieg die Stufen zur Hauseingangstür hoch. Mit der freien Hand wischte er sich die Nässe vom Gesicht, dann fummelte er den Schlüsselbund aus der Jackentasche. Wie üblich klemmte das Schloss. Jakob brauchte mehrere Anläufe, bis sich der Schlüssel endlich problemlos drehen ließ. Mit der Schulter stemmte er sich gegen die schwere Holztür, drückte sie auf und betrat das Treppenhaus. Der vertraute Geruch nach Bohnerwachs und dem Mief, der sich über die Jahre hinweg in dem alten Mauerwerk festgesetzt hatte, schlug ihm entgegen. Selbst den würde er vermissen. Jakob unterdrückte den Seufzer und erklomm die Stufen zum Hochparterre. Erst jetzt spürte er seine Erschöpfung. Die Reise mit dem Wirtschaftsminister nach Vietnam war spannend, aber auch kräftezehrend gewesen. Acht Tage volles Programm, kaum Schlaf. Dazu die Zeitverschiebung und Temperaturen über dreißig Grad. Auch auf dem Rückflug hatte er keinen Schlaf gefunden. Er hatte ein Interview und zwei Artikel für die Wochenendausgabe der Zeitung in die Tastatur gehämmert. Danach war er so aufgekratzt gewesen, dass er mit dem Pressesprecher des Ministers und einer Kollegin von der SZ bis zur Landung Karten gespielt hatte. Das rächte sich jetzt. Jakob fühlte sich wie ausgewrungen. Er gähnte, bis sein Kiefer knackte.

Irgendwo oben im Haus fiel eine Wohnungstür scheppernd ins Schloss. Kurze Zeit später setzte sich der Aufzug mit einem lauten Rattern in Bewegung. Jakob entschied sich, die Treppe zu nehmen. Er hatte keine Lust, einem seiner Nachbarn zu begegnen. Vor allem für den aus dem vierten Stock hatte er jetzt keinen Nerv. Ein Rentner mit eindeutig rechtsradikalen Tendenzen, der jede sich bietende Gelegenheit nutzte, ihm ein Gespräch über die aktuelle politische Lage in Deutschland und die drohende Islamisierung aufzudrängen, seit er mitbekommen hatte, dass Jakob als Korrespondent für den *Berliner Morgen* arbeitete. Jakob hatte sich schon mehr als einmal ziemlich heftig mit ihm in die Haare bekommen. Danach stand ihm heute wahrlich nicht der Sinn, auch wenn er ansonsten keiner politischen Diskussion aus dem Weg ging. Stufe um Stufe schleppte er sich und sein Gepäck zu der Wohnung im zweiten Stock hoch.

Der helle Fleck an der grauen Wand über der Türklingel stach ihm sofort ins Auge. Anne hatte das Namensschild aus poliertem, goldglänzendem Messing, ein Geschenk ihrer Eltern zu ihrem Einzug damals, bereits abgeschraubt. Insgeheim hatte Jakob gehofft, sie würde das hässliche Stück vergessen. Die Schrauben hatten zwei winzige Löcher im Putz hinterlassen. Ein schwarzer Schmutzrand zeichnete die geschwungenen Konturen des Schildes nach. Jakob holte tief Luft und schloss die Tür auf.

»Hallo, meine zwei Hübschen«, rief er betont fröhlich und trat in den dunklen Flur der Wohnung. »Ich bin wieder da.« Er drückte die Tür hinter sich ins Schloss und tastete nach dem Lichtschalter. »Wollt ihr euren Lieblingsmann nicht begrüßen kommen?«

Grelles Licht flammte in dem fensterlosen Raum auf. Instinktiv kniff Jakob die Augen zusammen und blinzelte gegen die Helligkeit. Von der Decke baumelte eine nackte Glühbirne. Offenbar hatte Anne den Lampenschirm schon abgenommen. In der Wohnung war es ungewöhnlich still. Normalerweise dudelte immer das Radio oder es lief eine

CD, wenn Anne zu Hause war. Es war das Erste, was sie morgens machte, sobald sie auf den Beinen war. Noch völlig schlaftrunken schaltete sie das Radio an. Sie brauche eine Geräuschkulisse aus Musik und Stimmen im Hintergrund, behauptete sie, sonst käme sie nicht auf Trab. Jakob vermutete eher, dass sie die Stille nicht ertragen konnte. Aber als er Anne einmal darauf angesprochen hatte, hatte sie genervt die Augen verdreht, »Psychogelabber« gemurmelt und ihm einen Vogel gezeigt.

Es dauerte einige Sekunden, bis Jakob klar wurde, was ihn am meisten irritierte. Die übereinandergestapelten Umzugskisten, die am Tag seiner Abreise fast die gesamte linke Wandfront des Flurs eingenommen hatten, waren verschwunden. Nur ein paar Wollmäuse huschten vom Luftzug der Tür aufgeschreckt über die abgetretenen Holzdielen. Merkwürdig.

»Anne? Mia?«, rief Jakob in die Stille. Er stellte seine Reisetasche auf dem Boden ab, ließ den Rucksack von seiner Schulter gleiten und platzierte ihn daneben. »Wo steckt ihr?« Keine Antwort. Jakob schmunzelte. Wahrscheinlich hatten sich die beiden irgendwo versteckt, und er sollte nach ihnen suchen. Mia liebte solche Spielchen.

Auf leisen Sohlen schlich Jakob zu Mias Zimmer, das rechter Hand vom Flur abging. Mit einem Ruck riss er die Tür auf und knipste das Licht an. Auch hier baumelte statt der rosafarbenen Lampe aus Reispapier eine nackte Glühbirne von der Decke, wie er mit einem Blick feststellte.

»Hab ich euch«, rief er in den Raum hinein.

Aber nichts passierte. Anne und Mia sprangen nicht, wie Jakob erwartet hatte, kichernd hinter der Tür hervor. Das Zimmer war leer. Auch Mias Bett war nicht mehr da. Neben dem Fenster, wo ihr kleiner Schreibtisch gestanden hatte, zeigte sich ein dunkler Schmutzrand im Pastellblau der Wand. Darüber ragte in Augenhöhe ein Nagel heraus. Das kleine Rechteck darunter hob sich durch einen intensiveren Blauton deutlich vom Rest der Wand ab. An der Stelle hatte das Foto von Mias Einschulung gehangen. Jakob lächelte bei der Erinnerung an den Tag. Mia war so stolz gewesen, endlich zur Schule gehen zu dürfen. Das widerspenstige braune Haar, das sie von ihm geerbt hatte, zu zwei dicken Zöpfen über den Ohren gebändigt, die riesige, bunt glänzende Schultüte im Arm, hatte sie über das ganze Gesicht gestrahlt und dabei ungeniert zwei riesige Zahnlücken im Oberkiefer präsentiert. Ein Gefühl von Zärtlichkeit für seine kleine Tochter durchflutete Jakob wie eine weiche, warme Woge.

Das Rauschen eines Abflussrohres irgendwo im Haus katapultierte Jakob wieder in die Gegenwart. Er machte kehrt und öffnete die Flügeltür zum Berliner Zimmer. Ein Hauch von Annes Lieblingsparfüm *Angel* wehte ihm in die Nase. Flüchtig nur, als wäre sie in diesem Moment unsichtbar für seine Augen an ihm vorbeigehuscht. Jakob wandte sich irritiert um. Aber da war niemand. Natürlich nicht. Er schüttelte unwillig den Kopf und betätigte den Lichtschalter neben dem Türrahmen. Ein lautes Klicken. Aber in dem Zimmer blieb es duster. Der Kronleuchter, den Anne und er vor Jahren auf dem Flohmarkt an der Straße des 17. Juni für einen viel zu hohen Preis erstanden hatten, hing nicht mehr an der Decke. Offensichtlich hatte Anne die Lampen in der Wohnung bereits alle abmontiert, obwohl sie das eigentlich ihm hatte überlassen wollen. Auch das Sofa, der Esstisch, die Vitrine, die Bücherregale – Jakob drehte sich ein Mal um die eigene Achse – alle Möbel waren verschwunden. Mit raschen Schritten durchquerte er den leeren Raum. Das Holz des Parketts knarrte unwillig unter jedem seiner Schritte. Er stieß die Tür zur Küche auf. Bis auf den Herd, der Eigentum des Vermieters war, herrschte auch hier gähnende Leere. Das gleiche Bild bot sich ihm in seinem Arbeitszimmer, im Schlafzimmer, im Bad und in der Abstellkammer. Die Wohnung war komplett leer geräumt.

Jakob fuhr sich mit beiden Händen durchs Haar, das noch immer regenfeucht war. Hatte er den Umzugstermin falsch im Kopf? Oder hatte Anne während seiner Abwesenheit umdisponieren müssen? Aber dann hätte sie ihm doch sicher Bescheid gegeben. Er überlegte, wann er das letzte Mal mit ihr telefoniert hatte. Vorgestern? Vor drei Tagen? Es fiel ihm nicht ein. Jedenfalls hatte sie mit keinem Wort erwähnt, dass der Umzug früher über die Bühne gehen sollte. In Jakob regte sich Ärger. Anne war alles andere als begeistert gewesen, als sie erfuhr, dass er mitten im Umzugsstress für einige Tage verreisen musste. Sie hatte ihm sogar Absicht unterstellt. Vielleicht war das hier ja ihre Rache. Sie hatte den Umzug einfach vorverlegt, ohne ihm Bescheid zu geben. Das würde ihr ähnlich sehen.

Jakob griff nach dem Handy, das in der Innentasche seines Jacketts steckte. Er checkte den Eintrag für den Umzug in seinem Terminkalender. Nein, er hatte sich nicht geirrt. Da stand es schwarz auf weiß. Morgen sollte er stattfinden. Aus dem Adressbuch wählte er Annes Nummer. Bereits nach dem ersten Klingelton sprang die Mobilbox an. Annes immer etwas atemlos klingende Stimme bat in knappen Worten um eine Nachricht. Jakob zögerte, aber dann brach es aus ihm heraus.

»Verdammt, Anne, was soll das?«, sagte er in einem barscheren Ton als beabsichtigt. »Hättest du mir nicht Bescheid geben können, dass sich der Umzugstermin geändert hat?«

Ohne ein Wort des Abschieds unterbrach er die Verbindung und steckte das Handy in die Jackentasche zurück. In seinem Magen rumorte der Ärger.

Er wollte sich gerade abwenden, als sein Blick auf das Fenster ihm gegenüber fiel. Der Regen hatte sich in Schnee verwandelt. Vom Wind getrieben wirbelten die Flocken hinter der Scheibe wild durcheinander. Die Fassade des Hauses auf der anderen Straßenseite war kaum noch zu erkennen. Was waren das für seltsame Gebilde auf der Fensterscheibe? Dreckschlieren? Nein. Das waren Buchstaben. Eine Botschaft von Anne? In der ersten Zeit ihrer Beziehung hatte sie ihm, wenn sie morgens früher aus dem Haus musste als er, kleine, mit Lippenstift geschriebene Botschaften auf dem Spiegel im Badezimmer hinterlassen. Seine damalige Putzfee hatte sich bitter darüber beklagt: »Dieses schmierige Zeug krieg ich kaum runter vom Glas. Sagen Sie das Ihrer Freundin ruhig mal.« Er hatte es dennoch nicht fertiggebracht, Anne darauf hinzuweisen. Außerdem fand er diese Nachrichten irgendwie niedlich. Vor allem da sie so gar nicht zu der burschikosen Art passten, die Anne ansonsten gerne an den Tag legte.

Jakob kniff die Augen zusammen und ging näher an das Fenster ran. Sein Spiegelbild gewann an Schärfe. Überdeutlich hob es sich hinter den hingeschmierten Buchstaben auf der Glasscheibe ab. Sie waren nicht mit Lippenstift aufgemalt worden, das sah er sofort. Außerdem war die weiß lackierte Fensterbank darunter mit dunklen Sprenkeln übersät. Mit der Fingerspitze tupfte Jakob in einen der Tropfen, die Kuppe seines Zeigefingers färbte sich rot. Der Schreck fuhr ihm wie ein Schlag in die Magengrube. War das Blut? Unsinn. Wahrscheinlich war es Nagellack. Roter Nagellack. Oder Wasserfarbe. Während Jakob die

Flüssigkeit an der Fingerkuppe gedankenverloren an seiner Hose abstreifte, versuchte er die Buchstaben auf der Scheibe zu entziffern. Sie waren eng aneinandergereiht, einige der Buchstaben tanzten aus der Reihe, andere wiederum sahen aus, als würden sie ineinander zerfließen. Jakob brauchte eine Weile, bis er begriff, dass es nicht ein Wort, sondern drei einzelne Worte waren, die zusammen einen Satz bildeten. Er fuhr sich mit der Hand über die Augen, als könne er so die Worte, die da standen, wieder auslöschen, als wären sie nur ein Trugbild seiner überreizten Sinne. Doch als er wieder hinsah, prangte der Satz noch immer unverändert auf der Scheibe:

SCHULD BIST DU

Jakob starrte auf das Glas, bis die Buchstaben vor seinen Augen zu verschwimmen begannen. Eine diffuse Angst, die Ahnung eines drohenden Unheils, legte sich schwer wie ein Stein in seinen Magen. Einem Impuls folgend, zückte er sein Handy und schoss ein Foto.

2

Ein Zucken. Unterhalb des Wangenknochens, direkt neben dem schwarzen Pigmentfleck, der sich wie aufgemalt von dem durchsichtigen Blass der Haut abhebt. Dort, wo der Plastikrand der Atemmaske gegen die Wange drückt, fast genau in der Mitte zwischen den beiden Befestigungsbändern. Als würde jemand mit dem Fingerknöchel von innen sachte einen Rhythmus gegen die Haut klopfen. Kaum wahrnehmbar im matten Schein des Überwachungsmonitors. Fasziniert starre ich auf die Stelle. So unvermittelt, wie es aufgetaucht ist, verschwindet das Zucken wieder.

Das Gesicht vor mir löst sich auf, verschwimmt zu einem konturlosen Fleck. Instinktiv schließe ich die Augen. Sie brennen, als hätte ich stundenlang nur geweint. Dabei habe ich keine einzige Träne vergossen, obwohl ich allen Grund dazu gehabt hätte. Etwas in mir scheint gefroren – erfroren – zu sein. Zu einem festen Block aus Eis. Ich habe jetzt schon Angst davor, was geschehen wird, wenn das Eis zu schmelzen beginnt und mein Innerstes überschwemmt. Werde ich dann ertrinken?

Was für absurde Gedanken. Ich schüttele mich, als könne ich mich so von ihnen befreien. Mit einem schnellen Seitenblick auf den Monitor vergewissere ich mich, dass alles in Ordnung ist, dann erhebe ich mich von dem Stuhl. Mein Hintern tut weh von der harten Sitzfläche. Ich umschlinge meinen Oberkörper mit beiden Armen, schlurfe mit hochgezogenen Schultern die wenigen Schritte zum Fenster. Die Heizung unter der Fensterbank arbeitet auf Hochtouren. Die heiße Luft umhüllt mich wie eine schwere Decke. Ich presse die Oberschenkel gegen die Rippen, bis ich die Hitze schmerzhaft durch den dünnen Stoff meiner Hose spüre. Dennoch tut die Wärme mir gut. Meine Kleider sind noch immer nicht ganz getrocknet, fühlen sich unangenehm klamm auf meiner Haut an. Wahrscheinlich habe ich mir eine Erkältung geholt. Wenn nicht sogar eine Lungenentzündung. Als ob das noch eine Rolle spielen würde, denke ich und verziehe meinen Mund.

Das Zischeln und Ploppen der Beatmungsmaschine hinter meinem Rücken zerhackt die Stille in gleichförmige Stücke. Das Zimmer liegt auf der Rückseite des Gebäudes. Zum Park hin. Tief unter mir schweben die Lichtkegel der Parklaternen in der Luft. Die Laternenpfähle hat die Dunkelheit verschluckt.

Das Fenster öffnen, auf den Sims klettern, sich fallen lassen. Fliegen. Einen Wimpernschlag lang wie schwerelos in der Luft schweben. Dann auf den Boden klatschen. Beim Aufprall platzt mein Schädel auf wie eine überreife Melone, graue Hirnmasse, getränkt mit dem Rot von frischem Blut, spritzt hoch, verteilt sich großflächig über der Erde. Mein Körper zerschmettert, aufgerissen, ein blutiger Brei aus Knochensplittern, Gedärmen und Innereien. Wer immer mich findet, das Bild und der Geruch meines Ablebens werden sich in das Bewusstsein desjenigen eingraben und ihn nie wieder loslassen. Auch eine Art sich hinterrücks in die Gedankenwelt eines anderen Menschen einzubrennen und weit über den eigenen Tod hinaus allgegenwärtig zu bleiben. Ich habe mich schon immer gefragt, was Menschen dazu bewegt, sich auf gewaltsame und für andere schockierende

Art und Weise das Leben zu nehmen. Gedankenlosigkeit? Egoismus? Rache für vermeintlich zugefügtes Leid? Oder wollen sie tatsächlich einfach nur eine Spur hinterlassen? Eine Erinnerung, ein bleibendes Andenken, das ihnen ihr vielleicht inhaltsleeres Leben nicht vergönnt hat, zu werden?

Ein leises Klicken hinter meinem Rücken unterbricht meinen morbiden Gedankenfluss. Das Deckenlicht flammt auf. Ich blinzele, drehe mich langsam um. Eine der Nachtschwestern hat das Zimmer betreten. Die Stämmige mit dem burschikosen Kurzhaarschnitt.

»Alles in Ordnung?«, fragt sie und mustert mich prüfend. Bereits aus den drei Worten ist der sächsische Zungenschlag herauszuhören. Sie ist die nettere der beiden Nachtschwestern. Laut Namensschild, das auf ihrem weißen Kittel knapp über dem gewaltigen Busen prangt, heißt sie Angélique. Es gibt kaum einen Namen, der mir unpassender für sie erscheint.

Ich nicke, sage: »Ja«, schiebe ein »Danke« hinterher. Die Worte sind sperrig, kommen mir nur zögernd über die Lippen.

Schwester Angélique bleckt erstaunlich weiße Zähne zu einem breiten Lächeln, das wohl aufmunternd gemeint sein soll, und wendet sich dann dem Bett zu. Die Gummisohlen ihrer Sandalen schmatzen über das Linoleum. Mit routinierten Handgriffen überprüft sie die Schläuche, checkt die Infusionsflaschen, streicht die Bettdecke glatt.

»Wenn Sie wollen, können Sie sich gerne hinlegen.« Sie nickt zu dem leeren Bett auf der linken Seite. »Noch ist es frei. Und Sie sehen aus, wenn ich das so unverblümt sagen darf, als würden Ihnen ein paar Stunden Schlaf ganz guttun.«

Ich schüttele den Kopf, so heftig, dass mir kurz schwindelig wird. Die Augen der Schwester sind dunkel vor Mitleid, als sie mich ansieht. Scham wallt in mir hoch. Ich spüre, wie die Röte mir heiß ins Gesicht steigt, und senke schnell den Kopf. Sie kommt auf mich zu, zögert.

Sie wird mich doch nicht etwa in den Arm nehmen wollen? Alles in mir krampft sich zusammen.

Dicht vor mir bleibt sie stehen. Es kostet mich all meine Willenskraft, nicht vor ihr zurückzuweichen. Da spüre ich schon ihre Hand auf meinem Arm. Sie sagt: »Beten Sie zu Gott. Das wird Ihnen Kraft geben.«

Meine Anspannung löst sich. Ein Kichern steigt in mir hoch. Ich grabe meine Zähne in die Unterlippe, hefte die Augen fest auf den grauen Boden vor meinen Füßen. Schwester Angélique verstärkt den Druck ihrer Hand auf meinem Arm, tätschelt ihn kurz, dann nimmt sie die Hand wieder weg. Einen Augenblick lang fühle ich die Berührung durch den Pulli warm auf meiner Haut.

Ich höre, wie die Schwester die Tür leise ins Schloss zieht. Dann bin ich wieder allein. Allein mit den monotonen Geräuschen der Maschinen und dem Geruch, der schwer und ekelerregend wie der durchdringende Duft von Lilien in der Luft hängt. Der Geruch des nahenden Todes, den wahrscheinlich außer mir niemand sonst wahrnehmen kann.

Ich setze mich auf das freie Bett, schiebe die Hände unter die Oberschenkel und wiege mich vor und zurück. Mit den Augen zeichne ich die Linien des Körpers nach, der bis zum Hals unter der dünnen, weiß-gelb gestreiften Bettdecke verborgen ist. Darunter hebt und senkt sich der Brustkorb in dem gleichförmigen Rhythmus, den die Beatmungsmaschine ihm aufzwingt.

Und dann erwische ich mich dabei, dass ich tatsächlich zu beten anfange. Die Worte formen sich stumm in meinem Kopf. Erst zögerlich, dann fließen sie wie von selbst aus mir heraus. Ich bete zu dem Gott, an den ich als kleines Mädchen mit einer Inbrunst geglaubt habe, wie nur Kinder und sterbende Menschen sie aufbringen können.

3

Jakob ließ das Handy in die Innentasche seines Jacketts zurückgleiten und lenkte seine Schritte hastig Richtung Wohnungstür. Je länger er darüber nachdachte, desto sicherer wurde er, dass Anne hinter all dem steckte. Alles andere ergab keinen Sinn. Das war ihre Rache dafür, dass sie den Umzug allein hatte managen müssen. Wahrscheinlich saß sie jetzt in dem Haus in Niederschönwalde und grinste schadenfroh bei der Vorstellung, wie er durch die leergeräumte Wohnung stürmte und die Welt nicht mehr verstand. Auch die Botschaft auf dem Fensterglas passte zu ihrem makaberen Sinn für Humor. Jakob erwischte sich nicht zum ersten Mal in letzter Zeit bei dem Gedanken, ob Anne und ihn nicht doch mehr als nur die sieben Jahre Altersunterschied voneinander trennten.

Aus dem Hausflur drangen gedämpfte Stimmen an sein Ohr. Jemand lachte laut und einen Tick zu schrill. Jakob beugte sich hinunter, um sein Gepäck vom Boden aufzuklauben, als ihn ein schabendes Geräusch innehalten ließ. Ein Schlüssel drehte sich im Schloss der Wohnungstür. Anne? Es konnte nur sie sein. Niemand sonst, außer ihm selbst, besaß einen Schlüssel zur Wohnung. Jakob richtete sich auf, bemühte sich um einen möglichst neutralen Gesichtsausdruck und wartete mit verschränkten Armen, bis die Tür nach innen aufschwang. Im letzten Moment schluckte er die sarkastische Begrüßung, die ihm auf der Zunge lag, hinunter.

Es war nicht Anne, die hereinspazierte.

Eine Frau, etwa sein Alter, dunkles Business-Kostüm, modisch übergroße Brille, blonder Pagenschnitt, eine Aktentasche aus schwarz glänzendem Leder unterm Arm, trat über die Türschwelle. Hinter ihr drängelten zwei weitere Personen in die Wohnung. Ein junges Pärchen, er dürr wie ein Bleistift, sie mollig und hochschwanger, wie Jakob mit einem schnellen Blick feststellte. Der junge Mann hielt einen tropfenden Regenschirm vom Körper abgespreizt in der Hand. Bei Jakobs Anblick blieben sie wie angewurzelt stehen und starrten ihn an, als wäre er eine Erscheinung aus einer anderen Welt.

Jakob hob die Augenbrauen. »Darf ich fragen, was Sie in meiner Wohnung zu suchen haben?«

Der blonde Pagenschnitt fixierte ihn sekundenlang aus schmalen Augen, dann setzte sie ein geschäftsmäßiges Lächeln auf und schritt mit ausgestrecktem Arm auf ihn zu. Die Absätze ihrer Pumps klackerten rhythmisch auf dem Holzboden. »Ich bin Iris Herschel. Maklerin«, stellte sie sich vor.

Jakob ergriff ihre Hand, die sich glatt und unangenehm feucht anfühlte. »Jakob Auerbach.«

»Angenehm«, erwiderte sie und sah ihn fragend an. »Sind Sie der Vormieter?«

Jakob löste seine Hand aus ihrer. »Ja«, sagte er und widerstand der Versuchung, die Handfläche an seiner Hose trocken zu wischen. »Soweit ich weiß, bin ich das noch bis zum nächsten Ersten. Und der ist in zwei Tagen.«

Die Frau stutzte, runzelte die Stirn. »Augenblick, das haben wir gleich.« Sie entnahm der Aktentasche einen dünnen Hefter, klappte ihn auf und blätterte die Seiten um. Schließlich tippte sie mit spitzem Zeigefinger auf eine Stelle. »Hier steht es. Schwarz auf weiß: Die Wohnung ist mit heutigem Datum zur Besichtigung freigegeben.«

»Dürfen wir uns vielleicht schon mal umsehen?«, meldete sich der junge Mann, der mit seiner hochschwangeren Begleiterin in der Tür stehen geblieben war, schüchtern zu Wort.

Iris Herschel drehte den Kopf zur Seite und nickte ihre Zustimmung. »Natürlich, nur zu«, sagte sie und wies mit einer ausholenden Geste ins Wohnungsinnere. »Oder haben Sie irgendwelche Einwände?« Diese Frage galt Jakob. Er schüttelte zögernd den Kopf.

Der junge Mann stellte den Schirm in der Ecke neben der Tür ab und nahm seine Begleiterin an der Hand. Die beiden drückten sich an Jakob und der Maklerin vorbei und verschwanden durch die Flügeltür ins Innere der Wohnung.

Ein begeistertes »Wow, is' ja irre«, tönte gleich darauf aus dem Wohnzimmer. »Genau das, was wir suchen.«

Die Schwangere quietschte eine unverständliche Antwort, die aber vom Tonfall her nicht minder enthusiastisch klang.

»Darf ich mal sehen?« Ohne eine Antwort abzuwarten, nahm Jakob der Maklerin den Hefter aus der Hand. Er überflog die aufgeschlagene Seite. Es bestand kein Zweifel: Anne hatte die Wohnung bereits an die Hausverwaltung übergeben. Wieder rumorte es in seinem Magen. Was dachte Anne sich eigentlich dabei? Selbst wenn sie sich über ihn geärgert hatte, war das mit Sicherheit nicht die richtige Art, damit umzugehen. Aber das gehörte jetzt nicht hierher. Das war eine Angelegenheit zwischen ihm und Anne.

Jakob verzog den Mund zu einem entschuldigenden Lächeln und drückte der Maklerin den Hefter wieder in die Hand. »Sorry«, sagte er und gab sich zerknirscht. »Anscheinend bin ich mit den Terminen irgendwie durcheinandergekommen. Ich dachte, wir ziehen erst morgen um, aber meine Frau musste kurzfristig umdisponieren. Das habe ich völlig verdrängt«, flunkerte Jakob und lächelte sie, wie er hoffte, gewinnend an. »Ich war auf Dienstreise. In Vietnam … Der Jetlag … Sie verstehen.«

Iris Herschel hob eine Hand. »Überhaupt kein Problem«, sagte sie großmütig und verstaute die Unterlagen wieder in ihrer Aktentasche. »Hauptsache, wir konnten das Missverständnis klären.«

»Okay«, sagte Jakob. »Dann räume ich jetzt mal lieber das Feld, damit Sie sich in Ruhe umsehen können.«

»Wenn Sie wollen, können Sie mir gerne Ihre Schlüssel geben. So sparen Sie sich den Weg.« Iris Herschel hielt ihm erwartungsvoll ihre offene Handfläche hin.

Jakob fühlte sich überrumpelt, wollte schon ablehnen, aber dann besann er sich. »Danke, gute Idee!« Er fischte den Schlüsselbund aus der Jackentasche, löste die beiden Schlüssel von dem Metallring und überreichte sie der Maklerin mit einer angedeuteten Verbeugung. Sie bestand auf einer quittierten Übergabe. Als die Formalität erledigt war, verabschiedete sie sich mit einem kräftigen Händedruck von Jakob und folgte dem Pärchen, von dem einzelne Gesprächsfetzen durch die Wohnung an sein Ohr wehten. Sie klangen nach wie vor ziemlich begeistert.

Ein wehmütiges Gefühl beschlich Jakob. Immerhin hatte er mehr als fünfzehn Jahre seines Lebens in dieser Wohnung verbracht. Sie war sein Zuhause, seine Höhle, sein Refugium gewesen.

Er atmete tief durch, griff sein Gepäck, stieß die Tür zum Treppenhaus mit dem Fuß auf und stieg die Stufen zum Ausgang hinunter. Sein Blick fiel auf die Reihe der

Briefkästen an der Wand zum Durchgang in den Hinterhof. Ihm fiel ein, dass er vergessen hatte, der Maklerin auch den Briefkastenschlüssel zu übergeben. Kurz erwog er, wieder nach oben zu gehen, beschloss dann aber, ihn einfach in den Briefkasten zu werfen, nachdem er einen letzten Blick hineingeworfen hatte. Er löste den kleinen Schlüssel vom Bund und öffnete die Metallklappe. Eine Ladung Werbeprospekte rutschte ihm entgegen. Er bückte sich danach, klaubte alles vom Boden auf. Zwischen einem Baumarktprospekt und einer Pizza-Bringdienst-Werbung entdeckte er einen Brief. Das Schwarz der Tinte, mit der jemand Anne Steinfeld in so großzügig geschwungenen Buchstaben auf den Umschlag geschrieben hatte, dass sie fast die gesamte Breite einnahmen, stach scharf gegen das Weiß des Papiers ab. Jakob drehte den Briefumschlag in den Händen. Briefmarke und Absenderangabe fehlten. Offensichtlich hatte ihn der Absender, oder auch ein Bote, eigenhändig eingeworfen. Jakob widerstand der Versuchung, ihn zu öffnen, steckte ihn stattdessen in die Außentasche seines Rucksackes. Die Prospekte warf er in den dafür bereitgestellten Eimer. Er verschloss den Briefkasten wieder und warf den Schlüssel durch den Schlitz hinein.

Dann eilte er mit schnellen Schritten die Stufen zur Haustür hinunter. Straßenlärm brandete ihm entgegen, als er sie öffnete. Er verharrte und ließ seinen Blick schweifen, als wolle er die vertraute Umgebung ein letztes Mal in sich aufnehmen. Auf der anderen Straßenseite entdeckte er Tarek. Der Türke lehnte mit verschränkten Armen in der Tür seines Döner-Ladens, hinter dessen Schaufenster sich in der linken Ecke der keilförmige Fleischspieß drehte. Die abwechselnd rot und grün blinkende Leuchtschlange, die sich am unteren Rand des Fensters entlang wand, war nicht etwa eine verfrühte Weihnachtsdekoration, sondern gehörte zum Inventar wie die extrascharfe »rote Soße« zum Döner, die Jakob jedes Mal die Tränen in die Augen trieb. Als Jakob noch als Single unterwegs gewesen war, zählte er zu Tareks Stammgästen. Aber auch danach hatte er es sich nicht nehmen lassen, hin und wieder Tareks türkische Küche zu genießen. Jakob überlegte gerade, ob er zu ihm rübergehen sollte, um sich von ihm zu verabschieden, da begrüßte der Türke zwei Männer mit Handschlag und verschwand mit ihnen im Ladeninneren.

Ich wandere ja nicht aus, dachte Jakob und schob das wehmütige Gefühl, das ihn schon wieder hinterrücks zu überfallen drohte, energisch beiseite. Er stapfte die Stufen zum Bürgersteig hinunter und wandte sich nach links. Die Temperaturen schienen in der kurzen Zeit, die er oben in der Wohnung verbracht hatte, um einige Grade gefallen zu sein. Der Wind drosch den Schnee mit wütender Kraft in Jakobs ungeschütztes Gesicht. Er schlug den Kragen seiner Jacke hoch und hastete mit gesenktem Kopf und hochgezogenen Schultern weiter. Nach ein paar Metern bog er in die kleine Seitenstraße ein, in der er den Wagen vor seiner Abreise geparkt hatte. Eine dünne Schneeschicht überzog mittlerweile alle Autos, die Stoßstange an Stoßstange am Straßenrand parkten. Fünf Minuten später und Jakob hätte seinen Nissan nicht mehr ohne Weiteres unter den anderen Autos ausfindig machen können. Fast jeder Zweite in dem Viertel schien sich mittlerweile einen Geländewagen zugelegt zu haben. Er entriegelte die Türen, warf sein Gepäck auf den Rücksitz und ließ sich auf den Vordersitz fallen. Im Wageninneren empfing ihn eine klamme Kälte. Sämtliche Scheiben waren beschlagen. Er fegte den Schnee von seinen Schultern, dann wischte er die Windschutzscheibe mit einem Lappen notdürftig trocken und startete den Motor. Mit einem leisen Ratschen nahmen die Wischblätter ihre Arbeit auf, schaufelten ein Sichtfeld in die dünne weiße Schicht auf der Scheibe.

Jakob fuhr über den Hohenzollerndamm auf die Stadtautobahn. Die Rushhour hatte noch nicht eingesetzt, er kam zügig voran. Innerhalb einer halben Stunde hatte er Borgsdorf erreicht, keine zehn Minuten später sah er das Ortsschild von Niederschönwalde vor sich. Er drosselte die Geschwindigkeit. Das Kopfsteinpflaster der Straße glänzte nass im Licht der Scheinwerfer. Hinter Berlin hatte es plötzlich aufgehört zu schneien. Nur noch einige wenige Schneeflocken tanzten im Lichtkegel wie flauschige Wattekügelchen. Rechts und links der Hauptstraße duckten sich kleine graue Häuser dicht nebeneinander. Die einsetzende Dämmerung verhüllte gnädig, in welch schäbigem Zustand die Mehrzahl der Gebäude sich befand. Eine alte Frau in Gummistiefeln und braunem Wollmantel, in der Hand eine Einkaufstasche, aus der mehrere Stangen Lauch lugten, schlurfte in gebeugter Haltung den schmalen Bürgersteig entlang. Von dem durchsichtigen Plastikkopftuch, das sie sich umgebunden hatte, perlten Wassertropfen. Außer ihr war keine Menschenseele auf der Straße unterwegs. Was nicht nur am schlechten Wetter lag, wie Jakob aus Erfahrung wusste. Selbst tagsüber wirkte der Ort wie ausgestorben. Es gab nicht mal eine Kneipe in dem Dorf. Nur eine Kirche. Und einen Kaufmannsladen, der fast ausschließlich Konserven und lang haltbare Waren wie Nudeln und H-Milch im Angebot hatte.

Sie hatten das kleine, abseits gelegene Bauerngehöft bei einer ihrer Fahrradtouren ins Umland an einem Wochenende im Mai entdeckt. Es war in der für Brandenburg typischen Bauweise aus roten Klinkersteinen errichtet worden. Zum Haupthaus gehörte eine separate Scheune. Anne war sofort Feuer und Flamme gewesen. In den schillerndsten Farben hatte sie ihm ausgemalt, wie sie das alte Gemäuer entkernen und sanieren würde. In der Scheune wollte sie eine Schreinerwerkstatt einrichten. Anne hatte das Tischlerhandwerk von der Pike auf gelernt, bevor sie im Anschluss daran Architektur studierte. Jakob hörte sich ihre Pläne aufmerksam an, zumindest gab er es vor, tat das Ganze aber insgeheim als Hirngespinst ab. Anne war schnell zu begeistern, und nur selten hielt ihr Enthusiasmus lange an. Dieses Mal allerdings überraschte sie ihn. Sie setzte alle Hebel in Bewegung, um die Erben des ursprünglichen Besitzers aufzuspüren, und handelte mit ihnen einen Preis für das Anwesen aus, zu dem auch noch ein gutes Stück brachliegendes Ackerland gehörte, bei dem selbst Jakob ins Grübeln kam. Er stimmte dem Kauf zu, und Anne machte sich mit Feuereifer an die Arbeit. Anderthalb Jahre hatten sich die Sanierungsarbeiten hingezogen und eine schöne Stange Geld verschlungen. Vor vier Wochen war dann endlich alles fertig geworden. Auf den letzten Drücker sozusagen. Denn die Wohnung in der Uhlandstraße war ja schon fristgerecht gekündigt.

Jakob bog direkt hinter dem Ortsausgangsschild nach rechts in einen unbefestigten, mit Schlaglöchern durchsetzten Forstweg ab. Jetzt waren es nur noch etwa zwei Kilometer bis zum Haus. Jakob wappnete sich innerlich schon für die Auseinandersetzung mit Anne.

Im Kegel des Scheinwerferlichts nahm er eine Bewegung wahr. Ein Schemen nur wenige Meter vor der Kühlerhaube. Adrenalin schoss durch seine Blutbahnen. Er stieg auf die Bremse und riss das Steuer herum.

4

Ich schrecke hoch. Wo bin ich? Für einen Augenblick fühle ich mich vollkommen orientierungslos. Dann höre ich den Tumult draußen auf dem Flur. Schlagartig fällt mir alles wieder ein. Offensichtlich bin ich eingenickt, obwohl ich mich nur ganz kurz mal ausruhen wollte. Mein Rücken schmerzt. Als würden die einzelnen Wirbel ungeschützt gegeneinanderreiben. Vorsichtig bewege ich die Schultern hin und her, massiere mir den Nacken mit einer Hand, während ich den eiligen Schritten lausche, die draußen vor der Tür vorbeihasten. Der hektische Duktus der Stimmen verheißt nichts Gutes. Eine Tür schlägt zu. Dann kehrt wieder Stille ein.

Ich rutsche vom Bett und strecke mich vorsichtig. Die Gelenke knacken, als müssten sie dringend geölt werden. Meine Hände fühlen sich steif und kalt an. Ich verschränke die Arme, klemme die Hände zum Wärmen unter die Achselhöhlen und stelle mich neben das Krankenbett. Unwillkürlich passe ich meinen Atem den Geräuschen der Beatmungsmaschine an und lasse meinen Blick über den bewegungslosen Körper gleiten.

Ob er meine Anwesenheit spürt?

»Seine Chancen stehen eighty-twenty«, hat der Arzt gesagt und mich aus seltsam leeren Augen angesehen. Die Müdigkeit hat tiefe Furchen um seine Mundwinkel gegraben. Die Schatten unter seinen Augen schimmern bläulich.

Er ist so offensichtlich überarbeitet, dass er mir fast schon leidtut. Obwohl ich sein genäseltes eighty-twenty ziemlich affig gefunden habe.

»Dass er aufwacht?«, habe ich gefragt.

»Dass er überlebt«, hat er gesagt.

Ich habe genickt und mir so fest auf die Unterlippe gebissen, dass ich Blut geschmeckt habe.

Der Arzt hat in einer hilflosen Geste die Hände gehoben – »Wir haben getan, was wir konnten« –, sich dann umgedreht und ist ohne ein weiteres Wort gegangen.

Ich weiß nicht genau, was ich erwartet habe, aber ein mitfühlendes Wort angesichts des drohenden Todes wäre doch wohl angebracht gewesen? Oder? Aber wahrscheinlich erwarte ich zu viel von einem Menschen, für den der Tod zum Alltag gehört wie für andere der tägliche Schlaf.

Wo habe ich meinen Rucksack gelassen? Hektisch sehe ich mich im Zimmer um. Kann ihn nirgendwo entdecken. Der Schreck brandet wie eine heiße Woge durch meinen Körper. Schließlich entdecke ich ihn unter dem zweiten Bett. Ich ziehe ihn hervor, nestele die Verschnürung auseinander und durchwühle den Inhalt. Sie ist noch da. Ganz unten ertaste ich das kühle Metall. Erleichtert puste ich die angestaute Luft aus meiner Lunge und deponiere den Rucksack wieder unter dem leeren Bett. Dort scheint er mir sicher aufgehoben zu sein.

Ich ziehe den Stuhl nah an das Bett heran und setze mich. Das Gesicht, das sich fast zur Hälfte hinter dem Plastik der Beatmungsmaske verbirgt, ist so blass, dass es sich kaum vom Weiß des Kopfkissens abhebt. Unter den Augen liegen schwarze Schatten. Seine Wangen sind eingefallen wie bei einem alten Mann. Sein Gehirn ist unversehrt. Es sind die inneren Organe, die schweren Schaden erlitten haben. Ein wacher Geist in einem zerfetzten Körper, auf der Schwelle zwischen Leben und Tod.

In meinen Augen brennen Tränen. Weinen kann ich sie nicht.

5

Metall kreischte, als das Auto an einem Baumstamm vorbeischrammte, bevor es kurz darauf zum Stehen kam.

Jakobs Puls raste.

Was war das gewesen? Ein Tier?

Ja, vermutlich ein Reh. Oder ein Waschbär. Die gab es hier zuhauf. Er löste seine Hände vom Steuer, betätigte den Türöffner. Er glaubte nicht, dass er das Tier angefahren hatte, sonst hätte es einen Schlag gegen den Wagen gegeben. Aber er wollte sichergehen. Und natürlich wollte er den Schaden an seinem Kotflügel in Augenschein nehmen. Er hoffte, dass es sich schlimmer angehört hatte, als es tatsächlich war. Heute schien definitiv nicht sein Tag zu sein. Jakob holte tief Luft, stieß die Tür auf und stieg aus.

»Sie hätten mich um ein Haar über den Haufen gefahren.«

Jakob zuckte zusammen, als er die aufgebrachte Stimme hörte. Das kann nicht sein, dachte er und wusste gleichzeitig, dass er sich nicht irrte. Diese Stimme hätte er unter tausend anderen jederzeit wiedererkannt. Langsam drehte er sich in die Richtung, aus der die Stimme gekommen war.

»Haben Sie keine Augen im Kopf?«, schimpfte die Frau, die nur wenige Schritte von ihm entfernt auf dem Weg stand. Mit einer Hand hielt sie den Lenker eines Fahrrads umfasst. Mit der anderen wischte sie über die Vorderseite des dunklen Regencapes, das sie trug. Die Kapuze, die sie über den Kopf gezogen hatte, verbarg ihr Gesicht.

Jakob machte einen zögernden Schritt auf sie zu, blieb dann aber stehen. Sie vollführte eine letzte Wischbewegung mit der Hand und hob den Kopf. »Sie können von Glück sagen, dass –« Mitten im Satz stockte sie. Ihre Augen weiteten sich. Sie starrte Jakob an, als könnte sie nicht glauben, wen sie da vor sich sah.

Auch Jakob hatte es die Sprache verschlagen. Für einen Augenblick, der ihm wie eine Ewigkeit vorkam, sahen er und die Frau sich nur an. Er spürte, wie sich sein Herzschlag beschleunigte und ihm das Blut ins Gesicht schoss. Erst als sich die Lippen der Frau zu einem amüsierten Lächeln verzogen, gewann er seine Fassung wieder. Er schluckte und versuchte sich an einem Lächeln, hatte aber das Gefühl, dass es ihm gründlich misslang und zu einer Art Grimasse geriet.

»Tamara«, sagte er und ging auf die Frau zu.

»Hallo, Jakob.« Tamara löste eine Hand vom Lenker des Fahrrads und streckte sie ihm entgegen. Sie schüttelten sich kurz die Hände und ließen beide dann so abrupt los, als wäre ihnen die Berührung unangenehm.

»Tut mir leid«, sagte Jakob. »Ich habe dich echt nicht gesehen.«

»Ist ja nichts passiert«, antwortete Tamara. »Außerdem war es zum Teil auch meine Schuld. Ich war ohne Licht unterwegs.«

Jakob musterte Tamara verstohlen. Ihre grünen Augen leuchteten selbst im einsetzenden Licht der Dämmerung wie frisch geschnittenes Gras. Die Jahre hatten Spuren in dem schmalen Gesicht hinterlassen. Auf der Stirn hatten sich zwei tiefe Querfalten eingegraben, und die feinen Linien, die sich von den Nasenflügeln zu den Mundwinkeln zogen, zeichneten sich scharf von der blassen Haut ab. Ansonsten schien sie unverändert. Ihr so unvermittelt wieder gegenüberzustehen, weckte widersprüchliche Gefühle in Jakob.

»Ich will ja nicht neugierig sein«, brach er das verlegene Schweigen. »Aber was führt dich in diese gottverlassene Gegend?«

Tamara streifte die Kapuze des schwarzen wadenlangen Regencapes, das vor Nässe glänzte, von den Haaren. Mit einer Hand fuhr sie sich durch die kurzen braunen Locken.

»Ich wollte zu euch«, sagte sie. »Aber es ist niemand zu Hause.«

Jakob runzelte irritiert die Stirn. Tamara wollte zu ihnen? Nach so langer Zeit tauchte sie einfach so auf, als wäre nichts gewesen, und kam auf einen Besuch vorbei? Was hatte sie sich denn dabei gedacht? Woher wusste sie überhaupt, wo sie wohnten? All das lag ihm auf der Zunge, aber eine unerklärliche Scheu hinderte ihn daran, sie mit diesen Fragen zu konfrontieren.

»Es ist niemand da«, wiederholte er stattdessen ungläubig. »Bist du dir sicher?«

»Auf mein mehrmaliges Klingeln hat jedenfalls keiner aufgemacht. Licht brennt auch keins im Haus.«

»Merkwürdig«, murmelte Jakob.

»Ja, das finde ich auch«, sagte Tamara. In ihrer Stimme schwang Ärger mit.

Trotz der irritierenden Situation mit Tamara begannen seine Gedanken wieder um Anne und Mia zu kreisen. Wo verdammt steckten die beiden? Warum meldete sich Anne nicht bei ihm? Sie wusste doch, dass er heute von seiner Dienstreise zurückgekommen war. Hoffentlich war ihnen nichts zugestoßen. Am besten er rief gleich mal Annes Vater an. Vielleicht wusste der etwas.

Jakob hörte, wie Tamara hinter seinem Rücken das Fahrrad wendete. Genau in dem Augenblick klingelte das Handy im Nissan.

Anne. Endlich!

Er stieg ein und angelte das Mobilgerät vom Beifahrersitz, wo er es auf der Fahrt hierher nach dem x-ten Versuch, Anne zu erreichen, entnervt hingepfeffert hatte.

Mia ruft an, signalisierte das Display.

Jakobs Hand, die die Wagentür zuziehen wollte, verharrte mitten in der Bewegung. »Mia, mein Schatz, wo bist du? Ist Mama bei dir?«

»Nein«, hörte er seine kleine Tochter schluchzen.

»Wo –« Weiter kam Jakob nicht.

»Du musst mich holen kommen, Papa! Bitte!«, schniefte Mia am anderen Ende der Leitung. »Ich habe mich verlaufen.«

»Mia, Liebling. Papa kommt sofort«, versuchte Jakob sie zu beruhigen. »Sag mir, wo du bist, und ich hole dich dort ab.«

Mia schnappte hörbar nach Luft. »Ich … Ich weiß es nicht.« Im Hintergrund hörte Jakob Stimmengewirr und Verkehrslärm.

»Ist jemand bei dir?«, fragte er mit behutsamer Stimme. »Jemand, den du fragen kannst.«

»Nein, nur Maggie.« Mia zog geräuschvoll die Nase hoch. »Mir ist so kalt«, quengelte sie. »Und ich hab Hunger und Durst und –«

»Hör zu, Schatz«, unterbrach Jakob sie. »Du und Maggie, ihr bleibt jetzt brav da, wo ihr seid. Rührt euch nicht von der Stelle, hörst du?«

»Ja, Papa, aber –«

Unvermittelt riss die Verbindung ab.

»Mia«, rief Jakob, und gleich noch mal, »Mia«, als könne er allein durch seine Lautstärke die Verbindung wiederherstellen. Schnell drückte er die Rückruftaste. Es klingelte ein Mal, ein zweites Mal, dann sprang die Mobilbox an. »Mist«, fluchte Jakob. Er versuchte es gleich noch mal, mit demselben Ergebnis.

»Was ist?«, fragte Tamara, die mit dem Fahrrad an der Seite neben der offenen Autotür stehen geblieben war. Sie beugte sich zu ihm hinunter. »Probleme?«

»Ja«, sagte Jakob. »Mia hat sich verirrt. Sie weiß nicht, wo sie ist. Dann brach plötzlich mitten im Gespräch die Verbindung ab. Jetzt springt nur noch die Mobilbox an.« Noch während Jakob sprach, bewegten sich seine Finger über die Tastatur seines Handys. Ohne das Display aus den Augen zu lassen, stieg er wieder aus dem Auto.

Tamara schob ihr Fahrrad ein Stück zur Seite. »Mia ist«, sie zögerte kaum merklich, »deine Tochter?«

Jakob nickte. »Ja.«

»Was ist mit dieser Maggie, die bei ihr ist? Warum rufst du sie nicht an?«

Jakob löste seinen Blick vom Display des Handys. Tamara sah ihn mit leicht geneigtem Kopf fragend an. »Maggie ist eine Puppe«, erklärte Jakob mit einem kleinen Lächeln. »Beziehungsweise das, was von ihr noch übrig ist. Die ist vom vielen Liebhaben schon ziemlich ramponiert. Mia schleppt sie immer noch überall mit hin. Obwohl sie eigentlich aus dem Alter raus sein sollte.«

»Verstehe«, sagte Tamara und lächelte ebenfalls. »Was willst du jetzt tun?«

»Ganz einfach«, erwiderte Jakob. »Ich orte ihr Handy, und dann hole ich sie ab.«

»Geht das denn so einfach?«, fragte Tamara überrascht.

»Ja«, sagte Jakob. »Das ist heutzutage überhaupt kein Problem mehr. Immer mehr Eltern nutzen das. Ich brauche lediglich den mit dem Mobilfunkanbieter vereinbarten Code, den ich als SMS an Mias Handy schicke, das natürlich auf meinen Namen angemeldet ist. Das habe ich gerade getan. Jetzt dauert es ein bisschen, bis sie mir die Koordinaten schicken.«

Wie gebannt schaute er auf das Handy in seiner Hand. Tamara trat neben ihn und sah ihm über die Schulter. Einen kurzen Moment verwirrte es Jakob, sie so dicht neben sich zu spüren. Dann konzentrierte er sich wieder auf das Handy. Eine Minute verging, eine zweite. Nichts geschah. Hoffentlich machte der Akku nicht ausgerechnet jetzt schlapp, dachte Jakob und fuhr sich mit der freien Hand fahrig durchs Haar. Wo hatte er das Ladekabel noch mal hingetan? Im nächsten Augenblick durchschnitt der schrille Ton, der die eingehende SMS ankündigte, so abrupt die Stille, dass er zusammenzuckte. Um ein Haar wäre ihm das Handy entglitten. Er schloss die Hand fester um das Gehäuse und öffnete die Mitteilung.

»Die Koordinaten«, sagte er. Obwohl er nichts anderes erwartet hatte, klang er erleichtert.

»Irre«, sagte Tamara. »Das ist echt legal?«

Jakob nickte. »Es ist ja, wie gesagt, mein Handy, und das darf ich jederzeit orten. Da das Ganze über GPS funktioniert, wird der Standort auch relativ genau angezeigt.«

»Was heißt relativ?«, fragte Tamara.

»Die Ortung ist nicht punktgenau. Ein paar Meter Spielraum sind schon drin.«

»Meinst du nicht, du solltest die Polizei verständigen?«, fragte Tamara. »Ich meine, so ein kleines Mädchen ganz allein … Wie alt ist deine Tochter eigentlich?«

»Sie ist acht«, antwortete Jakob zerstreut. »Das mit der Polizei lassen wir mal lieber. Bis dieser behäbige Behördenapparat sich in Gang gesetzt hat, habe ich Mia längst selbst gefunden. Außerdem ist es nicht das erste Mal, dass mein Töchterchen ausreißt.« Jakob machte Anstalten, ins Auto zu steigen. »Vielleicht ist Anne ja sogar schon auf dem Weg zu ihr. Ich versuche gleich sie zu erreichen. Und –« Er stockte und wandte sich nach Tamara um.

»Was ist mit dir? Soll ich dich mitnehmen? Oder wohnst du hier in der Nähe?«

»Hier?« Tamara schüttelte sich in gespieltem Entsetzen.

»Um Gottes willen. Da kann ich mich ja gleich lebendig begraben lassen.«

Trotz seiner Sorge um Mia konnte sich Jakob ein Grinsen nicht ganz verkneifen. »Lass das ja nicht Anne hören«, sagte er. »Also, was ist? Willst du mitkommen?«

»Wenn mein Rad ins Auto passt, gerne.«

»Kein Problem.« Er nahm Tamara das Rad ab, trug es nach hinten und verstaute es im Kofferraum.

Tamara hatte derweil auf dem Beifahrersitz Platz genommen. Gerade zog sie sich das Regencape über den Kopf und warf es auf den Rücksitz. Er stieg zu ihr in den Wagen, schaltete das Navigationsgerät an und gab die Koordinaten aus der SMS ein. Danach wählte er Annes Nummer, aber auch bei ihr sprang wieder nur die Mobilbox an.

Wahrscheinlich ist sie schon längst auf dem Weg zu Mia, versuchte Jakob sich zu beruhigen und startete den Wagen. Er wendete etwas umständlich und fuhr auf die Hauptstraße zurück. Kurz überlegte er, ob er warten sollte, bis das Navi den genauen Standort ausspuckte, entschied sich dann aber dagegen und fuhr in die Richtung, aus der er gekommen war. Sein Gefühl sagte ihm, dass er Mia in Berlin finden würde. Dafür sprachen auch der Verkehrslärm und das Stimmengewirr, das er im Hintergrund bei Mias Anruf gehört hatte.

Schweigend fuhren sie über die nass glänzende Landstraße Richtung Dorf. Jakob behielt das Navi im Auge. Es schien ihm endlos zu dauern, bis das Gerät den Standort endlich ausspuckte.

»Mia ist in Berlin-Mitte. Schumannstraße 8 bis 16«, sagte er.

»Im Regierungsviertel?« Tamara warf ihm einen überraschten Blick zu. »Wie kommt sie denn da hin?«

»Keine Ahnung.« Jakob zuckte die Achseln. »Vielleicht wollte sie mich von der Arbeit abholen. Sie weiß ja, dass ich heute zurückkommen wollte, und dachte wahrscheinlich, ich fahre zuerst in die Redaktion. Die Büros sind nur ein paar Straßen weiter in der Albrechtstraße. Sie hat das schon mal gebracht. Natürlich ohne unsere Erlaubnis. Mia ist relativ selbstständig für ihr Alter und recht eigensinnig. Wenn sie sich etwas in den Kopf gesetzt hat, zieht sie es auch durch. Ganz die Mutter.«

Tamara nickte stumm und wandte ihren Blick wieder auf die Straße. Jakob gab die Schumannstraße in Berlin-Mitte als Ziel in das Navigationsgerät ein. »Wenn wir Glück haben und gut durchkommen, schaffen wir es in zwanzig Minuten, dort zu sein«, sagte er und gab Gas.

Mit viel zu hoher Geschwindigkeit rasten sie durch das Dorf, das im Schein der Straßenlaternen, die alle paar Meter ihr funzeliges Licht auf das nass glänzende Kopfsteinpflaster spuckten, wie ausgestorben wirkte. Vor ihnen tauchte das Ortsausgangsschild auf. Jakob trat das Gaspedal noch weiter durch und warf Tamara einen schnellen Blick zu. Mit einer Hand umklammerte sie den Haltegriff über der Tür.

Sie sah blass aus, wirkte müde und angespannt. Mit einem Mal empfand Jakob die Stille im Auto als bedrückend. Er begann sich unwohl zu fühlen. Zudem lastete die Sorge um Mia schwer auf ihm. Auch wenn er sich Tamara gegenüber möglichst locker zu geben versuchte, drehten sich seine Gedanken in einer Tour um Mia und natürlich auch um Anne. Wenn er nur wüsste, was passiert war. Warum hatte Anne den Umzugstermin verschoben? Wo steckten die beiden bloß? Warum meldete sich Anne nicht bei ihm? Diese und tausend andere Fragen schwirrten gleichzeitig durch seinen Kopf.

»Seit wann bist du wieder in Berlin?«, unterbrach er das Schweigen, um sich auf andere Gedanken zu bringen.

»Du fragst dich sicher –«, sagte Tamara gleichzeitig.

Beide verstummten abrupt, sagten dann wieder gleichzeitig:

»Du zuerst.«

Tamara lachte, und sogar Jakob musste schmunzeln. Die Spannung zwischen ihnen, die er gerade noch als belastend empfunden hatte, löste sich weitgehend auf. Jakob entspannte sich etwas.

»Seit wann bist du wieder im Land?«, fragte er mit einem raschen Seitenblick zu Tamara.

Sie ließ den Haltegriff los, verschränkte die Hände in ihrem Schoß und sah auf sie hinunter, als müsse sie erst mal nachdenken, um seine Frage zu beantworten. »Seit ein paar Monaten«, sagte sie.

Jakob wartete, ob sie weiterreden und erzählen würde, wie es ihr all die Jahre ergangen war, aber Tamara schwieg. Wieder warf er ihr einen schnellen Blick zu. Sie sah jetzt starr geradeaus, als fixiere sie einen festen Punkt außerhalb des Wagens. Selbst im Profil wirkten ihre Gesichtszüge plötzlich hart und abweisend. Jakob kannte sie gut genug, um zu wissen, dass es wenig Sinn hatte, in sie zu dringen. Sie würde sich nur umso fester verschließen.

»Ich habe deine Arbeit mit großem Interesse verfolgt«, sagte er.

»Ach, tatsächlich?« Tamara verschränkte die Arme. Ihre Stimme klang seltsam teilnahmslos.

»Ja«, sagte Jakob. »Du hast etliche Preise für deine Fotos eingeheimst. Wie ich finde, zu Recht. Glückwunsch.«

»Danke«, sagte Tamara knapp.

Jakob war klar, dass Tamaras abweisendes Verhalten signalisierte, dass sie auch darüber nicht reden wollte. Nicht jetzt. Vor allem nicht mit ihm. Er wusste selbst nicht, warum er es nicht einfach akzeptierte und seinen Mund hielt. Vielleicht um sich von seiner Sorge um Mia, die unablässig an ihm nagte, abzulenken?

»Die letzten Jahre hast du in Afghanistan verbracht. Habe ich jedenfalls gelesen«, sagte er. »War das nicht extrem gefährlich?«

»Tu mir einen Gefallen, Jakob. Halt die Klappe und konzentrier dich aufs Fahren. Okay?« In Tamaras Stimme klirrte Eis.

»Okay, okay«, murmelte Jakob. Die Abfuhr war mehr als deutlich.

Es hatte wieder angefangen zu schneien. Bauschige Flocken stürzten vom Himmel und zerplatzten lautlos auf der Windschutzscheibe. Erst wenige, dann in rascher Folge immer mehr. Mit einem schabenden Ratschen nahmen die Scheibenwischer ihre Arbeit auf.

6

Mir fallen schon wieder die Augen zu. Die monotonen Geräusche der Überwachungsgeräte haben etwas ungemein Einschläferndes. Ich schneide eine Grimasse, reiße die Augen auf und gähne mit weit geöffnetem Mund. Ob ich Schwester Angélique um einen Kaffee bitten kann? Ich stehe vom Stuhl auf und bewege mich etwas steifbeinig auf die Zimmertür zu. Dort zögere ich. Die Hand schon auf der Türklinke werfe ich einen Blick zurück auf das Bett. Er liegt vollkommen bewegungslos da. Unwahrscheinlich, dass er ausgerechnet in den nächsten Minuten aufwachen wird, beruhige ich mich und trete hinaus auf den Flur. Leise ziehe ich die Tür hinter mir zu. Der helle Schein der Deckenlampen taucht den Gang in ein kaltes Licht. Kein Ort, um sich wohlzufühlen. Mich überläuft ein Schauder. Unwillkürlich schüttele ich mich. Ein trockener Husten aus einem der Zimmer durchbricht jäh die Stille. Es hört sich an, als sei jemand kurz vor dem Erstickungstod. Ich überlege, ob ich laut um Hilfe rufen soll, da verstummt das röchelnde Geräusch so unvermittelt, wie es aufgetaucht ist. Stattdessen dringen leise Stimmen an mein Ohr. Ich lenke meine Schritte in die Richtung, aus der ich sie höre. Der kleine Tresen in der Mitte des Flurs ist verwaist. Die Tür zum Schwesternzimmer dahinter ist nur angelehnt. Zaghaft klopfe ich mit dem Knöchel des Zeigefingers dagegen. Keine Reaktion. Ich drücke die Tür einen Spaltbreit auf, spähe in den Raum hinein.

Schwester Angélique und ihre Kollegin, deren Namen mir entfallen ist, sitzen sich an einem Tisch gegenüber und reden leise miteinander. Die Namenlose hat die Hände um einen mit bunten Kreisen verzierten Keramikbecher gelegt.

»Ich finde die Tusse irgendwie merkwürdig«, sagt sie gerade und schaut konzentriert in das Innere des Bechers, als würde sich da drinnen etwas abspielen, das ihre ganze Aufmerksamkeit erfordert. »Die ist kalt wie ein Fisch.«

Schwester Angélique, die mir den Rücken zukehrt, hebt den Kopf. »Findest du?«, fragt sie. Ich höre die Überraschung in ihrer Stimme.

»Ja«, sagt die Namenlose ausdruckslos, ohne ihren Blick zu heben. »Die hat noch keine einzige Träne vergossen. Verzieht keine Miene. Das sagt doch alles.«

Schwester Angélique schüttelt den Kopf. »Das glaube ich nicht«, sagt sie. »Sie ist nur sehr verschlossen. Völlig überfordert mit der Situation. Überleg mal, wie du dich verhalten würdest, wenn es dein Mann wäre, der da liegt und mit dem Tod ringt.«

Sie reden über mich. Das wird mir schlagartig klar. Ich öffne den Mund, um mich bemerkbar zu machen, aber da spricht die Namenlose schon weiter.

»Heulen würde ich, was das Zeug hält. Immerhin kämpft der Mann mit dem Tod. Weißt du, wie die auf mich wirkt? Als würde sie das alles nichts angehen. Irgendetwas an ihr wirkt –« Sie stockt, als müsse sie nach dem richtigen Wort suchen. »Nicht richtig. Da ist etwas falsch«, beendet sie den Satz mit einem Achselzucken.

»Du spinnst ja«, sagt Schwester Angélique. Mit sehr viel Nachdruck in der Stimme.

Hätte ich sie nicht schon vorher sympathisch gefunden, spätestens jetzt hätte ich sie wohl endgültig ins Herz geschlossen. Auch wenn ihre Kollegin mit ihrer Vermutung der Wahrheit erstaunlich nahe kommt. Zumindest fühle ich mich so. Irgendwie losgelöst aus der schrecklichen Situation, in der ich mich befinde. Als würde ich alles durch eine Glaswand von der Realität getrennt erleben.

»Warum bildet sich auf heißem Kakao eigentlich immer so eine eklige Haut?«, fragt die Namenlose zusammenhanglos und sieht von ihrem Becher hoch. Mir direkt ins Gesicht. Ich spüre, wie mir das Blut in den Kopf schießt, und senke verlegen den Blick.

»Ich … Ich wollte fragen, ob ich einen Kaffee haben könnte?«, stottere ich.

»Am Ende des Flurs gibt es einen Automaten«, antwortet die Namenlose schnippisch und mustert mich aus argwöhnischen Augen. Wahrscheinlich fragt sie sich, wie viel ich von ihrer Unterhaltung mitbekommen habe.

»Der ist kaputt«, sage ich.

»Richtig«, erinnert sich Schwester Angélique und dreht sich zu mir um. »Ich habe noch einen Rest in der Thermoskanne. Für einen Becher dürfte es reichen. Er ist allerdings nicht mehr ganz frisch«, fügt sie bedauernd hinzu.

»Das macht mir nichts«, versichere ich schnell und zucke erschreckt zusammen, als es hinter meinem Rücken zu piepen beginnt.

Schwester Namenlos springt auf. »Ich geh schon«, sagt sie und drängt sich an mir vorbei zur Tür hinaus.

»Augenblick«, sagt Schwester Angélique zu mir und verschwindet im Nebenraum. »Milch?«, ruft sie.

»Nein, danke. Auch keinen Zucker«, füge ich hinzu.

Kurze Zeit später kommt sie mit einem Becher in der Hand zurück. »Bitte«, sagt sie und reicht ihn mir, ein, wie mir scheint, verlegenes Lächeln auf dem Gesicht.

Ich bedanke mich und transportiere den Becher vorsichtig über den Flur in das Zimmer mit der Nummer 072 zurück. Er ist sehr voll, ich gehe ganz langsam, damit er nicht überschwappt. Ich drücke die Klinke herunter, schiebe die Tür mit dem Hintern auf. Abgestandene Luft wabert mir aus dem Raum entgegen. Ich würde gerne lüften, aber das Fenster lässt sich nicht öffnen. Der Griff ist abmontiert. Vielleicht um zu verhindern, dass sich ein Todgeweihter aus dem Fenster stürzt? Im Stehen nippe ich an dem Kaffee. Er ist tatsächlich nur noch lauwarm und schmeckt unangenehm bitter. Egal, Hauptsache das Koffein hält mich wach. Mit dem Becher in der Hand setze ich mich wieder neben das Bett. In kleinen Schlucken trinke ich ihn leer und betrachte ihn währenddessen. Seine Augen sind geschlossen. Die Lider wirken dünn, durchscheinend wie Pergamentpapier. Jetzt gerade flattern sie leicht, öffnen sich halb. Ich stelle meinen Becher ab und beuge mich über ihn.

Erschrocken zucke ich zurück. Seine Augen sind offen. Die Pupillen riesig. Die Augäpfel wandern hektisch nach links und rechts. In einem steten Wechsel. Als müsse er sich in jeder Sekunde versichern, dass ihm von keiner Seite Gefahr droht. Dann plötzlich schließen sich die Lider wieder über seinen Augen. Der angespannte Ausdruck in seinem Gesicht löst sich.

Waren sie wirklich offen, oder geht meine Fantasie mit mir durch? Ich wische mir mit der Hand übers Gesicht. Seit Tagen habe ich nicht mehr richtig geschlafen, ständig unter Strom gestanden. Schlafmangel schränkt nicht nur die Reaktionsfähigkeit ein, er kann auch zu Wahrnehmungsstörungen bis hin zu Halluzinationen führen. Bei Verhören in Diktaturen – und nicht nur dort – wird Schlafentzug gerne als Foltermethode eingesetzt, um Menschen gefügig zu machen und Geständnisse zu erpressen. Das habe ich erst letztens in einem Artikel im Berliner Morgen gelesen. Oder war es doch bei Wikipedia? Egal. Jedenfalls kommt es mir vor, als wäre das in einer anderen Zeit, in einem anderen Leben gewesen.

Ich setze mich gerade hin. Das harte Plastik des Stuhls drückt sich schmerzhaft gegen meinen Hintern. Ich rutsche hin und her, versuche eine bequemere Position zu finden.

»Reden Sie mit ihm«, hat Schwester Angélique gesagt. »Der vertraute Klang Ihrer Stimme wird ihn beruhigen. Ihm Kraft geben. Die Kraft, die er braucht, um aufzuwachen und weiterleben zu können.«

Ich atme tief durch. Wo soll ich anfangen?

Was soll ich ihm erzählen?

»Schaffen Sie eine Verbindung. Berühren Sie ihn, streicheln Sie sein Gesicht. Zeigen Sie ihm, dass Sie da sind. Für ihn da sind.«

Zögernd taste ich nach seiner Hand, die auf dem weißen Laken wie ein lebloser Gegenstand neben ihm liegt. Im Gegensatz zu meinen fühlen sich seine Finger überraschend warm an. Ich werte es als ein gutes Zeichen. Noch pulsiert das Leben in seinem Körper. So verharre ich eine Weile. Seine Hand in meiner Hand. Es fühlt sich anfangs falsch an. Wie ein Fremdkörper. Aber ganz allmählich wärmen sich meine Finger, meine Handfläche wird ganz weich. Ich umschließe mit meiner Hand seine Hand. Ganz sanft. Ohne Druck.

Ganz unvermittelt zerreißt ein schriller Ton die Stille. Der Körper auf dem Bett bäumt sich in wilden Zuckungen auf. Sofort geben auch die anderen Geräte Alarm. Erschrocken lasse ich seine Hand los, springe vom Stuhl hoch. Polternd fällt er hinter mir zu Boden. Bevor ich einen klaren

Gedanken fassen kann, wird die Zimmertür aufgerissen. Ich spüre den kalten Luftzug im Rücken, höre das Rascheln von Kleidung, und dann eilen auch schon beide Krankenschwestern an das Bett. Eine der beiden, ich glaube die Namenlose, schiebt mich mit einem resoluten: »Warten Sie bitte draußen, Sie sind hier nur im Weg!« aus dem Zimmer und schließt die Tür hinter mir.

Ich lehne mich an die Wand gegenüber und lausche den Geräuschen, die aus dem Zimmer dringen. Mein Herz rast. Mich überfällt die irrationale Angst, dass es mir jeden Augenblick den Brustkorb sprengen wird.

Er darf nicht sterben. Der Satz hämmert wie der Schlag einer Trommel in meinem Kopf. *Bitte! Er darf nicht sterben. Nicht jetzt!*

7

Jakob fuhr mit durchgedrücktem Gaspedal konsequent auf der Überholspur. Aber mehr als 160 Stundenkilometer gab der Nissan nicht her. Er hatte in der Zwischenzeit schon mehrmals versucht, Anne auf ihrem Handy zu erreichen, aber es war wie verhext. Er erreichte sie einfach nicht. Nach wie vor hoffte er, dass sich Anne wirklich auf dem Weg zu Mia befand und das Handyklingeln einfach nicht hörte. Das passierte ihr ständig. Außerdem telefonierte Anne nicht gerne in öffentlichen Verkehrsmitteln, wo jeder das Gespräch mithören konnte.

Das Schneegestöber wurde immer dichter. Die Scheibenwischer bewegten sich hektisch hin und her, schafften es aber dennoch kaum, das Sichtfeld auf der Windschutzscheibe freizuschaufeln. Die Lichter der Scheinwerfer des Gegenverkehrs zerflossen in der einsetzenden Dunkelheit zu phosphoreszierenden Klecksen. Immer wieder blendete ihn die Beleuchtung entgegenkommender Lkws.

Jakob versuchte sich an das letzte Telefonat mit Anne zu erinnern, aber es war einfach weg. Wie ein Loch in seinem Gedächtnis. Ihm fehlte jegliche Erinnerung an das Gespräch. Oder hatte er nur vorgehabt, sie anzurufen, und immer zur falschen Zeit daran gedacht? Wenn es in Deutschland bereits mitten in der Nacht war? Und es dann jedes Mal bleiben lassen? Möglich wäre es. Jakob kannte das von den häufigen Stresssituationen aus seinem redaktionellen Alltag. Manchmal verankerte sich der Gedanke an ein Vorhaben so fest in seinem Kopf, dass er irgendwann irrtümlich davon ausging, das im Geiste Geplante auch in die Tat umgesetzt zu haben.

»Anne hat mich zu euch nach Niederschönwalde eingeladen«, sagte Tamara unvermittelt und riss Jakob aus seinen Gedanken. Er warf ihr einen überraschten Blick zu. Tamara saß kerzengerade auf dem Sitz, die Hände wieder im Schoß gefaltet und sah nach wie vor mit unbewegter Mimik geradeaus. »Deswegen war ich da.«

»Anne hat dich eingeladen?«, fragte Jakob. Die Betonung legte er – mehr oder weniger unbewusst – auf das Wort dich.

»Glaub mir, ich war genauso überrascht wie du«, antwortete Tamara.

»Woher wusste Anne denn, dass du wieder in Berlin bist? Hattet ihr schon die ganze Zeit Kontakt?«

Tamara schüttelte den Kopf. »Nein. Eingeladen trifft es auch nicht so ganz. Anne hat mich heute am frühen Nachmittag angerufen und gesagt, sie müsse mich sprechen. Sie hat es so dringend gemacht, mich regelrecht angefleht, dass ich mich aufs Rad geschwungen habe, Treptower Park in die S-Bahn gestiegen und die zehn Kilometer vom End-Bahnhof bis zu euch geradelt bin, um dann vor verschlossenen Türen zu stehen.«

»Wann genau hat Anne dich denn angerufen?«

Tamara zog die Stirn kraus. »Das muss so gegen vierzehn Uhr dreißig gewesen sein.«

»Hat sie irgendeine Andeutung gemacht, weswegen sie dich so dringend sprechen wollte?«

»Nein. Sie hat lediglich gesagt, es sei wirklich wichtig. Ehrlich gesagt, hörte sie sich«, Tamara zögerte, als müsste sie nach dem richtigen Wort suchen, »ja, sie hörte sich irgendwie verzweifelt an.«

»Verzweifelt?« In Jakobs Stimme schwang Skepsis mit. Tamara hob die Schultern. »So kam es bei mir jedenfalls an.«

»Verstehe«, sagte Jakob automatisch, obwohl er nichts mehr verstand.

Anne war sauer auf ihn gewesen, weil er sie mitten im Umzugsstress sitzen ließ, wie sie es ausgedrückt hatte. Darüber war sie wütend gewesen, aber doch nicht verzweifelt. Um Anne zur Verzweiflung zu treiben, musste einiges mehr passieren. Seit Jakob sie kannte, hatte er Anne ein einziges Mal verzweifelt erlebt: Als bei ihrer Mutter ein Krebs diagnostiziert wurde, der sich als nicht heilbar herausstellte. Aber selbst wenn sie, aus welchen Gründen auch immer, verzweifelt gewesen war, warum sollte sie sich ausgerechnet an Tamara wenden, die schon seit Jahren keine Rolle mehr in ihrem Leben spielte? Er musterte Tamara verstohlen von der Seite. Ihre Miene war unbewegt. Verschwieg sie ihm vielleicht etwas?

In Jakobs Magen begann es zu kribbeln. Ein Gefühl, als würde eine Horde Ameisen die Magenwände hoch- und runterwandern. Die Botschaft in der Wohnung fiel ihm wieder ein. *Schuld bist du.* Was hatte das zu bedeuten? Stammte die Botschaft etwa doch nicht von Anne? Aber von wem dann? Irgendetwas stimmte hier nicht.

»Wieso ruft Anne ausgerechnet dich an?«, fragte er schärfer als beabsichtigt. Er bemerkte, wie Tamara bei seinen Worten kurz zusammenzuckte. »Versteh mich nicht falsch, aber ihr hattet seit Jahren keinen Kontakt. Das ergibt doch keinen Sinn.« Er versuchte die Schärfe aus seinen Worten zu nehmen. »Woher wusste sie überhaupt, dass du wieder in Berlin bist?«

In einer hilflosen Geste hob Tamara die Hände. »Ich habe nicht den geringsten Schimmer. Ich frage mich seit Annes Anruf, was sie eigentlich von mir will.«

Sie näherten sich dem Autobahndreieck Pankow. Der Verkehr wurde dichter. Jakob musste sich konzentrieren. Er wechselte auf die rechte Spur und drosselte die Geschwindigkeit. Noch achthundert Meter bis zur Ausfahrt Pankow. Noch sechshundert.

Die Übelkeit überfiel ihn ohne Vorwarnung. Er spürte, wie plötzlich Galle in seine Kehle hochschoss, sein Mund sich mit der bitteren Flüssigkeit füllte. Mit beiden Händen umklammerte er das Lenkrad, schluckte. Er hatte das Gefühl, sich jeden Augenblick übergeben zu müssen. Kalter Schweiß brach ihm aus jeder Pore seines Körpers aus. Gleichzeitig fror er mit einem Mal so erbärmlich, dass er unkontrolliert zu zittern anfing. Ein milchiger Schleier legte sich über seine Pupillen. Alles in seinem Sichtbereich verschwamm zu undeutlichen Schlieren. Seine Hände glitten vom Lenkrad ab, als wären sie willenlose Anhängsel, über die er keinerlei Gewalt mehr hatte.

»Jakob?« Tamaras fragende Stimme drang wie aus weiter Ferne an sein Ohr. »Was ist los mit dir? Geht es dir nicht gut? Jakob!«

Er hörte ein klackendes Geräusch. Noch bevor ein penetranter Piepton signalisierte, dass Tamara ihren Sicherheitsgurt gelöst hatte, spürte er sie bereits dicht neben sich. Ihr Atem streifte seine Wange. Sie griff an ihm vorbei ins Lenkrad und versuchte den Wagen in der Spur zu halten.

So unvermittelt wie die Übelkeit und das Zittern aufgetaucht waren, verschwanden sie auch wieder. Jakob hatte noch den bitteren Nachgeschmack der Magensäure auf der Zunge, ansonsten hatte er sich aber wieder vollkommen im

Griff. Er fror und fühlte sich etwas benommen, aber er war klar im Kopf, und seine Augen sahen die Umgebung in gewohnter Schärfe.

»Alles okay«, murmelte er und umfasste das Steuer mit beiden Händen. Er setzte den Blinker und fuhr auf die Ausfahrt. Das Ganze schien nicht mehr als wenige Sekunden gedauert zu haben.

Tamara rutschte auf ihren Sitz zurück. »Was war das denn?«, fragte sie, während sie nach dem Gurt hangelte und sich wieder anschnallte. Das enervierende Piepen verstummte augenblicklich.

»Ich schätze, mein Kreislauf ist zusammengebrochen«, sagte Jakob mit einem verlegenen Unterton in der Stimme. »Ist mir noch nie passiert. Danke, dass du das Steuer übernommen hast, sonst –« Er ließ den Satz unbeendet in der Luft hängen.

»Reiner Eigennutz«, antwortete Tamara. Jakob spürte ihren prüfenden Blick auf sich ruhen. »Ist auch wirklich wieder alles in Ordnung mit dir?«

»Ja«, versicherte Jakob mit bemüht lockerer Stimme und schickte ein, wie er hoffte, beruhigendes Lächeln zu ihr hinüber. Offenbar hatten ihn die Zeitumstellung und der Schlafmangel der letzten Tage doch mehr mitgenommen, als er gedacht hatte. Er fühlte sich wie gerädert und sehnte sich nach nichts so sehr wie nach Ruhe und einem Bett.

Tamara zog die Unterlippe zwischen die Zähne, nickte und sah wieder nach vorne. Ihre rechte Hand griff nach oben und umschloss den Haltegriff über der Beifahrertür. Jakob war der besorgte Ausdruck in ihren Augen nicht entgangen. Für einen kurzen Moment war er versucht, die Hand auszustrecken und ihr sacht über die Wange zu streichen. Aber das traute er sich nicht. Obwohl sie sich eine

Zeit lang so nahe gewesen waren, wie nur zwei Menschen es sein können, die sich bedingungslos lieben. Er hatte jeden Millimeter ihres Körpers gekannt und liebkost. Ihm fiel der herzförmige Leberfleck ein, den sie direkt neben der rechten Brustwarze hatte und der seine Form veränderte, wenn –

Jakob schoss das Blut ins Gesicht. Er hatte das Gefühl, ihr allein schon mit diesem Gedanken, auch wenn er ihn nicht zu Ende geführt hatte, zu nahe getreten zu sein. Eine leise Ahnung der Nähe und der Leidenschaft, die sie damals verbunden hatte, keimte in ihm auf, aber so schnell, wie das Gefühl aufgeflackert war, verflüchtigte es sich auch wieder. Tamara war ihm vertraut und fremd zugleich.

Neben der Fahrbahn schob sich ein Hochhauskomplex aus DDR-Zeiten am Wagen vorbei. Hell erleuchtete Fenster sandten Lichtreflexe in die Dämmerung und übertünchten die Eintönigkeit der Plattenbaufassaden. Linker Hand tauchte die Kuppel des stillgelegten Rundlokschuppens der Deutschen Bahn auf. Der marode Zustand des Gebäudes, das unter Denkmalschutz stand, zog Jakobs Blicke jedes Mal aufs Neue an, wenn er hier vorbeifuhr. Die von Metallstreben in Rechtecke zerteilte Glasfront unter dem Kuppeldach bedeckten weiße Graffiti, unterbrochen vom Schwarz der aneinandergereihten Fenster, deren Scheiben zum größten Teil zerbrochen waren oder ganz fehlten. Manchmal schien ihm der ruinöse Zustand des Industriedenkmals wie ein Zeichen der schnelllebigen Zeit, in der die Relikte der Vergangenheit, selbst wenn sie von historischer Bedeutung waren, keinen Platz und keine Wertschätzung mehr fanden. Der Hickhack um einen Teilabriss der East Side Gallery fiel in die gleiche Kategorie.

Neben ihm schrie Tamara: »Pass auf!«, und stützte sich mit beiden Händen auf dem Armaturenbrett ab. Jakob stieg voll auf die Bremse. Stoßstange an Stoßstange zu dem Wagen vor ihnen kam der Nissan am Ende eines Staus zum Stehen. Der Fahrer des Wagens vor ihnen kurbelte die Seitenscheibe herunter, streckte seinen Kopf aus dem Fenster und tippte sich mehrmals gegen die Stirn. Seine Lippen bewegten sich hektisch, aber durch die geschlossenen Fensterscheiben konnte man nichts von dem verstehen, was er ihnen zurief. Seinem wütenden Gesichtsausdruck nach zu schließen, handelte es sich jedenfalls nicht um irgendwelche Freundlichkeiten.

Jakob beachtete ihn nicht. Er hieb mit der Faust aufs Lenkrad. »Mist!«, fluchte er. »Das hat mir gerade noch gefehlt.« Er öffnete die Tür und sprang aus dem Wagen. Der Schnee fiel in weichen, bauschigen Flocken. Jakob reckte den Hals, hob eine Hand vor die Augen: Vor ihm erstreckte sich eine Autoschlange, so weit er blicken konnte. Im Abstand von wenigen Sekunden bremsten weitere Autos hinter dem Nissan. Auf der Gegenfahrbahn rauschte der Verkehr ohne Verzögerungen vorbei. Jakob verwarf den Gedanken, der kurz in seinem Kopf aufgeblitzt war. Ein Überholmanöver wäre ein mehr als waghalsiges Unterfangen. Er stieg wieder ein, zog die Tür hinter sich zu und wischte sich den Schnee von den Schultern.

»Hier geht gar nichts mehr.« Er rieb die kalten Hände aneinander. »Vermutlich ein Unfall. Oder jemand parkt in zweiter Reihe«, schob er missmutig hinterher.

Sie starrten stumm auf die Wischblätter, die in einem steten Rhythmus den Schnee hin und her schoben. Die Autokolonne vor ihnen bewegte sich kein Stück weiter. Das leise Rauschen des Gegenverkehrs wurde unvermittelt von Hupgeräuschen übertönt, die sich rasch zu einem regelrechten Hupkonzert steigerten. Jakob konnte die Ungeduld der anderen Verkehrsteilnehmer durchaus nachvollziehen, aber schneller würde es dadurch auch nicht vorangehen. Er beugte sich übers Lenkrad und wischte mit der Hand über die von innen beschlagene Scheibe. Vielleicht sollte er den Wagen irgendwo an der Seite parken, sobald sich eine Möglichkeit bot, und in die U- oder S-Bahn umsteigen? Genau, das würde er machen.

»Warum nimmst du nicht einfach mein Fahrrad?«, sagte Tamara in diesem Moment, als hätte sie seinen Gedanken erraten. »Damit kommst du überall durch. Wahrscheinlich sogar schneller als mit der Bahn.«

Jakob schlug sich mit der Hand gegen die Stirn. »Ja, klar«, sagte er. »Dass ich darauf nicht gleich gekommen bin.« Er wandte sich Tamara zu. »Du kommst klar mit dem Nissan?«

Sie verzog spöttisch den Mund. »Ich bin schon Lkws gefahren, da werde ich ja wohl mit dem Kleinen hier«, sie tätschelte das Armaturenbrett vor sich, »klarkommen.«

»Okay«, sagte Jakob und machte Anstalten, den Wagen zu verlassen.

»Warte mal kurz.« Tamara löste den Sicherheitsgurt, angelte ihr Regencape vom Rücksitz und drückte es Jakob in die Hand. »Zieh das über. Sonst bist du klatschnass, noch bevor du in Mitte ankommst.«

Etwas ratlos betrachtete Jakob das Cape, von dem noch immer Wassertropfen perlten. Tamara bemerkte sein Zögern.

»Nun, mach schon«, drängte sie. »Du fährst nicht zu einem Schönheitswettbewerb. Es wird vielleicht etwas eng sein, aber wenigstens sind deine Klamotten vor der Nässe geschützt.« Sie öffnete die Beifahrertür, umrundete mit hochgezogenen Schultern und gesenktem Kopf zügig den Wagen. Jakob schlüpfte in das Cape, kletterte etwas umständlich aus dem Auto und zog sich die Kapuze über den Kopf. Tamara blieb dicht vor ihm stehen und musterte ihn mit einem spöttischen Lächeln auf den Lippen. In ihren Wimpern hatte sich eine Schneeflocke verfangen, die zu einer kleinen Wasserperle schmolz.

Jakob fühlte sich an ihre erste Begegnung erinnert. Wie heute war der Schnee in einem dichten Vorhang gefallen. Sie hatten in der Redaktion händeringend einen Fotografen für ein kurzfristig angesetztes Interview mit dem Generalsekretär der Regierungspartei gesucht. Ihr Stammfotograf war verhindert, der Ersatz krank, der Ersatz vom Ersatz konnte aus irgendwelchen Gründen auch nicht. Schließlich war der Name Tamara Sander gefallen. Jakob und sein Kollege Lukas Velder trafen sie vor dem Paul-Löbe-Haus. Sie war ganz in Schwarz gekleidet. Alles an ihr schien zu groß geraten. Nase, Mund, Augen. Sie war schlank und fast genauso groß wie Jakob. Den kleineren Lukas überragte sie um Kopfeslänge. In ihrem Haar, das sie damals noch schulterlang trug, schmolzen die Schneeflocken zu glitzernden Wasserperlen. Sie warf Jakob einen abschätzenden Blick aus ihren grünen Augen zu, der ihn sofort gefangen nahm, lächelte und wandte sich dann an Lukas, den sie offensichtlich kannte.

»Hi, Lukas«, hatte sie den Kollegen begrüßt und ihm die Hand gereicht. »Ich freue mich, dass ihr an mich gedacht habt.«

Der raue Klang ihrer Stimme trieb Jakob eine Gänsehaut über den gesamten Körper. Nach dem Interview gingen sie zusammen essen. Ohne Lukas. Drei Tage später waren sie ein Paar.

Tamaras amüsierte Stimme holte Jakob in die Gegenwart zurück. Er bekam dennoch nur noch einen Bruchteil von dem mit, was sie gesagt hatte: »... ein bisschen aus wie einem drittklassigen Splatterfilm entsprungen. Steht dir aber«, fügte sie schnell hinzu, als sie Jakobs irritierten Blick auffing. Sie schlüpfte an ihm vorbei ins Wageninnere und schüttelte den Schnee aus ihren Haaren. »Wo treffen wir uns?«

Jakob beugte sich zu ihr hinunter. »Komm am besten in die Schumannstraße. Das Navi zeigt dir den Weg. Wenn du mich nicht findest, ruf mich an, ja? Hast du meine Nummer noch?«

»Wenn es dieselbe ist wie früher –«

Jakob nickte. »Ja«, sagte er.

»Dann bis gleich«, sagte Tamara. Sie sah zu ihm hoch und berührte mit den Fingerspitzen seine Wange. »Pass gut auf dich auf, ja?«

Sie sahen sich an, schafften es beide sekundenlang nicht, den Blick voneinander zu lösen. Jakob entdeckte in Tamaras Augen einen Ausdruck, der früher nicht da gewesen war. Da war etwas Melancholisches in ihrem Blick. Eine Traurigkeit, als hätte sie in den vergangenen Jahren viel zu viel Leid gesehen und auch selbst erfahren.

Vom Wind getrieben taumelten einzelne Schneeflocken durch die geöffnete Tür ins Wageninnere. Tamara wischte sie mit einer Hand aus dem Gesicht. Dann senkte sie ihre Augen und nestelte nach dem Sicherheitsgurt.

»Bis gleich«, sagte Jakob. Seine Stimme klang brüchig, als wäre er im Stimmbruch. Er räusperte sich, schlug die Wagentür zu, holte das Fahrrad aus dem Kofferraum und schwang sich auf den Sattel. Er kam keine fünf Meter weit, da hörte er Tamara seinen Namen rufen. Er stoppte, sprang von den Pedalen und wandte sich um. Durch das Schneegestöber eilte sie auf ihn zu.

»Hier«, sagte sie etwas atemlos und drückte ihm das Handy in die Hand. »Sonst kann ich dich ja nicht anrufen.«

»Das hätte ich in der Eile jetzt glatt vergessen«, sagte Jakob kopfschüttelnd. »Danke.«

»Gern geschehn.« Tamara drückte ihm einen Zettel in die Hand, »Meine Handynummer. Man weiß ja nie.« Dann machte sie kehrt und rannte zum Wagen zurück.

8

Als Jakob von der Friedrichstraße in den Schiffbauerdamm einbog, hatte er zum ersten Mal in seinem Leben eine Ahnung davon, was es hieß, bis auf die Knochen durchgefroren zu sein. Seine Füße nahm er nur noch als schmerzende Klumpen am Ende seiner steifgefrorenen Beine wahr. Die Kälte brannte in seinem Gesicht wie tausend Nadelstiche, und seine Hände waren so gefühllos, dass er kaum den Lenker umfassen konnte. Er hatte zwar wie ein Besessener in die Pedale getreten und es unter Missachtung sämtlicher Verkehrsregeln in einer Rekordzeit hierher geschafft, aber fast die gesamte Strecke über hatte ihm ein eisiger Wind entgegengeblasen, der die Schichten seiner Kleidung mühelos durchdrungen und ihm das Gefühl gegeben hatte, zu einem Eiszapfen gefroren zu sein. Wenigstens schneite es nicht mehr. Hier mitten in der Stadt war der Schnee bereits fast vollständig weggeschmolzen. Nur die Dächer der umliegenden Häuser waren noch mit einer hauchdünnen weißen Schicht überzogen, und in den Rinnsteinen schimmerte hier und da ein schmutzig weißer Fleck.

Eine S-Bahn rumpelte gerade in die hell erleuchtete Glashalle des Bahnhofs Friedrichstraße. Aus der Kneipe an der Ecke drangen Stimmengewirr und lautes Gelächter bis auf die Straße. Jakob warf einen schnellen Blick durch die beschlagene Scheibe. Undeutliche Schemen zeichneten sich dahinter ab, die Farben schwammen ineinander wie die unscharfe Aufnahme eines verwackelten Fotos. Die Gaststätte war ein bei Journalisten und Touristen gleichermaßen beliebter Treffpunkt und wie üblich rappelvoll. Jakob zog sich die Kapuze des Capes, die ihm während der Fahrt ständig vom Kopf geflogen war, tiefer ins Gesicht. Er wollte jetzt nicht von einem Kollegen erkannt und womöglich in ein Gespräch verwickelt werden. Zügig radelte er durch die Albrechtstraße, querte die Reinhardtstraße und bog ein paar Meter weiter in die Schumannstraße ein. Hier war es ruhiger. Nur selten verirrte sich ein Tourist in die kleine Seitenstraße, in der aufwendig renovierte Altbauten und Bürogebäude vorherrschten.

Jakob rutschte vom Sattel. Er rieb die kalten Hände aneinander, formte sie zu einer Schale und hauchte hinein, um sie wenigstens ein bisschen aufzuwärmen. Dann schob er das Fahrrad langsam an der Häuserfront vorbei, spähte in jeden Hauseingang. Mia musste hier irgendwo sein. Wenn sie sich, wie er es ihr aufgetragen hatte, nicht vom Fleck gerührt hatte. Ein älterer Mann mit Schirmmütze und einem rachitisch keuchenden Mops an der Leine kam ihm entgegen. Jakob blieb stehen. »Entschuldigen Sie bitte«, sagte er.

Der Mann verlangsamte zögernd seine Schritte, sah ihn mit hochgezogenen Augenbrauen misstrauisch an, während der Mops winselnd an der Leine zerrte.

»Ich suche ein kleines Mädchen«, sagte Jakob. »Ungefähr so groß«, er löste eine Hand vom Lenker des Fahrrades und hielt sie flach in Höhe seiner Hüfte. »Dunkles Haar, rote Jacke«, fügte er hinzu. »Haben Sie sie vielleicht zufällig hier irgendwo gesehen?«

Sein Gegenüber warf ihm einen konsternierten Blick zu, als hätte Jakob ihm ein unsittliches Angebot gemacht, und schüttelte entrüstet den Kopf. Ohne ihm eine Antwort auf seine Frage zu geben, eilte er mit dem voranteuchenden Mops davon.

»Du mich auch«, murmelte Jakob verärgert und schob das Rad an einem übermannshohen Bretterzaun vorbei, der eine Großbaustelle von der Straße trennte. Ein Schild wies darauf hin, dass das Betreten der Baustelle verboten war und Eltern für ihre Kinder hafteten. Ohne Vorwarnung klopfte sein Herz plötzlich wild los. Sein Atem stockte. Er rannte los, stolperte über die Pedale des Fahrrades, fing sich und eilte weiter. Über dem Eingang des Gebäudes, das an die Baustelle anschloss, prangte eine 18. Er ließ das Rad achtlos gegen die Hauswand knallen. Mit einem hässlichen Geräusch schrappte es über das Mauerwerk und landete scheppernd auf dem Pflaster des Bürgersteigs. Jakob machte kehrt, hastete wieder an der Baustelle vorbei. Die Hausnummer des angrenzenden Gebäudes war die 6.

Schumannstraße 8–16, damit war die Baustelle gemeint. Jakob wechselte die Straßenseite. Er kramte sein Handy hervor und schickte die SMS mit dem Ortungscode ein zweites Mal an Mias Handy. Währenddessen scannte er die Baustelle. Den gut zwanzig Meter langen Bretterzaun auf der anderen Straßenseite zierten riesige, grellbunte Plakate, die Konzerte irgendwelcher Popbands ankündigten, die Jakob zum größten Teil unbekannt waren. Jakob trat ungeduldig von einem Fuß auf den anderen. Hinter dem Zaun wuchsen die dunkelgrauen Betonmauern eines riesigen Gebäudes in den bleigrauen Abendhimmel. Ein Gerüst aus Eisenstangen und Metallplatten umspannte den Bau wie ein enges Korsett. Dort, wo später Türen und Fenster eingebaut werden sollten, klafften schwarze Rechtecke unterschiedlicher Größe. Auf der rechten Seite wand sich ein Schuttschlauch von einem der oberen Geschosse wie eine vollgefressene Raupe nach unten.

Jakob hätte schwören können, dass der Bau schon viel weiter gediehen war, als es ihn das letzte Mal in die Ecke hier verschlagen hatte. Ihm war, als wären die Türen und Fenster bereits eingebaut gewesen. Aber augenscheinlich täuschte ihn seine Erinnerung. Er wusste noch, dass er damals gedacht hatte: Schon wieder eins dieser überflüssigen Bürogebäude, das wahrscheinlich wie so viele andere hier in Mitte über Jahre hin zum größten Teil leer stehen würde.

Der Eingangston der SMS riss ihn aus seinen Gedanken. Er öffnete die Mitteilung mit fliegenden Fingern. Wieder klopfte ihm sein Herz bis zum Hals. Er erkannte die Koordinaten sofort wieder. Sicherheitshalber verglich er sie dennoch mit denen der vorangegangenen SMS. Sie waren identisch.

Schumannstraße 8–16.

Jakob ließ das Handy in seine Hosentasche zurückgleiten und betrachtete den Rohbau auf der anderen Straßenseite. Da drin sollte Mia sein? Jakob kamen Zweifel. Wie sollte seine Tochter in dieses Gebäude gekommen sein? Das schien ihm vollkommen absurd. Es sei denn –

Jakob schluckte, wagte nicht, den Gedanken zu Ende zu bringen. Vielleicht sollte er jetzt doch die Polizei verständigen? Aber was sollte er den Beamten erzählen? Die Wahrheit? Nur – was war die Wahrheit? Dass seine Frau und seine Tochter mitsamt dem Mobiliar der gemeinsamen Wohnung verschwunden waren? Dass er seine Tochter in dem Rohbau hier geortet hatte? Dass er keine Ahnung hatte, was vor sich ging?

Jakob wischte sich mit einer Hand über die Augen. Als er seinen Blick wieder auf das gegenüberliegende Gebäude richtete, nahm er im oberen Stockwerk direkt unter dem

Dach einen Schatten wahr. Eine kleine Gestalt huschte über das Gerüst. Er kniff die Augen zusammen. Bevor sie von einer der dunklen Öffnungen im Mauerwerk verschluckt wurde, glaubte er die leuchtend rote Jacke zu erkennen, die sich Mia von ihrem Opa zum Geburtstag gewünscht und natürlich auch bekommen hatte.

»Mia«, schrie Jakob und wedelte wild mit den Armen. »Mia.«

Aus dem Bürogebäude schräg gegenüber kamen mehrere Leute heraus. Ein Mann entdeckte ihn und machte die anderen auf ihn aufmerksam. Sie starrten zu ihm herüber. Jakob wurde schlagartig klar, was für eine merkwürdige Gestalt er in dem schwarzen Regencape abgab, er ließ die Arme sinken und rannte quer über die Straße. Aus den Augenwinkeln sah er, dass die Gruppe bereits das Interesse an ihm verloren hatte und sich in die entgegengesetzte Richtung davonmachte. Er hetzte an dem Bretterzaun entlang, bis er auf einen Bürocontainer aus grauem Wellblech stieß, der etwas zurückgesetzt von der Straße aufgestellt war. Jakob stoppte, linste durch die kleine Fensterscheibe an der Seite ins hell erleuchtete Innere und klopfte gleichzeitig mit beiden Fäusten gegen das Glas. Keine Reaktion. Er drückte die Klinke der Tür, die er unmittelbar daneben ausmachte. Verschlossen. Entweder hatte jemand vergessen, drinnen das Licht zu löschen, oder der Wächter war eingeschlafen. Noch mal bearbeitete er mit den Fäusten die Tür. Vergebens. Niemand öffnete.

Jakob keuchte. Er musste auf die Baustelle, musste sich vergewissern, ob seine kleine Tochter tatsächlich in dem Gebäude herumirrte. Sein Bauchgefühl sagte ihm zwar, dass das nicht sein konnte, aber er musste sich mit eigenen Augen davon überzeugen.

Direkt hinter dem Container klaffte zwischen zwei Absperrgittern eine kleine Lücke. Gerade breit genug, um sich durchzuquetschen. Jakob sah sich verstohlen um. Bis auf ein paar parkende Autos war die Straße leer. Hinter einigen der Fenster auf der gegenüberliegenden Straßenseite brannte Licht. Es war nicht auszuschließen, dass er von jemandem beobachtet wurde, der jetzt vielleicht schon zum Telefon griff, um die Polizei zu verständigen. Aber das Risiko musste er eingehen. Jakob holte tief Luft, zog den Bauch so weit es ging ein und schob sich durch den schmalen Spalt zwischen den beiden Gitterstäben. Die Eisenstange presste sich schmerzhaft in seinen Bauch. Auch an seinem Rücken spürte er selbst durch das Plastik des Regencapes die Kälte des Metalls. Hinterrücks überfiel Jakob das irrationale Gefühl, festzustecken, eingekeilt zu sein zwischen zwei Eisenstäben. Sein Magen begann zu flattern. Er holte tief Luft, umfasste mit beiden Händen die Stange vor sich und bewegte sich ruckartig zur Seite. Das Plastik des Regencapes riss mit einem leisen Ratschen. Dann hatte er es geschafft. Er stand auf dem Gelände jenseits des Bretterzauns. Sein Blick wanderte über achtlos übereinandergestapelte Holzpaletten, Mörtelsäcke noch in Folie eingeschweißt, dazwischen ein ockerfarbener Sandhaufen, Gerüstleitern, Matten aus Dämmmaterial, gebogene Eisenstangen. In einer Ecke waren leere Farbeimer zu einem Dreieck übereinandergetürmt. Jakob lief auf das Gebäude zu, formte die Hände vor seinem Mund zu einem Trichter. »Mia«, rief er. »Bist du hier?« Die Worte hallten über das Gelände, drangen als Echo wieder an sein Ohr, als würde sich der Ton seiner Stimme an den Mauern des Rohbaus brechen. Ein paar Meter vor dem Gebäude stoppte er seinen Lauf, ließ die Augen über die Fassade wandern, konnte jedoch nichts Auffälliges entdecken.

»Mia?«, rief er noch mal, so laut er konnte. »Bist du da drin?« Alles blieb still.

Ihm blieb keine Wahl. Er musste in das Gebäude rein. In geduckter Haltung hastete er weiter. Dabei rechnete er jeden Augenblick damit, dass eine Alarmanlage aufheulte oder sich ihm ein Sicherheitsbeamter in den Weg stellte. Aber nichts dergleichen geschah. Das Licht der beiden Laternen auf der Straße beleuchtete die Baustelle nur notdürftig. Jakob lief an einem Kran vorbei, dessen Ausleger sich wie der Tentakel einer Riesenkrake weit über die Dächer der umliegenden Gebäude reckte. An der Gerüsttreppe blieb er stehen, legte den Kopf in den Nacken und sah nach oben. Mindestens sieben Stockwerke türmten sich vor seinen Augen auf. Jakob atmete durch, dann setzte er einen Fuß auf die erste Stufe der Gerüsttreppe. Sie war schmal und glänzte vor Nässe. Er umfasste mit einer Hand das Metallgeländer, das sich unangenehm klamm anfühlte, und stieg zur ersten Ebene hoch. Direkt vor ihm klaffte das dunkle Rechteck eines Eingangs in das Innere des Gebäudes. Der beißende Geruch nach feuchtem Estrich hing wie unsichtbarer Nebel schwer in der Luft. Ein Geräusch ließ ihn innehalten. Er lauschte. Es klang wie ein unterdrücktes Wimmern. Es schien von oben zu kommen. Jakob rannte weiter. Seine Augen suchten das Gerüst nach der Leiter zum nächsten Stockwerk ab. Er schlitterte über die Holzplatte, die eine dünne Schicht Schnee in eine schmierige Rutschbahn verwandelt hatte, und stolperte über einen vergessenen Farbeimer. Im letzten Augenblick bekam er mit einer Hand das Geländer zu fassen, fand sein Gleichgewicht wieder und hastete die Stufen zur nächsten Etage hoch.

Das Wimmern war verstummt. Jakob war sich jetzt nicht mehr sicher, ob es nicht doch eine Sinnestäuschung gewesen war. Momentan drang nur das gedämpfte Geräusch von Autoreifen auf nassem Asphalt aus der nahen Reinhardtstraße an sein Ohr. Jakob lief weiter, immer höher hinauf. Eine Windböe wehte ihm die Kapuze vom Kopf. Er merkte es kaum. Trotz der beißenden Kälte lief ihm der Schweiß den Rücken hinunter. Außer Atem verharrte er auf dem Gerüst. Eine Hand am Geländer schaute er hinunter. Auf der anderen Straßenseite stand jemand direkt unter der Straßenlaterne und schien zu ihm hochzustarren. Jakob erschrak, wich vom Geländer zurück. Er musste weiter, ganz nach oben. Dorthin, wo er von der Straße aus den Schatten bemerkt hatte.

In diesem Augenblick erklang das Wimmern wieder. Es war ganz nah. Direkt hinter ihm. Jakob fuhr herum. Starrte in das dunkle Rechteck einer Fensteröffnung. Zögernd ging er darauf zu. Das Wimmern wurde lauter. Verstummte unvermittelt. Jakob schwang die Beine über die schmale Brüstung und landete auf der anderen Seite. Vorsichtig machte er ein paar Schritte in den Raum hinein. Er wurde nur spärlich erhellt von dem Licht, das durch die Fensteröffnungen von draußen eindrang. Bis auf einen Stapel Zementsäcke auf der rechten Seite war der Raum leer.

»Mia«, rief Jakob. »Bist du hier?« Seine Stimme klang merkwürdig hohl, als würde sie von den Tiefen des Raums verschluckt.

»Mia«, rief er noch mal. Dieses Mal lauter. Hinter seinem Rücken raschelte es. Er wirbelte herum, sah einen dunklen Schatten über den Boden flitzen, um die Ecke verschwinden. Vermutlich eine Ratte. Jakobs Pulsschlag beruhigte sich.

Gleichzeitig setzte das Wimmern wieder ein. Wurde schrill und hell, der klagende Ton schraubte sich immer höher, erfüllte den gesamten Raum. Er schien von überall zu kommen. Jacob drehte sich im Kreis. Sein Blick irrte wie gehetzt hin und her. Dann – fast unmerklich – ging das Klagen über in eine sehnsüchtige Melodie.

Verwundert erkannte Jakob das Spiel einer Geige. Er folgte dem Klang bis zu einer Aussparung in der Mauer, von der aus vier Stufen in einen zweiten, größeren Raum führten. Die Luft hier drinnen war trocken und seltsam schwer. Als würden Millionen unsichtbarer Staubpartikel in dem Raum schweben. Jakob verharrte auf der untersten Stufe, versuchte seine Augen an die Dunkelheit zu gewöhnen. Nur langsam schälten sich aus dem tiefen Grau die Umrisse eines fensterlosen Zimmers.

Die Musik schien jetzt gleichermaßen von allen Seiten auf ihn einzuströmen. Umspann ihn wie einen Kokon. Mit einer Intensität, die von Sekunde zu Sekunde unerträglicher wurde. Jakob machte kehrt, wollte weg aus dem Raum, der Musik entfliehen.

Da entdeckte er es.

Fast am Ende des Raums, etwa zwei Meter von der gemauerten Wand entfernt, lag etwas auf dem Boden. Auf den ersten Blick wirkte es wie ein achtlos fallengelassenes Kleiderbündel. Seltsam farblos, kaum zu unterscheiden vom Grau des Bodens, als hätte der Staub sich wie eine dünne Schicht darübergelegt und alle Farben aus den Stoffen getilgt. Jakob kniff die Augen zusammen. Langsam ging er näher ran. Der Klang der unsichtbaren Geige schraubte sich immer höher, wurde so schrill, dass der Ton in seinen Ohren wehtat. Der Bogen kratzte über die Saiten, hart und schnell, geradezu wütend kam es Jakob vor, und jetzt wieder ohne erkennbare Melodie.

Dann – ganz plötzlich – verstummte sie. Wie abgeschnitten. Jakob hörte ein lautes Keuchen. Es dauerte Sekunden, bis ihm bewusst wurde, dass er es war, der keuchend ein- und ausatmete. Er schloss die Augen. Eine innere Stimme riet ihm, abzuhauen. *Renn. So schnell du kannst. Mach, dass du hier wegkommst.* Jakob unterdrückte den Fluchtimpuls. Er musste wissen, was dort auf dem Boden lag. Sich mit eigenen Augen davon überzeugen, dass es nicht Mia war. Er atmete tief durch. Die staubige Luft drang wie Schmirgelpapier in seine Lungenflügel ein. Er hustete, öffnete die Augen. Zwang sich hinzusehen. Seine Befürchtung bestätigte sich. Vor ihm auf dem Boden lag ein Kind.

»Oh, mein Gott«, wisperte er und sank neben dem kleinen Körper auf die Knie. Das Kind lag auf dem Bauch, das Gesicht in den staubigen Boden gepresst. Es war vollständig bekleidet. Arme und Beine seltsam verrenkt, als wären sie aus den Gelenken gerissen und anschließend wieder an der richtigen Stelle platziert worden. Die Finger der rechten Hand berührten eine mit feinem weißem Staub überzogene Geige. Der Bogen ruhte daneben. Auf dem Kopf trug das Kind eine Mütze. Darunter quollen Haare hervor. Dunkle Haare. Jakob hatte das Gefühl, unter Strom zu stehen. Jeder Nerv seines Körpers kribbelte vor Anspannung.

Bitte, bat er stumm, lass es nicht Mia sein. Er spürte, wie die Angst ihm die Kehle zuschnürte. Langsam hob er die Hände. Im letzten Moment scheute er vor der Berührung zurück. Sekundenlang verharrte er so, über den Rücken des Kindes gebeugt, als wäre er mitten in der Bewegung eingefroren. Sein Mund war vollständig ausgetrocknet. Er schluckte schwer. Noch ein Mal holte er tief Luft, schmeckte den Staub auf seiner Zunge, spürte den dicken Kloß in seiner Kehle. Dann schob er die Hände unter den kleinen Körper, hob ihn an und rollte ihn vorsichtig auf den Rücken.

9

Klack.

Der schwarze Zeiger der großen Uhr, die an der Wand über der Eingangstür zur Station hängt, rückt auf die Zwölf vor. Es ist so still, dass ich das Geräusch des Zeigers überdeutlich hören kann.

Wieder ist eine Minute vergangen. Quälend langsam, wie mir scheint.

Ich schaffe es nicht, meinen Blick von dem Ziffernblatt zu lösen. Wie hypnotisiert starre ich hin.

Klack. Klack. Klack.

Ich rutsche mit dem Rücken an der Wand entlang und bleibe mit angewinkelten Beinen auf dem Boden sitzen. Das gleichförmige Klacken der Uhr versetzt mich in eine Art Trance, katapultiert mich aus der Gegenwart in die Vergangenheit. Ich verberge mein Gesicht in den Händen. Fühle mich zurückversetzt in eine andere Zeit, an einen anderen Ort, in ein anderes Krankenhaus. Es ist seit damals kein Tag vergangen, an dem ich nicht daran gedacht habe, mir der Schmerz bei der Erinnerung die Kehle nicht zugeschnürt hat.

Wann ist zu dem Schmerz der Hass gekommen? Ich weiß nicht. Es war ein schleichender Vorgang, kaum merklich, sodass ich nichts dagegen tun konnte. Vielleicht wollte ich es auch nicht. Ich hätte es nie für möglich gehalten, dass man eine Tote so sehr hassen kann. Manchmal denke ich, dass es womöglich sogar der Hass gewesen ist, der mich am Leben erhalten hat. Wer weiß, was geschehen wäre, wenn ich dem unerträglichen Schmerz nicht diesen unbändigen Hass hätte entgegensetzen können. Auch wenn ich mich für dieses Gefühl schäme, zutiefst schäme, glaube ich doch, dass ich nur deswegen noch am Leben bin. Fragt sich nur, wie lange noch. Diese widersprüchlichen Gefühle zerreißen mich immer mehr. Sie zehren an mir wie eine todbringende Krankheit.

Bilder stürmen auf mich ein. So intensiv, dass ich mich nicht dagegen wehren kann. Ich habe diesen Tag in Gedanken bereits millionenfach nacherlebt. Mir jede Einzelheit, jedes Detail immer wieder vergegenwärtigt. Es ist wie ein Zwang, dem ich nicht entrinnen kann. Wie ein Film läuft dieser Tag vor meinem inneren Auge ab. Ein Film, der sich wie von selbst jederzeit ein- und ausschaltet.

Es ist die Strafe, die ich mir selbst auferlegt habe.

Ich darf nicht eine Sekunde von dem, was an diesem Tag geschehen ist, vergessen.

***

Ein Sommertag wie aus dem Bilderbuch. Nicht eine Wolke trübte das tiefe Blau des Himmels. In der Luft hing der Geruch nach frisch geschnittenem Gras, und die Rosen in unserem Garten verströmten ihren süßen, schweren Duft. Sechs lange Wochen Sommerferien lagen vor mir, von denen wir die letzten drei Wochen in Südfrankreich verbringen wollten. Dieser Urlaub würde nicht mehr stattfinden, doch das wusste ich zu dem Zeitpunkt noch nicht.

Ich war fünfzehn und zum ersten Mal in meinem Leben so richtig verliebt. Lars hieß er. Er hatte blonde Locken und graue Augen. Ich fand ihn einfach nur umwerfend. Und das Beste war: Er mochte mich auch. Seit er mir das auf der Geburtstagsfete bei Sina vor zwei Wochen ins Ohr geflüstert hatte, sang und hüpfte mein Herz den ganzen Tag vor Freude. Ich war noch nie in meinem Leben so glücklich gewesen. Heute wollte ich mich mit Lars im Freibad treffen. Ich packte gerade meine Badesachen zusammen, da klopfte es gegen meine Zimmertür.

»Herein!«, rief ich gut gelaunt und stopfte die zusammengerollte Bastmatte in die Tasche.

Mein Vater trat ein. Strenger Blick. Umwölkte Stirn. An der Hand hielt er meine kleine Schwester. Sie war das Nesthäkchen der Familie und sein erklärter Liebling. In ihren großen blauen Augen schwammen Tränen. Die feinen blonden Haare klebten verschwitzt an ihrer Stirn. Ich stöhnte tonlos, wusste ich doch genau, was gleich kommen würde.

»Kati sagt, du weigerst dich, sie ins Schwimmbad mitzunehmen?« Es klang nicht wie eine Frage, sondern wie eine Anklage.

Ich warf Kati einen bösen Blick zu. Sie streckte mir die Zunge raus, auf dem Gesicht ein triumphierendes Lächeln. Ich öffnete den Mund, aber mein Vater brachte mich mit einer Handbewegung zum Schweigen.

»Du nimmst sie mit!«, bestimmte er. »Keine Widerrede!«

»Hurra«, jubelte Kati und flitzte davon. Es dauerte keine Minute, da stand sie wieder vor mir. Strahlend sah sie zu mir hoch, ihren rosa Rucksack auf dem Rücken. »Ich bin fertig.«

»Bild dir bloß nicht ein, dass ich mit dir spiele«, fauchte ich sie an und zog an ihren Haaren.

»Aua«, kreischte sie. »Du tust mir weh.«

»Was ist los bei euch?«, rief mein Vater von unten.

»Nichts«, beeilte ich mich zu versichern. Ich hängte mir meine Tasche mit den Badesachen um. »Jetzt komm schon, du Nervensäge.«

Kati hüpfte den ganzen Weg bis zum Freibad neben mir her und plapperte ohne Punkt und Komma. Ich strafte sie mit Nichtachtung, beschleunigte meine Schritte. Sie kam kaum noch hinterher. Ich war mit Lars auf der oberen Wiese, am Becken mit dem Zehnmeterbrett verabredet. Ich sah ihn schon von Weitem. Mein Herz schlug einen freudigen Purzelbaum bei seinem Anblick. Er verzog das Gesicht zu einer Grimasse, als er Kati an meiner Seite bemerkte.

»Was sollen wir denn mit der?«, fragte er und beäugte meine kleine Schwester, als hätte sie eine ansteckende Krankheit.

Ich hob die Schultern und ließ sie wieder sinken. »Ich musste sie mitnehmen. Mein Vater hat mich dazu verdonnert. Einfach nicht beachten.«

Ich stellte mich auf die Zehenspitzen und küsste Lars auf den Mund. Er umfasste meine Taille, seine Zungenspitze drängte sich zwischen meine Lippen. Eine heiße Welle durchflutete meinen Körper. Ich öffnete meinen Mund, schmiegte mich enger an ihn.

»Igitt«, kreischte Kati. »Wie eklig ist das denn.«

»Das kann ja heiter werden«, murmelte Lars an meinem Hals. Er nahm mich bei der Hand. Ohne auf Kati zu achten, schlenderten wir quer über die brechend volle Liegewiese und hielten Ausschau nach einem freien Platz. Lars und ich alberten herum, während wir uns auszogen. Dann fassten wir uns an den Händen und rannten lachend hinunter zum Schwimmbecken. Als wir zurückkamen, thronte Kati auf ihrer kleinen Decke mit den roten Marienkäfern, hielt die hässliche Schlabberpuppe mit den geflochtenen

Zöpfen, die sie Lieselotte getauft hatte, an sich gedrückt und zog einen Flunsch. »Das sag ich Papa.«

Ich versprach ihr ein Schokoladeneis, wenn sie nicht petzte. Sie strahlte mich an und hielt mir ihre Hand hin. Ich legte das Geldstück hinein, sie umschloss es fest mit ihrer kleinen Faust und hüpfte, Lieselotte unter den Arm geklemmt, quer über die Wiese Richtung Eisstand davon. Ich wandte mich wieder Lars zu, kuschelte mich an ihn, ließ mit wohligem Schauder zu, dass sich seine Hand unter den Stoff meines Bikini-Oberteils bis zur Brustwarze vortastete.

Wir bemerkten ihr Fehlen erst, als am Rand des Schwimmbeckens ein Tumult losbrach. Jemand schrie: »Da ist ein Kind im Wasser.«

Hastig löste ich mich aus Lars' Umklammerung, richtete mein Bikini-Oberteil. Dabei fiel mein Blick auf die leere Decke rechts neben uns. Der Schreck fuhr mir wie ein Faustschlag in die Magengrube.

»Wo ist Kati?«, flüsterte ich.

***

Ich schrecke zusammen, als sich die Tür mir gegenüber öffnet. Der Arzt, der vorhin mit wehendem Kittel an mir vorbeigeeilt und im Zimmer verschwunden ist, kommt wieder heraus. Er sieht jung aus, weiche Gesichtszüge, die ihn verletzlich erscheinen lassen. Wahrscheinlich macht er den Job noch nicht lange. Er schickt ein schüchternes Lächeln in meine Richtung, zögert, als habe er etwas auf dem Herzen, das er mir unbedingt anvertrauen muss. Aber dann hastet er doch wortlos mit gesenktem Blick an mir vorbei. Ich stemme mich vom Boden hoch, lehne mich wieder gegen die Wand. Mein Blick gleitet hoch zu der Uhr.

Klack. Klack. Klack.

Ich zähle mit. Jedes einzelne Klacken. Es hält mich vom Denken ab.

Kurz nachdem das dreiundzwanzigste Klack verklungen ist, treten die beiden Schwestern nacheinander auf den Flur. Schwester Namenlos eilt mit geschäftigem Gesichtsausdruck an mir vorbei, ihr Blick streift mich nur flüchtig. Schwester Angélique dagegen kommt auf mich zu.

»Noch mal gut gegangen«, sagt sie und tätschelt kurz meinen Arm. »Sie können jetzt wieder rein.«

Ich nicke, löse mich von der Wand und weiche ihrem Blick aus. Ich will das Mitleid in ihren Augen nicht sehen. Es macht mich hilflos. Hilflos und seltsamerweise wütend.

Im Zimmer ist alles unverändert. Als wäre nichts geschehen. Mir kommt es sogar so vor, als hätte sein Gesicht etwas mehr Farbe als vor dem Anfall. Vielleicht ist er auf dem Weg der Besserung? Vielleicht war das Aufbäumen des Körpers ein Zeichen dafür, dass er kämpft? Um sein Leben kämpft? Ich setze mich auf den Stuhl neben ihn und nehme seine Hand in meine. Es fällt mir schon leichter als die Male zuvor. Aber noch immer fehlen mir die Worte.

Leise fange ich zu singen an.

Das Lied, das Kati so mochte, singe ich jetzt für ihn:

Guten Abend, gut' Nacht,
mit Rosen bedacht,
mit Näglein besteckt,
schlüpf unter die Deck',
morgen früh, wenn Gott will,
wirst du wieder geweckt,
morgen früh, wenn Gott will,
wirst du wieder geweckt.

10

Jakob schrie.

Er sah das, was einmal das Gesicht eines Kindes gewesen war, und schrie. Er konnte nicht anders. Der kleine Körper schien äußerlich unversehrt. Aber das Gesicht war ein blutiger Brei aus Haut und Knochen. Die Augäpfel waren aus den Höhlen gequollen, graue Hirnmasse waberte aus einem tiefen Spalt in der Stirn. Es sah aus, als wäre das kleine Gesicht zwischen eine Schraubzwinge geraten und von ihr regelrecht zerquetscht worden.

Jakob wusste selbst nicht, ob es das Entsetzen oder die Erleichterung war, die tief aus seinem Inneren hervorbrach und ihn so schreien ließ. Wahrscheinlich war es eine Mischung aus beidem.

Bei der Leiche handelte es sich, wie er richtig vermutet hatte, um ein Mädchen. Aber es war nicht Mia. Trotz des entstellten Gesichts erkannte Jakob das sofort. Das Mädchen war fast einen Kopf größer als seine Tochter und etwas stämmig. Mia dagegen war schon immer sehr zierlich gewesen. Da kam sie ganz nach Anne. Jakob schrieb es seiner Angst zu, dass er das nicht schon früher bemerkt hatte.

Nur langsam beruhigten sich sein Atem und sein Herzschlag wieder. Aber etwas kam ihm mit einem Mal merkwürdig vor. Irgendwas war falsch. Während er noch fieberhaft überlegte, was ihn irritierte, fiel sein Blick auf die Wand gegenüber. Er stemmte sich vom Boden hoch und ging etwas steifbeinig näher an die Mauer ran. In großen krakeligen Lettern, die fast die gesamte Breite der Fläche einnahmen, standen die drei Worte, die er heute schon ein Mal gelesen hatte:

SCHULD BIST DU

Die roten Buchstaben schimmerten feucht, als hätte sie erst vor wenigen Minuten jemand dort hingeschmiert.

Unwillkürlich wich Jakob einen Schritt zurück. Schlagartig wurde ihm klar, was ihn an dem Fundort der Kinderleiche so irritierte. Nirgendwo auf dem Boden war Blut. Bei der Schwere der Verletzung, die das Kind davongetragen hatte, müsste die Leiche in einer riesigen Blutlache liegen.

Er wandte sich von der Wand ab, ließ seinen Blick über den staubigen Boden wandern. Nirgendwo Blut. Nicht ein Tropfen. Das Kind musste woanders zu Tode gekommen sein, erst dann hatte man die Leiche hierher geschafft. Doch wo kam dann das Blut her, mit dem die Worte an die Wand geschrieben worden waren? Denn dass es Blut war, stand für Jakob zweifelsfrei fest.

Mit klopfendem Herzen betrachtete er die drei Worte, die vor ihm in großen, roten Lettern an der Wand prangten. Das konnte kein Zufall sein. Zum zweiten Mal an diesem Tag stieß er auf die gleiche Botschaft. Erst in seiner Wohnung und jetzt hier.

Schuld bist du.

Was hatte das zu bedeuten? Eins konnte er jetzt allerdings mit ziemlicher Sicherheit ausschließen: Dass es sich hierbei um einen von Annes makabren Scherzen handelte.

Aber wieso hatte er Mias Handy hier in diesem Gebäude

geortet? War sie wirklich hier? Oder hatte sie ihr Handy verloren, jemand hatte es gefunden und –

Ein knirschendes Geräusch hinter seinem Rücken ließ ihn herumwirbeln. Aus der Maueröffnung löste sich ein Schatten, verschwand in der Dunkelheit.

»Hey«, rief Jakob. »Stehen bleiben!« Ohne nachzudenken, stürmte er hinterher.

Der Schatten floh vor ihm durch den angrenzenden Raum. Im schwachen Licht, das von draußen durch die Fensteröffnungen sickerte, zeichnete sich die Silhouette eines Menschen ab. Der Statur und Größe nach war es ein Mann. Der offene Mantel wehte wie eine dunkle Fahne hinter ihm her. Jakob stolperte über ein Hindernis auf dem Boden. Im letzten Moment konnte er den Sturz mit den Händen abbremsen. Ein stechender Schmerz fuhr ihm durchs rechte Handgelenk. So heftig, dass es ihm Tränen in die Augen trieb. Stöhnend richtete er sich wieder auf. Er brauchte einige Sekunden, um die Benommenheit abzuschütteln, dann kletterte er über die nächstgelegene Fensterbrüstung nach draußen auf das Gerüst. Suchend sah er sich um. Auf dem hell erleuchteten Balkon im Haus direkt gegenüber stand jemand. Reichte kaum bis über die Brüstung. Ein Kind? Jakob konnte nicht sehen, ob es ein Junge oder ein Mädchen war. Bildete er sich das nur ein, oder sah das Kind tatsächlich zu ihm rüber? Jetzt hob es beide Hände über den Kopf. Jakob erkannte erst auf den zweiten Blick, was es in den Händen hielt.

Eine Geige. Das erklärte die Musik, deren Klänge noch vor wenigen Minuten bis in die Tiefen des Gebäudes vorgedrungen waren. Einen Moment lang glaubte Jakob, das Kind würde die Geige über die Brüstung werfen, aber dann senkten sich die Hände langsam wieder. Es hob die Geige unters Kinn, der Bogen schwebte über den Saiten, ohne sie zu berühren. So verharrte die kleine Gestalt. Als wäre sie von einer unsichtbaren Hand mitten in der Bewegung abgeschaltet worden. Wie merkwürdig, dachte Jakob.

Unvermittelt traf ihn eine Windböe mit stürmischer Wucht mitten ins Gesicht. Er löste seinen Blick von dem seltsamen Schauspiel auf dem Balkon gegenüber und lehnte sich weit übers Geländer. Wo war der Mann? Jakob glaubte schon, dass er ihn verloren hatte, da entdeckte er seine Gestalt mit dem wehenden Mantel zwei Etagen unter sich auf der Gerüstleiter. Der Vorsprung war zu groß, um ihn noch einzuholen. Aber so schnell wollte und konnte Jakob nicht aufgeben. Er löste seine Hände vom Geländer, warf einen schnellen Blick auf das Haus gegenüber. Der Balkon lag im Dunkeln. Das Kind war verschwunden. Als wäre es nie da gewesen.

Jakob rannte zur nächsten Treppe und eilte, so schnell er konnte, die Stufen hinunter. Er hörte das keuchende Husten des Mannes und beschleunigte sein Tempo. Mit beiden Händen hielt er sich am Geländer fest. Es fühlte sich glitschig und kalt an. Er verfehlte eine Stufe und kam ins Rutschen. Krampfhaft umklammerte er den Eisenholm des Geländers, erreichte stolpernd das nächste Stockwerk. Sein Herz raste. Ein gellender Schrei zerriss die Stille. Jakob stürzte vor, beugte sich weit übers Geländer und sah gerade noch den Mann mit wild wedelnden Armen zu Boden stürzen. Jakob sprintete die restlichen Stufen hinunter. In seinem verletzten Handgelenk pochte der Schmerz. Der Schweiß lief ihm trotz der Kälte in Strömen über den Oberkörper.

Der Mann lag direkt vor der Leiter auf dem Rücken, die Arme weit von sich gestreckt. Er steckte in einem viel zu großen Militärmantel, der über seinem ausgemergelten, in Lumpen gehüllten Körper weit auseinanderklaffte. Ein roter Wollschal war in mehreren Lagen um seinen Hals gewickelt. Jakob machte einen großen Schritt über ihn hinweg und ging dann neben ihm in die Hocke. Das Gesicht war von einem ungesunden Grau. Ein beißender Geruch nach altem Schweiß, Alkohol und ungewaschener Kleidung stieg Jakob in die Nase. Er kämpfte den Brechreiz nieder und beugte sich über den Mann. In diesem Augenblick schlug er die Augen auf und starrte Jakob verwirrt an. Von einer Sekunde auf die andere veränderte sich sein Blick. Der verwirrte Ausdruck in seinen Augen wich blankem Entsetzen.

»Waren Sie das?«, brüllte Jakob ihn an. »Haben Sie das Mädchen umgebracht und dort oben abgelegt?«

Statt zu antworten, bäumte sich der Mann mit letzter Kraft auf und begann unter Zuhilfenahme seiner Unterarme von Jakob wegzurobben. »Bitte tun Sie mir nichts«, nuschelte er mit weinerlicher Stimme, die Zunge schwer vom Alkohol.

Jakob packte ihn am Mantelkragen. »Antworten Sie mir!«, fuhr er den Mann an. »Haben Sie das Kind umgebracht?« Der Mann öffnete den Mund, klappte ihn wieder zu. Er schüttelte heftig den Kopf. In seinen Augen las Jakob die nackte Panik. »Warum sind Sie dann vor mir weggerannt?«, herrschte Jakob ihn an.

Der Mann schluckte. Er hielt seinen Kopf nur mit Mühe hoch. Sein Adamsapfel hüpfte hektisch auf und ab. »Ich war das doch nicht«, beteuerte er mit weinerlicher Stimme. »Ich schwöre.«

»Haben Sie jemanden in dem Gebäude gesehen? Ein kleines Mädchen mit rotem Anorak und langen dunklen Haaren?« Jakobs Stimme wurde immer lauter.

Der Mann zuckte zusammen. »Nichts gesehen«, murmelte er und setzte nach einem kurzen Zögern hinzu: »Nur Sie. Und das tote Kind.«

Jakob runzelte irritiert die Stirn. Er ließ den Mann los und richtete sich auf. Der Obdachlose rappelte sich vom Boden hoch, warf ihm einen letzten Blick zu, in dem noch immer die pure Angst stand, dann wandte er sich taumelnd von ihm ab und stolperte davon.

Jakob fuhr sich mit beiden Händen durchs Haar. Der Kick des Adrenalins in seinem Blut ließ rapide nach, sein Verstand gewann wieder die Oberhand. Und der sagte ihm mit aller Eindringlichkeit, dass es an der Zeit war, die Polizei zu informieren. Der Mann, der gerade in Panik vor ihm geflüchtet war, hielt ihn ganz offensichtlich für den Mörder des kleinen Mädchens, das er in dem Gebäude entdeckt hatte. Womöglich war er jetzt schon unterwegs ins nächste Polizeirevier. Vielleicht sollte er dem zuvorkommen.

Jakob zögerte. Er würde hier auf die Polizei warten müssen, sie würden ihm Fragen stellen. Fragen, die er nicht beantworten konnte. Wahrscheinlich müsste er sie aufs Revier begleiten, sie würden ihn verhören. Unwillkürlich schüttelte Jakob den Kopf. Das kostete viel zu viel Zeit. Er warf einen letzten Blick auf den Rohbau, der jetzt vollkommen im Dunkeln lag, und marschierte mit gesenktem Kopf zu der Lücke im Bauzaun. Er quetschte sich durch den Spalt. Mia war nicht hier.

Und wenn sich der Mörder noch in dem Gebäude aufhält und Mia in seine Gewalt gebracht hat? Mit aller Macht drängte sich die Frage aus einem Winkel seines Gehirns in den Vordergrund.

Für den Bruchteil einer Sekunde war Jakob versucht, zurückzugehen, das ganze verdammte Gebäude noch mal nach ihr abzusuchen. Aber wieder meldete sich sein Bauchgefühl und sagte ihm, dass Mia sich nicht in dem Gebäude befand. Der rote Schal des Obdachlosen fiel ihm ein. Wahrscheinlich war er es auch gewesen, den Jakob vorhin in dem Rohbau gesehen hatte. Er hatte etwas Rotes aufblitzen sehen und es fälschlicherweise für Mias rote Jacke gehalten.

Jakob zerrte sein Handy aus der Jackentasche und wählte die Nummer seiner Tochter aus dem Speicher. Wieder sprang nur die Mobilbox an. Es war zum Verzweifeln. Noch ein Versuch, beschied er, dann würde er die Polizei benachrichtigen. Er schickte den Ortungscode für Mias Handy ein drittes Mal los und suchte Schutz in einem Hauseingang, während er ungeduldig auf eine Antwort wartete.

Aus dem dunklen Himmel, der wie eine schwere, bleigraue Decke über den Dächern hing, taumelten vereinzelte Schneeflocken herunter, wirbelten durch die Luft, bevor sie auf dem Beton des Bürgersteigs in tausend mikroskopisch kleine Teilchen zerplatzten. Jakob war so angespannt, dass er für einen Augenblick glaubte, das Zerplatzen der Eiskristalle auf dem Asphalt hören zu können. Er zuckte zusammen, als das Handy, das er in der rechten Hand umklammert hielt, den Eingang einer SMS verkündete. Mit zitternden Fingern öffnete er sie, starrte fassungslos auf das Display: Die Koordinaten konnten nicht ermittelt werden.

»Verflucht«, flüsterte Jakob. Was hatte das jetzt wieder zu bedeuten?

Seine Finger, mittlerweile schon wieder ganz klamm vor Kälte, bewegten sich über die Tastatur, um die Notrufnummer der Polizei einzutippen. Um ein Haar hätte er das Handy fallen lassen, als es unvermittelt zu klingeln begann. Er drückte die Annahmetaste und presste das Gerät so fest gegen sein Ohr, dass es wehtat.

»Ja?«, fragte er mit tonloser Stimme.

Er hörte ein Knistern in der Leitung, aber niemand antwortete ihm.

»Wer ist da?«, fragte er.

Es rauschte, dann knisterte es wieder, als würde jemand direkt neben seinem Ohr Stanniolpapier in der Hand zerknüllen, aber niemand sagte etwas.

Durch das Knistern hindurch nahm Jakob im Hintergrund Stimmen wahr. Die helle Stimme eines Kindes übertönte die anderen. Mia. Jakob erkannte die Stimme seiner kleinen Tochter sofort. Sein Herzschlag beschleunigte sich. Jetzt lachte jemand, sagte etwas. Was, konnte Jakob jedoch nicht verstehen.

»Anne? Mia?«, rief er. »Seid ihr das?« Die Stimmen verstummten abrupt.

Keine Sekunde später wurde die Verbindung unterbrochen.

11

Jakob hatte, als er den Anruf entgegennahm, nicht auf die Nummer im Display geachtet. Mit fliegenden Fingern öffnete er das Menü der eingegangenen Anrufe. Der letzte stammte von Lukas, seinem langjährigen Arbeitskollegen und besten Freund. Ohne zu zögern, wählte Jakob die Rückruf-Option. Nach dem dritten Klingeln nahm jemand ab.

»Lukas Velder.« Die Stimme seines Freundes klang atemlos, als wäre er gerade erst zur Tür hereingekommen und an den Apparat geeilt.

»Ich bin's, Jakob.«

»Jakob«, wiederholte Lukas gedehnt. Er klang nicht sonderlich erfreut über den Anruf.

»Sind Anne und Mia bei dir?« Die Frage kam schärfer als beabsichtigt heraus.

Schweigen am anderen Ende der Leitung. Jakob hörte, wie Lukas die Luft einsog und geräuschvoll wieder ausstieß. Er wartete auf eine Antwort, aber von Lukas kam nichts.

»Jetzt sag schon, sind die beiden bei dir?«, wiederholte Jakob ungeduldig seine Frage.

»Jakob, was soll das?« In Lukas' Stimme schwang ein resignierter Unterton mit. »Bist du betrunken?«

»Was sollte dieser Anruf gerade?«, fuhr Jakob ihn an, ohne auf die absurde Anschuldigung einzugehen. »Was wird hier gespielt?«

»Jakob, bitte –«

»Hol Anne ans Telefon, sofort!«, fiel Jakob ihm ins Wort.

»Nein.«

»Hey, was soll das?«, brauste Jakob auf. »Ich denke, wir sind Freunde.«

»Sind wir auch, Jakob. Nur dass du neuerdings unter Freundschaft etwas anderes zu verstehen scheinst als ich.«

Die Antwort verwirrte Jakob. »Lukas, ehrlich. Ich habe keine Ahnung, wovon du sprichst. Vielleicht redest du endlich mal Klartext und verrätst mir, was mit dir los ist.«

»Was mit mir los ist?«, wiederholte Lukas mit einem ungläubigen Lachen in der Stimme. Die Betonung lag auf mir.

»Wer ist denn dran?«, hörte Jakob jemanden fragen.

Die Stimme einer Frau. Anne! Eindeutig. Lukas flüsterte etwas Unverständliches. Kurz war es still am anderen Ende der Leitung. Dann hörte Jakob die Stimme seiner Tochter. Laut und deutlich.

»Papa«, rief sie. »Ich will zu Papa.«

»Lukas, verdammt«, Jakob schrie so laut in sein Handy, dass ein Passant auf der anderen Straßenseite abrupt stoppte, ihn mit einem kurzen misstrauischen Blick bedachte, um dann schnell weiterzueilen.

Jakob dämpfte seine Stimme. »Lukas, was für ein Spiel spielst du?«

»Mann, Jakob. Kapier es endlich. Ich kann dir nicht mehr helfen.« Der Freund klang zornig und resigniert zugleich. »Keiner kann dir helfen.«

»Wieso helfen?«, fragte Jakob verdutzt. Es klackte in der Leitung. Lukas hatte ihn weggedrückt.

Jakob stand wie vom Donner gerührt. In seine Erleichterung, dass Mia in Sicherheit war und nicht durch Berlin irrte, mischte sich Ärger. Hatte sich die ganze Welt gegen ihn verschworen? Was sollte das alles? Was war in der kurzen Zeit seiner Abwesenheit geschehen?

Wieder versuchte er sich zu erinnern, wann er das letzte Mal mit Anne gesprochen hatte. Zum wiederholten Mal fragte er sich, ob er sie aus Vietnam überhaupt angerufen hatte. Ja, jetzt fiel es immer wieder ein. Das Gespräch war kurz und kühl gewesen. Anne war nachtragend. Sie konnte ihm nicht so ohne Weiteres verzeihen, dass er sie mit dem Zusammenpacken für den Umzug allein gelassen hatte. Die Notwendigkeit der Reise hatte sie partout nicht einsehen wollen. Stundenlang hatte er versucht, ihr zu erklären, dass sein Job als Journalist nicht mehr so gesichert war wie noch vor Jahren. Er musste Zugeständnisse machen, auch wenn es ihm nicht gefiel. Und wenn der Chefredakteur ihn dazu erkor, den Wirtschaftsminister auf seiner Reise zu begleiten, war das gleichzeitig eine Auszeichnung, aber auch ein verdammtes Muss.

»Aber das erklärt nichts von all dem, was mir gerade widerfährt«, murmelte Jakob vor sich hin. »Ich kapier das einfach nicht.«

Er trat aus dem Hauseingang auf die Straße. Der Schnee fiel mittlerweile in einem dichten Vorhang aus flauschigen Flocken. Jakob zog sich die Kapuze des Regencapes über den Kopf und stapfte zum Haus Nummer 18 zurück. Jemand hatte Tamaras Rad vom Bürgersteig geklaubt und gegen die Hauswand gelehnt. Jakob war zu durcheinander, um sich über die ungewohnt fürsorgliche Geste zu wundern. Ein nicht abgeschlossenes Fahrrad wurde in Berlin generell als Aufforderung, es mitzunehmen, verstanden. Unschlüssig blieb er neben dem Rad stehen. Er brauchte einen Plan. Aber in seinem Kopf herrschte ein heilloses Durcheinander. Er konnte kaum noch klar denken.

Ein Auto näherte sich langsam. Er hörte das patschende Geräusch von Reifen auf dem nassen Asphalt.

Tamara. Endlich.

Jakob postierte sich am Straßenrand, hob die Arme und winkte. In dem Moment, als der Wagen vorbeifuhr, ohne sein Tempo zu verringern, erkannte Jakob, dass es kein Nissan war. Wasser spritzte hoch, durchnässte seine Hosenbeine. Er wich zurück und ließ die Arme enttäuscht wieder sinken. Wo steckte Tamara bloß? Womöglich stand sie noch immer im Stau. Ein stechender Schmerz ließ ihn leise aufstöhnen. Vorsichtig tastete er über die Schwellung an seinem rechten Handgelenk. Vermutlich hatte er es sich bei dem Sturz vorhin verstaucht. Von einem parkenden Auto schaufelte er etwas Schnee in seine Handfläche und kühlte damit das geschwollene Gelenk. Er überlegte, ob er Lukas noch mal anrufen sollte, verwarf den Gedanken aber sofort wieder. Lukas kannte seine Handynummer. Er würde nicht abnehmen, wenn sie ihm auf dem Display entgegen blinkte.

Jakob war das Verhalten seines Freundes ein Rätsel. Sie hatten sich in letzter Zeit sogar wieder besser verstanden. Eine Weile hatte Jakob das Gefühl gehabt, dass sich Lukas in den Zeiten seiner berufsbedingten Abwesenheit ein bisschen zu intensiv um Anne und Mia kümmerte. Aber sowohl Anne als auch Lukas hatten ihm glaubhaft versichert, dass ihre Beziehung rein freundschaftlicher Natur war. Selbst Mia hatte vollkommen unbefangen reagiert, als er sie vorsichtig ausgefragt hatte, ob die Mama und Onkel Lukas sich auch mal küssten oder zusammen im Schlafzimmer verschwanden, wenn er nicht da war.

»Natürlich«, hatte seine Tochter geantwortet. »Onkel Lukas küsst Mama immer, wenn er kommt. Und wenn er geht. Aber anders als du.« Sie hatte zu ihm aufgeschaut und ihn schelmisch angegrinst. »Nicht auf den Mund und so. Er tatscht ihr auch nicht auf den Po. So wie du.«

Jakob hatte gegrinst und das Thema ad acta gelegt. Erst später war ihm klar geworden, dass ihn ein Vertrauensbruch von Lukas mehr getroffen hätte als ein Fremdgehen von Anne. Was einiges über seine Beziehung zu ihr aussagte. Jakob kam nicht umhin, sich einzugestehen, dass er Anne nicht mehr liebte. Vielleicht hatte er sie nie geliebt. Er mochte sie, sehr sogar. Aber er hatte für Anne nie so tief empfunden wie damals für Tamara. Dass er sie nicht verließ, lag einzig und allein an seiner kleinen Tochter. Ihr zuliebe wollte er die Fassade der heilen Welt einer Familie aufrechterhalten. Wie lange ihm das noch gelingen würde, stand allerdings auf einem ganz anderen Blatt. Jakob schüttelte die unguten Gedanken ab, die sich unvermittelt in den Vordergrund geschoben hatten und die Ursache für sein permanent schlechtes Gewissen Anne gegenüber waren. Sie hätte es verdient, dass er ehrlich zu ihr war. All das würde er klären, sobald wieder etwas mehr Normalität in sein Leben eingekehrt war. Jetzt musste er erst mal sichergehen, dass Mia und Anne wirklich wohlauf waren. Auch wenn es zweifellos ihre Stimmen gewesen waren, die er bei dem Telefonat mit Lukas vorhin im Hintergrund gehört hatte, wollte er sich persönlich davon überzeugen. Außerdem wollte er seinen Freund zur Rede stellen. Sein Verhalten am Telefon gerade war ebenso unverständlich wie unakzeptabel.

Jakob streifte Tamaras Rad mit einem kurzen Blick, entschied sich dann aber, es stehen zu lassen und sich ein Taxi zu nehmen. Er würde ihr das Rad ersetzen, sollte es doch noch gestohlen werden. Während er seine Schritte Richtung Luisenstraße lenkte, griff er nach seinem Handy und schrieb Tamara eine SMS, dass Anne und Mia bei

Lukas in der Immanuelkirchstraße waren und sie sich dort treffen würden. Er schickte die Nachricht ab und zögerte. Unschlüssig starrte er auf das Display. Sollte er die Polizei verständigen? Es blieb ihm keine andere Wahl. Er war am Tatort gesehen worden und allein schon deshalb dringend verdächtig. Wenn er sich nicht bei der Polizei meldete, konnte das fatale Folgen für ihn haben. Jakob hatte den Gedanken noch nicht ganz zu Ende gebracht, da erlosch das Display vor seinen Augen.

Das Handy hatte sich abgeschaltet. Wahrscheinlich war der Akku jetzt endgültig leer. Er drückte sekundenlang auf die On-Taste, aber es passierte nichts. Genervt stopfte er das Gerät in die Jackentasche zurück und beschleunigte seine Schritte. Er würde mit dem Taxi zu Lukas fahren und von dort die Polizei verständigen, beschloss er. Instinktiv tastete Jakob nach seinem Portemonnaie in der Gesäßtasche. Es war noch da. Einen bangen Moment lang hatte er befürchtet, es sei bei dem Sturz vorhin verloren gegangen. Er ging rasch vor bis zur Ecke Reinhardtstraße und behielt den fließenden Verkehr im Auge. Es dauerte keine drei Minuten, da entdeckte er ein freies Taxi. Er trat vom Bürgersteig auf die Straße und hob einen Arm.

12

Erschreckt ziehe ich meine Hand zurück, als seine Finger sich wie kleine Lebewesen auf meiner Handfläche zu bewegen beginnen. Seine Augenlider, durchscheinend wie die zarten Flügel einer Libelle, flattern unruhig. Vielleicht mag er meinen Gesang nicht? Ich habe meine mangelnde Musikalität immer sehr bedauert. Schon als Kind habe ich gerne und voller Inbrunst gesungen, aber nur selten die richtigen Töne getroffen. Mich hat das nie gestört. Im Gegenteil. In meinen Ohren klang mein Gesang melodisch und schön. Meine Umgebung war da allerdings anderer Meinung. Mutter hat mir regelmäßig das Singen in ihrer Gegenwart verboten, weil sie davon angeblich Ohrenschmerzen bekam.

Grit ist da ganz anders. Sie spielt mehrere Instrumente. In dem Haus in Zehlendorf gibt es ein riesiges Musikzimmer, das von einem Flügel dominiert wird. Ein Familienerbstück, ein echter Bösendorfer, hat sie mir erklärt und ihre Fingerspitzen über den schwarz glänzenden Korpus gleiten lassen. Noch immer schwingt ein wenig Stolz und auch so etwas wie Ehrfurcht in ihrer Stimme mit, wenn sie den Namen Bösendorfer nennt, der mir bis zu dem Zeitpunkt völlig unbekannt gewesen ist. Ich habe sie nie auf dem Flügel spielen gehört. Seit Jennys Tod rührt sie ihn nicht mehr an. Ebenso wenig wie die Geige und das Saxofon.

»Seit Jenny tot ist«, sagt sie, »fühle ich die Musik in mir nicht mehr. Der Schmerz ist zu laut, er übertönt alle anderen Klänge.«

Aaron, ihr Mann, hat lange Zeit gehofft, dass es nur eine Phase ist, die vorübergeht. »Wenn die Trauer verklingt, der Schmerz leiser geworden ist, wird sie auch wieder spielen«, hat er zu mir gesagt und hinzugefügt: »Es heißt doch, die Zeit heilt alle Wunden.« Verzweiflung und Hilflosigkeit in seinem Blick, mit dem er mich stumm um Zustimmung bat, die ich ihm leider verweigern musste. Zeit heilt eben nicht alle Wunden. Niemand weiß das besser als ich.

Vielleicht ist er deshalb gegangen. Weil er es nicht aushalten konnte, dass er sich geirrt hat. Weil er nicht wusste, dass so ein Schmerz nie wieder vergehen wird. Dass keine Zeit der Welt ihn heilen kann. Ich hätte es ihm sagen können, aber ich fürchte, er hätte es nicht verstanden. Grit hat ihn ziehen lassen. Und danach nie wieder ein Wort über ihn verloren. Ich glaube, Aaron hat seine Frau schon lange vor Jennys Tod verloren. Er hat es nur nicht bemerkt.

Ich spüre eine sanfte Berührung an meiner Handfläche. Erstaunt schaue ich hoch. Meine Hand liegt wieder in seiner Hand. Wann ist das denn passiert? Hat er meine Hand genommen? Oder ich seine?

Und dann, als sei damit ein Damm gebrochen, drängen von allen Seiten Bilder in meinen Kopf. Die Erinnerungen überfluten mich. Wie von selbst fließen die Worte aus mir heraus, als hätten sie nur auf diesen einen Augenblick gewartet.

Ich erzähle ihm von Grit Mahler. Von unserer ersten Begegnung.

***

Ich hatte keine Ahnung, wie sie an meine Adresse gekommen war. Wahrscheinlich hatte ein Blick aus ihren blauen Augen genügt, ein leise gewispertes *bitte* an der richtigen

Stelle. Grit war die Sorte Frau, der man keinen Wunsch abschlagen konnte. Tat man es dennoch, fühlte man sich schlecht, so als hätte man sie verraten.

»Sie sagen, Jenny ist in deinen Armen gestorben«, sagte sie ohne Umschweife, als ich ihr die Tür öffnete. Sie duzte mich mit einer Selbstverständlichkeit, als würden wir uns seit Ewigkeiten kennen. Ihr Blick irrte seltsam haltlos an mir vorbei.

Ich fühlte mich überrumpelt. Mein erster Impuls war, ihr die Tür vor der Nase zuzuschlagen. Stattdessen bat ich sie herein, versuchte mir nicht anmerken zu lassen, wie sehr ihr Anblick mich erschreckte. Das Herz klopfte mir bis zum Hals, als ich ihr voraus in die Küche ging.

So würde Kati aussehen, wenn sie noch lebte. Der Gedanke setzte sich fest in meinem Kopf. Jedes Mal, wenn ich Grit ansah, sah ich Kati. Das feine blonde Haar, das ihr Gesicht wie einen Helm umschloss und beim Kämen leise knisterte wie brüchiges Seidenpapier. Das intensive Blau ihrer Augen, ihre Zartheit, ihre fast durchsichtige Schönheit. Sie weckte in den meisten Menschen sofort den Instinkt, sie vor allem Bösen beschützen zu wollen. Dass sich hinter der Fassade dieser zarten Person der unbeugsame Wille, sich durchzusetzen, verbarg, hatte ich lange nicht begriffen. Zu lange. Obwohl ich von Anfang an eine leise Ahnung hatte, dass Grit mein Leben auf den Kopf stellen würde – und nicht unbedingt zum Guten.

Ich trat an den Herd und setzte Teewasser auf. Grit schaute sich derweil neugierig in meiner kleinen, unaufgeräumten Küche um. Sie sagte kein Wort. Ich auch nicht. Wir saßen uns an dem viereckigen Tisch, der am Fenster stand und dessen Resopalplatte mit gelben Flecken übersät war, gegenüber, tranken Tee und schwiegen. Es war kein unangenehmes Schweigen. Im Gegenteil. Es war, als würden wir uns seit Ewigkeiten kennen. Es war, als wäre mir Kati wiedergegeben worden. Für einen Augenblick erfüllte mich dieser unsinnige Gedanke mit einem tiefen Gefühl des Friedens.

Sie war es, die die Stille unterbrach. »Hat sie …«, sie schluckte, sah mich zum ersten Mal direkt an, »… hat sie sehr leiden müssen?«

»Nein«, log ich, ohne auch nur eine Sekunde zu zögern. »Es ging ganz schnell. Sie war sofort tot.«

Ihre Gesichtszüge wurden hart. Ihre Augen verengten sich zu schmalen Sicheln. Jetzt sah sie hässlich aus, stellte ich erstaunt fest.

»Lüg mich nicht an«, zischte sie.

»Ich lüge nicht«, log ich mit fester Stimme.

Was nützte es ihr, wenn sie erfuhr, wie ihre kleine Tochter wirklich gestorben war. Wenn ich ihr sagte, dass ihr kleiner Körper so zerschmettert wurde, dass er eine einzige Wunde war. Ihr Kopf ein blutiger Brei, in dem sich ihr Mund zu einem Schrei öffnete, wie ich nie zuvor einen Menschen hatte schreien hören.

Ich schloss die Augen, vertrieb die schrecklichen Bilder, die mich nachts nicht mehr schlafen ließen.

»Glaub mir«, sagte ich. »Sie hat nicht gelitten.«

Sie nickte, zögerlich, als würde sie den Wahrheitsgehalt meiner Worte nach wie vor bezweifeln. Es fiel mir schwer, kostete mich eine fast übermenschliche Kraft, aber ich hielt ihrem prüfenden Blick stand. Sie musste die Wahrheit nicht kennen. Es würde ihren Schmerz nur noch unerträglicher machen. Das war das Einzige, was ich für sie tun konnte.

»Ich heiße Grit«, sagte sie und reichte mir über den Tisch hinweg eine schmale Hand.

Ich nannte ihr meinen Namen, griff nach der Hand und drückte sie leicht. Sie erwiderte den Druck und sah mich aus großen Augen an. Für einen Moment hatte ich das irrationale Gefühl, in dem intensiven Blau ihrer Augen ertrinken zu müssen.

»Mir kommt es so vor, als würden wir uns schon ewig kennen«, sagte sie mit einem leisen Lächeln, als sie meine Hand wieder losließ.

Ich sagte nichts. Aber da ahnte ich bereits, dass Grit mich vereinnahmen würde. Dass ich ihr hilflos ausgeliefert war, weil ich jedes Mal, wenn ich sie anschaute, Kati vor mir sah. Und ich mich nicht gegen das Gefühl wehren konnte, an Grit etwas gutmachen zu müssen, was ich bei meiner kleinen Schwester versäumt hatte. Als könnte ich mich im Nachhinein von meiner Schuld reinwaschen.

Was für ein fataler Trugschluss.

In dieser Nacht träumte ich wieder von Kati. Erlebte den verhängnisvollen Tag, wie schon in tausend Nächten zuvor, auf grauenvolle Weise wieder. Aber noch nie so intensiv wie in dieser Nacht. Schweißgebadet schreckte ich hoch. Im Kopf das Bild, wie der Bademeister sich am Rand des Schwimmbeckens über Katis kleinen leblosen Körper beugte. Er schaffte es, sie wiederzubeleben. Sie starb erst zwei Tage später im Krankenhaus. Es war das erste Mal, dass ich meinen Vater weinen sah. Zu mir sagte er kein Wort, würdigte mich keines Blickes. Ich ging wie durch Watte, in meinem Kopf pulsierten in einer Endlosschleife die immer gleichen Worte.

Schließlich sprach mein Vater genau diese Worte laut aus: »Du bist schuld. Du allein bist schuld an Katis Tod.« Seine Stimme kalt, klirrend wie Eis, tönte mir heute noch in den Ohren. Das Schlimmste war, er starb ein paar Jahre später, ohne seine Anschuldigung zurückgenommen zu haben.

Ich saß aufrecht im Bett und zitterte am ganzen Körper. Mit beiden Händen wischte ich mir die Tränen von den Wangen. Es war über fünfzehn Jahre her, dass Kati im Freibad ertrunken war, doch es schmerzte, als wäre es gestern geschehen. Ich schloss die Augen und sah ihre Puppe Lieselotte auf dem Wasser des Schwimmbeckens treiben.

Ich hatte gelernt – lernen müssen –, mit meiner Schuld und dem Schmerz zu leben. Der nicht enden wollende Schmerz war ein Teil der Sühne meiner Schuld. Einer Schuld, von der mich niemand freisprechen konnte, die ohne Vergebung bleiben würde. Solange ich lebte, blieb ich eine Gefangene meiner Erinnerung an meine tote Schwester, deren Geist mich überallhin verfolgte und mich nie mehr losließ.

Wenn das kein Grund zum Hassen war.

13

Der Mercedes, auf dessen Dach das gelb leuchtende Taxischild signalisierte, dass der Wagen sich auf der Suche nach einem Fahrgast befand, bremste mit quietschenden Reifen und kam direkt neben Jakob zum Stehen. Schmutzig braunes Schmelzwasser spritzte hoch und durchnässte seine Hosenbeine. Doch Jakob bekam davon nichts mit, hastig riss er die Wagentür auf. Verbrauchte, warme Luft strömte ihm aus dem Wageninneren entgegen. Es roch intensiv nach einem billigen Rasierwasser und den Ausdünstungen unzähliger Fahrgäste. Jakob zog den Kopf ein, kletterte ins Wageninnere und sank mit einem erleichterten Seufzer auf den Rücksitz.

»Immanuelkirchstraße«, sagte er. »Prenzlauer Berg.«

Von seinem Regencape perlten die Tropfen des schmelzenden Schnees, bildeten kleine Pfützen auf dem Kunstleder des Sitzes. Der Fahrer, von dem Jakob nur den Hinterkopf sah, an dem die wenigen grauen Haare zu einem bleistiftdünnen Pferdeschwanz zusammengeschnürt waren, brummte etwas Unverständliches und stellte den Taxameter an. Mit einem leisen Klicken nahm er seine Arbeit auf.

Jakob zog sich die Kapuze vom Kopf und rieb seine kalten Hände aneinander. Die Wärme machte ihn schläfrig. Jetlag und Schlafmangel forderten ihren Tribut. Jakob gähnte, ließ den Kopf gegen das Polster sinken und schloss die Augen.

Das sanfte Schaukeln des Wagens lullte ihn ein. Es dauerte keine Minute, da war er fest eingeschlafen.

»HALLO! Aufwachen!«

Die laute Stimme riss Jakob aus dem Schlaf. Benommen öffnete er die Augen. Der Taxifahrer hatte sich zu ihm umgewandt und stierte ihn über die Rückenlehne hinweg aus rot geäderten Augen verärgert an.

»Na, endlich«, knurrte er. »Ich dachte schon, ich krieg Sie gar nicht mehr wach.«

Jakob brauchte einige Sekunden, um sich zu sortieren und zu checken, wo er sich befand. Sein Mund war vollkommen ausgetrocknet, und das Schlucken fiel ihm schwer.

»Sorry«, sagte er mit belegter Stimme und fummelte das Portemonnaie aus der Gesäßtasche. »Ich bin wohl eingeschlafen.«

»Was Sie nicht sagen«, unkte der Mann und nahm den Geldschein entgegen, den Jakob ihm reichte.

»Stimmt so«, murmelte Jakob und kletterte umständlich aus dem Taxi.

»Danke schön«, rief ihm der Mann hinterher.

Aus dem erfreuten Klang seiner Stimme schloss Jakob, dass das Trinkgeld viel zu hoch ausgefallen war. Aber er fühlte sich zu erschöpft, um sich über seine Unachtsamkeit zu ärgern. Er schlug die Wagentür zu und eilte hinter dem davonfahrenden Taxi mit gesenktem Kopf über die Straße. Wie üblich war sie völlig zugeparkt. Einige Autos standen sogar in zweiter Reihe, sodass es immer wieder zu kleinen Staus auf der schmalen Straße kam. Wütendes Hupen gehörte hier zur permanenten Geräuschkulisse. Es schneite noch immer. Die Flocken schmolzen allerdings, sobald sie den Boden der Fahrbahn berührten. Das Kopfsteinpflaster glänzte feucht im matten Schein der Straßenlaternen. Aus der Kneipe neben der hell erleuchteten Apotheke torkelte eine offensichtlich betrunkene Frau. Der Wollmantel von undefinierbarer Farbe war ihr über die Schultern gerutscht. In der rechten Hand baumelte eine Bierflasche. Sie vollführte so etwas wie eine angedeutete Pirouette auf dem Bürgersteig und krakeelte dabei lautstark irgendwelche unverständlichen Sätze. Wahrscheinlich Schimpftiraden gegen Gott und die Welt.

Jakob machte wie alle anderen Passanten einen großen Bogen um sie. Kurz überlegte er, in der Apotheke Schmerztabletten zu kaufen. Sein Handgelenk fühlte sich heiß an und war mittlerweile dick geschwollen. Aber bevor er den Gedanken in die Tat umsetzen konnte, war er bereits an der Apotheke vorbeigeeilt.

Lukas wird sicher ein Schmerzmittel dahaben, dachte er und eilte an dem mit einer verdreckten Markise überdachten Gemüsestand vorbei, von deren Stoffbespannung es auf den Bürgersteig tropfte. Das Haus, in dem Lukas eine der beiden ausgebauten Dachgeschosswohnungen sein Eigen nannte, war direkt daneben. Jakob drückte auf den obersten Klingelknopf, neben dem der Name *Lukas Velder* stand, und wartete. Nichts passierte. Er drückte noch mal auf die Klingel. Wieder nichts. Er probierte es mit dem Knopf direkt daneben. Der Türöffner schnarrte, ohne dass jemand sich über die Gegensprechanlage gemeldet hätte. Jakob drückte die Tür auf. Ein muffiger Geruch, ein Gemisch aus Katzenpisse und vergammeltem Müll, schlug ihm aus dem gekachelten Vorraum entgegen, der mit Fahrrädern und Kinderwagen zugestellt war. Linker Hand befand sich der Eingang zum Treppenhaus. Dummerweise gab es in dem Altbau keinen Fahrstuhl. Die Eigentümergemeinschaft, zu der auch Lukas gehörte, hatte sich bislang vor den immens hohen Kosten, die der Einbau eines Fahrstuhles bedeutete, gescheut und immer wieder Argumente gefunden, warum es unsinnig wäre, einen einbauen zu lassen. Lukas nahm es irgendwann mit Humor: »Erspar ich mir den Fitness-Klub. Am Tag zwei-, dreimal da hochzukraxeln, ist so gut wie eine halbe Stunde auf dem Crosstrainer.«

Erst als Jakob bis zum dritten Stock hochgehastet war, fiel ihm die ungewöhnliche Stille im Haus auf. Als hätten alle Bewohner in dem Augenblick, in dem er einen Fuß in das Treppenhaus gesetzt hatte, die Luft angehalten, um seinen Schritten zu lauschen. Was für ein unsinniger Gedanke, schoss es Jakob durch den Kopf. Aber die Verwunderung blieb. Hier wohnten einige junge Familien mit Kleinkindern, ältere Leute mit Hunden, der zweite Stock beherbergte eine Musiker-WG. All das garantierte einen permanenten Geräuschpegel, der auch nachts kaum abnahm.

Jakob blieb auf dem Treppenabsatz vor dem gekippten Fenster, das zum Hof hinaus zeigte, stehen. Kühle Luft strömte durch den schmalen Spalt ins Hausinnere. Jakob glaubte, in dem Luftstrom bereits einen Hauch des nahenden Winters zu wittern. Mit schräg geneigtem Kopf horchte er in die Stille. Nicht ein Laut drang aus den umliegenden Wohnungen. Kein Kindergeschrei, kein Hundegebell, keine Musik. Nichts. Bis auf seine eigenen Atemgeräusche war nichts zu hören. Ein mulmiges Gefühl beschlich Jakob. Als müsse er Halt suchen, umfasste er das Geländer. Das Holz fühlte sich angenehm glatt und kühl auf der Handfläche an. Er gab sich einen Ruck und stapfte die restlichen Stufen bis in den fünften Stock hinauf. Vor der Wohnungstür verharrte er und holte mehrmals tief Luft, um wieder zu Atem zu kommen. Dann klingelte er.

Die Türglocke tönte auf der anderen Seite den üblichen Dreiklang. Ding, dang, dong. Jakob wartete auf sich nähernde Schritte, aber nichts passierte. Er drückte noch mal auf den Klingelknopf, wartete. Niemand kam, um ihm zu öffnen. Kurz entschlossen fummelte er den Schlüsselbund unter dem Regencape aus seiner Jackentasche. Er besaß noch immer einen Ersatzschlüssel zu der Wohnung. Er stammte aus der Zeit, als Emma, die Katze von Lukas' verstorbener Mutter, noch gelebt hatte und er wegen eines Autounfalls mehrere Wochen im Krankenhaus verbringen musste. Jakob war jeden Tag vorbeigekommen, um die Katze zu füttern und mit ihr zu spielen. Ein etwas umständliches Arrangement, wie er fand, aber Lukas war erst vor Kurzem eingezogen und kannte keinen der Nachbarn gut genug, um ihm den Schlüssel zur Wohnung, geschweige denn Katze Emma anzuvertrauen. Als Jakob ihm den Schlüssel wieder zurückgeben wollte, hatte Lukas abgewehrt: »Behalt ihn. Für alle Fälle. Man weiß ja nie.«

Etwas zögerlich schloss Jakob die Tür auf und betrat die Wohnung.

»Lukas?«, rief er. »Bist du da?«

Durch die beiden Dachfenster und die riesigen Glastüren, die auf die Terrasse führten, fiel spärliches Licht in die Wohnung. Einen Moment lang kam es Jakob so vor, als würden Nebelschwaden durch den Raum wabern und die Silhouetten des Mobiliars seltsam weichzeichnen.

Er drückte die Tür hinter sich ins Schloss, tastete an der Wand nach dem Lichtschalter. Das verschwommene Bild löste sich auf, als das künstliche Licht dem Raum seine festen Konturen wiedergab. Das helle Eichenparkett schimmerte matt. Die Wände strahlten in einem makellosen Weiß, das Jakob jedes Mal, wenn er die Wohnung betrat, unangenehm in die Augen stach.

»Lukas?«, rief er noch mal. »Wo steckst du?«

Lukas war nicht da, auch sonst niemand. Das hatte Jakob gleich gespürt, als er die Wohnung des Freundes betreten hatte. Sie atmete die Abwesenheit seines Bewohners geradezu aus. Jakob zog sich das Regencape über den Kopf und ließ es achtlos zu Boden fallen.

Das Dachgeschoss bestand aus einem einzigen großen Raum. Lediglich Schlafzimmer und Bad waren in separaten Zimmern untergebracht. In einer Ecke hatte Lukas sich einen Arbeitsplatz eingerichtet. Ein schwerer antiker Schreibtisch aus massivem hellem Holz, auf dem sich das silbrig glänzende, aufgeklappte Notebook fast wie ein Fremdkörper ausnahm. Dominiert wurde der Raum von dem cremefarbenen Küchenblock, über dem eine riesige Dunstabzugshaube aus Edelstahl schwebte. Lukas war ein leidenschaftlicher Koch, was man seiner Figur im Laufe der Jahre immer mehr ansah. Ihn rundlich zu nennen, wäre geschmeichelt. Anne und Jakob hatten hier so manchen Abend bei einem guten Rotwein und wechselnden, aber immer vorzüglichen Drei-Gänge-Menüs verbracht. War er mit Tamara auch hier gewesen? Die Frage formulierte sich ohne sein Zutun in einem Winkel seines Kopfes. Er wusste es nicht mehr, und merkwürdigerweise empfand er deswegen einen Anflug von Scham. Schnell schob er das Gefühl beiseite.

Wo steckte sie eigentlich? Sie müsste längst hier sein. Er griff nach seinem Handy, um sie anzurufen, als ihm einfiel, dass der Akku leer war. Er ging zum Schreibtisch, wo Lukas' Telefon stand, nahm den Hörer aus der Station und wählte Tamaras Handynummer. Bereits nach dem ersten Klingelton sprang die Mobilbox an. Eine blechern klingende Frauenstimme bat ihn, eine Nachricht zu hinterlassen. Jakob wiederholte, was er in der SMS geschrieben hatte, und da er nicht mehr sicher war, ob er die Adresse erwähnt hatte, nannte er sie vorsichtshalber auch. Dann legte er auf und sah sich in der Wohnung um. Sein Blick fiel auf den gedeckten Esstisch. Jakob umrundete den Küchenblock. Abendbrot für drei Erwachsene – drei? – und ein Kind. Drei mit Rotwein halb gefüllte Gläser, am Rand des einen Glases eine Spur verschmierter Lippenstift, ein Glas mit Milch. Brot, Butter, Wurst und Käse. Eine kleine Schale mit Cocktailtomaten. Mitten auf dem Tisch brannte in einem Halter aus schwerem Messing eine weiße Kerze, deren Flamme im Luftzug hin und her schwankte. Jakob strich sich nachdenklich übers Kinn. Das sah nach einem überstürzten Aufbruch aus. Aber was sollte Lukas dazu veranlasst haben, nach seinem Anruf zusammen mit Mia, Anne und einer dritten Person fluchtartig die Wohnung zu verlassen? Und nicht einmal die Kerze zu löschen? Als würde eine Gefahr von ihm ausgehen. Blödsinn, wies Jakob sich selbst zurecht. Das musste einen anderen Grund haben. Die Frage war nur: welchen?

Für einen Moment stand Jakob mit hängenden Armen regungslos mitten in der Wohnung. Er fühlte sich verloren und unendlich müde. Sein Blick fiel auf die geschlossene Tür zum Schlafzimmer, blieb daran hängen. Jakob spürte, wie sein Herzschlag sich ganz unvermittelt beschleunigte. Wie von unsichtbaren Fäden gezogen, lenkte er seine Schritte in diese Richtung. Vor der Tür stoppte er, umfasste die Klinke und zuckte mit einem lauten Schmerzschrei zurück. Das Metall war so glühend heiß, dass sich auf der Haut der Handfläche und der Finger, die mit der Klinke in Berührung gekommen waren, augenblicklich rote Striemen bildeten. Er stürzte in die Küchenzeile, drehte mit der unversehrten Hand den Hahn auf und ließ eiskaltes Wasser über die verbrannte Haut laufen. Was zum Teufel war das? Wieso glühte die Türklinke, als wäre sie gerade in einem Schmelztiegel erhitzt worden? Er drehte den Wasserhahn wieder zu, trocknete die Hand mit dem Geschirrtuch ab. Die verbrannte Stelle schmerzte heftig, überdeckte den pochenden Schmerz in seinem angeschwollenen Handgelenk. Er tränkte das Geschirrtuch mit Wasser und umwickelte die unversehrte Hand mit dem feuchten Stoff. Dann marschierte er zur Schlafzimmertür zurück. Eine unerklärliche Scheu ließ ihn zögern. Er gab sich einen Ruck, drückte mit der dick bandagierten Hand die Klinke herunter und stieß die Tür mit dem Fuß auf.

Die großen, roten Lettern an der Wand über dem Bett sprangen ihm förmlich entgegen. Unwillkürlich wich Jakob einen Schritt zurück. Die Buchstaben nahmen fast die gesamte Breite der Wandfläche ein, und das noch feucht glänzende Rot wirkte seltsam obszön auf dem reinen Weiß. Jakob schluckte. Er konnte nicht glauben, was da geschrieben stand. Für einige Sekunden schloss er die Augen. Als er sie wieder öffnete, prangten die Buchstaben noch immer an der Wand vor ihm. Er glaubte sogar, den süßlich metallischen Geruch des Blutes riechen zu können, mit dem jemand die Worte an die Wand geschmiert hatte.

14

Unfähig, einen klaren Gedanken zu fassen, starrte Jakob auf den Satz, der vor ihm an der Wand prangte:

SCHULD BIST DU

Er streifte das feuchte Tuch ab, ließ es achtlos zu Boden fallen. Den Schmerz in der Hand spürte er kaum noch. Sein Blick glitt von der Wand zu dem Bett davor. Obwohl Lukas Single war und, soweit Jakob informiert war, kein besonders reges Sexleben führte, stand in dem Schlafzimmer ein riesiges Doppelbett.

»Ich hab mich dran gewöhnt«, hatte der Freund mit einem angedeuteten Schulterzucken gemurmelt, als Jakob ihn mal darauf angesprochen hatte, ob es nicht merkwürdig sei, in einem Bett zu schlafen, dessen zweite Seite zwar hergerichtet, aber so gut wie nie benutzt wurde. Da erst war Jakob klar geworden, dass Lukas wohl doch nicht der überzeugte Single war, als den er sich selbst gerne darstellte.

Auf dem Bett lag die Patchworkdecke aus bunten Flicken, die Anne Lukas zu seinem vierzigsten Geburtstag geschenkt hatte. Damit ein bisschen Farbe in deine Bude kommt. Unter dem Überwurf zeichneten sich auf beiden Seiten des Bettes kleine, unregelmäßige Erhebungen ab. Als hätte jemand etwas unter der Decke versteckt.

Du willst nicht wissen, was es ist, wisperte eine Stimme in seinem Hinterkopf. Jakob ignorierte sie. Mit drei Schritten war er neben dem Bett und schlug die Decke auf. Ein merkwürdiger Geruch stieg ihm in die Nase. Kalter Rauch, vermischt mit etwas anderem, das er nicht genau benennen konnte. Unter der Bettdecke zeichneten sich jetzt deutlich die Umrisse eines Körpers ab. Eines kleinen Körpers. Jakob schluckte schwer. Seine Hand zitterte, als er sich vorbeugte und die Decke mit einem Ruck zur Seite zog. Es dauerte mehrere Sekunden, bis er mit dem Verstand erfassen konnte, was seine Augen sahen.

Eine verkohlte Leiche, das Gesicht bis zur Unkenntlichkeit verbrannt. Die Augen klaffende Löcher. An einigen Stellen des Körpers war die schwarz verbrannte Haut aufgeplatzt und gab den Blick auf rosafarbenes Fleisch frei. Beide Arme waren in einer Art Abwehrhaltung angewinkelt. In der Armbeuge ruhte eine völlig unversehrte Geige aus matt schimmerndem Holz. Jakob maß den verbrannten Körper mit einem schnellen Blick. Er wusste nicht, ob der menschliche Körper beim Verbrennen schrumpfte, aber von der Größe her musste es sich um einen relativ kleinen Menschen handeln. Oder um ein Kind. Den äußeren Geschlechtsmerkmalen nach zu schließen, die noch ansatzweise zu erkennen waren, war es eine männliche Leiche.

Jakob würgte an der aufsteigenden Magensäure. Sein Mund füllte sich mit Galle. Er stolperte aus dem Zimmer, schaffte es im letzten Moment ins Badezimmer und übergab sich ins Waschbecken. Immer noch würgend drehte er mit der verletzten Hand den Wasserhahn auf. Er stand so unter Schock, dass er den Schmerz, der ihn durchzuckte, nur am Rande wahrnahm. Er beugte sich tief über das Becken und trank das kalte Wasser direkt aus dem Hahn, bis der saure Geschmack in seinem Mund verschwunden war. Dann formte er aus beiden Händen eine Schale und schaufelte sich das kühle Nass ins Gesicht und über den Kopf. Schwer atmend richtete er sich auf. Das Gesicht, das ihm aus dem Spiegel mit rot geäderten Augen entgegenstarrte, erschien ihm als das eines Fremden. Er war kreidebleich, dunkle Schatten unter den Augen, in denen noch deutlich das Entsetzen über das gerade Entdeckte stand. Mit beiden Händen strich Jakob sich das nasse Haar aus der Stirn. Er fühlte sich wie in einem Albtraum, aus dem es kein Erwachen gab.

Nur mit Mühe unterdrückte er den Fluchtimpuls, der ihm suggerierte, sofort das Weite zu suchen, und lenkte seine Schritte, etwas wacklig, aber dennoch entschlossen wieder Richtung Schlafzimmer. Es war wie ein innerer Zwang. Er musste nachsehen, was sich auf der anderen Seite des Bettes unter der Decke befand. Auch wenn es ihm aus tiefster Seele widerstrebte. Vor dem Schlafzimmer stoppte er, holte mehrmals tief Luft, bevor er sich mit raschen Schritten dem Bett näherte. Dabei vermied er es, auf die verkohlte Leiche zu schauen.

Er beugte sich vor und fasste mit spitzen Fingern die Bettdecke an, hielt kurz inne, um sich gegen das Entsetzliche zu wappnen, das er vermutlich gleich zu sehen bekommen würde. Lass es bitte nicht Mia sein, flehte er stumm. Dann holte er tief Luft und hob die Decke vorsichtig an.

Es war nicht Mia.

Jakob stöhnte vor Erleichterung. Es war ein Junge. Auf den ersten Blick sah es aus, als würde er friedlich schlafen. Er war vollständig bekleidet: Jeans, Sweatshirt, Chucks, die rotblonden Locken standen ihm wirr vom Kopf. Jakob schätzte ihn auf zehn Jahre. Die kleinen Hände, über dem Bauch gefaltet, hielten den Bogen einer Geige. Nur die wächserne Blässe, die die zahlreichen Sommersprossen in dem schmalen Gesicht fast reliefartig hervorhob, ließ keinen Zweifel daran, dass der kleine Junge nicht mehr lebte. Jakob konnte nicht erkennen, wodurch das Kind zu Tode gekommen war. Sein Körper schien unversehrt. Doch etwas stimmte mit den Proportionen nicht. Jakob zwang sich, genauer hinzusehen. Direkt unter dem Kehlkopf entdeckte er den Schnitt. Die Wundränder waren glatt und sauber. Als hätte jemand dem Jungen mit einem einzigen gezielten Hieb den Kopf vom Rumpf getrennt. Jakobs Augen irrten über den kleinen Körper, suchten nach Blutspuren. Aber das Laken war makellos weiß. Nicht ein winziger Blutspritzer war zu sehen. Auch diese Kinder mussten an einem anderen Ort zu Tode gekommen sein. Jemand hatte die beiden Leichen hierher geschafft. In Lukas' Wohnung.

Doch aus welchem Grund? Damit Jakob sie findet? Aber niemand hatte gewusst, dass er auf dem Weg hierher war.

Jakobs Blick irrte durch den Raum, blieb an den drei Worten an der Wand hängen. *Schuld bist du.* Galt das ihm? Er hielt es für immer wahrscheinlicher. Von wem stammten sie? Woran zum Teufel sollte er schuld sein? Was sollte die Geige? Auch bei der Leiche in dem Rohbau hatte eine Geige gelegen. Die Gedanken rasten durch Jakobs Kopf, ohne sich zu einem sinnvollen Ganzen zusammenzufügen. Sein Verstand bemühte sich vergebens, zu erfassen, was vor sich ging. Anstatt Antworten zu finden, häuften sich die Fragen wie unüberwindliche Berge vor ihm auf. Wie waren die Leichen der Kinder in Lukas' Schlafzimmer gekommen? Wer hatte sie dort abgelegt? Lukas?

Der Tisch war für vier Personen gedeckt. Wer war die vierte Person? Steckte sie vielleicht hinter dieser makabren Schnitzeljagd? Waren Anne, Mia und Lukas entführt worden? Oder machten sie gemeinsame Sache? Jetzt blieb ihm keine andere Wahl mehr. Er musste die Polizei einschalten. Aber vorher würde er mit Tamara reden müssen. In seinem Kopf ging alles durcheinander. Er musste erst Ordnung in diesen Gedankenwirrwarr bringen. Sonst würde er am Telefon kein vernünftiges Wort herausbringen.

Mit schnellen Schritten verließ er das Schlafzimmer. Er würde noch einen Versuch machen, beschloss er und schnappte sich das Telefon auf Lukas' Schreibtisch. Mit klopfendem Herzen wählte er Annes Handynummer. Die Mobilbox sprang sofort an. Jakob unterbrach die Verbindung, versuchte sein Glück mit Lukas' Nummer. Auch hier bekam er nur die Mobilbox ran. Obwohl er ahnte, dass er auch bei Mia keinen Erfolg haben würde, wählte er ihre Nummer. Seine Finger zitterten, sein Mund war wie ausgetrocknet. Es klingelte am anderen Ende der Leitung. Jakob hielt die Luft an. Er ließ es mindestens drei Minuten lang klingeln, aber niemand ging ran. Mit einem erstickten Laut feuerte er den Telefonhörer quer durch den Raum. Er knallte gegen die Wand und landete mit einem scheppernden Geräusch auf dem Boden.

Jakob fühlte sich den Tränen nahe. Mit einem Mal hatte er das Gefühl, keine Luft mehr zu bekommen. Sein Hals schnürte sich zu, Panik stieg in ihm auf. Er musste hier raus. Sofort.

Er war schon an der Wohnungstür, als er aus dem Augenwinkel etwas bemerkte, das ihn innehalten ließ. In einer Ecke neben einem Deckenfluter lag Mias Puppe Maggie auf dem Boden. Das kleine, ziemlich zerknautschte Stoffpüppchen hatte Mias verstorbene Großmutter aus Stoffresten genäht und ihrer Enkelin zum zweiten Geburtstag geschenkt. Vom vielen Waschen war sie schon ganz ausgebleicht, die ehemals kräftigen Farben hatten ihre Leuchtkraft fast vollständig verloren. Mia liebte Maggie dennoch nach wie vor heiß und innig und schleppte sie überall mit hin.

»Sie ist mein Talisman und gibt auf mich acht«, sagte sie mit einem leicht genervten Stirnrunzeln, wenn Jakob sie darauf hinwies, dass sie mittlerweile doch etwas zu alt wäre, um noch mit Puppen zu spielen. Er bückte sich, streckte die Hand aus, um Maggie vom Boden aufzuheben, und zuckte zurück.

Der Puppe fehlte der Kopf. Jemand hatte ihn abgeschnitten. Regelrecht abgesäbelt. Braune Füllwatte quoll aus der zerfransten Schnittstelle. Jakob richtete sich auf, suchte mit den Augen den Fußboden der Wohnung ab. Aber er konnte den Kopf der Puppe nirgendwo entdecken.

Eins war jetzt zumindest klar. Mia war nach ihrem Anruf auf seinem Handy hier gewesen. Die Erkenntnis beruhigte Jakob allerdings nicht im Geringsten.

Irgendetwas Schreckliches war hier passiert. Er konnte sich beim besten Willen nicht vorstellen, dass Lukas dahintersteckte. Alles konzentrierte sich auf diese mysteriöse vierte Person. Er musste sofort die Polizei verständigen. Jakob klaubte den Telefonhörer vom Boden, er schien zum Glück heil geblieben zu sein, und gab die Notrufnummer der Polizei ein. Er drückte auf die grüne Taste und hob den Hörer an sein Ohr. Die Leitung war tot.

»Shit«, fluchte Jakob. Er schüttelte den Hörer, vielleicht hatte sich ja nur ein Kontakt gelöst, und versuchte es noch mal. Mit dem gleichen negativen Ergebnis. Achtlos ließ er den Hörer zu Boden fallen. Er musste hier raus. Sofort. Er hielt es nicht eine Sekunde länger in dieser Wohnung aus.

Die tiefe Stille, die ihn im Treppenhaus umfing, empfand er mit einem Mal so belastend, fast schon unheimlich, dass er zu rennen begann.

15

Ich kann nicht mehr sitzen. Mir tut der Hintern weh. Sacht löse ich meine Hand aus seiner und erhebe mich. Ich gähne und recke die Arme gegen die Decke. In meinen Gelenken knackt es, als würde die Schale einer Walnuss aufgebrochen. Ich lockere meine Schultern und gehe ein paar Schritte. Bis zum Fenster und wieder zurück. Das wiederhole ich mehrere Male, bis ich mich nicht mehr ganz so steif fühle. Vor der Sichtscheibe zum Flur bleibe ich stehen, drücke die Lamellen der heruntergelassenen Jalousie auseinander und spähe hinaus. Die Nachtbeleuchtung schüttet ihr trübes Licht auf den Gang. Es sieht gespenstisch leer aus da draußen. Als seien er und ich die einzigen Lebewesen in diesem Krankenhaus. Die Überlebenden einer furchtbaren Katastrophe, die das gesamte Universum ausgelöscht hat. Ein bisschen fühle ich mich tatsächlich so: Von allem isoliert, ohne eine Ahnung, was der morgige Tag mir bringen wird.

Ich lasse die Lamellen in ihre ursprüngliche Position zurückschnellen und drehe mich zu ihm um. Er sieht so friedlich aus. In sich gekehrt. Schon nicht mehr von dieser Welt. Trotzdem bilde ich mir ein, dass sein Gehirn auf Hochtouren arbeitet, weil er mir zuhören will. Zuhören muss. Er hat ja keine Wahl.

Ich lehne mich mit dem Rücken gegen die Fensterbank. Genieße die warme Luft der Heizung, die wie eine sanfte

Berührung über meine Beine streicht, und fahre fort mit meiner Erzählung.

***

Grit hielt den Kontakt. Sie kam mich fast jeden Tag besuchen. Ich war immer noch krankgeschrieben und hatte nichts gegen ihre Besuche einzuwenden. Im Grunde waren sie eine willkommene, obgleich anstrengende Abwechslung in meinen eintönigen Tagesabläufen, die nur zwei Mal in der Woche durch den Gang zu meiner Therapeutin unterbrochen wurden.

Grits Gedanken kreisten in jeder wachen Sekunde um die Kinder. Ich hatte ihr die Liste auf ihre Bitte hin besorgt. Allerdings war ich mir mittlerweile nicht mehr sicher, ob ich ihr damit wirklich einen Gefallen getan hatte. Sie kannte jedes einzelne Kind mit Namen. Sie wusste, wann sie geboren worden waren, sogar wo sie gewohnt hatten. Das hatte sie allerdings nicht von mir. Ich vermutete, sie hatte einen Detektiv beauftragt. Genau wusste ich es nicht, sie wollte nicht mit mir darüber reden. Erzählt hatte sie mir nur, dass sie die Eltern aufgesucht hatte. Einige hatten sie abgewiesen, nicht unfreundlich, aber bestimmt. Sie wollten nicht mit ihr darüber reden. Sie wollten vergessen.

»Verstehst du das?«, fragte sie mich.

In ihren Augen lag so viel Traurigkeit, dass es mir die Kehle zuschnürte. Natürlich verstand ich das, aber ich sagte es ihr nicht, nahm sie stattdessen in den Arm und wartete, bis ihre Tränen versiegt waren.

Etwa vier Wochen nach Aarons Auszug stand Grit völlig aufgelöst vor meiner Tür. Sie zitterte am ganzen Körper.

»Um Gottes willen, was hast du? Was ist mit dir?«, fragte ich.

Ich wollte sie umarmen, festhalten, aber sie wehrte mich ab und drängte sich ohne ein Wort an mir vorbei in die Wohnung. Irritiert und auch etwas verärgert über die Abweisung schloss ich die Tür und folgte ihr ins Wohnzimmer, wo sie sich schwer atmend aufs Sofa fallen ließ.

»Ich habe ihn gesehen«, sagte sie. Mit beiden Händen stützte sie sich auf dem Polster ab und sah zu mir hoch. In ihren Augen klomm ein Feuer, das mir Angst machte. »Ich hätte ihn anfassen können, so nah war ich ihm.«

»Von wem sprichst du?«, fragte ich. Ich war so erschrocken, dass mir nichts anderes einfiel, als die Ahnungslose zu mimen. Als hätte ich dadurch irgendetwas ändern können.

Grit durchschaute mich sofort. »Das weißt du genau.« Das Feuer in ihren Augen loderte, als würde etwas tief in ihr lichterloh brennen. »Ich weiß auch, wo er wohnt«, fügte sie hinzu. Triumph in der Stimme.

Sie verliert den Verstand, schoss es mir durch den Kopf. Ich setzte mich neben sie, verschränkte meine Hände auf dem Schoß. Ich hätte gerne etwas zu ihr gesagt, etwas, das sie wieder erdete. Aber mir fiel wenig ein.

»Was hast du vor?«, fragte ich.

Ein Schulterzucken war die Antwort.

Grits Gedanken kreisten nur noch um ein Thema seit dem Tod ihrer kleinen Tochter. Gerechtigkeit. Oder vielmehr die Nichtexistenz einer übergeordneten Instanz, die für ausgleichende Gerechtigkeit sorgen müsste, es aber nicht tat. Ich wusste nicht, ob sie vorher an einen Gott geglaubt hatte. Ich hatte sie nie danach gefragt. Jetzt tat sie es jedenfalls nicht mehr. Zumindest in dem Punkt waren wir uns einig. Aber mir machte ihre Verbissenheit Angst. Sie musste

Jenny endlich loslassen, um weiterleben zu können.

»Grit –«, begann ich und suchte nach den richtigen Worten, um ihr das zu sagen.

Sie schaute mich an. In ihren Augen noch immer dieser brennende Glanz. »Er ist Vater«, sagte sie, und ein Lächeln, sanft und irre zugleich, huschte über ihr Gesicht. Sie griff nach meiner Hand, bettete sie zwischen ihre Handflächen. »Du musst mir helfen«, sagte sie und nickte wie zur Bekräftigung heftig mit dem Kopf.

»Wobei?«, fragte ich mit rauer Stimme. Mir schwante Schlimmes.

»Ich möchte ihn kennenlernen«, sagte sie. Ich starrte sie an, unfähig, etwas zu erwidern.

»Schau nicht so«, sagte sie und ließ abrupt meine Hand los.

»Was versprichst du dir davon?«

Grit hob eine Schulter, ließ sie wieder sinken. »Das wird sich zeigen.« Ihr Gesichtsausdruck veränderte sich, bekam etwas Verschlagenes.

Sie plante etwas. Und sicher nichts Gutes.

Mir schoss der Gedanke durch den Kopf, dass ich sie auffordern sollte zu gehen. Aber dann sah sie mich an mit diesem bittenden Blick, der mir wie ein Stich ins Herz fuhr.

Sie wusste nichts von Kati. Ich hatte ihr nie von meiner kleinen Schwester erzählt. Ich redete nicht über sie. Mit niemandem. Die einzige Ausnahme war meine Therapeutin. Und auch bei ihr hatte ich mich lange schwergetan damit.

Grit schaute mich an, und ich sah wieder Kati vor mir. Traurig mit großen, tränenfunkelnden Augen. Ich brachte es nicht über mich, ihr zu sagen, dass sie verschwinden sollte. Aus meiner Wohnung, aus meinem Leben. Aus meinen Gedanken.

Stattdessen sagte ich: »Ich glaube nicht, dass das eine so gute Idee ist, Grit. Was soll das bringen?«

Ihr Lächeln war unergründlich. Die Antwort blieb sie mir schuldig.

16

Jakob drückte die schwere Eingangstür mit der unverletzten Hand auf und stolperte auf die Straße. Es war dunkel geworden und noch kälter. Sein Atem stieg in kleinen Wölkchen auf. Fröstelnd zog er die Schultern hoch. Sein rechtes Handgelenk pochte. Der ganze Arm schien in Flammen zu stehen. Der Schmerz war schier unerträglich. Unwillkürlich stöhnte er laut auf. Er schaute die Straße hoch und runter. Von dem Nissan war noch nichts zu sehen. Tamara ließ auf sich warten. Bei der Parkplatznot, die hier herrschte, würde es dauern, bis sie eine Parklücke gefunden hatte. Die Gefahr, sie zu verpassen, war also relativ gering.

Er musste etwas gegen die Schmerzen tun. Sie raubten ihm mittlerweile fast den Verstand. Kurz entschlossen lenkte Jakob seine Schritte in Richtung Apotheke. Ein Gong ertönte, als er den hell erleuchteten Raum betrat. Keine zwei Sekunden später tauchte die weiß bekittelte, ältere Apothekerin hinter dem Verkaufstresen auf und blickte ihm mit einem routiniert freundlichen Lächeln entgegen.

»Was kann ich für Sie tun?«, fragte sie und neigte dabei ihren Kopf leicht zur Seite.

Jakob räusperte sich. »Ich brauche Schmerztabletten und eine Brandsalbe.«

»Sie haben sich verbrannt. Darf ich mal sehen?« Das Lächeln der Apothekerin verschwand. Ihr Gesicht nahm jetzt einen interessiert-besorgten Ausdruck an.

Jakob zögerte kurz, dann hob er seinen Arm und zeigte ihr die verbrannte Handfläche. »Auf eine heiße Herdplatte gegriffen«, log er.

»Ah ja.« Die Frau beäugte ihn skeptisch. Dann beugte sie sich über den Verkaufstresen und begutachtete die verbrannten Stellen. »Das sieht nicht gut aus«, befand sie und schüttelte wie zur Bekräftigung einmal energisch den grauen Haarschopf. »Damit sollten Sie auf jeden Fall zu einem Arzt gehen. Ihr Handgelenk sieht übrigens auch geschwollen aus.«

Unwillig zog Jakob seine Hand zurück. Er wollte keine Ratschläge von der Frau. Sie sollte ihm einfach das geben, was er haben wollte. Er zwang sich zu einem Lächeln, von dem er hoffte, dass es halbwegs freundlich ausfiel.

»Ich weiß«, sagte er. »Mir fehlt nur leider gerade die Zeit für einen Arztbesuch.«

Die Apothekerin hob die Augenbrauen und öffnete den Mund, um etwas zu erwidern. Jakob kam ihr zuvor.

»Wenn Sie jetzt so nett wären, mir die Schmerztabletten und eine Brandsalbe zu verkaufen.«

Die Apothekerin schürzte die Lippen, hob die Augenbrauen und wandte sich von ihm ab. Zielsicher griff sie in dem Regal hinter sich nach einer Packung Schmerzmittel und bückte sich dann, um aus einer Schublade darunter eine weitere Packung hervorzuholen. Sie scannte beides und legte die Schachteln anschließend vor Jakob auf den Tresen.

»Kann ich sonst noch etwas für Sie tun?«, fragte sie deutlich kühler.

»Nein, danke«, erwiderte Jakob. »Was bekommen Sie von mir?«

Die Frau nannte den Preis. Jakob fummelte sein Portemonnaie aus der Gesäßtasche und entnahm ihm die

EC-Karte. Schweigend steckte die Apothekerin sie in das Lesegerät und drehte es zu Jakob. Er gab seine Geheimzahl ein. Während er darauf wartete, dass die Karte akzeptiert wurde, überlegte er, wie es nun weitergehen sollte, und kam zu keinem Ergebnis. Wo sollte er Anne und Mia jetzt noch suchen?

»Ich fürchte, die Karte ist gesperrt.« Die Stimme der Apothekerin riss ihn aus seinen Überlegungen.

»Wie bitte?« Jakob sah sie verständnislos an.

»Ihre Karte ist gesperrt«, wiederholte sie trocken.

»Das kann nicht sein«, behauptete Jakob.

»Überzeugen Sie sich selbst.« Die Frau drehte das Lesegerät in seine Richtung. »Haben Sie vielleicht noch eine andere Karte?«

Jakob nickte irritiert, fischte eine zweite EC-Karte aus dem Portemonnaie und reichte sie ihr. Sie führte sie ein und schüttelte nach einer kurzen Weile bedauernd den Kopf.

»Die funktioniert ebenfalls nicht.« Sie zog die Karte aus dem Gerät und gab sie ihm zurück.

»Ich versteh das nicht«, murmelte Jakob und betrachtete die Karte ratlos, bevor er sie wieder einsteckte.

»Wie sieht es aus mit Bargeld?«

Jakob glaubte, in der Stimme der Frau so etwas wie Mitleid herauszuhören. Er schüttelte den Kopf. »Nein. Mein letztes Bargeld ging gerade für die Taxifahrt hierher drauf.«

Die Apothekerin musterte ihn schweigend. Jakob verzog den Mund und hob in einer entschuldigenden Geste die Hände.

»Na, dann … auf Wiedersehen«, sagte er und wandte sich zum Gehen.

»Warten Sie!« Jakob hielt inne und sah die Frau fragend an.

»Kommen Sie mit nach hinten. Ich verbinde Ihre Hand und gebe Ihnen was gegen die Schmerzen.« Sie winkte ihn zu sich, als wäre er ein kleines, unartiges Kind, und schritt dann die mit Medikamenten vollgestellten Regale entlang. Jakob ließ sich das nicht zweimal sagen. Er beeilte sich, der Frau in den kleinen Raum hinter den Regalwänden zu folgen.

»Setzen Sie sich.« Sie wies auf einen kleinen viereckigen Tisch und zwei rote Plastikstühle, die wie Farbtupfer in dem ansonsten steril weißen Raum wirkten. Jakob kam der Aufforderung nach und legte den Arm mit der verletzten Hand auf die helle Resopalplatte des Tisches. Die Frau kramte aus einer Schublade eine Packung Tabletten und aus einer anderen eine Tube.

»Danke«, sagte Jakob. »Das ist wirklich außerordentlich nett von Ihnen.«

»Ich weiß«, antwortete sie achselzuckend. »Das ist mein größter Fehler. Ich bin einfach zu nett.« Sie schenkte Jakob ein schiefes Lächeln. Um ihre Augen bildeten sich unzählige Fältchen. Jakob revidierte sein erstes Urteil über die Frau. Sie schien doch ganz sympathisch zu sein.

Sie wusch sich an dem Waschbecken in der Ecke des Raumes sorgfältig die Hände, desinfizierte sie, dann setzte sie sich neben Jakob und goss aus der Mineralwasserflasche, die auf dem Tisch stand, ein Glas voll. Aus dem Blister drückte sie zwei weiße Tabletten und reichte sie Jakob. Er nahm das Glas und schluckte beide Tabletten runter. Dann verteilte die Apothekerin vorsichtig etwas von der Salbe auf seiner Handfläche. Der Schmerz trieb ihm die Tränen in die Augen.

»Es dauert circa zwanzig Minuten, bis die Tabletten anfangen zu wirken«, sagte sie und pustete eine graue Haarsträhne, die sich aus ihrem Knoten gelöst hatte, aus dem Gesicht, während sie Jakobs Hand mit einer Mullbinde verband. »Sie müssen mir aber fest versprechen, morgen einen Arzt aufzusuchen.« Sie sah ihn mit einem so strengen Blick an, dass Jakob sich trotz der Schmerzen ein Grinsen nicht verkneifen konnte.

»Ich verspreche es hoch und heilig«, sagte er mit einem treuherzigen Augenaufschlag.

Aus ihrem Blick sprach Skepsis, als würde sie seinen Worten nicht so recht glauben. »Sie sind alt genug. Sie müssen wissen, was Sie tun«, sagte sie.

Jakob erhob sich. »Noch mal vielen Dank für Ihre Hilfe«, sagte er und fügte nach einem schnellen Blick auf seine Armbanduhr hinzu. »Ich muss los.«

»Dann will ich Sie mal nicht länger aufhalten«, antwortete sie und erhob sich ebenfalls. »Hier, nehmen Sie die vorsichtshalber mit. Für alle Fälle.« Sie drückte ihm den angebrochenen Blister in die Hand. Sein »Danke schön!« wehrte sie mit einer wegwerfenden Handbewegung ab.

Genau in diesem Augenblick schlug die Türklingel vorne im Laden an, und die Apothekerin eilte eine Entschuldigung murmelnd an Jakob vorbei. Er wollte ihr folgen, da blieb sein Blick an einem schwarz gerahmten Foto hängen, das auf einer kleinen, weißen Anrichte stand. Es zog ihn wie magisch an. Er blieb davor stehen, nahm es in die Hand und betrachtete es genauer. Das Foto war etwas unscharf. Jakob erkannte erst auf den zweiten Blick, dass es die Apothekerin und einen halbwüchsigen Jungen mit vom Wind zerzausten Haaren zeigte. Beide lachten fröhlich in die Kamera. Es war im späten Frühjahr oder im Sommer aufgenommen worden. Der tiefblaue Himmel spiegelte sich in der glatten Oberfläche des Meeres, das in der Sonne glitzerte. Die Frau hatte einen Arm um die schmächtigen Schultern des Jungen gelegt. Sie standen dicht nebeneinander, die nackten Füße in dem feinen, hellen Sand des Strandes vergraben. Jakob kniff die Augen zusammen. Der Junge kam ihm bekannt vor. Er hatte ihn irgendwo schon mal gesehen. War er ein Klassenkamerad von Mia?

Nein, beschied Jakob, er war älter als seine Tochter. Woher kannte er ihn nur? Er kam einfach nicht drauf.

Aus dem Ladenraum drangen Stimmen an sein Ohr. Schnell stellte er das Foto wieder an seinen Platz zurück und ging dann nach vorne. Die Apothekerin war in ein Gespräch mit einem älteren Kunden vertieft, der anscheinend nicht verstand, wieso sein Arzt ihm ein anderes Medikament als das bisherige verschrieben hatte. Jakob bewunderte die Geduld der Frau angesichts des immer aggressiveren Tons ihres Kunden, der sie kaum zu Wort kommen ließ. Er hob die Hand, deutete mit den Lippen ein tonloses »Auf Wiedersehen und vielen Dank noch mal« an und verließ die Apotheke.

Ein frischer Wind erwartete ihn vor der Tür. Aber wenigstens schneite es nicht mehr. Jakob sog die kühle Luft in tiefen Zügen in seine Lungen und stellte sich in einen Hauseingang direkt neben der Apotheke. Der heftige Schmerz in der rechten Hand ließ tatsächlich allmählich nach. Langsam begann er sich besser zu fühlen. Er hielt Ausschau nach dem Nissan, konnte ihn aber nirgends entdecken. Das Bild der toten Kinder in Lukas' Schlafzimmer tauchte vor seinem inneren Auge auf und ließ ihn erschauern. Wer tat so etwas? Wie waren die Leichen dorthin gekommen? Wo steckte Lukas mit Mia und Anne? Und wie zum Teufel passte die vierte Person da rein? Wer war sie? Die Fragen schossen in rascher Folge durch seinen Kopf. Er fand auf keine eine

Antwort. Jakob hatte sich selten in seinem Leben so hilflos gefühlt.

Ein lautes Hupen schreckte ihn auf. Der Nissan hielt auf der Straße in zweiter Reihe. Jakob setzte sich in Bewegung. Plötzlich stoppte er abrupt, hieb sich mit der flachen Hand gegen die Stirn. Natürlich. Jetzt wusste er, wo er den Jungen schon mal gesehen hatte. Wie hatte er das nur vergessen können. Mit einer Handbewegung bedeutete er Tamara, das Fenster herunterzukurbeln. Sie folgte seiner Aufforderung und blickte erwartungsvoll zu ihm hoch.

»Was ist?«

Jakob beugte sich zu ihr hinunter. »Ich muss noch mal ganz kurz in die Apotheke da.« Er deutete mit dem Daumen hinter sich.

Tamara runzelte irritiert die Stirn, nickte dann aber. »Okay, fahr ich halt noch mal um den Block. Hier kann ich nicht stehen bleiben.« Sie machte eine kleine Bewegung mit dem Kopf. »Die hinter mir werden mich sonst lynchen.«

Drei Autos hatten inzwischen hinter dem Nissan gehalten, der die Straße blockierte, sodass keiner mehr an ihm vorbeikam. Als hätten die drei Autofahrer sich abgesprochen, ertönte in diesem Moment ein wütendes Hupkonzert.

»Beeil dich«, sagte Tamara und fuhr das Seitenfenster wieder hoch.

»Mach ich«, versprach Jakob und eilte zurück in die Apotheke.

Der nervige Kunde verließ gerade den Laden. Die Apothekerin stand hinter dem Verkaufstresen und sah ihm mit hochgezogenen Augenbrauen und einem angedeuteten Lächeln entgegen. »Haben Sie etwas vergessen?«

»Nein«, antwortete Jakob und fuhr sich mit der Hand durchs Haar. »Ich wollte Sie etwas fragen.«

»Ja?«

»Ich –«, Jakob zögerte kurz. »Ich habe im Hinterzimmer das Foto von Ihnen und dem Jungen gesehen.«

Das Gesicht der Frau verschloss sich augenblicklich. Ihre Gesichtszüge wurden hart, die Augen verengten sich zu schmalen Schlitzen.

»Das ist –«, sie räusperte sich. »Das war mein Enkel.«

Jakob war drauf und dran, es dabei zu belassen. Er konnte den Schmerz der Frau förmlich spüren. Aber er musste Gewissheit haben.

»Er ist gestorben?«, fragte er mit leiser Stimme.

»Warum wollen Sie das wissen?« Jetzt klang sie ungehalten, fast zornig.

»Meine Tochter ist ungefähr im gleichen Alter. Ich dachte –« Jakob stockte, suchte nach Worten.

»Janek ist vor anderthalb Jahren gestorben.«

»Vor anderthalb Jahren?«, wiederholte Jakob ungläubig.

Die Frau nickte und presste die Lippen aufeinander. »Am sechzehnten Juni, um genau zu sein.« Ihre Stimme klang brüchig. Jakob fürchtete, sie könne jeden Augenblick in Tränen ausbrechen. »Ein Unfall. Diesen schrecklichen Tag werde ich niemals vergessen können.«

»Entschuldigen Sie«, sagte er hastig. »Ich habe Ihren Enkel wohl verwechselt. Ich wollte Ihren Schmerz nicht wieder aufwühlen.«

»Schon gut«, sagte sie und schniefte kaum hörbar. »Sie können ja nichts dafür.«

»Auf Wiedersehen«, sagte Jakob leise.

»Auf Wiedersehen«, entgegnete sie ebenso leise. Nachdenklich und gleichermaßen irritiert verließ Jakob die Apotheke. Er hätte schwören können, dass es sich bei dem Jungen, den er neben der verbrannten Leiche in Lukas'

Schlafzimmer entdeckt hatte, um den Enkel der Apothekerin gehandelt hatte.

Geh noch mal hoch, überzeuge dich davon, dass er es nicht ist. Die Überlegung schoss in seinen Kopf und ließ ihn kurz zögern. Im gleichen Atemzug entschied er sich dagegen. Er wollte sich dem schrecklichen Anblick nicht noch mal aussetzen. Außerdem war der Junge in Lukas' Schlafzimmer nicht schon anderthalb Jahre tot. Er konnte es also gar nicht sein. Wahrscheinlich hatte er ihm einfach nur sehr ähnlich gesehen. Es sprach alles dafür, dass Jakob sich getäuscht hatte.

17

Tamara wartete bereits vor der Apotheke mit laufendem Motor – wieder in der zweiten Reihe. Jakob umrundete mit schnellen Schritten den Nissan, winkte dem wütend hupenden Autofahrer dahinter beschwichtigend zu und stieg auf der Beifahrerseite ein. Er war froh, sie zu sehen. Sie schien ihm wie ein Rettungsanker, ein Ruhepol in diesem furchtbaren Albtraum, der kein Ende nehmen wollte.

»Was ist mit Mia? Und Anne? Hast du sie gefunden?«, bestürmte Tamara ihn mit Fragen, als Jakob die Wagentür zuzog. »Waren sie bei Lukas?«

»Nein«, gab Jakob zurück und fuhr sich mit beiden Händen durch das nasse Haar. »Ich habe sie nicht gefunden.« Er bemerkte Tamaras irritierten Blick. Sie wunderte sich sicher über seine knappe Antwort. Sollte er ihr erzählen, was er in Lukas' Wohnung entdeckt hatte? Und in dem Rohbau in Mitte? Mit etwas Abstand betrachtet, erschien ihm das Ganze so surreal, dass er ins Schleudern kam. Würde sie ihm glauben? Würde ihm überhaupt jemand glauben? Er war mittlerweile so durcheinander, dass er zu keiner Entscheidung fähig war.

»Ich habe ein paar Mal versucht, dich auf dem Handy zu erreichen.« Tamara musterte ihn von der Seite.

»Oh, gut, dass du mich dran erinnerst«, sagte Jakob. Er angelte seinen Rucksack vom Rücksitz und suchte nach dem Ladekabel. »Der Akku ist leer. Ich habe in der ganzen

Hektik vergessen, ihn wieder aufzuladen.«

Das Hupkonzert hinter ihnen wurde immer durchdringender.

»Ich muss hier wegfahren«, sagte Tamara. »Sonst drehen die hinter mir gleich durch.« Sie legte den ersten Gang ein, fuhr vor bis zur Prenzlauer Allee und fädelte den Wagen in den fließenden Verkehr ein. Jakob starrte schweigend aus dem Fenster. In seinem Kopf wirbelten einzelne Worte wie ein Schwarm surrender Insekten durcheinander.

Mia. Anne. Der Junge. Die toten Kinder. Lukas.

Sein Verstand schaffte es nicht, aus diesen Versatzstücken sinnvolle Sätze zu bilden.

»Was ist mit deiner Hand passiert?« Tamara stoppte vor einer roten Ampel. »Hast du dich verletzt?«

Jakob atmete tief ein. Noch immer schwankte er, ob er Tamara einweihen sollte. Aber er musste mit jemandem reden. Sonst würde er noch verrückt werden. Und Tamara war die Einzige, die da war. Für ihn da war.

»Wieso bist du zu Lukas gefahren?«, fragte Tamara, als hätte sie seine Gedanken gelesen. »Willst du mir nicht endlich erzählen, was passiert ist?«

Jakob nickte stumm. Er holte tief Luft, dann fing er an zu sprechen. Er erzählte ihr von der leeren Wohnung, die er bei seiner Ankunft vorgefunden hatte, von den grausigen Funden auf der Baustelle und in Lukas' Wohnung. Tamara hörte ihm zu, ohne ihn zu unterbrechen. Nachdem Jakob geendet hatte, schwiegen beide. In Höhe des Alexanderplatzes bog Tamara in eine Seitenstraße ein und parkte den Wagen am Straßenrand unter einer Laterne. Ihr trübes Gelb tauchte das Wageninnere in ein schummriges, fast unwirkliches Licht. Die schlanke Silhouette des nahen Fernsehturms mit der beleuchteten Aussichtskuppel ragte weit über die Häuserdächer.

Jetzt wird sie aussteigen und auf Nimmerwiedersehen verschwinden. Der Gedanke versetzte Jakob einen kleinen Stich. Aber er konnte es ihr nicht verübeln. Die Geschichte hörte sich selbst in seinen eigenen Ohren komplett irre an. Aus den Augenwinkeln registrierte er zwei Leute, die direkt neben dem Wagen abrupt stoppten. Den wild gestikulierenden Bewegungen einer der beiden nach zu urteilen, hatten sie einen handfesten Streit. Jakob hörte die hohe sich überschlagende Stimme einer Frau, die dunkle des Mannes. Einzelne Wortfetzen drangen an sein Ohr: »Immer … nicht wahr … So satt … Egoist.«

»Dein Fahrrad steht noch in der Schumannstraße«, sagte er und löste seinen Blick von dem Beziehungsdrama, das sich draußen auf dem Bürgersteig abspielte. »Wenn du willst –« Sie unterbrach ihn mit einer ungeduldigen Handbewegung.

»Mein Fahrrad ist doch jetzt völlig zweitrangig«, sagte sie.

Jakob atmete insgeheim auf. Er wusste selbst nicht, warum, aber er hätte es nur schwer ertragen, in dieser verfahrenen Situation von ihr allein gelassen zu werden. »Danke«, sagte er und konnte nicht verhindern, dass seine Augen feucht wurden. Schnell zwinkerte er die Tränen weg.

»Wofür denn?« Tamara musterte ihn mit gefurchter Stirn. »Du hast gedacht, ich mach mich jetzt aus dem Staub, ja?«

»Ich könnte es sogar verstehen«, sagte Jakob mit einem schiefen Lächeln.

»Mann, Jakob«, sagte Tamara mit weicher Stimme. »Was denkst du denn von mir? Ich lass dich doch jetzt nicht im Stich. Wir sind Freunde, auch wenn –« Sie stockte, räusperte sich. »Deine Tochter ist verschwunden. Es ist doch selbstverständlich, dass ich dir helfe, sie wiederzufinden.«

Jakob presste die Lippen zusammen und nickte. »Entschuldige«, sagte er. »Ich bin mit den Nerven ziemlich runter. Ich weiß einfach nicht mehr weiter.« Er hob in einer hilflosen Geste die Hände und wandte sich Tamara zu. Für einen Augenblick hielten ihre Blicke sich fest. Jakob spürte, wie sein Gesicht heiß wurde. Auch in Tamaras Wangen stieg die Röte. Um ihre Mundwinkel zuckte ein schmerzliches Lächeln.

Sie senkte als Erste die Augen und umfasste mit beiden Händen das Lenkrad. »Diese Botschaft –« Sie zögerte, bevor sie weitersprach. »*Schuld bist du.* Meinst du, die gilt dir?«

Jakob zuckte mit den Schultern. »Keine Ahnung. Vorhin in meiner Wohnung in der Uhlandstraße dachte ich noch, es sei einer von Annes makaberen Scherzen.« Er lachte kurz und freudlos. »Mittlerweile habe ich da allerdings so meine Zweifel.«

»Aber warum sollte dir jemand solche Botschaften hinterlassen? Wo kommen die toten Kinder her? Was hat das mit dir zu tun? Das ergibt doch alles keinen Sinn.«

»Du glaubst mir nicht«, stellte Jakob fest.

»Doch, schon«, widersprach Tamara. Einen Tick zu schnell, wie Jakob insgeheim fand. »Warum solltest du mich anlügen und dir so eine Geschichte ausdenken? Ich versuche nur, zu verstehen, was hinter all dem stecken könnte.«

»Warte mal«, sagte Jakob. Er nahm das Handy, das am Ladekabel hing, hoch. »Ich habe ein Foto gemacht. In meiner alten Wohnung«, fügte er hinzu, als er Tamaras verständnislosen Blick auffing. Er drückte einige Tasten. Das Display des Gerätes blieb dunkel.

»Mist«, murmelte er. »Funktioniert noch nicht.«

»Jakob, hör zu«, sagte Tamara mit fester Stimme. »Wir sollten jetzt endlich die Polizei einschalten.«

Jakob pustete geräuschvoll die Luft aus seiner Lunge. »Ja, der Gedanke ist mir auch schon gekommen.«

Tamara schien sein Zögern zu spüren. »Was hält dich davon ab?«, fragte sie.

»Ehrlich gesagt, bin ich so müde, dass ich keinen klaren Gedanken mehr fassen kann.«

»Das verstehe ich«, sagte Tamara. Jakob hörte das Mitleid in ihrer Stimme. »Aber wir kommen so nicht weiter.«

»Okay«, sagte Jakob und richtete sich in seinem Sitz auf. »Du hast ja recht. Aber wenn wir jetzt zur Polizei gehen, werde ich zu Protokoll geben müssen, was mir widerfahren ist. Das Ganze klingt so irre, dass es fraglich ist, ob sie mir die Geschichte glauben werden. Auf jeden Fall werden sie erst mal nachprüfen, ob meine Angaben stimmen. Das wird Zeit kosten. Bis sie mit der Suche nach Mia und Anne beginnen, werden vermutlich noch mal Stunden vergehen.« Je mehr Jakob redete, desto verzweifelter klang er. »Und wer weiß –« Seine Stimme brach.

»Vielleicht klärt sich ja alles auch auf, und du machst dir ganz umsonst Sorgen«, versuchte Tamara ihn zu beruhigen. »Denk nach. Wo könnten die beiden denn noch stecken? Was ist mit Annes Eltern? Könnten sie dort sein?«

»Ihre Mutter ist vor drei Jahren gestorben. Ihr Vater lebt noch. Er ist nach dem Tod seiner Frau nach Berlin gezogen, um in unserer Nähe zu sein. Mia liebt ihren Großvater abgöttisch.«

»Ruf ihn an.« Tamara hielt Jakob ihr Handy hin.

Jakob kratzte sich am Kopf und zog die Nase kraus. »Die Telefonnummer ist in meinem Handy eingespeichert. Ich habe sie nicht im Kopf.«

»Okay.« Tamara steckte ihr Handy wieder in die Tasche. »Dann fahren wir zu ihm«, sagte sie. »Wenn das auch ein Fehlschlag werden sollte, gehen wir zur Polizei. Okay?«

Jakob nickte. »Einverstanden.«

»Die Adresse hast du hoffentlich im Kopf?«

»Ja, klar«, antwortete Jakob.

»Möchtest du lieber fahren?« Tamara machte Anstalten, den Sicherheitsgurt zu lösen.

Jakob winkte ab. »Wenn es dir nichts ausmacht, wäre es mir lieber, wenn du fährst. Ich bin, wie gesagt, ziemlich kaputt und wahrscheinlich nicht mehr so ganz zurechnungsfähig.«

»Kein Problem.« Tamara startete den Wagen und scherte aus der Parklücke aus. »Wo wohnt dein Schwiegervater?« Jakob nannte ihr die Adresse in Charlottenburg. »Soll ich sie ins Navi eingeben?«, fragte er und beugte sich vor.

»Nein, lass«, sagte Tamara. »Den Weg dahin finde ich allein. Ich habe ja lange in der Ecke gewohnt.«

»Stimmt«, bestätigte Jakob. »Das hatte ich im Augenblick nicht mehr auf dem Schirm.«

»Aus den Augen, aus dem Sinn«, witzelte Tamara halbherzig. Jakob glaubte, einen verletzten Unterton in ihrer Stimme zu hören.

Tamara war damals von heute auf morgen aus Berlin verschwunden. Ohne ein Wort der Erklärung. Nicht mal verabschiedet hatte sie sich von ihm. Eigentlich sollte ich derjenige sein, der gekränkt ist, dachte Jakob.

»Warum bist du damals eigentlich, ohne dich wenigstens zu verabschieden, aus Berlin abgehauen?«, fragte er betont beiläufig.

Tamara umschloss mit der rechten Hand den Schaltknüppel, ohne in einen anderen Gang zu schalten. Die Knöchel stachen weiß unter der Haut hervor, so fest packte sie zu. Als ob sie sich daran festhalten wollte, kam es Jakob in den Sinn, und er bereute fast, das Thema angesprochen zu haben. Er wollte schon »Vergiss es einfach« sagen, als Tamara mit einer Gegenfrage antwortete.

»Kannst du dir das nicht denken?«

»Nein.«

Tamara atmete geräuschvoll aus und lachte gleichzeitig ein leises Lachen. »Ach, Jakob«, sagte sie. »So naiv kannst du doch nicht sein.«

»Hey«, brauste Jakob auf. »Was soll das? Ich habe wirklich keine Ahnung. Klär mich bitte auf.«

Tamara hielt die Augen fest auf den fließenden Straßenverkehr gerichtet. Ihre Hand umklammerte noch immer den Schaltknüppel. Sie wirkte angespannt.

»Anne ist damals zu mir gekommen«, sagte sie stockend.

»Ja? Und?«

»Mann, Jakob. Stell dich nicht dümmer, als du bist. Sie hat mir von eurer Affäre erzählt und dass sie schwanger ist von dir.«

»Sie hat behauptet, sie sei schwanger?«, fragte Jakob perplex.

Tamara warf ihm einen abschätzenden Blick zu. »Ja. Im dritten Monat. Das ging wohl schon eine Weile mit euch beiden. Sie sagte, sie hielte es nicht mehr länger aus, mich so zu hintergehen. Schließlich sei ich ihre Freundin.«

»Ich fasse es nicht.« Jakob schüttelte ungläubig den Kopf. »Das kann nicht wahr sein.«

Tamara zuckte mit den Schultern, nahm die Hand vom Schaltknüppel und betätigte den Blinker. »Ich fand es ganz anständig von ihr, mir das zu beichten. Zumal ich wirklich nichts davon mitbekommen habe, dass zwischen euch beiden was läuft. Ich hätte nie gedacht, dass du dich so gut verstellen kannst.« Sie sagte das betont gleichmütig, als würde sie Jakobs Verrat nach so langer Zeit nicht mehr sonderlich tangieren. Das leichte Zittern ihrer Stimme verriet sie allerdings.

»Warum hast du nicht mit mir geredet?« Jakob schaffte es kaum, seine Enttäuschung zu verbergen. Gleichzeitig erstaunte es ihn, dass er nach all der Zeit noch so emotional reagierte.

»Worüber denn?« Jetzt schwang ein spitzer Unterton in Tamaras Stimme mit. »Es gab nichts mehr zu reden. Du hattest mich betrogen. Okay, damit hätte ich vielleicht sogar noch leben können. Aber dass du Vater wirst, das –« Tamaras Stimme brach. Sie räusperte sich und fuhr fort. »Ich dachte, es ist das Beste, ich räume das Feld. Dann musst du dich erst gar nicht entscheiden.«

Jakob schnaubte und schüttelte den Kopf. Bevor er etwas erwidern konnte, sagte Tamara: »Wir sollten das Thema lieber lassen. Das ist Schnee von gestern und bricht nur alte Wunden wieder auf. Außerdem sind wir gleich da. Wie ist die Hausnummer?«

»Hundertsiebenundzwanzig«, antwortete Jakob automatisch. Er reckte den Hals. »Direkt da vorne an der Ecke neben der Kneipe.«

»Okay«, sagte Tamara, drosselte das Tempo und hielt Ausschau nach einem Parkplatz.

»Es stimmt«, begann Jakob unvermittelt. »Ich habe dich mit Anne betrogen. Aber –«

»Lass stecken, Jakob«, fiel ihm Tamara ins Wort. »Das interessiert mich wirklich nicht mehr. Ich will nichts davon hören.«

»Ich möchte trotzdem, dass du es weißt.«

Tamara hieb mit der flachen Hand auf das Lenkrad. »Es gibt hier keinen einzigen freien Parkplatz«, schimpfte sie, als hätte sie Jakobs Einwand nicht gehört.

»Ich war ein einziges Mal, als ich mit dir zusammen war, mit Anne im Bett«, fuhr Jakob unbeeindruckt fort.

»Anne war sofort schwanger von dir? Du scheinst ja außerordentlich potent zu sein.« In Tamaras Worten schwang jetzt Sarkasmus mit.

»Hör auf, das passt nicht zu dir.« Jakob holte tief Luft. »Anne war damals nicht schwanger. Mia wurde geboren, da warst du schon anderthalb Jahre von der Bildfläche verschwunden.«

»Vielleicht hat sie abgetrieben«, wandte Tamara ein. Jakob schüttelte den Kopf. »Nein. Hat sie nicht.«

»Woher willst du das wissen?«

»Mann, Tami!« Ohne dass es ihm bewusst wurde, redete er Tamara mit dem Kosenamen an, den er damals für sie gehabt hatte. »Es war ein Fehler. Wir waren beide angetrunken. Es hätte nie passieren dürfen. Das habe ich Anne auch sofort am nächsten Tag gesagt. Ein einmaliger Ausrutscher. Ein One-Night-Stand. Mehr nicht. Ich dachte echt, sie sieht das genauso. Ich konnte doch nicht ahnen –«

»Tatsächlich? Das beruhigt mich jetzt aber ungemein«, fiel Tamara ihm ins Wort.

Jakob musterte sie mit hochgezogenen Augenbrauen von der Seite. Ihre Miene war ausdruckslos. Ihre Augen suchten weiterhin die Parkbuchten nach einer freien Stelle ab. Sie wirkte unbeteiligt, als könnte ihr das alles nichts mehr anhaben. Lediglich ihre Worte sprachen eine andere Sprache. In ihnen klang die Verletzung an.

Kurz war Jakob versucht, das Thema wirklich zu lassen, aber dann besann er sich anders. Irgendwie nahm er es Tamara nicht ab, dass die Vergangenheit sie inzwischen kaltließ. Er richtete sich in seinem Sitz auf und wandte sich ihr zu.

»Ich hatte keine Ahnung, dass Anne bei dir war. Aber es wundert mich nicht. Anne konnte noch nie gut mit Ablehnung umgehen. Wenn sie etwas unbedingt haben will, ist ihr jedes Mittel recht. Du kennst sie doch.« Jakob ließ Tamara nicht aus den Augen, während er sprach. »Ehrlich gesagt, weiß ich bis heute nicht, ob sie mich damals nur wollte, weil ich mit dir zusammen war und ihr – nach dieser einen Nacht – unmissverständlich klargemacht hatte, dass ich auch weiterhin mit dir zusammen sein möchte.«

Tamaras Miene verriet noch immer nicht, was in ihr vorging. Sie stoppte den Wagen, als sie sah, dass ein paar Meter vor ihnen jemand ausparkte. Jakob fühlte sich plötzlich ausgepowert und unendlich müde. Er lehnte sich in seinen Sitz zurück und starrte durch die Windschutzscheibe in die vom Licht der Straßenlaternen matt erhellte Dunkelheit. Wie sollte er Anne gegenübertreten, nachdem er jetzt wusste, dass ihre Beziehung auf einer Lüge aufgebaut war? Anne hatte sich sehr um ihn bemüht, nachdem Tamara Knall auf Fall von der Bildfläche verschwunden war. Sie schien ebenso vor den Kopf gestoßen wie er, fühlte sich von ihrer besten Freundin verraten, hintergangen. Wie er schien sie am Boden zerstört. Wochenlang hatten sie gemeinsam gegrübelt, was Tamara zu diesem Schritt veranlasst haben könnte, und auf ein Lebenszeichen von ihr gehofft. Dabei waren sie sich nähergekommen und doch ein Paar geworden. Nur dass Anne die ganze Zeit über gewusst hatte, warum Tamara abgehauen war. Dass ihre Lüge der Auslöser dafür gewesen war. All die Jahre hatte sie ihm das verschwiegen.

»Es tut mir so leid«, sagte Jakob. »Ich wollte es dir damals beichten. Ich wusste nur nicht, wie, und dann –« Er brach ab und presste die Lippen aufeinander.

Tamara sagte nichts. Sie manövrierte den Nissan in die frei gewordene Parklücke, machte den Motor aus und zog den Zündschlüssel aus dem Schloss.

»Es muss dir nicht leidtun. Vielleicht sollte es genauso kommen. Nenn es Fügung oder meinetwegen auch Schicksal. Vielleicht sollte das mit uns beiden einfach nicht sein. Und jetzt lass uns das Thema ein für alle Mal begraben. Okay?« Ihre Worte klangen müde, aber bestimmt.

Jakob öffnete den Mund, um zu protestieren, entschloss sich dann aber zu einem, wenn auch halbherzigen »Okay«. Jetzt war nicht der richtige Zeitpunkt, um Vergangenes aufzuarbeiten. Er musste seine kleine Tochter finden. Das war wichtiger. Alles andere hatte Zeit.

»Willst du mitkommen oder lieber hier warten?«, fragte er, die Hand schon am Türöffner.

»Ich warte lieber hier auf dich«, antwortete Tamara. »Oder meinst du, es dauert länger?«

»Nein, auf gar keinen Fall. Ich will mich nur vergewissern, ob Mia und Anne bei ihm sind. Und wenn nicht, ob er eine Ahnung hat, wo die beiden stecken könnten. Spätestens in zehn Minuten bin ich wieder da.«

Jakob stieg aus und warf die Beifahrertür hinter sich zu. Aus den Augenwinkeln nahm er wahr, wie Tamara bei dem lauten Knall kurz zusammenzuckte. Wahrscheinlich war sie genauso durcheinander wie er. Auch wenn sie so tat, als würde sie die Vergangenheit nicht mehr tangieren, ahnte Jakob doch, dass ihr die gleichen Gedanken durch den Kopf gingen wie ihm. Warum haben wir nicht miteinander geredet? Warum war unsere Liebe nicht stark genug?

Jakob versenkte die Hände in den Jackentaschen. Ein kalter Wind blies ihm entgegen. Er zog die Schultern hoch und stapfte mit gesenktem Kopf auf das Wohnhaus zu, in dem sein Schwiegervater wohnte. Ein helles Kinderlachen drang an sein Ohr.

Mia? Jakob hielt abrupt inne und schaute sich um. Auf

der anderen Straßenseite hüpfte ein kleines Mädchen in einem grünen Anorak und einer bunt geringelten Mütze an der Hand einer älteren, ganz in Schwarz gekleideten Frau auf und ab. Die Kleine war ungefähr in Mias Alter. Das Mädchen plapperte und lachte in einer Tour. Die Frau, wahrscheinlich ihre Oma, bedachte sie mit einem liebevollen Lächeln.

Wenn Mia etwas zugestoßen ist, werde ich mir das nie verzeihen, ging es Jakob unvermittelt durch den Kopf. Als wäre es seine Schuld, dass er sie nicht finden konnte. Eine eisige Kälte breitete sich in ihm aus, kroch in jeden Winkel seines Körpers. Wie gelähmt verharrte er zitternd auf der Stelle und sah dem Mädchen und der Frau hinterher, bis die beiden aus seinem Blickfeld verschwunden waren. Erst dann kam wieder Bewegung in ihn. Nur mit Mühe gelang es ihm, das seltsame Gefühl der Lähmung abzuschütteln, das ihn beim Anblick der beiden ergriffen hatte.

Das Haus, in dem sein Schwiegervater die Wohnung im Erdgeschoss gemietet hatte, war nur noch einige wenige Meter entfernt. Es brannte Licht. Annes Vater Manfred schien zu Hause zu sein. Jakob schleppte sich die feucht glänzenden Steinstufen zur Eingangstür hoch und drückte auf den Klingelknopf.

18

Seit ihrem letzten Besuch bei mir versuchte ich Grit aus dem Weg zu gehen. Wenn sie mich anrief, ging ich nicht ans Telefon. Wenn sie vor meiner Tür stand und klingelte, öffnete ich ihr nicht. Mir war klar, dass ich das nicht lange durchhalten würde. Aber etwas in mir wehrte sich vehement, mich in ihr Vorhaben, von dem ich immer noch nichts Genaueres wusste, hineinziehen zu lassen. Gleichzeitig tat es mir unendlich weh, dass ich keinen anderen Weg sah, als mich ihr zu entziehen.

Grits Mann Aaron besuchte mich. Ich war überrascht. Das Einzige, was uns verband, war unsere Liebe zu ihr. Unsere unglückliche Liebe zu ihr. Grits Herz hing an ihrer toten Tochter. Ihr galt jeder Gedanke, jeder Atemzug von ihr. Sie war mehr dem Tod verbunden als dem Leben. Aaron sah das ähnlich wie ich.

»Du musst ihr helfen, ins Leben zurückzufinden«, bat er mich, nachdem wir uns eine Stunde in meiner Küche gegenübergesessen und um Worte gerungen hatten. Worte, die uns nicht einfallen wollten, weil wir einander viel zu fremd waren.

»Was ist mit dir?«, gab ich zurück. »Warum hilfst du ihr nicht? Du bist ihr Mann. In guten wie in schlechten Tagen.« Ich wusste, ich war ungerecht, aber ich konnte mir diesen Zusatz nicht verkneifen.

Er senkte den Blick auf seine Hände, die wie fremde Gegenstände vor ihm auf dem Tisch lagen. Als würde er Halt suchen, umfasste er den inzwischen leeren Kaffeebecher. Ich glaubte, so etwas wie Beschämung in seinen Augen zu lesen, aber sicher war ich mir nicht.

»Es tut mir zu weh«, sagte er nach einer langen Pause. Er stieß die Worte einzeln, mit viel Mühe hervor, als würden sie sich weigern, über seine Lippen zu kommen.

»Denkst du, mir tut es nicht weh, sie so zu sehen?«

Ich merkte, dass er mich langsam wütend machte. Er hatte Grits Zartheit mit Schwäche verwechselt. Darauf hatte er seine Stärke aufgebaut. Wäre Grit nach Jennys Tod zusammengebrochen, hätte er sie wieder aufrichten können. Ihre Schwäche hätte ihn erstarken lassen. Aber Grit hatte sich von allem abgekapselt und in sich selbst verkrochen. Nur noch in der Erinnerung an Jenny gelebt. Sie hatte Aaron nicht mehr wahrgenommen. Für sie war er ganz einfach nicht mehr existent. Damit konnte und wollte er nicht leben. Ich konnte ihn sogar verstehen. Dennoch hatte er nicht das Recht, mir etwas aufzubürden, was seine Aufgabe, seine verdammte Pflicht gewesen wäre: an Grits Seite zu sein.

»Du gehst jetzt besser«, sagte ich zu ihm und erhob mich von meinem Stuhl.

Er sah auf. Ratlose Überraschung in den Augen. »Was ist? Was hab ich –«, stammelte er. Mit einer Handbewegung brachte ich ihn zum Schweigen. Langsam stand er auf.

»Komm bitte nicht mehr her«, sagte ich und ging vor ihm her zur Wohnungstür.

Er sagte nichts. Aber ich konnte fühlen, dass er eingeschnappt war. Sollte er. Es gab nichts, was mir gleichgültiger gewesen wäre. Er stoppte an der Garderobe, nahm seinen Mantel und drängte sich an mir vorbei. Er ging ohne ein Wort.

Ich ließ die Tür hinter ihm ins Schloss fallen und lehnte mich gegen die Wand. Ich atmete schwer, als hätte ich gerade einen Kampf ausgefochten. Dann ging ich ins Wohnzimmer und rief Grit an. Sie nahm nach dem ersten Klingeln ab, als hätte sie neben dem Telefon sitzend auf meinen Anruf gewartet. Eine Stunde später öffnete ich ihr die Tür. Weinend fielen wir uns in die Arme, als hätten wir uns nicht nur eine Woche, sondern seit Jahren nicht mehr gesehen.

»Ich dachte, du willst nichts mehr mit mir zu tun haben«, schluchzte Grit an meiner Wange. Ihre Tränen benetzten meine Haut. Ich strich ihr übers Haar und gab murmelnde Laute der Beruhigung von mir. Später saßen wir nebeneinander auf der Couch in meinem Wohnzimmer. Grit brach als Erste das Schweigen.

»Die Verhandlung beginnt in einer Woche.«

Es dauerte eine Sekunde, bis ich begriff, was sie meinte.

»Hast du ihn inzwischen …«, ich zögerte »… denn kennengelernt?«

Grit presste die Lippen aufeinander und schüttelte den Kopf.

»Ohne dich –«, begann sie und wieder stiegen ihr Tränen in die Augen. Sie warf mir ein hilfloses Lächeln zu und hob eine Schulter. Gleichzeitig biss sie sich auf die Unterlippe.

Ich war gerührt, legte einen Arm um sie. »Jetzt bin ich ja wieder da«, sagte ich.

Sie legte den Kopf auf meine Schulter. »Kommst du mit zur Verhandlung?« Sie flüsterte die Frage so leise, dass ich erst nachdenken musste, um sie zu verstehen.

»Wenn du das möchtest«, sagte ich dann, obwohl etwas in mir sich schon wieder sträubte.

»Ich brauche dich«, sagte Grit. Ihre Stimme klang ganz klein. »Sonst gehe ich unter.«

Mit aller Macht verdrängte ich die mahnende Stimme in meinem Hinterkopf.

***

Das Piepen der Überwachungsgeräte zerbricht die Stille. Ich warte, ob jemand kommt, aber nichts geschieht.

»Hätte ich mal auf meine innere Stimme gehört«, sage ich nach einer Weile und streiche sacht über seinen Handrücken. »Dann wäre vieles anders gekommen. Und du –« Ich sehe hoch.

Seine Augen sind offen, er schaut mir direkt ins Gesicht. Ich erschrecke so sehr, dass ich seine Hand abrupt loslasse und aufspringe. Soll ich der Schwester Bescheid sagen? Noch während ich darüber nachdenke, bemerke ich, dass die Lider sich wieder über seine Augen senken. Mit einem Mal bin ich mir nicht mehr sicher, ob ich es mir vielleicht nur eingebildet habe, dass er mich angesehen hat. Ohne meinen Blick von ihm zu wenden, nehme ich wieder auf dem Stuhl neben dem Bett Platz. Ich falte die Hände in meinem Schoß.

»Und du und ich«, nehme ich meinen Satz wieder auf, »wären jetzt nicht hier.«

19

Es dauerte eine Weile, bis die Stimme von Jakobs Schwiegervater über die Gegensprechanlage an sein Ohr tönte.

Er war nicht mehr der Schnellste. Jakob kannte das schon und wartete geduldig, bis er das »Ja, bitte?« hörte.

»Ich bin's. Jakob.«

»Jakob? Hast du etwas vergessen?« Manfred Steinbachs Stimme klang verwaschen, als hätte er gerade eben noch fest geschlafen.

»Vergessen?« Jakob hatte seit geraumer Zeit den Verdacht, dass Annes Vater verwirrt war. Nicht immer. Aber immer öfter. Es gab Tage, da schien er klar und strukturiert zu handeln und zu denken. Dann wieder brachte er die einfachsten Dinge durcheinander, vergaß Namen oder verwechselte sie. Anne schob es auf das Alter, aber Jakob fürchtete insgeheim, dass dies erste Anzeichen einer beginnenden Demenz sein könnten.

»Komm erst mal hoch«, sagte sein Schwiegervater jetzt mit seiner schleppenden Altmännerstimme.

Der Türdrücker surrte. Jakob betrat das Treppenhaus, in dem ein durchdringender Geruch nach Gebratenem in der Luft hing. Der alte Mann erwartete ihn an der Wohnungstür. Gähnend, das schüttere graue Haar zerzaust, die braune Strickweste falsch zugeknöpft. Das Gesicht vom Schlaf verquollen und zerknautscht.

»Ich bin auf dem Sofa eingenickt«, erklärte er und strich mit einer Hand fahrig über seinen Schädel.

»Ich will dich nicht lange aufhalten«, sagte Jakob. »Ich nehme nicht an, dass Mia und Anne bei dir sind?«

Manfred Steinbach riss verwundert die Augen auf. »Nein«, beteuerte er und legte wie zur Bekräftigung seine mit Altersflecken übersäte Hand auf den Brustkorb.

Aus dem Inneren der Wohnung drangen Geräusche. Stimmen.

Er lügt, fuhr es Jakob durch den Kopf. Er schob sich an seinem Schwiegervater vorbei in die Wohnung. Ein muffliger Geruch waberte ihm entgegen. Wahrscheinlich war seit Tagen nicht mehr gelüftet worden. Mit schnellen Schritten durchquerte Jakob den schmalen, dunklen Gang und stieß die angelehnte Tür auf. Die warme Heizungsluft nahm ihm fast den Atem. Der Fernseher war eingeschaltet. Irgendeine Vorabendserie. Zwei aufgedonnerte Frauen stritten sich lautstark über einen Mann namens Henry. Auf dem Boden vor dem Sofa lag wie nachlässig hingeworfen eine beigefarbene Wolldecke. Jakob hörte die schlurfenden Schritte des alten Mannes hinter seinem Rücken und drehte sich zu ihm um.

Manfred Steinbach tappte zum Sofa, beugte sich mit steifem Rücken hinunter und hob ächzend die Decke vom Boden auf. Er faltete sie sorgfältig zusammen und platzierte sie auf der Lehne des Sofas. Dann setzte er sich, griff nach der Fernbedienung und schaltete den Fernseher aus. Wenn ihn Jakobs schroffes Verhalten irritiert haben sollte, so ließ er es sich nicht anmerken. Mit dem Kinn wies er auf Jakobs rechte Hand.

»Hast du dich verletzt?«

Jakob winkte ab. »Nicht der Rede wert.«

»Willst du mir nicht verraten, was dich zu mir führt?« Sein Schwiegervater sah zu ihm hoch.

Jakob zögerte, entschloss sich dann aber doch, Manfred zumindest teilweise reinen Wein einzuschenken. »Ich suche Mia und Anne. Die beiden sind wie vom Erdboden verschluckt. Ich hatte gehofft, sie wären bei dir.«

Manfred Steinbach wies auf den Sessel rechts von ihm. »Setz dich doch bitte«, sagte er. »Ich bekomme sonst einen ganz steifen Nacken, wenn ich immerzu zu dir hochsehen muss.«

»Ich habe wenig Zeit, muss gleich wieder los.«

»Habe ich dich gerade richtig verstanden? Du bist auf der Suche nach Anne und Mia?«

»Ja.« Jakob wurde langsam ungeduldig.

»Verstehe ich nicht.« Manfred Steinbach kratzte sich ausgiebig am Hinterkopf. »Du wolltest doch mit Mia direkt nach Hause, nachdem du sie heute Nachmittag bei mir abgeholt hast.«

»Heute?«

Sein Schwiegervater nickte.

»Das kann nicht sein«, sagte Jakob. »Ich bin heute Nachmittag erst von einer Dienstreise zurückgekommen.«

»Dann hast du Mia danach abgeholt«, beharrte er.

Jakob runzelte die Stirn. Offensichtlich befand sich Annes Vater wieder in einer seiner schwierigen Phasen. Es lag auf der Hand, dass er etwas durcheinanderbrachte. Vielleicht sollte er die Sache einfach auf sich beruhen lassen. Doch da hatte er die Rechnung ohne den alten Mann gemacht. Der stützte sich mit beiden Händen auf dem Polster des Sofas ab und erhob sich schwerfällig.

»Komm mit«, sagte er und sandte ein listiges Grinsen in Jakobs Richtung. Er schlurfte zur Kommode im Flur. Jakob folgte ihm. Manfred Steinbach drückte auf eine Taste des Anrufbeantworters. Ein Rauschen. Dann eine blecherne Frauenstimme, die runterleierte, dass die folgende Nachricht vom heutigen Datum um 14 Uhr 35 auf Band gesprochen worden war. Nach einer kurzen Pause ertönte Annes muntere Stimme.

»Hi, Paps. Ich schaffe es heute nicht, vorbeizukommen. Jakob holt Mia ab. So gegen drei. Tschüss und danke fürs Enkelin-Sitting.« Es piepte noch mal, dann schaltete sich das Gerät ab.

Jakob starrte mit gerunzelter Stirn auf den verstummten AB. Das konnte nicht stimmen. Kurz vor drei war er aus dem Taxi gestiegen, das ihn vom Flughafen in die Uhlandstraße gebracht hatte. Sein Schwiegervater drehte sich zu ihm um.

»Du warst sogar schon um Viertel vor drei hier«, sagte er und musterte Jakob prüfend. »Alles in Ordnung mit dir, Jakob?« Jakob nickte mechanisch. Er war wie vor den Kopf gestoßen. »Du bist dir sicher, dass ich es war, der Mia bei dir abgeholt hat?«

»Was soll denn die Frage?«, schnaubte sein Gegenüber erbost. »Ich bin doch nicht senil!«

»Das wollte ich damit auch nicht sagen«, beschwichtigte Jakob.

»Wieso suchst du Mia jetzt?«, hakte Manfred Steinbach nach. »Ich verstehe das alles nicht.«

Ich auch nicht, dachte Jakob und sagte: »Ich erklär dir das später, ja? Ich muss wieder los.«

Ohne auf den Protest des alten Mannes zu achten, stürmte Jakob aus der Wohnung. Er kam sich immer mehr vor, als wäre er im falschen Film gelandet. Nichts ergab einen Sinn. Entweder verlor er den Verstand, oder jemand spielte ihm ganz übel mit.

Waren Anne und Mia tatsächlich entführt worden? Aber warum? Um Geld konnte es kaum gehen. Er war nicht vermögend. Ihm fiel auch niemand ein, der ihm schaden wollte. Welche Rolle spielte Lukas dabei? Jakob konnte sich beim besten Willen nicht vorstellen, dass sein Freund da die Finger mit im Spiel hatte. Aber wenn Anne, Mia und auch Lukas entführt worden waren, warum stieß Jakob dann ständig auf die Leichen von Kindern? Wie er es auch drehte und wendete, es ergab alles einfach keinen Sinn. Er drückte die Haustür auf und entdeckte auf der anderen Straßenseite etwas, das seine ganze Aufmerksamkeit in Anspruch nahm.

Jakob kniff die Augen zusammen. Nein, er hatte sich nicht geirrt. Die beiden Frauen, die sich dort im fahlen Schein einer Straßenlaterne angeregt unterhielten, waren Anne und Tamara. Jetzt hoben sie wie auf Kommando die Köpfe und sahen zu ihm rüber.

Ohne nachzudenken, sprintete Jakob los.

20

Das Nächste, was Jakob wahrnahm, war das durchdringende Kreischen von Bremsen. Instinktiv drehte er seinen Körper in die Richtung, aus der das Geräusch kam, und hob abwehrend die Arme. Ein Wagen schoss auf ihn zu. Der Schlag gegen seine Oberschenkel riss ihn von den Beinen. Mit dem Rücken schlug er hart auf dem Straßenbelag auf. Der Schmerz nahm ihm den Atem. Keuchend rang er nach Luft.

Als sich ihm eine Hand entgegenstreckte, griff er danach und setzte sich vorsichtig auf. Vor seinen Augen verschwamm die nähere Umgebung zu einem Gemisch aus undefinierbaren Farben und Formen. Aufgeregte Stimmen brandeten an sein Ohr. Jemand beugte sich über ihn, rief etwas, von dem Jakob nicht ein Wort verstand. Irgendwie schaffte er es mit Hilfe eines Mannes, der ihm unter die Arme griff, wieder auf die Beine zu kommen. Benommen sah er sich um und blickte in neugierige Gesichter.

»Sind Sie verletzt? Tut Ihnen was weh? Haben Sie sich was gebrochen?« Der Mann, der im aufgeholfen hatte, bombardierte ihn mit Fragen.

Jakob schüttelte den Kopf. »Nein«, sagte er und bewegte vorsichtig seine Glieder. »Ich glaube, gebrochen ist nichts.«

»Mann, Sie haben mir vielleicht einen Schrecken eingejagt. Wie aus dem Nichts sind Sie plötzlich vor meiner Kühlerhaube aufgetaucht.« Jetzt schwang ein verärgerter Unterton in den Worten mit. »Sie können von Glück sagen, dass ich nur Schrittgeschwindigkeit gefahren bin.«

»Tut mir leid«, sagte Jakob zerstreut und rieb sich den schmerzenden Rücken. Sein Blick suchte die Stelle, an der er vor wenigen Minuten Tamara und Anne entdeckt hatte. Die beiden Frauen waren verschwunden. Er scannte die Umgebung, konnte sie aber auch nirgendwo unter den Schaulustigen entdecken.

»Sind Sie sicher, dass Sie keinen Krankenwagen brauchen?« Der Mann trat einen Schritt zurück und musterte ihn prüfend.

»Ganz sicher«, entgegnete Jakob mit fester Stimme, obwohl sein Rücken heftig schmerzte. »Mir fehlt nichts.«

»Passen Sie nächstes Mal besser auf.« Der Mann machte kehrt und stieg in seinen Wagen.

Noch etwas wackelig auf den Beinen beeilte sich Jakob, von der Straße runterzukommen. Seine verletzte Hand pochte heftig. Mit einem Blick stellte er fest, dass der Verband, den ihm die Apothekerin angelegt hatte, durch den Sturz feucht und schmutzig geworden war.

Die Menschenmenge, die sich am Ort des Geschehens versammelt hatte, zerstreute sich nur zögerlich. Einige warfen ihm misstrauische Blicke zu und tuschelten hinter vorgehaltener Hand miteinander. Mit Sicherheit stuften sie ihn in die Kategorie Säufer ein. Jakob wischte mit beiden Händen fahrig über seine Kleidung.

Ob Tamara sich aus dem Staub gemacht hatte? Er hielt es für wahrscheinlich. Sie hatte ihn gesehen und mit Sicherheit wenig Lust, ihm Rede und Antwort zu stehen. Hoffentlich hatte sie ihm wenigstens den Wagen da gelassen. Jakob eilte die Straße entlang zurück zu dem Parkplatz. Er sah Tamara schon von Weitem. Sie stand auf dem Bürgersteig vor dem

Nissan, mit der Schulter an eine Straßenlaterne gelehnt, und zog an einer Zigarette. Jetzt spitzte sie die Lippen, hob das Gesicht und blies einen Ring aus weißem Rauch in die kalte Abendluft. Als sie Jakob entdeckte, winkte sie ihm lächelnd zu. In Jakobs Magen ballte sich die Wut zu einem festen Klumpen zusammen. Er stoppte seine Schritte so dicht vor ihr, dass sie zurückwich und ihn erstaunt ansah.

»Stimmt was nicht?« Tamara warf die halb gerauchte Zigarette in hohem Bogen auf die Straße, wo sie in einer Pfütze leise zischend erlosch.

»Sag mal, willst du mich verarschen, oder was?« Jakob spuckte ihr die Worte förmlich ins Gesicht.

Tamara runzelte die Stirn und hob beschwichtigend beide Hände. »Was ist denn los mit –«, begann sie. Jakob fiel ihr ins Wort.

»Was für ein Spiel spielst du?«

»Sorry, Jakob. Ich habe keine Ahnung, wovon du sprichst.« Tamara hob fröstelnd die Schultern und schob die Hände in ihre Jackentaschen. »Vielleicht weihst du mich ein?«

»Überleg mal. Vielleicht kommst du von allein drauf.« Jakob verschränkte die Arme.

Tamara schüttelte den Kopf. »Drehst du jetzt komplett durch?« Sie versuchte sich an ihm vorbeizuschieben. Jakob stellte sich ihr in den Weg und packte ihren Oberarm.

»Hey, lass das!«, protestierte Tamara. »Du tust mir weh.«

Jakob packte fester zu. »Sag mir endlich, was hier gespielt wird.«

Tamaras Augen weiteten sich. »Jakob, was soll das? Hör auf damit, du machst mir Angst.«

»Belästigt Sie der Typ?«

Jakob ließ Tamaras Arm los und fuhr herum. Vor ihm

stand ein Hüne und beäugte ihn mit hochgezogenen Augenbrauen. Er war einen Kopf größer und mindestens doppelt so breit wie Jakob. Entgegen jeder Vernunft ballte Jakob die Fäuste und schob angriffslustig das Kinn vor.

»Das geht Sie gar nichts an«, blaffte er sein Gegenüber an. »Kümmern Sie sich gefälligst um Ihren eigenen Kram.«

Der Mann musterte Jakob mit einem arroganten Lächeln und entblößte dabei eine Reihe makellos weißer Zähne. Dann reckte er den Hals und sah an Jakob vorbei zu Tamara. »Brauchen Sie Hilfe?«

»Nein, nein, alles in Ordnung«, versicherte Tamara schnell. »Nur ein kleiner Streit. Nichts Ernsthaftes.« Sie trat neben Jakob und lächelte den Mann an.

»Sind Sie sicher?«, erkundigte der sich argwöhnisch.

Tamara nickte. »Absolut. Trotzdem vielen Dank für die Nachfrage.«

»Ehrensache«, sagte er und ging, nach einem abschätzenden Blick in Jakobs Richtung, mit wiegenden Schritten davon.

»Angeber«, brummelte Jakob. Seine Wut war mit einem Mal verraucht. Sein Auftritt war ihm schon fast peinlich. Vielleicht hatte er es sich nur eingebildet, Anne und Tamara gesehen zu haben. Fertig, wie er war, könnte das durchaus möglich sein. Er rief seine Erinnerung noch mal ab. Sofort erschien das Bild der beiden Frauen vor seinem inneren Auge. Nein, er hatte sich nicht getäuscht.

»Wie wär's, wenn wir uns in den Wagen setzen und du mir in aller Ruhe erklärst, was eigentlich Sache ist?«, unterbrach Tamara die Stille.

Jakob zögerte, dann nickte er. Wie selbstverständlich stieg Tamara auf der Fahrerseite ein. Jakob ließ sich auf den Beifahrersitz fallen.

»Schieß los«, forderte Tamara ihn auf.

Jakob wandte sich ihr zu. »Was hattest du da vorhin mit Anne zu besprechen?«

Tamara sah ihn entgeistert an. »Wie bitte?«

»Tu nicht so unschuldig!«, fuhr Jakob sie an. »Ich habe euch beide gesehen.«

»Wann hast du uns gesehen?«

»Vorhin. Dich und Anne. Vorm Haus meines Schwiegervaters. Ihr habt mich auch gesehen. Dummerweise hat mich dann ein Auto fast umgefahren. Als ich wieder auf den Beinen war, wart ihr verschwunden.«

Zwischen Tamaras Augenbrauen zeigte sich eine steile Falte. »Bist du sicher, dass mit dir alles in Ordnung ist?«

»Was soll das denn jetzt?«

»Hör mir zu«, bat Tamara und legte eine Hand auf seinen Arm. Sie schluckte mehrmals, bevor sie weitersprach, als würde es ihr schwerfallen, die richtigen Worte zu finden. »Ich habe dir vorhin nicht alles gesagt.«

»Wusste ich's doch.« Jakob wischte Tamaras Hand von seinem Arm.

»Lass mich bitte ausreden.« Tamara sah ihn unverwandt an. »Anne klang verzweifelt, als sie mich angerufen hat.«

»Das sagtest du bereits.«

Tamara fuhr unbeirrt fort. »Sie war völlig außer sich. Deinetwegen, wie ich ihren Worten entnehmen konnte.«

»Meinetwegen?« Jakob schüttelte den Kopf. »Das kann nicht sein. Ich meine, sie war sauer wegen der Dienstreise. Ja, aber das war's auch schon.«

Tamara zuckte die Schultern. »Sie hat gesagt, sie könne dir nicht mehr helfen. Ich sei ihre oder vielmehr deine letzte Hoffnung.«

»Ich verstehe gar nichts mehr«, murmelte Jakob.

»Sie wollte am Telefon nicht darüber sprechen und hat mich gebeten, zu ihr zu kommen. Ehrlich gesagt, war ich erst unschlüssig, ob ich ihrer Bitte nachkommen soll, aber dann hat mich«, Tamara zögerte, »die Neugier gepackt. Aber – wie du ja weißt – stand ich dann vor verschlossenen Türen.«

»Das erklärt aber nicht, wieso du vor wenigen Minuten mit Anne gesprochen hast«, beharrte Jakob.

»Glaub's oder lass es bleiben«, sagte Tamara mit fester Stimme. »Ich habe die ganze Zeit hier auf dich gewartet. Ich habe mich nicht von der Stelle gerührt. Wen auch immer du da gesehen haben willst, ich war jedenfalls nicht mit von der Partie.«

Auf Jakobs Zunge lag eine scharfe Erwiderung, aber er besann sich und schluckte sie hinunter. Was für einen Grund hatte er, Tamara zu misstrauen? Obwohl – es war natürlich schon merkwürdig, dass sie ausgerechnet zum jetzigen Zeitpunkt wieder in seinem Leben auftauchte. Er versuchte in ihren Augen zu lesen. Eine Unsicherheit, Scham, weil sie ihn hintergangen hatte. Aber Tamara hielt seinem Blick stand, ihre Mimik verriet nichts von ihren Gefühlen.

»Vielleicht habe ich mich tatsächlich geirrt«, räumte Jakob ein. Er schloss die brennenden Augen und presste die Finger auf die Lider. »Ich bin total übermüdet. Die letzten Tage habe ich keine fünf Stunden Schlaf gefunden. Wahrscheinlich hat mir meine Fantasie einen Streich gespielt.« Er zuckte hilflos mit den Schultern.

Tamara zog die Unterlippe zwischen die Zähne und nickte nachdenklich. »Vorstellbar«, sagte sie.

»Mein Schwiegervater hat behauptet, ich hätte Mia heute am frühen Nachmittag bei ihm abgeholt.«

»Und? Hast du?«

»Nein. Um die Uhrzeit saß ich im Taxi auf dem Weg vom Flughafen nach Hause«, antwortete Jakob mit matter Stimme.

»Vielleicht hast du einen Doppelgänger«, mutmaßte Tamara halbherzig.

Jakob schnaubte. »Ich glaube eher, mein Schwiegervater hat die Tage verwechselt. Er ist in letzter Zeit etwas durcheinander.« Annes Nachricht auf dem Anrufbeantworter verschwieg er lieber. Das Ganze war auch so schon kompliziert genug.

»Okay«, sagte Tamara. »Das würde diese eine Sache erklären, aber nicht alles andere.« Sie wandte sich Jakob zu. »Bist du jemandem auf die Füße getreten? Bist du an irgendeiner heißen Recherche dran? Will dich jemand fertigmachen?«

Jakob winkte ab. »Vergiss es. Ich arbeite nicht als Enthüllungsjournalist. Ich mache mehr oder weniger langweiligen Parlamentsjournalismus. Käue irgendwelche Statements von Politikern wieder oder lege ihnen schlagzeilentaugliche Worte in den Mund, die sie meist nur zu gerne bestätigen, weil sie damit in die Zeitung kommen. Das erhöht den Bekanntheitsgrad.«

»Auch da kann man unbeabsichtigt in ein Wespennest stechen.«

»Trotzdem. Das ergibt alles keinen Sinn.« Jakob stöhnte und fuhr sich mit beiden Händen durchs Haar. »Ich weiß ehrlich gesagt nicht mehr, was ich denken soll.«

»Du erinnerst dich, was wir besprochen hatten –«, Tamara räusperte sich, zupfte nervös an ihrem Ohrläppchen.

»Was meinst du?«

»Dass du zur Polizei gehst, wenn auch Annes Schwiegervater nicht weiß, wo die beiden stecken.«

Jakob zog scharf die Luft ein. Tamara bemerkte sein Zögern. Sie legte ihm eine Hand auf den Arm. »Du hast dir nichts zuschulden kommen lassen«, sagte sie. »Also hast du auch nichts zu befürchten. Wir beide sind mittlerweile an einem Punkt angelangt, wo wir ohne professionelle Hilfe einfach nicht mehr weiterkommen.«

»Was soll ich denen erzählen?«, fragte er und gab sich die Antwort gleich selbst. »Dass meine Frau mit unserer Tochter und unserem gesamten Mobiliar wie vom Erdboden verschluckt ist und ich bei der Suche nach ihnen über die grausam zugerichteten Leichen von Kindern gestolpert bin? Sie werden mich fragen, wieso ich jetzt erst damit zu ihnen komme. Oder sie werden mich für geistesgestört erklären und gleich einweisen.«

»Bitte«, sagte Tamara mit weicher Stimme und verstärkte den Druck ihrer Hand auf seinem Arm. »Tu's mir zuliebe.«

Jakob verzog den Mund zu einem kleinen Lächeln. »Na, dem Argument kann ich mich natürlich schlecht verschließen«, sagte er. »Aber du hast recht. Wahrscheinlich hätte ich das schon viel früher tun sollen.« Er löste das Handy vom Ladekabel, warf Tamara einen resignierten Blick zu und wählte die Nummer der Bereitschaftspolizei.

»Du machst das Richtige.« Tamara klang erleichtert. Sie nahm die Hand von seinem Arm und lehnte sich mit einem Aufatmen in ihren Sitz zurück.

Jakob schilderte dem Beamten mit möglichst knappen Worten die Geschehnisse der letzten Stunden. Der Mann hörte ihm schweigend zu, unterbrach seine Ausführungen kein einziges Mal. Erst als Jakob von den beiden Kinderleichen erzählte, die er in der Wohnung in der Immanuelkirchstraße vorgefunden hatte, sagte er: »Warum haben Sie uns nicht gleich verständigt?« Das war genau die Frage, die Jakob erwartet hatte.

»Ich war vollkommen durcheinander und habe völlig kopflos reagiert«, antwortete er nicht ganz wahrheitsgemäß. »Aber jetzt habe ich Sie ja informiert.«

»Okay«, sagte der Beamte nach einer kleinen Weile. »Bleiben Sie, wo Sie sind, wir schicken einen Streifenwagen vorbei.«

»Gut«, sagte Jakob und gab durch, wo er sich befand.

»Und?«, fragte Tamara. »Was passiert jetzt?«

»Sie schicken jemanden vorbei.« Jakob ließ sein Handy in die Jackentasche gleiten.

»Gut«, sagte Tamara und musterte ihn von der Seite. »Ist alles in Ordnung mit dir? Du siehst ganz käsig aus.«

Jakob strich sich mit der Hand über die Stirn. Sie fühlte sich heiß an. »Mir ist tatsächlich etwas übel«, gab er zu. »Vielleicht sollte ich mal etwas essen. Ich weiß nicht, wann ich das letzte Mal etwas in meinen Magen bekommen habe.«

Tamara wies mit dem Zeigefinger auf einen hell erleuchteten Imbiss auf der anderen Straßenseite. »Da drüben gibt's Currywurst. Wie wär's?«

Jakob zögerte. »Ich glaube nicht, dass ich jetzt eine Currywurst runterkriege.« Der Gedanke an die fettige Wurst ließ ein leichtes Ekelgefühl in ihm hochsteigen. »Außerdem müssen wir hier auf die Polizei warten.«

»Die sehen wir von dort aus auch«, sagte Tamara. »Komm schon. Mit etwas im Magen wird es dir bestimmt gleich besser gehen. Du wirst sehen.«

»Vielleicht hast du recht«, lenkte Jakob ein.

»Ja, dann. Auf geht's«, sagte Tamara betont munter. Sie zog den Schlüssel aus dem Zündschloss, öffnete die Fahrertür und stieg aus. Jakob tat es ihr gleich.

»Du müsstest mich allerdings einladen. Ich habe kein

Bargeld mehr. Und meine Kreditkarten sind gesperrt.«

»Gesperrt?«, wiederholte Tamara und sah ihn über das Dach des Wagens mit großen Augen an.

»Im Hotel in Vietnam konnte ich noch damit bezahlen.«

»Das wird ja immer mysteriöser.« Tamara warf die Tür hinter sich zu und schloss den Wagen ab.

Seite an Seite überquerten sie die Straße. Die rote Leuchtreklame von Gino's Grill blinkte ihnen aus dem Schaufenster entgegen. Jakob öffnete die Tür und ließ Tamara den Vortritt. Es roch durchdringend nach altem Öl und gegrillter Wurst. Jakobs Übelkeit verstärkte sich schlagartig. Er schob es auf seinen leeren Magen. Seit dem kleinen Imbiss im Flugzeug hatte er nichts mehr gegessen.

Bis auf eine dürre Frau in Jogginganzug und struppiger Dauerwelle, die auf einem Barhocker thronte und den bunt flimmernden Spielautomaten vor sich an der Wand mit Münzen fütterte, war der Laden leer. Irgendwo im Hintergrund dudelte ein Radio Schlagermusik. Tamara bestellte für sie beide Currywurst mit Pommes und zwei Kaffee.

»Dauert ein paar Minuten«, brummte der Mann hinterm Tresen. Auf seinem mit Flecken übersäten T-Shirt stand quer über der Brust: Gino. Offensichtlich wurde man hier vom Chef persönlich bedient. Er schüttelte aus einer Plastikschüssel eine Ladung tiefgefrorener Pommes in den fetttriefenden Metallkorb und versenkte ihn anschließend im zischenden Öl.

»Kein Problem«, sagte Tamara und zückte ihre Geldbörse. »Ich zahl schon mal.«

Sie nahm die beiden Pappbecher mit dem Kaffee entgegen und setzte sich zu Jakob, der an einem kleinen Tisch neben der Eingangstür Platz genommen hatte. Schweigend tranken sie von der schwarzen Brühe, die lauwarm war und nur entfernt nach Kaffee schmeckte. Nach einer Weile kam das Essen. Jakob wendete lustlos die Wurststücke in der roten Tunke, stopfte sich eins davon in den Mund. Er hatte das unangenehme Gefühl, auf Stroh zu kauen. Schaffte es kaum, die Bissen runterzuschlucken. Tamara an seiner Seite schien es ähnlich zu gehen. Sie stocherte auf dem Pappteller herum, ohne etwas zu essen.

Immer wieder wanderten ihre Blicke durch die beschlagene Schaufensterscheibe nach draußen. Die Polizei ließ sich Zeit. Weit und breit war kein Streifenwagen in Sicht. Ob sie wohl die Sirene eingeschaltet haben, fragte sich Jakob und wunderte sich gleichzeitig über den unsinnigen Gedanken. Er brauchte wirklich dringend Schlaf. Er war völlig durch den Wind.

»Wo bleiben die nur?«, murmelte jetzt auch Tamara und verzog missbilligend den Mund.

Jakob zuckte mit den Schultern. »Die Berliner Polizei«, sagte er.

Das Klingeln eines Telefons mischte sich in die Geräusche, die der Spielautomat mit nervtötender Penetranz von sich gab. Nur wenig später stand der Imbissbuden-Besitzer am Tisch.

»Sind Sie Jakob Auerbach?«

»Ja«, antwortete Jakob und sah überrascht auf.

»Da will Sie jemand sprechen.« Er hielt Jakob den klebrig aussehenden Telefonhörer hin.

»Mich?«

»Ja, Sie!«, wiederholte der Mann. Er klang genervt. »Eine Frau. Aber fassen Sie sich kurz. Ich bin hier keine Telefonzelle.«

»Vielleicht Anne«, flüsterte Tamara ihm über den Tisch gebeugt zu.

»Aber woher sollte sie wissen, dass ich hier bin?« Mit spitzen Fingern ergriff Jakob den Hörer. Er sah nicht nur klebrig aus, er fühlte sich auch genauso an.

»Ja? Wer ist da?«

21

Grit sprach auf dem Nachhauseweg vom letzten Tag der Verhandlung kein Wort. Unbeweglich saß sie neben mir in der Bahn und starrte auf ihre im Schoss gefalteten Hände. Ich warf ihr immer wieder von der Seite verstohlene Blicke zu, erwartete jeden Augenblick den Zusammenbruch, aber ihre Mimik blieb versteinert. Nichts ließ ahnen, was für ein Aufruhr in ihrem Inneren tobte. Ich kannte sie gut genug, um zu wissen, dass es tief in ihr drin brodelte. Es zerriss sie förmlich. Wie selbstverständlich fuhren wir zu mir nach Hause. Ich kochte Tee und setzte mich zu ihr an den Küchentisch. Sie umschloss die heiße Tasse mit beiden Händen. Es musste wehtun, der Tee war mit kochendem Wasser frisch aufgebrüht. Grit verzog keine Miene. Vorsichtig löste ich ihre Finger vom Porzellan und umschloss mit meinen Händen ihre. Sie ließ es willenlos geschehen.

»Sag was«, bat ich.

Grit sah mich an. Ich erschrak. Ihre Augen schienen von innen zu brennen. Sie bemerkte mein Erschrecken und senkte den Blick.

»Hast du sein Gesicht gesehen?«, fragte sie flüsternd.

»Ja, natürlich. Wir saßen ihm direkt gegenüber.«

»Ich meine nach der Urteilsverkündung.« Als wäre sie in Gedanken woanders, malte sie mit dem Zeigefinger die graue Zeichnung der Tischplatte nach. »Hast du seine Erleichterung auch bemerkt?«

Ich überlegte, rief mir das Gesicht des Mannes ins Gedächtnis. Nein, ich hatte keine Anzeichen von Erleichterung darin entdecken können. Schmerz hatte ich in den ausgemergelten Zügen entdeckt. Resignation und Hoffnungslosigkeit. Einen gebrochenen Menschen hatte ich vor mir gesehen. Für den Bruchteil einer Sekunde hatte ich sogar Mitleid mit ihm empfunden. Grit schien ihn vollkommen anders wahrgenommen zu haben.

»Gelächelt hat er«, stieß sie hervor. Mit der flachen Hand schlug sie so unvermittelt auf den Tisch, dass ich zusammenzuckte. »Bewährung.« Sie spuckte mir das Wort entgegen, als könnte ich etwas dafür, dass er mit diesem, auch in meinen Augen überraschend milden Urteil davongekommen war.

»Das Gericht hat so entschieden.« Mein Einwand klang lahm. Grit quittierte ihn mit einem verächtlichen Schnauben.

Ich hätte ihr jetzt die Argumente nennen können, die vom Richter zur Begründung angeführt worden waren, aber ich ließ es bleiben. Grit war in ihrem Zustand dafür nicht empfänglich. Ich lasse sie einfach reden, dachte ich. Alles muss aus ihr heraus. Ihr Hass ein Ventil in der Sprache, in der Fantasie finden. Dann wird es ihr besser gehen. Gleichzeitig ahnte ich bereits, dass ich mir selber etwas vormachte.

»Was willst du jetzt tun?«, fragte ich sie.

Grit richtete sich kerzengerade auf. Ihre Gesichtszüge wurden hart. In ihren Augen las ich eine Entschlossenheit, die ich nie zuvor bei ihr gesehen hatte. Sie wirkte, als hätte sie genau in diesem Augenblick eine Entscheidung getroffen. Eine Entscheidung, die unumstößlich war, wie ich insgeheim fürchtete.

»Leiden soll er«, flüsterte sie und beugte sich über den Tisch. Sie legte ihre Hand auf meinen Unterarm. Sie war eiskalt. Ich erschauerte unwillkürlich.

»Ich werde ihm das Liebste nehmen. Wie er mir das Liebste genommen hat.«

»Das meinst du nicht ernst. Dann bist du nicht besser als er.« Die Worte kamen wie von selbst über meine Lippen.

Grit legte den Kopf schief und hob abschätzend eine Augenbraue. »Darum geht es schon lange nicht mehr«, sagte sie.

»Was hältst du davon, wenn wir für ein paar Tage verreisen? Nur du und ich. Raus aus Berlin. An die Ostsee. Wohin du willst. Ein Ortswechsel. Vielleicht rückt sich dann alles wieder zurecht.«

Ich wollte verhindern, dass sie sich immer weiter in ihr Unglück verstrickte. Ich wollte so sehr, dass sie wieder zu leben begann. Frei von ihren Gedanken an Tod und Rache.

»Ich kann verstehen, wenn du diesen Weg nicht mit mir gehen willst«, sagte sie mit einer Stimme, die zugleich rau und sanft klang und mir einen Schauder über den Rücken trieb.

Ich wusste, sie wartete auf eine Reaktion, ein Einlenken von mir. Aber in mir war eine Leere, die keine Worte fand. Die Stille zwischen uns breitete sich aus wie zäher Schlamm. Die Luft wurde so schwer, dass ich kaum noch atmen konnte. Ich verbarg mein Gesicht in den Händen. Sie sollte meine Verzweiflung nicht sehen.

Kurze Zeit später hörte ich den Stuhl über die Dielen des Küchenbodens scharren. Ich nahm die Hände vom Gesicht. Grit war aufgestanden. Alle Härte war aus ihrem Gesicht gewichen. Sie betrachtete mich so liebevoll, dass mir die Tränen kamen.

»Ich danke dir«, sagte sie. »Für alles.« Dann drehte sich um und ging.

Ich blieb am Küchentisch sitzen, unfähig, mich zu rühren. Über meine Wangen strömten unaufhaltsam Tränen. Ich fühlte mich, als hätte ich sie verraten.

22

Die Anruferin sagte einen einzigen Satz in einem seltsam heiseren Flüsterton. Dann brach die Verbindung ab. In Jakobs Ohren begann das Blut zu rauschen. Das Geräusch übertönte jeden Gedanken. Er schaute zu Tamara, las in ihren Augen die unausgesprochene Frage: *Wer war es? Anne?* Er schüttelte stumm den Kopf und übergab den Hörer an Gino, der breitbeinig mit überkreuzten Armen neben dem Tisch stehen geblieben war. Jakob zuckte zusammen, als das Aufjaulen des Spielautomaten, gepaart mit den schrillen Jubellauten der Frau und dem Scheppern der Geldmünzen, einen Gewinn verkündete.

»Na, Pechsträhne zu Ende, Elvira?« Gino warf Jakob einen kumpelhaften Blick zu und wandte sich grinsend ab. Gönnerhaft klopfte er der Frau im Vorbeigehen auf die Schulter und verschwand wieder hinterm Tresen.

Jakob schob mit einem angewiderten Gesichtsausdruck den Teller von sich und stand auf. »Ich muss hier raus.«

Tamara maß ihn mit besorgten Blicken. »Alles in Ordnung?«, fragte sie.

Jakob schüttelte stumm den Kopf. »Gleich«, murmelte er. »Ich muss erst mal an die frische Luft.«

»Okay«, sagte Tamara. Sie winkte Gino hinter dem Tresen einen Abschiedsgruß zu und folgte Jakob nach draußen.

Jakob blieb vor dem Imbiss stehen und sog die kühle Luft in tiefen Zügen in seine Lunge.

»Deinem Gesichtsausdruck nach zu urteilen, war der Anruf gerade alles andere als erfreulich.« Tamara berührte ihn sachte am Arm. »Willst du darüber reden oder lieber nicht?«

Jakob wandte sich ihr zu. Ihm wurde schlagartig übel. Sein Magen schien Achterbahn zu fahren. Der Boden unter seinen Füßen begann zu schwanken. Seine Hände fuhren durch die Luft, suchten nach einem Halt. Ihm wurde schwarz vor Augen.

»Jakob!«

Gedämpft, wie durch eine dicke Watteschicht gepresst, drang Tamaras Stimme an sein Ohr. Er fühlte, wie sie ihn hielt, damit er nicht zu Boden fiel. Instinktiv umschlang er sie mit beiden Armen. Eine Weile standen sie so, schweigend, und hielten einander fest. Wie zwei Ertrinkende, kam es Jakob in den Sinn, und ihm war mit einem Mal zum Heulen zumute. Er schluckte die Tränen hinunter und räusperte sich. Mit einem verlegenen Lachen löste Tamara sich aus seinen Armen.

»Geht's wieder?«, fragte sie. Sie trat einen Schritt zurück und sah ihn besorgt an.

»Ja«, sagte Jakob. »Danke.« Sein Lächeln fiel etwas kläglich aus.

Tamara machte eine wegwerfende Handbewegung. »Nicht dafür.« Mit gespreizten Fingern fuhr sie sich durch ihre Locken.

»Du siehst erschöpft aus«, sagte sie. In ihrer Stimme schwang neben Besorgnis auch eine leise Zärtlichkeit mit. Jedenfalls war das Jakobs Eindruck, und für einen kurzen Moment erfüllte ihn das mit einer geradezu irrationalen Freude. Tamara hakte ihn unter. »Komm, wir setzen uns in den Wagen, bevor du mir hier noch umkippst, ja?«

»Danke«, sagte Jakob.

»Wofür?«, fragte Tamara und hob erstaunt eine Augenbraue.

»Einfach dafür, dass du da bist«, sagte Jakob und räusperte sich.

Tamara strich sich, sichtlich verlegen, eine Haarsträhne hinters Ohr und schenkte ihm ein kleines Lächeln. »Wer war das eigentlich gerade am Telefon?«, fragte sie dann und durchbrach damit etwas brüsk die Vertrautheit, die zwischen ihnen am Entstehen war.

»Ich weiß es nicht«, sagte Jakob. »Eine Frau. Frag mich nicht, woher sie wusste, dass ich in diesem Imbiss bin. Vielleicht hat sie uns beobachtet.«

Wie auf Kommando blieben sie abrupt stehen und schauten sich suchend in der Umgebung um, konnten aber beide nichts Auffälliges entdecken.

»Ihre Stimme kam mir nicht mal ansatzweise bekannt vor. Sie hat allerdings auch nur einen Satz gesagt«, fuhr Jakob fort, während sie über die Straße gingen. »*Schuld bist du.* Dann hat sie einfach aufgelegt.«

Tamara sog scharf die Luft ein. Jakob verzog den Mund und hob hilflos die Schultern. Er wollte noch etwas sagen, aber ihm fiel nichts ein. Erst als sie wieder im Nissan saßen, brach Tamara das Schweigen. »Gibt es irgendetwas, das du mir sagen musst?« Ihre Stimme klang belegt.

»Wie meinst du das?«, fragte Jakob und bedachte sie mit einem irritierten Blick.

»Versteh mich nicht falsch«, lenkte Tamara ein. »Aber es muss doch etwas vorgefallen sein. Ich meine, ohne Grund –« Sie ließ den Satz unbeendet.

Jakob zuckte hilflos die Achseln. »Glaub mir, ich habe keinen Schimmer, was das alles soll. Ich zermartere mir schon das Hirn, seit ich in der Uhlandstraße das –« Jakob stockte.

»Da fällt mir ein, ich wollte dir ja noch etwas zeigen«, sagte er. Er nahm das Handy aus der Jackentasche, öffnete die Datei und reichte Tamara das Gerät. »Das ist das Foto, das ich in meiner alten Wohnung geschossen habe.«

»Ah ja?« Angestrengt betrachtete Tamara das Display. Sie kniff die Augen zusammen, als wäre sie kurzsichtig. »Ich sehe ein Fenster und … Bist du das, der sich da in der Scheibe spiegelt?«

Jakob riss Tamara das Handy aus der Hand. Fassungslos starrte er auf das Foto, das sich im Display zeigte. »Das kann nicht sein«, murmelte er. »Auf die Scheibe hatte jemand mit Blut oder roter Farbe, ich bin mir nicht ganz sicher, was es war, *Schuld bist du* geschmiert. Nur deswegen habe ich das Foto gemacht.«

»Jakob, sei mir nicht böse, aber allmählich weiß ich nicht mehr, was ich denken soll.« Tamara sah ihn mit ernster Miene an. »Nimmst du Drogen?«

»Du glaubst mir nicht«, sagte Jakob tonlos.

»Es fällt mir – zugegebenermaßen – immer schwerer.«

»Warum sollte ich das alles erfinden? Nenn mir einen Grund.«

Tamara hob hilflos die Schultern. »Ich weiß es nicht.«

Jakob durchwühlte seine Jackentaschen. Triumphierend präsentierte er eine zerknüllte Quittung. »Hier!« Er hielt Tamara das Stück Papier unter die Nase. »Das ist die Quittung der Taxifahrt von heute Nachmittag. Da müsste sogar die Uhrzeit draufstehen. Das beweist wenigstens, dass ich Mia nicht bei ihrem Opa abgeholt haben kann.«

Tamara nahm Jakob den zerknüllten Zettel ab und strich ihn umständlich auf ihrem Oberschenkel glatt. Jakob beschlich das Gefühl, dass ihm ihre Antwort nicht gefallen würde. Und er sollte recht behalten.

Die Augen fest auf die Quittung geheftet, sagte Tamara: »Die Quittung ist vom Oktober vor einem Jahr, Jakob.«

»Das kann nicht sein.« Jakob nahm die Quittung wieder an. »Ich versteh's nicht«, murmelte er und starrte auf das Datum, das zwar kaum noch zu erkennen war, aber eindeutig schon mehr als ein Jahr zurücklag.

»Was soll das denn werden?« In Tamaras Worten schwang ein alarmierter Ton mit. Sie beugte sich über das Lenkrad und wischte hektisch mit der Hand über die beschlagene Scheibe. »Was machen die denn da?«

Jakob schaute auf. Vor dem Wagen nahm er im Licht der Straßenlaterne dunkle Gestalten wahr. Er wischte die Scheibe vor sich trocken, um besser sehen zu können. Reflexartig zuckte seine Hand zurück. Jemand kletterte gerade auf die Motorhaube und starrte ihn durch die Windschutzscheibe an. Für einen winzigen Moment glaubte Jakob in den großen, dunklen Augen Hass zu lesen. Dann hob die Gestalt langsam eine Hand, die etwas hielt, das Jakob erst als Spraydose erkannte, als das Gesicht hinter einem Nebel aus roter Sprühfarbe verschwand. Jakob drehte sich auf seinem Sitz um und spähte nach draußen. Um den Wagen huschten verschwommene Schatten. Beim genauen Hinsehen bemerkte er, dass alle mit Spraydosen bewaffnet waren.

»Gott, das sind ja Kinder!«, rief Tamara. »Was fällt denen denn ein?« Sie machte Anstalten, aus dem Wagen zu klettern.

»Bleib hier!« Jakob packte ihren Oberarm und hielt sie fest.

Der lautlose Spuk dauerte nur wenige Sekunden, dann lösten sich die Schatten von dem Nissan und verschwanden in der Dunkelheit. Als wäre nichts geschehen.

»Die haben sämtliche Scheiben mit roter Farbe zugesprüht«, stellte Tamara verärgert fest. »Warum hast du mich festgehalten? Wenn wir dazwischengegangen wären, hätten wir das Schlimmste verhindern können.«

Jakob antwortete ihr nicht. Er versuchte zu entziffern, was vor ihm spiegelverkehrt auf der Scheibe stand, und wurde blass, als ihm klar wurde, was es war. Mit einem lauten Fluch auf den Lippen stieg er aus und sah sich um. Die Straße lag wie leer gefegt im Schein der Straßenlaternen. Der Wind wirbelte eine weiße Papiertüte hoch und ließ sie einen Reigen quer über den Bürgersteig tanzen. Tamara trat neben Jakob.

»Glaubst du mir jetzt?« Jakob wies mit dem Kinn auf die Windschutzscheibe.

Tamara nickte mehrmals wie abwesend mit dem Kopf. Jakob umrundete den Wagen und stellte sich wieder neben sie.

»Sie haben es an jede Scheibe geschmiert«, sagt er. Tamara reagierte nicht. Sie starrte noch immer auf den Schriftzug, der in roten Lettern auf der Windschutzscheibe prangte, als könne sie nicht fassen, was da stand.

SCHULD BIST DU

»Jakob, was hat das zu bedeuten?«, flüsterte sie.

Jakob glaubte, ein Zittern in ihrer Stimme zu hören. In einer spontanen Geste legte er den Arm um sie und zog sie an sich. Tamara schmiegte sich wie selbstverständlich an ihn.

»Ich weiß es nicht«, sagte Jakob mit rauer Stimme. »Glaub mir, ich habe keine Ahnung, was da gerade passiert.«

23

»Allmählich beginnt diese Geschichte mir Angst zu machen«, wisperte Tamara.

»Mir auch«, gab Jakob unumwunden zu.

»Irgendwie passt das alles nicht zusammen. Mia und Anne verschwinden, du findest auf der Suche nach ihnen tote Kinder, die Botschaften und jetzt dieser Überfall.« Tamara schüttelte den Kopf. »Das ergibt keinen Sinn.« Sie schaute ihn aus großen Augen an. Sie wirkte in dem Moment so verletzlich auf Jakob, dass ihn ein Gefühl von Zärtlichkeit wie eine Welle überflutete. Am liebsten hätte er sie an sich gezogen und nie mehr losgelassen. Tamara neben ihm erstarrte, als würde sie seine Gefühle spüren und für unangemessen halten. Schnell nahm Jakob den Arm von ihrer Schulter.

»Wo bleibt eigentlich die Polizei?«, fragte er, während sie wieder in den Wagen stiegen. »Die müsste doch schon längst hier sein.«

Tamara ließ sich auf den Fahrersitz fallen. »Vielleicht haben sie es für den Anruf eines Spinners gehalten«, mutmaßte sie.

»Wie ich befürchtet hatte«, sagte Jakob. »Am besten wird es sein, ich mache meine Aussage höchstpersönlich auf einem Polizeirevier. Was meinst du?«

Tamara nickte. »Gute Idee.«

Jakob fischte sein Handy aus der Jackentasche und stellte eine Verbindung zum Internet her. »Kaiserdamm ist das nächste Polizeirevier«, sagte er.

»Zum Glück haben sie die Scheibe auf der Fahrerseite nicht ganz zugeschmiert. So kann ich wenigstens was sehen. Wenn wir allerdings in eine Polizeikontrolle geraten, wird der Wagen garantiert aus dem Verkehr gezogen.« Tamara drehte den Zündschlüssel. Der Motor sprang kurz an und ging gleich wieder aus. Stirnrunzelnd versuchte sie es noch mal. Mit dem gleichen Ergebnis.

»Mist«, sagte Jakob und rutschte nervös auf dem Sitz hin und her. »Er wird doch nicht ausgerechnet jetzt streiken.«

»Sieht ganz danach aus.« Tamara drehte den Zündschlüssel ein weiteres Mal. Mit dem gleichen negativen Ergebnis. »Ich fürchte, wir müssen zu Fuß weiter. Der Tank ist nämlich leer«, sagte sie nach kurzem Blick auf die Anzeige.

Jakob stöhnte laut. *Nicht auch das noch!*

»Es ist nicht weit bis zum Kaiserdamm.« Tamara zog den Zündschlüssel aus dem Schloss und stieg aus.

Jakob angelte seinen Rucksack vom Rücksitz, überlegte kurz, ob er seine Reisetasche auch mitnehmen sollte, entschied sich dann aber dagegen. Tamara schloss das Auto ab und reichte den Schlüssel an Jakob weiter, der ihn zerstreut entgegennahm und in seine Jackentasche gleiten ließ.

Mit gesenkten Köpfen eilten sie die Straße entlang. Der Wind hatte aufgefrischt und blies ihnen kräftig entgegen. Die feuchte Kälte durchdrang mühelos sämtliche Kleiderschichten. Schon nach wenigen Minuten war Jakob durchgefroren. Tamara schien es nicht besser zu ergehen. Sie hatte die Hände in ihrer Jacke versenkt, ihre Nasenspitze hatte sich leicht gerötet. An der U-Bahn-Station Sophie-Charlotte-Platz überquerten sie die Straße und wandten sich nach links. Je näher sie ihrem Ziel kamen, desto unschlüssiger wurde Jakob, ob es wirklich so eine gute Idee war, die Polizei einzuschalten. In Gedanken war er die Ereignisse immer wieder von Neuem durchgegangen und jedes Mal zu dem gleichen Ergebnis gekommen.

»Hier ist es«, sagte Tamara und wies auf das grüne Schild. Unschlüssig blieben beide vor dem Eingang des Gebäudes stehen.

»Ich habe es mir anders überlegt«, sagte Jakob. »Die Geschichte ist viel zu abstrus. Wenn ich Pech habe, karren die mich sofort in die Psychiatrie.« Er verzog den Mund zu einem halbherzigen Grinsen.

»Ehrlich gesagt, habe ich mir das auch schon überlegt«, sagte Tamara. »Vielleicht solltest du nur Anne und Mia als vermisst melden und den Rest weglassen?«

Jakob trat einen Schritt zurück und musterte das Gebäude aus grauem Stein. »Irgendwie sagt mir mein Gefühl, ich sollte es ganz lassen. Sie werden mich fragen, wann ich das letzte Mal etwas von beiden gehört habe, und dann muss ich wahrheitsgemäß antworten –«

Er hörte das Scheppern einer Fahrradklingel und sprang gerade noch rechtzeitig beiseite, bevor ein Radfahrer in einem Affentempo an ihm vorbeisauste.

»Das ist ein Fußweg, kein Radweg!«, brüllte er dem Fahrradfahrer hinterher.

Der hob den rechten Arm, ballte die Hand zu einer Faust und streckte den Mittelfinger in die Luft. Kopfschüttelnd wandte sich Jakob wieder Tamara zu. Sie lehnte an der Eingangssäule, betrachtete ihn spöttisch und steckte sich eine Zigarette zwischen die Lippen. Jakob winkte ab, als sie ihm die Packung hinhielt.

»Danke, aber ich hab's mir abgewöhnt.«

Tamara nahm einen tiefen Zug und blies den Rauch als weiße Wolke wieder aus. »Es ist allein deine Entscheidung«, sagte sie. »Ich rede dir da nicht rein. Du könntest auch das mit den toten Kindern zur Anzeige bringen.«

Jakob schüttelte vehement den Kopf. »Dann halten sie mich auf jeden Fall fest. Nein, erst muss ich Mia und Anne finden.«

»Die Frage ist nur, wo sollen wir sie denn noch suchen?«

»Die beiden waren heute Abend bei Lukas«, überlegte Jakob laut. »Sie müssen kurz nach meinem Anruf die Wohnung verlassen haben. Ich versuche noch mal, Lukas zu erreichen.«

Er griff nach seinem Handy und wählte die Nummer aus dem Verzeichnis. Im gleichen Augenblick schnitt sich der Ton einer eingehenden SMS durch die Geräuschkulisse des vorbeirauschenden Verkehrs. Jakob unterbrach den Wahlvorgang und öffnete die Mitteilung.

Vermisst du deine Tochter?

Er stöhnte laut auf. Sofort war Tamara an seiner Seite. Sie blickte ihm über die Schulter, las halblaut die SMS.

»Ich antworte«, sagte Jakob und tippte mit vor Kälte steifen Fingern:

Wer sind Sie? Haben Sie meine Tochter?

Die Antwort kam prompt:

Gut möglich.

»Was soll das?«, ereiferte sich Jakob.

»Schreib: Weißt du es, oder weißt du es nicht?«, forderte Tamara ihn auf. Ihr Atem, der leicht nach Zigarettenrauch roch, streifte seine Wange, verwirrte ihn für den Bruchteil einer Sekunde. Dann glitten Jakobs Fingerspitzen über die Tastatur. Er achtete nicht auf Tippfehler. Dieses Mal ließ die Antwort auf sich warten. Wie gebannt starrten Jakob und Tamara auf das erleuchtete Display.

»Nun mach schon«, knurrte Jakob.

Als endlich der SMS-Sound ertönte, schraken beide zusammen.

Was willst du bei der Polizei?

Jakob sog scharf die Luft ein. Das war nicht die Antwort, die er erwartet hatte. Aber es bestätigte seinen Verdacht, dass sie beobachtet wurden. Verstohlen sah er sich um. Tamara tat es ihm gleich. Er konnte nichts Auffälliges in der näheren Umgebung entdecken. Doch irgendwo musste jemand auf der Lauer liegen und sie nicht für eine Sekunde aus den Augen lassen.

Tamara legte eine Hand auf seinen Arm, flüsterte: »Du musst etwas antworten.«

Jakob nickte und tippte die Antwort in die Tastatur.

Bitte sagen Sie mir, wo meine Tochter ist. Dann gehe ich auch nicht zur Polizei.

Jakob schickte die SMS ab und wartete ungeduldig auf eine Reaktion. Wieder dauerte es eine Weile, bis das Signal die eingehende Nachricht ankündete. Tamara neben ihm trippelte ungeduldig auf der Stelle.

Kehr dahin zurück, wo du heute sein solltest.

»Wo ich heute sein sollte?«, wiederholte Jakob und sah Tamara ratlos an.

»Zu Hause, wo sonst«, half sie ihm auf die Sprünge.

In Niederschönwalde?, tippte Jakob.

Dieses Mal warteten sie vergeblich auf eine Antwort. Tamara nahm einen Zug aus der brennenden Zigarette, ließ sie fallen und zertrat sie mit dem Absatz auf dem Bürgersteig. »Wir haben die Handynummer der Person.« Sie wies auf das Gebäude hinter sich. »Die können mit Sicherheit ruck, zuck rausfinden, wem der Anschluss gehört.«

Jakob schüttelte heftig den Kopf. »Jemand beobachtet uns. Wer weiß, was geschieht, wenn ich da jetzt reingehe. Das Risiko gehe ich auf gar keinen Fall ein.«

Tamara sah sich noch mal in der Umgebung um. Auch Jakob ließ seinen Blick schweifen. Auf der Parkfläche des Mittelstreifens standen die Autos dicht an dicht gedrängt. Es war unmöglich, auszumachen, ob sie nicht aus einem der geparkten Wagen ins Visier genommen wurden. Er unterdrückte den Impuls, über die Straße zu rennen und sich eigenhändig davon zu überzeugen. Das würde nichts bringen. Sobald er losrannte, würde der betreffende Wagen sich ebenfalls in Bewegung setzen.

Tamara sah ihn an und nickte. »Okay. Deine Entscheidung.«

»Hör zu, Tami. Ich kann verstehen, wenn du an dem Punkt aussteigen möchtest –«

»Vergiss es, Jakob«, fiel ihm Tamara ins Wort »Ich bin viel zu neugierig, zu erfahren, was hinter dem Ganzen steckt.«

»Danke«, sagte er.

Tamara winkte ab. »Nicht dafür. Wie gesagt, reine Neugier.«

Jakob wusste, dass das nicht stimmte. Wenn Tamara eins nie gewesen war, dann neugierig. Sie blieb bei ihm, weil sie ihm helfen wollte. Wahrscheinlich fürchtete sie, dass er auf sich allein gestellt der Sache nicht gewachsen sein könnte. Vermutlich lag sie da nicht mal falsch. Wieder drängte sich der Gedanke, dass er Anne nicht mehr liebte, mit aller Macht in sein Bewusstsein. Wie anders wäre sein Leben verlaufen, wenn Tamara damals nicht verschwunden wäre. Zeitgleich ging ihm auf, dass es dann aber auch Mia nicht geben würde. Und seine Tochter war zweifelsfrei das Beste, was ihm im Leben bisher widerfahren war. So gesehen hatte Tamara recht, wenn sie sagte, dass es wohl eine Fügung des Schicksals gewesen war, die sie damals auseinandergebracht hatte. Auch wenn die Vorgabe eine ziemlich perfide Intrige von Anne gewesen war. Doch etwas hatte weder Anne noch das Schicksal zuwege gebracht: seine Zuneigung zu Tamara zu schmälern. Womöglich liebte er sie sogar noch. Aber erst, wenn er seine kleine Tochter wohlbehalten wieder in die Arme schließen konnte, würde er sich dieser Frage stellen. Auch wenn die Entscheidung, die er dann fällen musste, sein gesamtes Leben auf den Kopf stellen würde, dieses Mal würde er nicht den Weg des geringsten Widerstandes gehen. Das Versprechen nahm sich Jakob in diesem Augenblick ab.

»Jakob!« Tamaras Stimme holte ihn in die Gegenwart zurück. »Wir sollten dann langsam mal los.«

»Warte«, sagte Jakob. »Ich rufe die Nummer, von der die SMS verschickt wurde, jetzt mal an.«

Er tippte die Nummernfolge ein. Das Freizeichen erklang. Niemand ging ran. Als Jakob die Verbindung schon unterbrechen wollte, sprang die Mobilbox an. Eine Stimme, die merkwürdig scheppernd klang, meldete sich und teilte ihm mit, dass sie momentan nicht erreichbar sei, sich aber über eine Nachricht freue.

Jakob spürte, wie ihm alles Blut aus dem Kopf wich. Als könne er nicht glauben, was er gerade gehört hatte, ließ er die Nachricht noch mal abspielen. Nein, er hatte sich nicht getäuscht. Es gab keinen Zweifel. Auch wenn die Frau keinen Namen genannt hatte und die Stimme etwas verzerrt geklungen hatte, war er sich sicher. Die Stimme auf der Mobilbox war die von Anne.

24

Die Wohnungstür fiel mit einem leisen Klacken ins Schloss. Ich erwachte aus meiner Starre. Grit war gegangen. Wenn ich jetzt nichts tat, würde ich sie nie wiedersehen. Ich schwankte. Meine Vernunft riet mir, mich von ihr fernzuhalten. Der Weg, den sie beschreiten wollte, war nicht der richtige. Sie würde zerbrechen. *Wenn jemand das verhindern kann, dann bist du das*, sagte mein Herz. *Sie hat niemanden mehr außer dir. Und du hast niemanden außer ihr. Willst du sie verlieren? Wie Kati?*

Ich sprang vom Stuhl hoch und rannte wie gehetzt aus der Wohnung. Blind vor Tränen stolperte ich die Treppenstufen hinunter. Auf der Straße holte ich Grit zwei Häuser weiter ein.

»Warte«, sagte ich atemlos. »Bitte!«

Grit schritt unbeirrt weiter geradeaus. Ich passte meine Schritte ihren an. Stumm liefen wir nebeneinander die Straße entlang. Es nieselte. So fein, dass man die Nässe nicht sah, nur auf der Haut spürte. Ich setzte Fuß vor Fuß. Automatisch. Ich würde nicht von ihrer Seite weichen, bis sie eine Reaktion zeigte. In der Eile hatte ich natürlich nichts übergezogen. Mein Shirt war innerhalb von Minuten durchnässt. Ich schlang die Arme um meinen Oberkörper, hielt mit ihr Schritt.

Vor dem Laden an der Ecke, dessen Schaufensterscheiben großflächig mit Pappe zugeklebt waren und der schon seit

Ewigkeiten leer stand, stoppte Grit abrupt. Ich war schon zwei Schritte weitergelaufen, ehe ich registrierte, dass sie nicht mehr an meiner Seite war. Überrascht wandte ich mich nach ihr um. Ihre feinen Haare klebten wie eine zweite Haut an ihrem Kopf. Über ihr Gesicht rann Regenwasser, auf den Schultern hatte die Nässe dunkle Flecken hinterlassen. Dann – plötzlich – breitete sie ihre Arme aus und lachte mich an. Ich konnte nicht anders. Wie eine Ertrinkende stürzte ich mich in ihre Arme. Sie umfasste mich, hielt mich ganz fest. Einen Moment lang schien alles gut.

»Ich wusste, du würdest mich nicht im Stich lassen«, flüsterte sie nah an meinem Ohr und zerstörte mit diesem einen Satz meine Hoffnung, dass sie es sich anders überlegt hatte. Ich sagte nichts. Aber ich nahm mir in diesem Moment das Versprechen ab, alles dafür zu tun, dass Grits Rachepläne ein Produkt ihrer Fantasie blieben. Sie würde nichts davon in die Tat umsetzen. Dafür würde ich sorgen.

25

»Das war Annes Stimme auf der Mobilbox«, sagte Jakob. Er kratzte sich die unrasierte Wange und ließ das Handy in seine Jackentasche gleiten.

Tamara runzelte die Stirn. »Bist du dir sicher?«

»Ja. Hundertprozentig.«

»Aber es ist nicht Annes Handynummer?«

Jakob schüttelte den Kopf. »Es ist jedenfalls nicht die, die ich kenne.«

Tamara seufzte. »Auf die Gefahr hin mich zu wiederholen, das Ganze wird tatsächlich immer mysteriöser.«

Jakob nickte zerstreut. »Wie kommen wir ohne Auto zurück nach Niederschönwalde? Ich habe kein Bargeld und meine Kreditkarten … du weißt.«

»Für ein Taxi reicht mein Bares auch nicht mehr«, antwortete Tamara. »Und Karten habe ich keine mit.«

»Was nun?«

»Wir holen meinen Wagen.« Tamara stieg von einem Fuß auf den anderen, formte ihre Hände zu einer Schale und blies ihren warmen Atem hinein. »Aber lass uns endlich hier abhauen, bevor ich zu einem Eisblock gefriere.«

Ohne auf Jakobs Antwort zu warten, setzte sie sich in Bewegung. Jakob schulterte seinen Rucksack und eilte ihr hinterher.

»Wo wohnst du eigentlich?«

»Zurzeit wohne ich am Treptower Park«, sagte Tamara.

»Eine Station mit der U-Bahn, dann wechseln wir in die S-Bahn. Dauert keine halbe Stunde, bis wir da sind.«

Schweigend marschierten sie zur nahe gelegenen U-Bahn-Station. Sie eilten die Treppen hinunter und hatten Glück. Gerade fuhr ein Zug ein. Auf dem Bahnsteig wimmelte es nur so von Menschen. Auf den Anzeigetafeln lief die Information, dass die Züge aufgrund einer Betriebsstörung unregelmäßig fuhren. Dementsprechend waren alle Waggons brechend voll. Mithilfe ihrer Ellbogen schafften es Jakob und Tamara, sich zwischen die anderen Fahrgäste in das proppenvolle Abteil zu quetschen. Geflissentlich ignorierten sie die bösen Blicke, die ihnen zugeworfen wurden. Der Sauerstoff war knapp, und die Luft roch unangenehm nach nasser Kleidung und feuchten Haaren. Jakob war froh, dass sie schon eine Station später wieder aussteigen konnten. Die S-Bahn, auf die sie zehn Minuten warten mussten, war zum Glück nicht ganz so überfüllt. Sie fanden sogar einen Sitzplatz.

Jakob stellte den Rucksack vor sich auf den Boden, lehnte sich zurück und versuchte wenigstens für kurze Zeit abzuschalten. Er würde sonst verrückt werden. Unter halb geschlossenen Lidern betrachtete er Tamara, die ihm gegenübersaß und auf die vorbeihuschenden Häuserfassaden starrte. Sie hatte sich verändert. Die Melancholie, die sie schon damals wie eine Aura umgeben hatte, war noch stärker spürbar. Die letzten Jahre hatten es offensichtlich nicht so gut mit ihr gemeint. Davon zeugten die Falten, die sich neben den Mundwinkeln und auf der Stirn wie tiefe Schneisen in ihre Haut eingefräst hatten. Dennoch erschien sie ihm so attraktiv wie nie zuvor. Allerdings noch unnahbarer, als sie damals schon auf ihn gewirkt hatte. Es hatte ihn all seinen Mut gekostet, sie um ein Date zu bitten.

Tamara schien zu bemerken, dass er sie beobachtete. Ihr Mund verzog sich zu einem kleinen Lächeln, mit schief gelegtem Kopf sah sie ihn an. Der Blick aus ihren grünen Augen ging ihm durch und durch.

»Na?«, fragte sie. »Zählst du meine Falten?« Ihr Lächeln vertiefte sich, wurde spöttisch.

Jakob errötete. »Ertappt«, sagte er. »Aber sie stehen dir gut.«

»Schleimer«, konterte Tamara.

Ein übergewichtiger Mann ließ sich schnaufend neben ihr auf den Sitz fallen. Tamara rückte zur Seite und schaute wieder aus dem Fenster. Das Lächeln auf ihrem Gesicht war wie weggewischt.

Jakob lehnte sich im Sitz zurück und schloss die Augen. Einen Moment ausruhen, dachte er. Das Nächste, das er mitbekam, war, dass jemand laut seinen Namen rief. Blinzelnd öffnete er die Augen.

Tamara beugte sich über ihn und sagte: »Aufwachen. Wir sind gleich da.«

»Habe ich geschlafen?«, fragte Jakob schlaftrunken und wischte sich mit der Hand fahrig über die Augen. Sein Mund war völlig ausgetrocknet, seine Zunge fühlte sich unangenehm pelzig an.

»Tief und fest«, antwortete Tamara und stand von ihrem Sitz auf. »Du scheinst wirklich ziemlich fertig zu sein.«

Jakob gähnte wie zur Bestätigung mit weit geöffnetem Mund und folgte Tamara etwas steifbeinig zum Ausgang.

Sie ließen sich von der Menschentraube die Betonstufen hinunter auf die Straße schwemmen. Tamara lief zügig voran. Jakob hatte Mühe, mit ihr Schritt zu halten. Nach wenigen Metern bog sie nach links in die Puschkinallee, die sich wie eine Schneise durch den Treptower Park schnitt. Sie hasteten über einen Gehweg, der mit einer dünnen Schicht nassem Laub bedeckt war. Jakob kam einmal gefährlich ins Rutschen, während Tamara mit festem Schritt neben ihm hereilte. Die Platanen reckten ihre kahlen Äste wie dürre Skelettfinger in den dunklen Abendhimmel. Sie passierten eine Bushaltestelle. Direkt daneben wühlte ein Mann in dem an einem Laternenpfahl befestigten orangen Abfallkorb, vermutlich auf der Suche nach Pfandflaschen oder etwas Essbarem. Beschämt, als könne er etwas dafür, dass in Berlin immer mehr Menschen zu solchen Maßnahmen gezwungen waren, senkte Jakob den Blick und lief hastig weiter.

»Wir sind bald da.« Tamara beschleunigte ihre Schritte. »Gleich da vorne ist es.«

Sie bog linker Hand auf einen großen Parkplatz ein, der direkt an den Treptower Park grenzte, und ging zielstrebig über die betonierte Fläche. Hinter einem Kastenwagen, dessen quietschgelbe Metallic-Lackierung im Laternenschein funkelte, blieb sie stehen.

»Voilà«, sagte sie und wies mit einer ausholenden Geste auf das Fahrzeug. »Willkommen in meinem Wohnmobil. Für die Farbe kann ich nichts. Der sah schon so aus, als ich ihn gekauft habe.«

»Da drin wohnst du?« Erstaunt umrundete Jakob das Gefährt.

»Was dagegen?«, gab Tamara zurück.

»Nein, nein«, versicherte Jakob schnell. »Ich … ich wundere mich nur.«

»Ich habe mich daran gewöhnt«, sagte Tamara. »Erstens bin ich unabhängig und kann jederzeit den Ort wechseln. Zweitens spare ich mir die Miete für eine Wohnung. Es gibt einen Herd, eine Toilette, eine Dusche. Sogar einen kleinen Kühlschrank habe ich. Was braucht man mehr?« Sie wechselte auf die Fahrerseite, klemmte sich hinters Steuer und winkte Jakob zu, der immer noch neben dem quietschgelben Kastenwagen verharrte, als sei er unschlüssig, ob er in dieses Gefährt tatsächlich einsteigen sollte. Tamara lehnte sich rüber zur Beifahrertür, betätigte den Öffnungsriegel und stieß sie mit der Handfläche auf.

»Nun mach schon. Oder willst du hier Wurzeln schlagen?«

»Nein, natürlich nicht.« Er schwang sich auf den Beifahrersitz und zog die Tür hinter sich zu. »Warum hast du eigentlich mit dem Rad den weiten Weg zu uns raus gemacht, wo du doch motorisiert bist?« Jakob griff nach dem Sicherheitsgurt und schnallte sich an.

»Du weißt doch, wie verstopft die Straßen in Berlin tagsüber immer sind. Da ist man mit Rad und Bahn einfach schneller am Ziel.«

Die Antwort kam wie aus der Pistole geschossen. Vielleicht erschien sie Jakob deshalb nicht ganz glaubwürdig. Andererseits stimmte es, was sie sagte. Also ließ er es auf sich beruhen und schob den Gedanken beiseite. »Verstehe«, sagte er.

»Ich habe leider kein Navi«, sagte Tamara und setzte den Blinker. »Du musst mich den kürzesten Weg durch Berlin zu euch rauslotsen.«

»Kein Problem«, sagte Jakob. »Wir müssen auf die A10 Richtung Hamburg.«

»Okay. Den Weg kenne ich.«

Tamara fuhr zügig, aber sicher. Sie war schon immer die bessere Fahrerin gewesen. Schweigend fuhren sie durch das hell erleuchtete Berlin. Erst als sie von der Autobahn runterfuhren, musste Jakob Tamara den Rest des Weges lotsen. Zum zweiten Mal an diesem Tag passierte Jakob das

Dorf, das noch ausgestorbener auf ihn wirkte als sonst. Der Schnee war nicht liegen geblieben. Alles glänzte nass im fahlen Schein der Straßenbeleuchtung. Kein Mensch ließ sich draußen blicken. Die meisten der schmutzig grauen Häuser hatten die Fensterläden zugezogen, sodass kein Lichtschein nach draußen drang.

»Da vorne rechts musst du abbiegen«, sagte Jakob, obwohl er am liebsten weitergefahren wäre. Egal wohin, nur weg von hier.

»Das weiß ich«, antwortete Tamara. »Ich war heute schon mal hier. Du erinnerst dich?« Sie ging mit dem Tempo runter und bog in den Feldweg ein. Der Bus holperte über die Schlaglöcher.

»Stimmt, ja«, sagte Jakob. »Wie konnte ich das vergessen?« Er bemühte sich um einen scherzhaften Ton, aber für einen kurzen Augenblick war ihm tatsächlich entfallen, dass er Tamara hier aufgegabelt hatte. Jakob runzelte die Stirn. Was war nur mit ihm los? Er war völlig neben der Spur. Ob das tatsächlich mit dem Jetlag und dem Schlafmangel zusammenhing?

Nach einer Weile verbreiterte sich der Weg und gab den Blick auf das Gehöft frei, das Anne, und zu einem geringen Teil auch er, in mühseliger Kleinarbeit renoviert und restauriert hatten. Jakob glaubte, Rauch aus dem Schornstein aufsteigen zu sehen, bemerkte dann aber, dass es sich um eine Sinnestäuschung handelte. Nebelschwaden waberten aus den umliegenden Wiesen hoch und zerfaserten in der Lichtschneise, die die Scheinwerfer des Wagens in die Dunkelheit frästen. Tamara stoppte auf dem mit Kies ausgelegten Vorplatz und machte den Motor aus. Im Haus war alles dunkel, es wirkte genauso kalt und abweisend auf Jakob wie die grauen Häuser im Dorf.

»Es sieht nicht gerade einladend aus, euer Häuschen.« Tamara sprach aus, was Jakob dachte.

Ohne eine Erwiderung sprang Jakob aus dem Wagen. Der Kies knirschte unter seinen Schuhen, als er sich mit schnellen Schritten dem Gebäude näherte. Nicht mal der Bewegungsmelder reagierte, das Licht über dem Hauseingang flammte nicht auf. Vielleicht war die Birne kaputt? Jakobs Magen verkrampfte sich. Nein, irgendetwas stimmte hier nicht. Das spürte er.

Er nahm den Schlüsselbund aus der Jackentasche, suchte nach dem passenden Schlüssel. Seine Hand zitterte so, dass der Bund seinen Fingern entglitt und scheppernd auf dem Boden landete. Das Geräusch schnitt sich laut in die Stille. Aus dem kahlen Kastanienbaum hinter der Scheune erhob sich eine Krähe mit schwerem Flügelschlag in die Luft und schwang sich über die Felder davon.

Jakob hangelte den Bund vom Boden und schob den Schlüssel ins Schloss. Hinter sich hörte er Tamaras eilige Schritte. Sie trat neben ihn, als er die Tür aufschloss. Aus dem Inneren des Hauses schlug ihnen feuchte, muffige Luft entgegen. Es roch so durchdringend nach Fäulnis und Moder, dass es Jakob den Atem verschlug. Er tastete an der Wand nach dem Lichtschalter, knipste ihn an. Ein Klacken ertönte, aber nichts geschah. Es blieb dunkel. Das ungute Gefühl in Jakobs Magen verstärkte sich. Bei seinem letzten Besuch vor zwei Wochen hatte es im ganzen Haus nach frischer Farbe gerochen, nach dem Holz der abgezogenen Dielen und dem Öl, mit dem sie die Holzdielen versiegelt hatten. Jetzt stank es wie auf einer Müllhalde.

»Du hast doch sicher eine Taschenlampe in deinem Wohnmobil«, wandte er sich an Tamara.

»Klar«, antwortete sie und eilte im Licht der Scheinwerfer, die sie angelassen hatte, da man sonst die Hand vor Augen nicht gesehen hätte, zurück zum Wagen. Mit einer großen Stabtaschenlampe in der Hand kam sie zurück. Jakob nahm sie entgegen.

»Ich vermute, dass die Hauptsicherung rausgesprungen ist. Der Sicherungskasten ist unten im Keller.«

Er lenkte seine Schritte nach links. Tamara folgte ihm in den gepflasterten Hof hinter dem Gebäude. Der Lichtkegel der Taschenlampe streifte eine altersschwache Holzbank, die neben einer bis zum Rand mit Wasser gefüllten Regentonne an der gemauerten Hauswand lehnte. Direkt daneben führte seitlich am Haus vorbei eine schmale, steile Treppe aus grauem Waschbeton zum Keller hinunter. Jakob ließ das Licht der Taschenlampe über die ausgetretenen Steinstufen wandern und stieg vorsichtig hinab.

»Ich warte hier oben auf dich«, sagte Tamara. »Ich hasse Spinnen.«

Gleich darauf hörte Jakob das Klicken eines Feuerzeugs. Sie raucht zu viel, dachte er, und eine Welle der Zärtlichkeit überflutete ihn so unerwartet, dass er erschrocken die Luft einsog. Nicht jetzt, rief Jakob sich zur Räson und legte eine Hand auf die Klinke der Kellertür, die sich klamm anfühlte. Er drückte sie herunter. Nichts passierte. Die Tür bewegte sich keinen Millimeter. Wahrscheinlich hatte sie sich durch die Feuchtigkeit verzogen und klemmte. Er stemmte sich mit der Schulter dagegen und verlagerte sein Gewicht. Unvermittelt gab das Türblatt nach und schwang nach innen auf. Jakob stolperte über die Schwelle, zog instinktiv den Kopf ein und stützte sich Halt suchend mit der freien Hand am Mauerwerk ab. Der Schmerz schoss ihm bis unter die Schädeldecke. Fast hätte es ihm den Boden unter den Füßen weggerissen. Er stöhnte laut, kam leicht schwankend in gebückter Haltung zum Stehen.

»Jakob?« Tamaras Stimme schallte von oben zu ihm herunter. »Ist alles in Ordnung bei dir?«

»Ja«, rief Jakob. »Ich habe mich nur mit der verletzten Hand an der Wand abgestützt. Was keine so gute Idee war.«

»Verstehe«, sagte Tamara. »Kann ich dir irgendwie helfen?«

»Nein«, sagte Jakob. »Den Schalter betätigen, das schaffe ich schon noch allein.«

Der stechende Schmerz in seinem Handgelenk ließ allmählich wieder nach. Dafür nahm er jetzt umso intensiver den süßlichen Verwesungsgeruch wahr, der wie ein unsichtbarer, schmieriger Film seine Schleimhäute zu verkleben schien. Er würgte, hielt automatisch die Luft an.

Jakob ließ den Lichtstrahl der Taschenlampe an der Wand aus groben, bröckeligen Mauersteinen, die vor Feuchtigkeit trieften, entlang bis zum Sicherungskasten wandern und versuchte flach durch den Mund weiter zu atmen. Mit zwei schnellen Schritten erreichte er den Kasten, öffnete ihn und drückte die Hauptsicherung wieder rein. Er wollte sich gerade Richtung Ausgang wenden, als er im Schein des Lichtkegels ganz am Ende des schmalen Kellergangs etwas ausmachte. Was war das? Lag da etwas auf dem Boden? Er richtete den Lichtkegel gezielt auf die Stelle, konnte aber nichts Genaues erkennen. Sein Herzschlag beschleunigte sich.

Bitte, nicht schon wieder die Leiche eines Kindes, bat er stumm, während er sich in gebeugter Haltung vorwärtsbewegte. Der Gestank wurde immer schlimmer, je näher er kam. Erst als er davor stand, erkannte er, um was es sich handelte. Ein Gefühl der Erleichterung durchflutete ihn. Es war nur eine tote Ratte. Von der Größe eines Kaninchens. Oder vielmehr das, was von dem Tier übrig geblieben war. In dem Kadaver wimmelte es von wohlgenährten weißen Maden. Jakob schluckte die aufsteigende Magensäure hinunter, wandte sich ab. Unwillkürlich suchten seine Augen die groben Steine der Wand nach der Schuld-Botschaft ab. Aber seine Befürchtung bestätigte sich nicht. Der Tod von Ratten wurde ihm allem Anschein nach nicht angelastet, dachte er in einem Anflug von Galgenhumor.

Schnell machte er kehrt und ging Richtung Ausgang. Um die Beseitigung des Kadavers würde er sich später kümmern. Das kam auf einen Tag oder mehr weniger auch nicht mehr an. Er trat über die Schwelle, verweilte einen Moment vor der Tür und sog die frische Luft mit gierigen Zügen tief in seine Lungen. Dann tappte er die Stufen wieder hoch. Oben am Treppenabsatz wartete Tamara und sah ihm erwartungsvoll entgegen, als würde sie mit einer wie auch immer gearteten Neuigkeit von ihm rechnen.

»Ich hatte recht. Die Hauptsicherung war tatsächlich rausgeflogen.«

Tamara ließ die halb gerauchte Zigarette achtlos auf den Boden fallen und trat das rot klimmende Ende mit dem Absatz ihres Stiefels aus. »Du siehst aus, als wärst du da unten einem Gespenst begegnet«, stellte sie mit einem Blick in sein Gesicht fest. »Alles in Ordnung?«

»Ich bin über eine verweste Ratte mit dem Ausmaß eines Kaninchens gestolpert, an deren Reste sich gerade Abermillionen fetter Maden laben.«

»Lecker«, sagte Tamara und rümpfte angewidert die Nase.

Hintereinander marschierten sie zum Vordereingang zurück. Wieder irritierte Jakob der modrige Schimmelgeruch, der wie ein unsichtbarer Nebelschleier im Haus zu hängen schien. Er drückte auf den Schalter neben der Eingangstür. Licht flammte auf. Tamara hinter ihm zog hörbar die Luft ein.

»Es stinkt hier wie auf einer Müllkippe«, stellte sie in ihrer trockenen Art fest.

Jakob nickte abwesend und reichte Tamara die Taschenlampe. Er konnte nicht fassen, in welchem Zustand sich die Eingangsdiele befand. Von den Wänden hingen die Fetzen einer im Laufe der Jahre vergilbten Tapete. Das ehemalige Muster, braune Kreise auf grünem Grund, konnte man nur noch ansatzweise erkennen. Wo war die Vinyltapete in dem warmen Safranton geblieben, die Mia hatte aussuchen dürfen? »Damit jeder, der uns besucht, gleich sieht, dass bei uns immer die Sonne scheint«, hatte sie gesagt und in ihrer altklugen Art hinzugefügt: »symbolisch natürlich.« Anne hatte gelacht und seinen Blick gesucht, erinnerte sich Jakob. Auch das Gefühl der Beklemmung, das ihn bei Mias Bemerkung hinterrücks befallen hatte, war ihm im Gedächtnis geblieben. Obwohl es ihm vorkam, als sei das schon Jahre her und nicht erst wenige Wochen.

Jakob durchquerte mit schnellen Schritten den Flur, stieß die Tür zum Wohnzimmer auf und schaltete auch hier das Licht ein. Ein Bild der Verwüstung bot sich ihm im Schein der nackten Glühbirne, die an einem schmutzig weißen Kabel von der Decke baumelte. Überall auf dem Boden lag Bauschutt herum, in den Ecken stapelte sich irgendwelcher Müll. Von den Wänden blätterte der Putz. In der Mitte des Raumes entdeckte Jakob einen schwarzen, verrußten Fleck auf dem blanken Estrich. In der Luft hing noch der Geruch nach erkalteter Asche. Offensichtlich hatte hier jemand vor nicht allzu langer Zeit ein Feuer entzündet. Jakob fuhr sich mit den Händen durchs Haar. Er verstand gar nichts mehr.

Fühlte sich mit einem Mal wie ein Fremder in seinem eigenen Leben. Das Tropfen eines Wasserhahns irgendwo im Haus durchdrang die Stille, hallte wie ein Echo durch seinen Kopf.

Tamara trat neben ihn. »Wann wolltet ihr denn hier einziehen?«

»An diesem Wochenende«, antwortete Jakob automatisch. Noch immer fassungslos starrte er in den Raum. Dann machte er kehrt, stürmte an der verdutzten Tamara vorbei die Treppe hoch ins Obergeschoss. Er schaute in jedes Zimmer. Sie waren alle in einem ähnlich desolaten Zustand wie das Wohnzimmer unten. Im Badezimmer verströmte eine mit Urinflecken verunreinigte Toilettenschüssel ohne Deckel einen strengen Geruch. Aus dem Wasserhahn des Waschbeckens, das schief, nur noch von einem Dübel gehalten an der Wand hing, lösten sich in rascher Folge einzelne Wassertropfen, fielen mit unrhythmischen Tock-Geräuschen in die braunfleckige Keramikschüssel.

Das alles ist ein Traum, schoss es Jakob zum wiederholten Mal durch den Kopf. Das kann nur ein Traum sein. Gleich würde er aufwachen, durch das kleine Sichtfenster des Flugzeuges auf die Wolkendecke hinabschauen, und wie immer würde ihn bei dem Anblick der unsinnige Wunsch überkommen, sich in dieses flauschige Wattegebilde hineinfallen zu lassen.

»Jakob?« Tamaras Stimme katapultierte ihn in die Realität. Er machte kehrt und stieg die Treppenstufen wieder hinunter. Tausend Fragen sirrten durch seinen Kopf wie eine Wolke aufgebrachter Insekten.

26

Jakob trat vors Haus. Schneeflocken schwebten wie kleine Wattekügelchen aus dem dunklen Himmel. Er legte den Kopf in den Nacken, betrachtete den Himmel, der eine Farbe wie flüssiges Blei angenommen hatte, und spürte, wie sich die Schneekristalle auf seiner warmen Haut auflösten und wie Tränen die Wangen hinunterrannen. Er fühlte Tamaras Anwesenheit hinter seinem Rücken und wandte sich zu ihr um.

»Wenn du nicht da wärst, würde ich an meinem Verstand zweifeln«, sagte er und erschrak, wie dünn und unsicher seine Stimme klang.

Tamara machte einen Schritt auf ihn zu, zögerte kaum merklich und legte dann die Arme um ihn. Mit hängenden Schultern ließ Jakob es geschehen. Er fühlte sich so unendlich müde. Ihm war, als hätte er keine Kraft mehr, um auch nur ein Glied seines Körpers zu bewegen. Eine Weile standen sie einfach so da. Schneeflocken taumelten auf sie herunter, schmolzen auf ihren Haaren und der Kleidung zu winzigen Perlen aus Wasser. Nach einer Weile löste sich Tamara sanft von Jakob. Sie trat einen Schritt zurück, wischte sich die Nässe vom Gesicht und presste die Lippen zusammen. Jakob ahnte, dass sie gleich etwas sagen würde, das ihr schwerfiel.

Tamara holte tief Luft. Sie sah an Jakob vorbei, als würde sich hinter seinem Rücken etwas abspielen, das ihre ganze Aufmerksamkeit in Anspruch nahm.

»Jakob«, sagte sie und blickte ihm fest in die Augen. »Kann es sein, dass du unter einer Art Amnesie leidest?«

Jakob öffnete den Mund, wollte aufbegehren. Tamara ließ ihn nicht zu Wort kommen. »Das wäre die einzig logische Erklärung hierfür.« Sie wies mit dem Daumen hinter sich Richtung Haus und ließ ihn nicht aus den Augen.

»Und wie erklärst du dir die Leichen der Kinder?«, wandte Jakob ein.

»Außer dir hat sie niemand gesehen«, sagte Tamara.

Jakob nickte. »Okay«, quetschte er zwischen zusammengebissenen Zähnen hervor. »Ich kann verstehen, dass du mir nicht glaubst. Aber du warst dabei, als diese Horde von Kindern meinen Wagen besprüht hat.«

»Das stimmt«, gab Tamara zu. »Aber das kann Zufall gewesen sein.«

»Zufall«, höhnte Jakob. »Die beschmieren meinen Wagen mit den gleichen drei Worten, die ich bei mir in der Wohnung und am Fundort der Leichen vorgefunden habe. Das nennst du Zufall?«

»Auch das habe ich nicht mit meinen eigenen Augen gesehen. Und das Foto aus deiner alten Wohnung –« Tamara verzog den Mund und hob beide Hände.

»Warte, mir fällt da gerade was ein. Mein Rucksack. Wo ist der?«

»Im Wagen«, antwortete Tamara. »Ich würde sowieso vorschlagen, dass wir uns reinsetzen, bevor wir hier völlig durchweichen.«

Noch während sie sprach, setzte sie sich in Bewegung. Jakob folgte ihr ins Wageninnere. Er hob den Rucksack aus dem Fußraum und stellte ihn auf seinen Oberschenkeln ab. Hektisch zog er die Reißverschlüsse auf und durchwühlte den Inhalt. In der Außentasche wurde er fündig. Er förderte einen weißen Briefumschlag zutage, hielt ihn wie eine Trophäe in die Höhe.

»Der lag in unserem Briefkasten in der Uhlandstraße«, erklärte er Tamara, die seinem Treiben verwundert zusah. »Er ist an Anne adressiert. Handschriftlich. Ohne Absender. Auch die Briefmarke fehlt. Jemand muss ihn eigenhändig eingeworfen haben.«

Er riss den Umschlag auf und entnahm ihm ein zweimal gefaltetes unliniertes Blatt Papier. »Vielleicht bringt ja das etwas Licht in die Sache«, sagte er, während er den Brief entfaltete und das Geschriebene überflog. Er runzelte die Stirn und reichte Tamara das Papier.

»Ich fürchte, das hilft uns nicht weiter«, sagte er. Resignation in der Stimme.

»Sagt dir einer dieser Namen etwas?«, fragte Tamara, ohne den Blick von dem Blatt zu heben.

Jakob schüttelte den Kopf. »Nein«, sagte er.

»Hast du gesehen? Hinter jedem Namen steht das Todesdatum«, murmelte Tamara. »Wie unheimlich.«

Jakob nahm Tamara den Zettel wieder ab und starrte auf die Namen:

TOBIAS STEIN (10 JAHRE) † 16. JUNI 2017
JANEK RÖHRIG (11 JAHRE) † 16. JUNI 2017
LEA MICHAELIS (10 JAHRE) † 16. JUNI 2017
JENNY MAHLER (11 JAHRE) † 16. JUNI 2017
SARAH WAGNER (12 JAHRE) † 16. JUNI 2017
MARIE SANDER (10 JAHRE) † 16. JUNI 2017
MAX SANDER (10 JAHRE) † 16. JUNI 2017
WOLFGANG HUBER (52 JAHRE) † 16. JUNI 2017

Etwas regte sich in seinem Hinterkopf, während er die Namen vor sich hinflüsterte. Eine Ahnung. Der Splitter einer Erinnerung. Er bekam ihn nur nicht zu fassen.

»Die Kinder und der Mann sind alle am gleichen Tag gestorben«, sagte Tamara mit leiser Stimme. »Was da wohl geschehen sein mag.«

»Das Datum!« Jakobs Stimme überschlug sich fast vor Aufregung. »Das ist es.«

»Das Datum?«, wiederholte Tamara verständnislos.

»Ja. Das habe ich heute –«, setzte Jakob zu einer Erklärung an.

Ein tiefes, unheilvolles Grollen übertönte seine Worte. Der Wagen erbebte, wurde hin- und hergeschüttelt wie ein führerloses Boot bei hohem Seegang. Tamara stieß einen spitzen Schrei aus und krallte ihre Hände ums Lenkrad. Dann – mit einem Schlag – war es wieder still. Jakob und Tamara tauschten einen irritierten Blick. Jakob las die Angst in ihren Augen.

»Was war das?«, wisperte sie.

»Ein Erdbeben?« Jakobs Herz schlug bis zum Hals. »Zum Glück wohl nur ein kleines.«

Der Satz ging in dem ohrenbetäubenden Krachen unter, das in diesem Moment von draußen in den Innenraum des Wagens eindrang. Nur wenige Meter vor ihnen brach der Dachstuhl des Hauses in sich zusammen. Mehrere Dachziegel lösten sich und rasten wie Wurfgeschosse auf den Wagen zu. Unwillkürlich duckte sich Jakob, die Namensliste entglitt seiner Hand, segelte in den Bodenraum. Schützend hob er die Arme über den Kopf, erwartete jeden Moment das Splittern der Windschutzscheibe. Ein Ziegel schlug auf dem Dach des Wagens auf, ratschte über das Blech. Jakob zuckte zusammen und richtete sich vorsichtig wieder auf.

Fassungslos sah er zu, wie die Außenwände seines Hauses auseinanderbrachen. Der freigesetzte Mörtel wirbelte in einer dichten Staubwolke hoch und vernebelte Jakobs Sicht auf die Verwüstung, die sich direkt vor seinen Augen abspielte. Tamara neben ihm wirkte wie hypnotisiert. Mit weit aufgerissenen Augen starrte sie nach draußen. Ihr Atem ging keuchend, die Hände hielten noch immer das Lenkrad umklammert.

Die Stille, die folgte, erschien Jakob im ersten Augenblick lauter als das vorherige Getöse. Der Nebelstaub lichtete sich ein wenig, und die Konturen der Ruine zeichneten sich schemenhaft im Licht der Scheinwerfer ab. Nur mühsam gelang es ihm, sich aus der Schreckstarre zu lösen. Tamara schien es ähnlich zu gehen. Sie wirkte wie benommen, schaute noch immer mit halb offenem Mund auf die Trümmer, als könne sie nicht begreifen, was da gerade vor ihren Augen geschehen war.

»Nur fünf Minuten früher –«, flüsterte Jakob, als er seine Stimme endlich wiedergefunden hatte.

Tamara gab einen erstickten Laut von sich. Jakob griff nach ihrer Hand, die wie leblos auf ihrem Oberschenkel lag, und drückte sie sanft.

»Ich sehe mir das mal aus der Nähe an«, sagte er und machte Anstalten auszusteigen.

Tamara nickte. »Mach das.« In ihrer Stimme lag ein zittriger Unterton.

»Alles in Ordnung?«, fragte Jakob. Er ließ den Türgriff wieder los und wandte sich ihr zu. Tamara war leichenblass und zitterte am ganzen Körper.

»Ja, ja«, sagte sie und atmete tief durch. »Ich habe mich nur so furchtbar erschrocken.« Das Lächeln, das sie ihm schenkte, fiel kläglich aus. Ein tiefes Gefühl der Zuneigung durchflutete Jakobs Körper. Er suchte nach Worten, fand aber keine passenden.

»Es geht schon wieder«, versicherte Tamara. »Ich habe schon weitaus Schlimmeres erlebt.«

Jakob verzog den Mund. »Ich nicht«, sagte er leise. Dann kletterte er aus dem Wagen.

Staub schwebte wie eine Nebelbank in der Luft. Jakob machte ein, zwei Schritte, blieb dann stehen. Mit einer Hand wedelte er den Staub vor seinem Gesicht weg und betrachtete fassungslos die Trümmer, die von dem übrig geblieben waren, was sein neues Zuhause hatte werden sollen. Einzig die Scheune stand noch. Das große Holztor hing schief in den Angeln, aber ansonsten schien sie unversehrt. Ein Hustenreiz schüttelte Jakob. Er hielt eine Hand vor Mund und Nase, näherte sich mit vorsichtigen Schritten der Ruine. Das Haus war ein einziger Schutthaufen. Obwohl er nie so richtig hinter Annes Projekt gestanden hatte, war ihm elend zumute. Er fühlte sich, als hätte er alles verloren.

»Jemand will mich vernichten«, murmelte Jakob. »Das ist es. Es gibt keine andere Erklärung.«

Er wandte sich nach Tamara um. Doch der Platz hinter dem Steuer war leer. Tamara war verschwunden.

27

Ich warf ein paar Kleidungsstücke in einen Koffer und ging wie selbstverständlich mit Grit nach Hause. Sie hatte mich nicht darum gebeten und fragte auch nicht nach. Es war wie ein stilles Abkommen zwischen ihr und mir.

Ich konnte sie keine Sekunde allein lassen. Sie war wie besessen von der Idee, dass er dasselbe erleiden musste wie sie, dass nur das die gerechte Strafe für ihn sein konnte. Grit aß kaum etwas, entwarf einen Plan nach dem anderen, verwarf sie alle wieder. Ich ließ sie. Hoffte, sie würde sich gedanklich austoben und irgendwann wieder zur Ruhe kommen. Von meiner eigenen Therapie wusste ich, dass das imaginäre Ausleben von Gewaltfantasien eine reinigende, befreiende Wirkung haben konnte. Es konnte allerdings auch das Gegenteil bewirken und dazu führen, dass die Hemmschwelle immer weiter sank und es irgendwann nur noch ein winziger Schritt von der Fantasie in die Realität war. Ich redete mir ein, dass es bei Grit eine läuternde Wirkung haben würde, bildete mir ein, sie so gut zu kennen.

Manchmal war sie plötzlich für Stunden verschwunden. Wenn ich sie darauf ansprach, wich sie mir aus, sagte, dass sie auch mal Zeit für sich brauchte, lange Spaziergänge machte. Ich hatte das unbestimmte Gefühl, dass sie mir nicht die Wahrheit sagte. Aber wenn ich weiterbohrte, wurde sie ungehalten, warf mir vor, ich würde unter Kontrollzwang leiden und sie einengen. Also ließ ich sie, ich wollte den Frieden zwischen uns nicht unnötig gefährden.

Bald war Grit nur noch ein Schatten ihrer selbst. Sie war schon immer sehr schlank gewesen, aber jetzt war sie bis auf die Knochen abgemagert. Sie sah aus, als würde sie jeden Moment zusammenbrechen. Unbemerkt löste ich in ihrem Tee ein starkes Schlafmittel auf. Bereits eine Viertelstunde später legte sie ihren Kopf auf den Tisch.

»Ich bin so schrecklich müde«, nuschelte sie und schlief im gleichen Atemzug ein.

Ich hob sie behutsam hoch und trug sie in ihr Schlafzimmer. Sie war leicht wie eine Feder. Das Bett, das sie früher mit ihrem Mann Aaron geteilt hatte, war nur auf ihrer Seite bezogen. Die andere Hälfte war leer. Die nackte Matratze blickte mir wie anklagend entgegen. Grit hatte mir angeboten, bei ihr zu schlafen. Ich hatte mich geweigert. Es schien mir unziemlich, mit ihr in dem Bett zu schlafen, das sie und Aaron geteilt und in dem sie sich geliebt hatten. In dem womöglich Jenny gezeugt worden war.

Grit fing leise an zu schnarchen, drehte sich dann mit einem lauten Schmatzgeräusch auf die Seite und bettete ihren Kopf auf eine Hand. Ich betrachtete ihr Profil. Noch immer erschreckte mich ihre Ähnlichkeit mit meiner kleinen Schwester Kati. Oder bildete ich mir diese Ähnlichkeit nur ein? Kati war ein Kind gewesen, als sie starb. Mein Herz zog sich schmerzhaft zusammen.

Am Morgen schlief Grit immer noch tief und fest. Ich überprüfte ihren Puls. Er schlug etwas zu langsam, aber nicht besorgniserregend. Dennoch zögerte ich erst, fuhr dann aber doch in meine Wohnung, um die Blumen zu gießen und den Briefkasten zu leeren. Als ich zurückkam, fand ich ein leeres Bett vor. Ich erschrak mich so, dass mein

Herz zu stolpern begann. Vielleicht hatte sie eine Nachricht für mich hinterlassen? Ich hastete durch die Zimmer. Weder auf dem Tisch in der Küche noch im Ess- oder Wohnzimmer fand ich einen Zettel von ihr.

»Beruhige dich«, sagte ich laut zu mir selber. »Sie ist eine erwachsene Frau. Kein Kind, das du ständig unter Aufsicht halten musst. Sie wird einkaufen oder spazieren gegangen sein.«

Mein Gefühl sagte mir allerdings, dass ich mich irrte. Ich rief ihr Handy an. Es klingelte irgendwo im Haus. Sie hatte es nicht mitgenommen. Ich griff mir meinen Mantel, lief runter zum See. Hier ging sie am liebsten spazieren. Aber auch an ihrem Lieblingsplatz, der Bank unter der alten Trauerweide am rechten Seeufer, war sie nicht. Den Tränen nahe kehrte ich zurück.

Grit saß in eine dicke Wolldecke gehüllt auf der Terrasse und betrachtete den Sonnenuntergang hinterm Haus.

»Wo warst du?«, fuhr ich sie an und wusste nicht, ob ich vor Wut oder Erleichterung heulen sollte.

Sie sah mich aus fiebrig glänzenden Augen an, schlug die Wolldecke zurück. »Sieh, was ich besorgt habe.« Auf ihrem Schoß glänzte etwas metallisch in der Abendsonne.

Ich konnte nicht glauben, was ich da sah. »Wo hast du die her?«

»Das tut nichts zur Sache«, antwortete sie. Sie klang schnippisch, fast hochnäsig, was mich verunsicherte. Das kannte ich nicht von ihr.

»Was zum Teufel willst du damit?« Meine Stimme war mehr als einen Tick zu schrill.

Mit einem angedeuteten Lächeln sah sie zu mir hoch. »Angst machen«, sagte sie. Sie wirkte in diesem Moment so kindlich, dass mein Zorn auf sie, so unvermittelt wie er aufgeflammt war, wieder verrauchte. Mein Herz wurde von Mitleid überflutet.

»Ach, Grit.« Ich ging neben dem Liegestuhl in die Hocke. »Mir machst du damit Angst. Du willst doch nicht wirklich jemanden töten? Dazu bist du nicht fähig.«

»Oh, doch«, sagte sie, ohne auch nur eine Sekunde zu zögern. Ich erschrak. Der harte Tonfall ihrer Stimme ließ keinen Zweifel daran, dass sie es ernst meinte. Ich holte tief Luft.

»Das meinst du nicht ernst«, sagte ich wider besseres Wissen und versuchte meine Stimme genauso bestimmt und fest klingen zu lassen wie ihre.

Grit senkte den Blick, nagte an ihrer Unterlippe. Ich griff nach der Waffe, wollte sie ihr wegnehmen, aber sie stieß meine Hand mit einer abrupten Bewegung weg.

»Ohne mich«, sagte ich und richtete mich aus der unbequemen Hockstellung auf. Ich verschränkte meine Arme und stellte mich mit dem Rücken zu ihr an den Rand der Terrasse. Ich hoffte so sehr, dass sie mir zuliebe nachgab. Aber die Minuten vergingen, und nichts passierte. Die Kälte kroch unter meine Kleidung. Eine Gänsehaut wanderte über meinen Körper. Am Horizont hatte die untergehende Sonne das Wolkenband rosa eingefärbt. Ich hörte ein Geräusch hinter mir. Die Stuhlbeine aus Metall kratzten über das Holz der Terrasse.

Wenn sie jetzt im Haus verschwand und mich hier einfach stehen ließ, würde ich gehen. Der Gedanke schmerzte mich mehr, als ich geglaubt hätte. Ich hielt die Stille kaum noch aus, zwang mich dazu, mich nicht nach Grit umzuwenden. Ich konnte ihr Zögern geradezu körperlich spüren.

Dann stand sie plötzlich neben mir. Ganz dicht, ohne dass unsere Körper sich berührten. Schweigend schauten wir zu, wie die Sonne in den Wolken versank und die Umgebung in ein glühendes Feuer tauchte.

»Lass uns reingehen«, sagte Grit. »Mir ist kalt.« Sie kreuzte die Arme und strich sich mit den Händen mehrfach über die Oberarme.

Wortlos wandte ich mich um. Die Waffe lag nicht mehr auf dem Stuhl.

»Was hast du mit der Waffe gemacht?«, fragte ich.

Grit trat hinter mich. Als sie den Mund öffnete, spürte ich ihren Atem an meinem Hals. »Sie gehört mir«, flüsterte sie. »Ich kann damit machen, was ich will.«

»Wie du meinst«, sagte ich.

Dann ging ich, drehte mich nicht nach ihr um. Ich wollte nicht, dass sie die Tränen sah, die in meinen Augen schwammen. Halb blind stolperte ich über die Türschwelle ins Wohnzimmer. Hinter mir hörte ich Grits schnelle Schritte.

»Bitte, warte«, sagte sie. Hatte ihre Stimme tatsächlich einen flehenden Unterton, oder bildete ich mir das nur ein?

Ich reagierte nicht, ging unbeirrt weiter. Im Gästezimmer zog ich meinen Koffer unter dem Bett hervor und öffnete den Schrank.

Grit blieb in der Tür stehen und sah mir zu, wie ich meine Sachen in den Koffer packte. Erst als ich die Schlösser zuschnappen ließ und den Griff packte, kam Bewegung in sie. Sie legte mir die Hand auf den Arm und sagte: »Geh nicht. Bitte.«

Ich wandte mich ihr zu. Sie weinte. Ich verschloss mein Herz vor ihr, das vor Mitgefühl schon wieder überquellen wollte.

»Ich kann das nicht«, sagte ich mit leiser Stimme. »Ich kann diesen Weg nicht mit dir gehen.« Wenn sie jetzt nicht einlenkte, würde ich tatsächlich verschwinden. Für immer. Das hatte ich mir fest vorgenommen.

Grit schob ihre Zungenspitze über die Oberlippe, was ihr das Aussehen eines schmollenden Kindes verlieh. Ich merkte, dass es heftig in ihr arbeitete. Sie war es nicht gewohnt, dass sich ihr jemand widersetzte.

Betont gleichgültig zuckte ich mit der Schulter, obwohl alles in mir in Aufruhr war. Ich griff nach meinem Koffer und zog ihn vom Bett. Grit wich zur Seite und ließ mich vorbei. An der Garderobe stoppte ich, um Mantel und Schuhe anzuziehen. Grit war mir gefolgt, stand nur wenige Schritte von mir entfernt. Ich schlüpfte in meinen Mantel, knöpfte ihn zu. Dann beugte ich mich vor, nahm die Stiefel vom Schuhregal und stellte sie auf den Boden. Die ganze Zeit wartete ich sehnsüchtig auf ein Wort von ihr.

Was, wenn sie nicht nachgab? Mich wirklich gehen ließ? Für einen Moment schnürte es mir die Kehle zu. Ich zog den Reißverschluss der Stiefel hoch. Alles, was ich tat, machte ich betont langsam und mit Bedacht. Grit sollte genug Zeit haben, sich zu entscheiden. Aber mit jeder Minute, die verging, verstärkte sich das flaue Gefühl in meinem Magen. Ich griff in die Tasche meines Mantels, umschloss den Schlüssel zu Grits Haus mit der Hand. Ein kurzes Zögern, dann hängte ich ihn ans Schlüsselbrett neben der Garderobe.

Erst als ich die Haustür hinter mir ins Schloss zog, realisierte ich, dass sie mich nicht aufhalten würde. Mein Auto parkte direkt vor dem Haus. Ich warf den Koffer auf den Rücksitz und öffnete die Fahrertür. Aus den Augenwinkeln nahm ich eine Bewegung hinter dem Vorhang wahr. Ich musste mich zwingen, nicht hinzuschauen. Nichts war mir je so schwergefallen. Noch immer hoffte ich, dass Grit mir nachkam, mich zurückhielt. Ich setzte mich hinters Steuer, drehte den Zündschlüssel und parkte aus. Wünschte mir so sehr, dass sie im letzten Moment aus dem Haus gestürmt kam und mich bat zu bleiben. Aber nichts dergleichen geschah.

Leb wohl, Grit. Tränen strömten über meine Wangen.

Ich fuhr eine Stunde oder noch länger, ich hatte jegliches Zeitgefühl verloren, ziellos durch die Gegend. Dann entdeckte ich an einer Straßenkreuzung einen Münzfernsprecher. Ich stoppte den Wagen und starrte auf die Säule der Fernsprechanlage, als könnte sie mir die Entscheidung abnehmen. Irgendwann gab ich mir einen Ruck und stieg aus. Ich hatte keine Wahl. Ich musste es tun.

Die Frau am Telefon der Bereitschaftspolizei war freundlich, sie nahm meine Anzeige wegen unerlaubten Waffenbesitzes entgegen, obwohl ich mich weigerte, meinen Namen zu nennen. Ich hatte gehofft, dass ich mich nach dem Anruf besser fühlen würde, aber das Gegenteil war der Fall. Ich fühlte mich beschissen.

***

Mir kommen jetzt noch die Tränen, wenn ich nur daran denke. Ich wische mir mit dem Handrücken über die Augen und rutsche unruhig auf meinem Stuhl hin und her. Ich muss schon seit einiger Zeit auf die Toilette. Aber ich lasse ihn nur ungern allein. Sein Gesicht sieht seltsam angespannt aus. Seine Kieferknochen sind in ständiger Bewegung unter der durchscheinend blassen Haut. Sie mahlen hektisch. So sieht jemand aus, der kurz davor steht, seiner mühsam unterdrückten Wut freien Lauf zu lassen. Ich schüttele unwillig den Kopf. *Du hast zu viel Fantasie.*

»Bin gleich wieder da«, flüstere ich und erhebe mich mit steifem Rücken vom Stuhl.

Die Besuchertoilette ist am Ende des Flurs. Ich haste über den Gang. Es ist so still, dass es fast schon unheimlich ist. Kein Geräusch dringt aus den anliegenden Zimmern. Selbst aus dem Schwesternraum ist nichts zu hören. Wie von Geisterhand öffnet sich die Tür zur Station. Aber niemand tritt ein. Wie merkwürdig, denke ich. Der automatische Türöffner reagiert eigentlich nur auf Händedruck. Die Tücken der Technik. Schnell verschwinde ich in der Toilette und habe den Vorfall schon wieder vergessen, als ich verrichteter Dinge den gekachelten Raum verlasse und zurück ins Krankenzimmer eile.

28

»Tamara?« Jakobs lauter Ruf zerschnitt die Stille. »Wo steckst du?«

Ein kräftiger Wind war aufgekommen, zerfetzte die Wolken und jagte sie über den nachtschwarzen Himmel. Direkt über der Scheune hatte sich ein runder Mond mit einem hellen Lichthof gehängt und tauchte die Umgebung in ein kaltes, silbriges Licht. Mit raschen Schritten umrundete Jakob den Kastenwagen und warf einen Blick ins Innere. Der Zündschlüssel steckte, aber keine Spur von Tamara. Er kniff die Augen zusammen, drehte sich langsam um die eigene Achse und spähte aufmerksam in die Dunkelheit.

»Tamara«, rief er noch mal, so laut er konnte. Keine Reaktion. Ein knarzendes Geräusch hinter seinem Rücken ließ ihn herumwirbeln.

Wo war das hergekommen? Jakobs Blick wanderte von den Trümmern des Hauses, über denen noch immer eine dichte Staubwolke waberte, hinüber zur Scheune. Das Holztor stand offen, bewegte sich heftig im Wind hin und her. Die Scharniere knarrten, als würden sie gegen diese unsanfte Behandlung protestieren. Jakob wollte sich schon abwenden, da drangen aus dem Inneren der Scheune merkwürdig hohe Laute nach draußen. Es klang wie ein ersticktes Wehklagen.

Tamara!

Der Schreck war wie ein Schlag in die Magengrube. Für den Bruchteil einer Sekunde fühlte er sich zu keiner Reaktion fähig. Dann setzten sich seine Füße, ohne dass er es bewusst steuerte, in Bewegung. Er rannte über den Kies auf die Scheune zu. Das Wehklagen wurde lauter, je näher er dem Gebäude kam, und brach abrupt ab, als er durch das Tor ins Innere rannte. Jakob stoppte und sah sich um. Durch eine undichte Stelle im Dach fiel das spärliche Licht des Mondes in den Innenraum der Scheune. Direkt darunter hatte sich auf dem Boden eine Regenpfütze gebildet. Langsam schälten sich die hölzernen Dachbalken aus dem Grau der Dunkelheit. Auf der rechten Seite machte Jakob mehrere lose aufeinandergestapelte Strohballen aus. Ein Schubkarren lehnte dahinter an der Wand aus groben Mauersteinen, eine Heugabel lag mitten im Raum, die Zinken zeigten nach oben. In den Ecken türmte sich diverser Unrat aus alten Möbeln und ausgemusterten Elektrogeräten. Anne und er hatten die Scheune erst vor zwei oder drei Wochen komplett leer geräumt. Sobald sie eingezogen waren und sich im Haus eingerichtet hatten, wollte Anne auch hier mit den Renovierungsarbeiten beginnen. Jakob schnaubte. Warum sollte es in der Scheune auch anders aussehen als im Haus? Das hätte ihn jetzt fast noch mehr verwundert. Linker Hand lehnte eine primitiv zusammengeschusterte Holzleiter mit schmalen Latten als Stufen. Sie führte zum Heuboden hinauf. Eigentlich sollte sie im Keller sein. Anne und er hatten sie weggeräumt, damit Mia nicht auf die Idee kam, da hochzuklettern. Die massiven Holzbohlen des Heubodens waren im Laufe der Jahre morsch geworden und stellenweise brüchig. Jakob war bisher nicht dazugekommen, ihn wie geplant abzureißen.

»Ist hier jemand?«, rief Jakob und schritt zügig durch das Gebäude.

Er sah in jede Ecke, in jeden dunklen Winkel. Ob er sich das Wehklagen nur eingebildet hatte? Oder war das Geräusch von oben gekommen? Er hob den Kopf, kniff die Augen zusammen. Den Scheunenboden konnte man von hier unten nicht einsehen.

Jakob zögerte. Er merkte plötzlich, dass er Angst hatte. Angst davor, was er dort oben vorfinden könnte. Alles in ihm drängte danach, die Scheune zu verlassen. Aber er wusste genau, es würde ihm keine Ruhe lassen, wenn er jetzt einfach gehen würde, ohne sich davon zu überzeugen, dass es dort oben nichts gab, was er fürchten musste.

Jakob holte tief Luft und umfasste die Holme der Holzleiter mit beiden Händen. Ein stechender Schmerz durchfuhr seine rechte Hand. Jakob stöhnte leise auf und biss die Zähne zusammen. Vorsichtig setzte er einen Fuß vor den anderen. Die Sprossen waren schmal, seine Füße fanden kaum Halt darauf. Er kletterte nur so weit hoch, bis er über den Rand des Heubodens spähen konnte. Der Boden war übersät mit trockenen Grashalmen. Der rechte Teil lag im Dunklen. Jakobs Herzschlag setzte kurz aus, als von dort ein Rascheln an sein Ohr drang.

Das kann nur eine Maus oder eine Katze gewesen sein, beruhigte er sich selber und schalt sich gleichzeitig einen hysterischen Idioten. Dennoch verstärkte sich das ungute Gefühl in seinem Magen. Mit der linken Hand stützte er sich auf den Holzbohlen des Heubodens ab und kletterte etwas umständlich von der Leiter. In geduckter Haltung bewegte er sich auf den dunklen Bereich zu. Er bildete sich ein, das trockene Gras unter seinen Schritten leise knistern zu hören. Was nicht sein konnte. Dafür war es viel zu feucht hier drinnen. Jakob streckte den Kopf vor und spähte angestrengt in das Grau. Die grobe Mauerwand gewann immer mehr an Kontur. Niemand versteckte sich in einer der Ecken. Es gab hier auch keine weitere Leiche, wie er insgeheim befürchtet hatte. Jakob stieß einen Seufzer der Erleichterung aus, drehte sich um und stapfte wieder in Richtung Leiter. Die morschen Bohlen knackten leise unter seinen Füßen, aber sie hielten sein Gewicht.

Ein schepperndes Geräusch ließ ihn erschreckt zusammenzucken. Er drehte den Kopf zur Seite und linste nach unten. Aus einer Ecke löste sich ein grauer Schatten und flitzte Richtung Scheunentor. Eine Katze, im Maul ein zappelndes kleines Etwas, das fürchterlich quiekte. Armes Mäuschen, dachte Jakob in einem Anflug von Mitleid. Das erklärte zumindest das merkwürdige Geräusch, das ihn vorhin aufgeschreckt hatte. Er hatte den Gedanken noch nicht ganz zu Ende geführt, als er bemerkte, dass die Leiter schwankte. Jakob machte einen Satz, warf sich bäuchlings hin, bekam den Holm zu fassen, aber dann glitten seine Finger an dem glatten Holz ab. Hilflos musste er mit ansehen, wie die Leiter nach hinten wegkippte und auf dem Boden aufklatschte.

»Mist, verdammter«, fluchte Jakob. »Das hat mir gerade noch gefehlt.«

Mühsam richtete er sich wieder auf. Prompt stieß er sich an einem Dachbalken den Kopf. Er stöhnte. Heute war definitiv nicht sein Tag. Mit den Fingerspitzen massierte er die schmerzende Stelle am Hinterkopf. Wie sollte er jetzt hier wieder runterkommen? Springen? Jakob versuchte den Abstand zum Boden unter sich abzuschätzen. Vier, fünf Meter? Zu hoch, um zu springen, entschied er. Wenn der Scheunenboden aus festgetretener Erde bestehen würde, hätte er es vielleicht wagen können, ohne Gefahr zu laufen, sich sämtliche Knochen zu brechen. Aber der Boden bestand aus Beton. Das wollte er lieber nicht riskieren.

Vielleicht war ja Tamara wieder aufgetaucht und suchte schon nach ihm. Jakob formte die Hände zu einem Trichter, drehte sich Richtung Tür.

»Tamara«, rief er so laut er konnte. »Hörst du mich? Ich bin in der Scheune.«

Mit schräg geneigtem Kopf lauschte er in die Stille. Unter das Rauschen des Windes in den kahlen Ästen der Bäume mischte sich ein anderes Geräusch. Schritte, die näher kamen? Jakob hielt automatisch die Luft an. Aber es war nur das Knarzen des Scheunentors, das er hörte. Wo steckte Tamara nur? Sie konnte sich doch nicht von jetzt auf gleich in Luft aufgelöst haben.

Jakob stieß einen Seufzer aus. Es half alles nichts. Er musste zusehen, dass er es ohne fremde Hilfe schaffte, vom Heuboden runterzukommen. Das schmerzhafte Puckern in der rechten Hand erinnerte ihn daran, dass er gehandicapt war. Vielleicht sollte er doch springen? Wieder beäugte er den Boden der Scheune. Wenn er es schaffte, sich beim Sprung abzurollen – Er verwarf den Gedanken sofort wieder. Die Variante kannte er nur aus irgendwelchen Actionfilmen. Er selbst hatte so etwas noch nie probiert, würde sich bei dem Versuch wahrscheinlich eher den Hals brechen, als heil auf dem Boden zu landen.

Sein Blick fiel auf den Stützbalken. *Das müsste doch gehen.* Er holte tief Luft und schritt in gebeugter Haltung auf den Holzbalken zu. Der Boden knarrte unwillig unter seinen Schritten. Er streckte die Hand nach dem Balken aus. Es knackte unter seinen Füßen. Der Boden brach unter ihm weg. Jakob schrie auf vor Schreck und schlug nur einen Wimpernschlag später mit dem Rücken auf dem Betonboden auf. Für einen Moment verschlug es ihm den Atem. Er rang keuchend nach Luft. Mühsam richtete er sich in eine sitzende Haltung auf. Erst als er bemerkte, dass ein Zinken der Heugabel in seiner Wade steckte, spürte er den Schmerz, der sich wie ein Schwelbrand in seinem Körper ausbreitete. Jakob stöhnte. Er beugte den Rücken, bekam den Zinken der Gabel irgendwie zu fassen und zog ihn mit einem Ruck heraus. Der Schrei, den er dabei ausstieß, dröhnte unnatürlich laut in seinen Ohren. Der Schmerz tobte wie ein flammendes Inferno durch seinen Körper. Ihm wurde übel. Gallenflüssigkeit sammelte sich in seinem Mund. Vergeblich versuchte er sich aufzurichten. Ihm fehlte die Kraft dazu. Noch bevor sein Kopf auf den harten Beton zurückknallte, hatte er das Bewusstsein verloren.

29

Als Jakob wieder zu sich kam, fror er erbärmlich. Ein Übelkeit erregender Gestank stieg ihm in die Nase. Gleichzeitig wischte ihm jemand mit einem feuchten Lappen, der sich rau wie grobes Schmirgelpapier anfühlte, in einer Tour übers Gesicht. Er öffnete den Mund, um zu protestieren, aber es kam nur ein heiseres Krächzen über seine Lippen. Er schaffte es kaum, die Augen zu öffnen. Seine Lider schienen Zentner zu wiegen. Wieder klatschte der nasse Lappen auf sein Kinn und fuhr ihm übers Gesicht. Jakob stützte sich auf die Unterarme und versuchte sich aufzurichten. Die Umgebung vor seinen Augen verschwamm zu konturlosen Gebilden. Erst allmählich dämmerte ihm, was passiert war. Er spürte das Brennen der Wunde, die der Zinken der Heugabel in seine Wade gerissen hatte, fühlte jeden einzelnen Wirbel seines Rückens. Stöhnend richtete er sich vom Boden in eine sitzende Position auf. Ein heiseres Kläffen ließ ihn zusammenzucken. Er hob den Kopf und sah sich einem riesenhaften Hund gegenüber. Er hechelte mit lang heraushängender Zunge und fixierte Jakob mit seinen dunklen Augen, als ob er ihn auf dem Boden festnageln wollte. Normalerweise fürchtete sich Jakob nicht vor Hunden. Aber seine Position war eine denkbar ungünstige. Zudem war er verletzt. Unter Aufbringung all seiner Kräfte winkelte er die Beine an und stemmte sich vom Boden hoch. Der Schmerz, der durch seinen Körper schoss, raubte ihm für einen Moment den Atem. Nur mit Mühe hielt er sich aufrecht. Keuchend blieb er in gekrümmter Haltung stehen. Die Hände auf die Oberschenkel gestützt, rang er minutenlang nach Luft. Den Hund behielt er dabei genauestens im Auge. Er erschien Jakob bei näherem Betrachten nicht besonders aggressiv. Wenn er sich nicht täuschte, handelte es sich um einen Bernhardiner. Ein besonders prachtvolles Exemplar. Das Tier reichte ihm sicher bis zur Hüfte. Aber soweit er wusste, war das eine äußerst friedfertige Rasse.

Jakob richtete sich langsam auf und streckte vorsichtig den Rücken durch. »Sitz!«, sagte er laut und deutlich.

Der Hund setzte sich tatsächlich augenblicklich und begann mit dem Schwanz den Schmutz auf dem Betonboden aufzuwedeln. Mit schräg geneigtem Kopf sah er zu ihm auf. Jakob humpelte auf ihn zu und streckte ihm seine Hand hin, die das Tier interessiert beschnupperte. Jakob ließ ihm Zeit und kraulte ihn dann hinter den Ohren. Erst als er sicher war, dass von dem Bernhardiner keinerlei Gefahr drohte, beugte er sich vor und krempelte das blutdurchtränkte Hosenbein hoch, um die Wunde zu begutachten. Es tat nach wie vor höllisch weh, aber sie blutete nicht mehr so stark. Der Zinken schien nicht sehr tief eingedrungen zu sein. Da hatte er noch mal Glück gehabt. Tamara hatte sicher einen Verbandskasten in ihrem Wagen. Er strich dem Hund noch mal über den Kopf und wollte ihn gerade als »brav« loben, als draußen der Ruf einer Männerstimme ertönte. Der Hund reckte die Schnauze schnüffelnd in die Höhe und spitzte die Ohren.

»Friedo! Bei Fuß!«, rief der Mann, und im gleichen Augenblick zeichnete sich eine dunkle, massige Gestalt im Eingang zur Scheune ab. Der Lichtfinger einer Taschenlampe wanderte durch den Raum und verweilte auf Jakobs Gesicht. Geblendet schloss er die Augen, öffnete sie blinzelnd sofort wieder. Mit einem heiseren Bellen sprang der Hund auf und lief schwanzwedelnd auf seinen Besitzer zu. Jakob folgte ihm humpelnd. Der Mann senkte die Taschenlampe und nahm seinen Hund an die Leine. Der Bernhardiner machte brav neben seinem Herrchen Platz, drückte sich leise hechelnd mit lang heraushängender Zunge an sein Bein.

»Alles in Ordnung mit Ihnen?«, fragte der Mann und musterte Jakob abschätzend von oben bis unten.

Zum ersten Mal wurde Jakob bewusst, dass er ziemlich ramponiert auf einen Außenstehenden wirken musste. Der Mann hielt ihn mit Sicherheit für einen Penner. Er wollte zu einer weitschweifigen Erklärung ansetzen, ließ es dann aber bleiben und sagte: »Ich bin gerade durch die morschen Balken des Heubodens da gekracht«, er wies mit dem Daumen hinter sich, »und in der Heugabel gelandet. Es tut höllisch weh, aber es ist, glaube ich, nur eine oberflächliche Fleischwunde.«

»Ah ja«, sagte der Mann. Er richtete den Strahl seiner Taschenlampe gezielt auf Jakobs verletztes Bein. »Das sieht aber gar nicht gut aus«, befand er mit Kennerblick. »Sie sollten damit zu einem Arzt.«

»Wahrscheinlich haben Sie recht«, gab Jakob automatisch zur Antwort und überlegte gleichzeitig, wie er den Typen so schnell wie möglich, ohne allzu unhöflich zu wirken, wieder loswerden könnte.

»Was machen Sie hier überhaupt?« Jetzt schwang Misstrauen in den Worten des Unbekannten mit. »Wollten Sie etwa in der Scheune da übernachten?« Er richtete den Lichtstrahl der Taschenlampe ein weiteres Mal frontal auf Jakob und stieß einen Laut des Erstaunens aus. »Ach, Sie sind das, Herr … äh … Herr Auerhahn?«

»Auerbach«, korrigierte Jakob und hob geblendet eine Hand vor die Augen. »Kennen wir uns?«

Der Mann wechselte die Hundeleine von der rechten in die linke Hand und streckte die rechte Jakob entgegen. »Heiko Schuster«, stellte er sich vor. »Ich habe mit Ihrer Frau zusammen die Sanierung des Haupthauses geplant.«

Jakob nickte, obwohl er keinerlei Erinnerung an sein glatzköpfiges, korpulentes Gegenüber hatte.

»Ich bin Maurermeister«, fügte er hinzu. Automatisch wollte Jakob die dargebotene Hand ergreifen, doch Heiko Schuster zuckte zurück, als er den Verband bemerkte, der mittlerweile vor Schmutz starrte.

»Da habe ich mich verbrannt«, erklärte Jakob nach einer kleinen Verlegenheitspause. Mit schmerzverzerrtem Gesicht verlagerte er sein Gewicht auf das unverletzte Bein.

»Ist wohl nicht gerade Ihr Glückstag heute«, scherzte der Mann.

»Das können Sie laut sagen«, erwiderte Jakob. »Ich muss dann auch mal wieder los. Die Wunde muss, wie Sie schon sagten, versorgt werden, bevor ich mir noch eine Blutvergiftung einfange.«

»Klar.« Der Mann beugte sich vor und ließ den Hund wieder von der Leine. Jakob humpelte los. Heiko Schuster blieb an seiner Seite, während Friedo vorauslief und von der Dunkelheit verschluckt wurde. »Wollten Sie hier mal wieder nach dem Rechten sehen?«, schnaufte er kurzatmig. Er warf ihm einen neugierigen Seitenblick zu, während er den Weg mit der Taschenlampe ausleuchtete. »Der Hof gehört ja immer noch Ihnen.«

»Genau«, bestätigte Jakob. Er hatte keine Lust zu erzählen, was wirklich Sache war. Das ging diesen Mann nichts an.

»Warum haben Sie und Ihre Frau damals eigentlich nicht weitergemacht? Wo Sie doch so große Pläne hier hatten. Ist schade um das Anwesen. Verkommt ja alles«, plapperte er drauflos.

Doch Jakob hörte ihm nicht zu. Er starrte auf die Stelle, wo Tamaras Wagen hätte stehen sollen. Er war weg. Hatte sie sich klammheimlich aus dem Staub gemacht und ihn hier zurückgelassen? Hatte sie keinen Nerv mehr gehabt auf diese Geschichte, die immer abstruser und undurchsichtiger wurde? Irgendwie konnte er sie sogar verstehen, obwohl es ihn enttäuschte, dass sie ihn ohne ein Wort der Erklärung im Stich gelassen hatte. Wie damals, schoss es ihm durch den Kopf. Der Gedanke versetzte ihm einen schmerzhaften Stich.

»Ach du grüne Neune. Wann ist das denn passiert?« Heiko Schuster war neben Jakob stehen geblieben und ließ das Licht der Taschenlampe über die Trümmer wandern. Anscheinend hatte er jetzt erst bemerkt, dass das Haus in sich zusammengestürzt war.

»Vorhin«, antwortete Jakob zerstreut. »Ein Erdbeben«, fügte er erklärend hinzu.

»Ein Erdbeben?«, wiederholte der Mann und kratzte sich am Kopf. »Soweit ich weiß, hat es in der Gegend hier noch nie ein Erdbeben gegeben. Hier ist kein Erdbebengebiet.«

Jakob hob die Schultern. »Dann war es halt das erste«, antwortete er barscher als beabsichtigt. Langsam begann ihm der Typ auf die Nerven zu gehen. Er überlegte fieberhaft, wie er hier wegkommen sollte. Ohne Auto. Ein Bus fuhr um diese Uhrzeit nicht mehr. Und zum nächsten Bahnhof brauchte man zu Fuß sicher Stunden. Außerdem hatte er keinen Cent mehr in der Tasche. Er saß in dem Kaff hier fest.

Friedo kam mit wehenden Ohren angerannt. Quer im Maul einen dicken Ast, den er stolz präsentierte und seinem Herrchen schwanzwedelnd vor die Füße legte. Er tänzelte ein paar Schritte vor und zurück, dann setzte er sich und sah erwartungsvoll hechelnd hoch. Herrchen bückte sich und warf das Holzstück mit einem kräftigen Schwung in die Dunkelheit. Der Hund kläffte kurz, machte kehrte und jagte wieder davon.

»Nichts für ungut«, sagte Heiko Schuster. Er klang eingeschnappt.

»Entschuldigen Sie«, lenkte Jakob ein. »Ich bin einfach …«, er stockte, suchte nach den richtigen Worten, »… ziemlich durch den Wind.«

Heiko Schuster winkte ab. »Schon gut.« Er sah sich suchend um. »Wie sind Sie eigentlich hergekommen?«

»Das ist ja das Problem. Das Auto mitsamt meiner«, Jakob zögerte kaum merklich, »Bekannten ist verschwunden. Keine Ahnung, was sie sich dabei gedacht hat.«

Heiko Schuster lachte keckernd. »Frauen! Ich hab's schon lange aufgegeben, verstehen zu wollen, was in ihnen vorgeht.«

Jakob heuchelte kumpelhaftes Verstehen und grinste. »Können Sie mich vielleicht in den nächsten Ort zum Bahnhof fahren?« Er würde es drauf ankommen lassen, beim Schwarzfahren erwischt zu werden. Hauptsache, er kam hier weg.

»Selbst wenn ich könnte, würde Ihnen das nicht viel bringen.« Der Mann rieb seine Hände gegeneinander. »Heute fährt kein Zug mehr.«

Jakob schluckte das Schimpfwort, das ihm auf der Zunge lag, hinunter. Im Stillen verfluchte er Tamara, die ihn in diese Situation gebracht hatte. Er bemerkte den neugierigen Blick, den Heiko Schuster ihm zuwarf.

»Dann sitz ich hier fest«, sagte Jakob und verzog den Mund.

»Sie kommen jetzt erst mal mit zu mir«, beschied Heiko Schuster entschlossen. »Meine Frau kann Ihre Wunde verbinden. Dann sehen wir weiter, ja? Mein Auto ist leider in der Werkstatt. Aber mein Schwager, der wohnt nur zwei Häuser weiter, könnte Sie vielleicht fahren. Wo müssen Sie denn hin? Nach Berlin?«

Jakob nickte. »Okay«, sagte er nach kurzem Überlegen und schob schnell »Vielen Dank« hinterher.

»Nicht dafür«, winkte der Mann ab.

Er steckte Daumen und Zeigefinger zwischen die Lippen und pfiff den Hund herbei. Kurze Zeit später stürmte Friedo auf sie zu und setzte sich schwanzwedelnd vor seinen Besitzer. »Braver Hund«, lobte der ihn und nahm ihn an die Leine. Jakob bemerkte, dass der Hund hingebungsvoll auf etwas herumkaute. Heiko Schuster hatte es offenbar auch mitbekommen. »Aus«, mahnte er mit strenger Stimme.

Der Hund hielt kurz inne, als müsste er überlegen, ob er der Aufforderung Folge leisten sollte, dann kaute er mit sichtlicher Hingabe weiter. Es bedurfte eines nochmaligen strengen Befehls seines Herrchens, bevor er etwas Undefinierbares, von seinem Speichel Verklebtes auf den Boden spuckte.

»Was hast du denn da?« Heiko Schuster beugte sich vor und begutachtete das zerkaute Etwas auf dem Boden im hellen Schein der Taschenlampe mit zusammengekniffenen Augen. Jakob erkannte auf den ersten Blick, um was es sich handelte. Ihn überlief es heiß und kalt.

»Das … das ist –«, stammelte er.

»Das sieht aus wie der Kopf einer Stoffpuppe. Oder vielmehr das, was davon übrig geblieben ist«, sagte Heiko Schuster.

30

Sachte, als könne ich ihn sonst wecken, drücke ich die Klinke zu dem Zimmer mit der Nummer 072 herunter und schiebe mich in den Raum hinein. Jemand beugt sich über das Bett, ganz tief, als würde er die Gesichtszüge des Mannes aus der Nähe studieren wollen. Ich bin zu müde, um mich zu erschrecken. Mit der flachen Hand drücke ich die Tür ins Schloss. Sie fällt mit einem leisen Klacken zu. Der Besucher zuckt zusammen, richtet sich auf und dreht sich zu mir um.

»Wer sind Sie?«, frage ich und bleibe am Fuß des Bettes stehen. Mit beiden Händen umfasse ich die Metallstange.

Der Mann starrt mich aus rot geäderten Augen durchdringend an. Er sieht krank aus, graue, verhärmte Gesichtszüge, als hätte er seit Tagen weder gegessen noch geschlafen. Er trägt einen hellen, mit Flecken übersäten Anzug, der dringend einer Reinigung bedurft hätte.

»Wer sind Sie denn?«, gibt er die Frage zurück. Die Stimme ist klar. Betrunken scheint er jedenfalls nicht zu sein.

Ich zögere einen Moment, dann sage ich mit fester Stimme: »Seine Frau.«

Er sieht mich skeptisch an, als würde er mir nicht glauben. »Wie ertragen Sie es mit so einem«, er wirft einen hasserfüllten Blick Richtung Bett, »Seite an Seite zu leben?«

Ich übergehe die Bemerkung, stelle stattdessen die Frage, wer er ist, ein zweites Mal.

Er schaut zu Boden. Aber ich kann einen Blick erhaschen auf den Ausdruck in seinen Augen. Sie sind dunkel, voller Schmerz.

Als ich schon glaube, dass er mir auch dieses Mal die Antwort verweigern wird, sieht er wieder hoch. Um seine Mundwinkel zuckt es, als wäre er kurz davor, in Tränen auszubrechen.

»Ich bin eins seiner Opfer«, sagt er mit brüchiger Stimme.

Anscheinend geht er davon aus, dass diese Antwort alles erklärt. Und so ist es auch. Ich verstehe. Eine Welle von Mitleid überflutet mich. Dann fällt mein Blick auf das Messer in seiner rechten Hand, und das Mitleid verwandelt sich in Entsetzen. Blitzschnell versteckt er die Hand hinter seinem Rücken. Ich versuche mir nicht anmerken zu lassen, dass ich das Messer bemerkt habe, während sich die Gedanken in meinem Kopf überschlagen.

Der Mann ist hier, um ihn zu töten.

Das werde ich nicht zulassen. Auch wenn ich die Beweggründe, die ihn zu diesem Entschluss gebracht haben, nachvollziehen kann. Doch was soll ich tun? Wie soll ich ihn aufhalten? Wenn ich aus dem Zimmer renne und die Schwestern alarmiere, werden sie selbstverständlich sofort die Polizei verständigen. In der Zeit hätte er jede Gelegenheit, sein Vorhaben auszuführen. Bis die Polizei im Krankenhaus eintrifft, wäre er schon über alle Berge. Davon abgesehen habe ich wenig Interesse daran, den Polizisten Rede und Antwort zu stehen. Ich muss einen anderen Weg finden, ihn loszuwerden.

»Ich glaube, es ist besser, wenn Sie jetzt wieder gehen«, sage ich betont ruhig, obwohl in meinem Inneren die Angst brodelt. »Er braucht Ruhe.«

Wo ist mein Rucksack? Meine Augen huschen über das leere Bett. Die Zudecke ist zerwühlt, aber der Rucksack liegt nicht da, wo ich ihn vermutet habe. Der Schreck fährt mir wie ein Faustschlag in den Magen. Mir bricht der Schweiß aus. Dann fällt mir ein, dass ich ihn wieder unter dem Bett deponiert habe.

»Ich möchte jetzt auch ein wenig schlafen.« Meine Stimme zittert kaum merklich.

In seinem Gesicht arbeitet es. Wahrscheinlich hat er nicht erwartet, jemanden im Zimmer vorzufinden. Genauso wenig wie ich mit einem ungebetenen Besucher gerechnet habe. Ich mache einen Schritt auf ihn zu. Er bleibt wie festgewachsen stehen.

»Was ist?«, frage ich. »Sie sehen doch, dass er nicht ansprechbar ist. Kommen Sie morgen wieder.«

Langsam, fast bedächtig schüttelt er den Kopf.

Manchmal ist Angriff die beste Verteidigung. Der Satz ist plötzlich in meinem Kopf, ohne dass ich ihn bewusst gedacht hätte. Ich hole tief Luft.

»Ich weiß, was Sie vorhaben«, sage ich und bewege mich betont langsam auf das leere Bett zu.

Die Ausdünstungen seiner Kleidung verströmen einen beißenden Geruch. Er verursacht mir Übelkeit, verdrängt das Mitgefühl, das immer wieder in mir aufwallt. Wie selbstverständlich bücke ich mich nach meinem Rucksack und hebe ihn vom Boden auf das Bett. Die ganze Zeit drehe ich ihm den Rücken zu und rechne jede Sekunde damit, dass er mich von hinten niedersticht. Als ich mich ihm wieder zuwende, steht er noch immer an der gleichen Stelle neben dem Bett. Nur die Hand mit dem Messer hält er jetzt vor seinen Körper. Der Rücken ist leicht nach vorne gebeugt, die Schultern hängen nach unten. Eine Gestalt des Jammers. Man darf dennoch nicht den Fehler machen, solche Menschen zu unterschätzen. In ihrem Leid sind sie zu allem fähig. Wachsen geradezu über sich hinaus. Werden vom Opfer zum Täter. Wie Grit. Der Gedanke an sie schnürt mir die Kehle zu. Ich schlucke schwer an den aufkommenden Tränen.

»Er wird die Nacht nicht überleben«, behaupte ich. Verstohlen löse ich die Verschnürung des Rucksacks und taste mich durch den Inhalt. Ihn behalte ich dabei die ganze Zeit über im Auge.

Seine Schultern beben. Weint er?

Endlich finde ich, was ich suche. Meine Hand umfasst das kühle Metall. Doch bevor ich die Pistole herausziehen kann, dreht er sich zu mir um. Ich verharre mit einer Hand im Rucksack.

Er weint nicht. Er lacht.

Langsam wird der Mann mir unheimlich. Ich umfasse die Pistole fester.

»Wissen Sie was?«, keucht er und bebt noch immer vor Lachen. »Ich kann es nicht. Es geht einfach nicht. Dieser Mann hat mein Leben zerstört. Meine Ehe ruiniert. Mein Kind getötet. Und ich schaffe es nicht, ihn umzubringen. Selbst dazu bin ich nicht fähig. Meine Frau hat recht: Ich bin ein elender Versager.«

Plötzlich geht das hysterische Lachen in haltloses Weinen über. Das Messer in seiner Hand zittert, es entgleitet ihm und schlägt mit einem dumpfen Laut auf dem Boden auf. Er schlägt die Hände vors Gesicht.

Lautlos rutsche ich vom Bett, nehme das Messer an mich und lasse es schnell in meinem Rucksack verschwinden. Noch während ich überlege, was ich jetzt tun soll, öffnet sich die Tür zum Zimmer einen Spalt und Schwester Angélique streckt den Kopf herein.

»Alles in Ordnung?«, fragt sie und stutzt angesichts des Fremden im Zimmer. Sie öffnet die Tür ganz und tritt ein. Reflexartig nimmt der Mann die Hände vom Gesicht und wischt sich mit dem Handrücken über die Nase.

»Er ist ein Freund«, sage ich schnell. »Er wollte sowieso gerade gehen.«

»Wie sind Sie überhaupt hier reingekommen?«, fragt die Schwester streng. Ohne seine Antwort abzuwarten, ergreift sie seinen Ärmel. »Wenn so etwas noch mal vorkommt, geben Sie bitte sofort Bescheid«, sagt sie in meine Richtung. Sie komplimentiert den widerstrebenden Mann nach draußen und schließt die Tür hinter sich.

»Mach ich«, murmele ich, obwohl sie mich nicht mehr hören kann.

Draußen auf dem Gang entsteht ein kurzer Tumult. Schwester Angélique erhebt ihre Stimme, droht mit der Polizei. Kurze Zeit später kehrt wieder Ruhe ein. Müde bin ich jetzt nicht mehr. Im Gegenteil: Ich fühle eine zittrige Unruhe in mir, bin aufgekratzt, als würde jeder einzelne Nerv in meinem Körper vibrieren. Unruhig wandere ich in dem kleinen Raum auf und ab. Der Zwischenfall hat mich mehr mitgenommen, als ich gedacht hätte.

Woher wusste der Mann überhaupt, dass er ihn hier finden würde? Ich zerbreche mir den Kopf, komme aber zu keinem brauchbaren Ergebnis. Der Mann muss ihn beobachtet haben, das ist das Einzige, was mir dazu einfällt. Ich schiebe die Überlegungen beiseite. Das ist jetzt auch nicht mehr wirklich wichtig.

Ich wende mich ihm wieder zu. Er sieht aus, als würde er friedlich schlafen, von der Aufregung gerade scheint er nichts mitbekommen zu haben. Obwohl man da nie ganz sicher sein kann. Das Unterbewusstsein eines Menschen registriert so viel mehr, als wir uns vorstellen können. Ich bleibe am Bettende stehen, umschließe den runden Metallholm mit beiden Händen. In der Mitte befindet sich das durchsichtige Plastikschild, unter den ein schmaler Streifen Papier mit seinem Namen geschoben worden ist. Mit einem Finger streiche ich über das Schild. Leise flüstere ich seinen Namen und betrachte das eingefallene, blasse Gesicht. Er muss ein sehr attraktiver Mann gewesen sein. Das ist selbst jetzt noch zu erkennen. Das dunkle, dichte Haar, der volle, sinnliche Mund, die leicht geschwungene Nase.

Wie übel einem das Schicksal manchmal mitspielen kann. Von einer Sekunde auf die nächste grätscht es in dein Leben, zerrt dir den Boden unter den Füßen weg, zerlegt deine Existenz, in der du dich mit deinen Lieben eingerichtet hast, in seine Bestandteile. Ob du wieder auf die Beine kommst, um sie wieder zusammenzusetzen oder neu zu ordnen – deine Sache. Das Schicksal interessiert sich nicht im Geringsten für das Geschick eines einzelnen Menschen. Der ist nur ein Rädchen im großen Gefüge des Daseins. Ich merke, wie ich traurig werde, und verscheuche die trübsinnigen Gedanken aus meinem Kopf.

Wo war ich in meiner Geschichte stehen geblieben? Ich löse meine Hände von dem Metall und setze mich wieder zu ihm ans Bett. Wie selbstverständlich nehme ich seine Hand in meine. Fast kommt es mir vor, als hätte er darauf gewartet. Eine Art Leuchten erhellt seine Gesichtszüge. Ich schüttele den Kopf, rufe mich zur Räson. Einbildung ist das. Nichts als Einbildung. *Du darfst um Gottes willen keine emotionale Beziehung zu ihm aufbauen.* Das würde alles zunichtemachen, sage ich mir und weiß gleichzeitig, dass das schon längst geschehen ist. Ich lehne mich zurück, spüre das harte Rückenteil des Stuhls an meiner Wirbelsäule und nehme den Faden meiner Geschichte wieder auf.

***

Grit meldete sich auch in den nächsten Tagen nicht bei mir. Ich hatte auch nicht wirklich damit gerechnet, es dennoch insgeheim gehofft. Aber ihr würde klar sein, wer sie angezeigt hatte, auch wenn ich der Polizei meinen Namen nicht genannt hatte. Ich versuchte sie aus meinen Gedanken zu verbannen. Mich wieder ganz auf mich und mein Leben zu konzentrieren. So richtig gelingen wollte mir das allerdings nicht. Ehrlich gesagt gelang es mir überhaupt nicht. Jeden Morgen, wenn ich aufwachte, galt mein erster Gedanke ihr, ebenso mein letzter, bevor ich nachts endlich einschlief. Ich überlegte, ob ich mich nicht gesundschreiben lassen sollte. Ob mich die Arbeit nicht ablenken würde. Es waren viele Monate vergangen, seit diesem schrecklichen Ereignis, das mich und Grit zusammengeführt hatte. Aber allein bei der Vorstellung, wieder jeden Tag Einsätze zu fahren, fingen meine Hände unkontrolliert an zu zittern. Ich sprach mit meiner Therapeutin, und wir beschlossen gemeinsam, dass es noch zu früh für mich war, meine Arbeit wieder aufzunehmen.

Nach vier Tagen hielt ich es kaum noch aus. Ich musste wissen, was sie tat. Ein Gedanke setzte sich in meinem Kopf fest, wollte nicht mehr weichen. Was, wenn sie sich noch mal eine Waffe besorgte? So einfach war das nicht, versuchte ich mich zu beruhigen. Setzte mir selbst das Argument entgegen: Wer es einmal geschafft hatte, würde es wieder schaffen. Ich griff mehrmals am Tag zum Telefon, aber mein Stolz hielt mich davon ab, mich bei ihr zu melden und zu

Kreuze zu kriechen. Immer noch hegte ich die unsinnige Hoffnung, dass sie mich anrief. Mir unter Tränen sagte, dass ich richtig gehandelt hatte. Dass sie es endlich eingesehen hatte.

Aber das Telefon blieb stumm. Auch in meinem E-Mail-Fach, das ich mehrmals stündlich checkte, fand ich keine Nachricht von ihr vor. Mein Gewissen plagte mich immer heftiger. Ich hätte Grit nicht einfach ihrem Schicksal überlassen dürfen. Ich hätte mit ihr reden sollen, sie überzeugen müssen, dass sie den falschen Weg eingeschlagen hatte. Aber dafür war es nun zu spät. Meinen Verrat würde sie mir sicherlich nicht so ohne Weiteres verzeihen.

Am fünften Tag nach unserem Zerwürfnis stand ich am frühen Morgen nach einer weiteren fast schlaflos verbrachten Nacht mit einem spärlich gefüllten Einkaufswagen im Supermarkt in der Schlange vor der Kasse an. Meine Augen brannten vor Müdigkeit. In meinem Magen grummelte es. Ich wusste nicht, wie lange ich nichts Richtiges mehr gegessen hatte. Mein Blick fiel auf den Zeitungsständer.

Die fette Schlagzeile des Boulevardblattes sprang mir sofort ins Auge. Mein Herzschlag setzte aus. Eine Hand auf dem Brustkorb schnappte ich nach Luft. Keine Sekunde später drängte ich mich durch den schmalen Gang neben dem Lebensmittellaufband an den Wartenden vorbei. Ohne auf den lautstarken Protest zu achten, der prompt hinter mir losbrach, stürmte ich aus dem Laden.

31

»Die Puppe gehört meiner Tochter«, sagte Jakob mit tonloser Stimme.

Heiko Schuster hob den Fuß und kickte den zerkauten Puppenkopf mit der Spitze seines Schuhs von sich. »Wahrscheinlich hat Ihre Tochter die Puppe beim Spielen im Feld verloren. Wie Kinder nun mal so sind. Kaufen Sie ihr halt 'ne neue.«

»Lassen Sie das«, blaffte Jakob ihn an. Er bückte sich und hob den vollgesabberten Kopf mit spitzen Fingern auf.

Heiko Schuster beobachtete ihn sichtlich befremdet. Er räusperte sich. »Wollen wir dann mal?«, fragte er und wies mit dem Daumen hinter sich.

»Wo kann der Hund ihn gefunden haben?« Jakob begutachtete den Puppenkopf. Wo vorher die beiden Knopfaugen gesessen hatten, hingen nur noch schmutzig graue Fäden aus den winzigen Nadelstichen.

»Woher soll ich das wissen?« Der Mann schüttelte unwillig den Kopf. »Irgendwo aufm Acker halt.«

»Leihen Sie mir Ihre Taschenlampe?«, fragte Jakob. Er steckte den Puppenkopf in die Jackentasche und wischte die Hand am Stoff seiner Hose sauber.

»Sie wollen doch nicht etwa nach dem Rest der Puppe suchen? Hängt Ihre Kleine so an dem Teil?« Heiko Schuster war seine Verwunderung deutlich anzuhören.

»Ja, genau. Das tut sie«, sagte Jakob schnell. »Sie wird

nicht eher Ruhe geben, bis sie sie wiederhat.« Er wusste selbst nicht, warum er das sagte. Der Rest der Puppe lag ja in Lukas' Wohnung.

Heiko Schuster kratzte sich den kahlen Schädel. Offensichtlich hielt er Jakob für reichlich durchgeknallt. »Friedo läuft meistens quer über die Wiese da vorne.« Er hob die Hand und zeigte in die Richtung. »Aber ich weiß ja nicht, wie Sie da –«

»Lassen Sie das mal meine Sorge sein«, fiel ihm Jakob ins Wort.

Der Mann schürzte die Lippen und reichte ihm zögernd die Taschenlampe. »Was ist mit Ihrem Bein?«

»Halb so wild«, winkte Jakob ab und machte humpelnd ein paar Schritte. »Ich spüre die Wunde kaum noch«, quetschte er zwischen zusammengebissenen Zähnen hervor, obwohl der Schmerz sich wie ein Feuer durch seinen Körper fraß. Automatisch tastete seine Hand nach dem Blister mit den Schmerztabletten in der Jackentasche. Er drückte zwei Tabletten aus dem Streifen und würgte sie trocken hinunter.

»Schmerztabletten«, sagte er zu Heiko Schuster, der seinem Tun argwöhnisch zusah.

»Sie müssen wissen, was Sie machen«, sagte der Mann. »Ich wohne übrigens in der Hauptstraße Nummer vierzehn. Das Haus mit dem blau gestrichenen Zaun und dem Schild *Vorsicht, hier beißt das Herrchen* am Gartentor.« Er lachte keckernd.

»Alles klar«, sagte Jakob. »Und danke hierfür.« Er winkte mit der Taschenlampe und rang sich ein Lächeln ab.

Heiko Schuster hob abwehrend die Hand. »Doch nicht dafür. Ich würde ja mitkommen und beim Suchen helfen«, setzte er hinzu, »aber meine Frau wartet mit dem Essen auf mich. Und die wird fuchsteufelswild, wenn ich nicht pünktlich zur Fütterung am Tisch sitze.« Er warf Jakob ein breites Grinsen zu, das gekünstelt wirkte, und ging, den schwanzwedelnden Hund an der kurzen Leine haltend, mit gemächlichen Schritten davon.

Jakob sah ihm nach, bis die Dunkelheit ihn mitsamt seinem Hund verschluckt hatte. Sollte er sich wirklich auf dem Feld umsehen? Mit einem Mal kam ihm sein Vorhaben wie eine Schnapsidee vor. Die Wunde in seiner Wade pochte, seine Hand brannte, sein Rücken schmerzte. Er fühlte sich zum Wegwerfen. Aber etwas trieb ihn an. Ein Gefühl, das er nicht näher benennen konnte, suggerierte ihm, dass er die Stelle suchen musste, an der der Hund den Kopf von Mias Puppe aufgestöbert hatte. Sein Verstand sagte: *Du spinnst! Wie willst du die finden?* Sein Bauch hielt dagegen. *Einen Versuch ist es wert.*

Der Wind blies immer noch kräftig aus allen Richtungen und zerrte an seinen Haaren. Fröstelnd zog Jakob die Schultern hoch, dann humpelte er los. Er folgte den Spuren des Hundes auf dem Forstweg, der nach etwa hundert Metern in einen schmalen Pfad überging. Der heiße Sommer hatte dem Herbst eine ausgedorrte Graslandschaft hinterlassen. Die braun verbrannten Halme waren vom Regen der letzten Tage niedergedrückt worden und sahen braun und matschig aus. Der Boden war völlig aufgeweicht. Die großen Tatzen des Hundes hatten hier deutliche Spuren hinterlassen. Bei jedem Schritt schmatzte es leise unter Jakobs Schuhsohlen. Er ließ den Lichtstrahl der Taschenlampe wandern und folgte ihm mit den Augen. Der schmale Weg, den er eingeschlagen hatte, führte an der Wiese vorbei in den angrenzenden Wald. Jakob war schon fast am Waldrand angelangt, als ihm auffiel, dass auf dem Boden keine Spur des Hundes mehr zu erkennen war. Er stoppte abrupt. Der Mann hatte gesagt, der Hund laufe immer querfeldein über die Wiese. Er war hier falsch. Jakob ließ den Strahl der Taschenlampe über das Gelände gleiten. Wieder stellte er sich die Frage, was er hier zu finden hoffte.

Jakob beschloss, umzudrehen und das Unterfangen, das ihm immer sinnloser vorkam, an diesem Punkt abzubrechen. Ein letztes Mal schwenkte er die Taschenlampe und entdeckte einige Meter vor sich auf dem matschigen Weg eine weitere Fährte, die sein Herz augenblicklich höherschlagen ließ. Es waren die Abdrücke von Schuhsohlen, die sich tief in die feuchte Erde gedrückt hatten. Mehrere unterschiedlich große Spuren, die dicht hintereinander verliefen. Sie fingen ganz unvermittelt an. Wahrscheinlich waren sie über die Wiese gekommen und dann auf dem Weg weitergelaufen. Es waren – und das erschreckte Jakob am meisten – die kleineren Fußabdrücke von Kindern, die den größeren eines Erwachsenen folgten. Es handelte sich mit ziemlicher Sicherheit um irgendwelche Leute aus dem Dorf, versuchte er sich einzureden. Aber das ungute Gefühl, das sich in seinem Magen zu einem festen Klumpen zusammenballte, wollte sich nicht verscheuchen lassen. Sein Verstand riet ihm, sofort umzukehren. Aber seine Füße setzten sich wie von selbst in Bewegung. Er folgte den Spuren, die ihn in den Wald hineinführten. Hier endete der schmale Weg, verlor sich im Unterholz. Jakob konnte nur anhand des niedergedrückten Gestrüpps erkennen, welche Richtung die Gruppe eingeschlagen hatte. Sie schien erst vor Kurzem hier entlanggekommen zu sein.

Der Wald tat sich wie eine dunkle Wand vor ihm auf. Dicht an dicht standen die hohen Stämme der Kiefern. Weit über Jakobs Kopf schloss sich ihr immergrünes Blattwerk. In den wenigen Lücken schimmerte der nun sternklare Nachthimmel durch. Der intensive Geruch nach feuchter Erde und überreifen Pilzen stieg ihm in die Nase. Der Lichtschein seiner Taschenlampe reichte nur wenige Meter in den Wald hinein. Alles, was dahinter lag, war unter dem schwarzen Mantel der Dunkelheit verborgen.

Plötzlich nahm Jakob eine Bewegung zwischen den Baumstämmen wahr. Etwas Helles, Weißes blitzte kurz auf und verschwand einen Moment später wieder aus seinem Sichtfeld. Ohne nachzudenken, humpelte Jakob so schnell er konnte in den Wald hinein. Je weiter er vordrang, desto dichter drängten sich die Baumstämme aneinander. Keuchend blieb er stehen. Der Schmerz in seinem linken Bein drang wieder stärker in sein Bewusstsein. Wahrscheinlich hatte die Wirkung der Tabletten noch nicht voll eingesetzt. Auch schien die Wunde erneut aufgebrochen zu sein. Er spürte, wie das Blut an seiner Wade hinunterrann. Hinter seinem Rücken knackte es laut. Er schnellte herum, richtete den Lichtfinger nach dem Geräusch aus, ließ ihn zwischen den Baumstämmen hin und her schweifen. Es war nichts zu sehen.

Wieder knackte es unmittelbar in seiner Nähe. Es hörte sich an, als würde ein trockener Ast unter einem schweren Tritt zerbrechen. Jakob schwenkte die Taschenlampe. Mit zusammengekniffenen Augen versuchte er in der Dunkelheit etwas zu erkennen.

War da wer?

Da vorne? Wo der Wald sich zu lichten begann.

Jakob quetschte sich zwischen den eng stehenden Bäumen durch. Die spitzen Enden der abgebrochenen unteren Äste bohrten sich schmerzhaft in seine Seite. Er spürte es kaum. Dann endlich lichtete sich der Abstand zwischen den Bäumen. Aber jetzt erschwerte dichtes Gestrüpp das Durchkommen. Mit beiden Armen und unter Zuhilfenahme der Taschenlampe schob Jakob die nassen Zweige der Büsche beiseite. Dornen rissen am Stoff seiner Jacke, zerkratzten sein ungeschütztes Gesicht. Verbissen kämpfte er sich durch die Sträucher, deren Zweige ihm immer wieder ins Gesicht klatschten. Etwas legte sich wie eine Schlinge um seinen Knöchel, brachte ihn ins Stolpern. Im letzten Moment fing er den Sturz ab.

Unvermittelt zerriss der schrille Schrei eines Vogels die Stille. Jakob erschreckte sich so, dass ihm um ein Haar die Taschenlampe aus der Hand gefallen wäre. Er umschloss sie fester und lenkte den Lichtstrahl zu der Lichtung, die sich vor ihm auftat. Der Strahl tanzte über Baumstümpfe, von der Nässe niedergedrückte Grashalme und streifte das Unterholz am Rand der Lichtung gegenüber.

Was machst du hier eigentlich?, fragte sich Jakob. Er war blindlings losgerannt. Überstürzt einer verschwommenen Wahrnehmung gefolgt, bei der es sich womöglich um eine Sinnestäuschung gehandelt hatte. Ohne seinen Verstand einzuschalten, der sich erst jetzt, aber dafür umso eindringlicher zu Wort meldete: *Hier ist niemand außer dir. Du bist einem Hirngespinst aufgesessen.*

Der Gedanke formte sich klar und deutlich in seinem Hinterkopf. Und doch. Da war immer noch dieses Bauchgefühl. Es signalisierte ihm in unverminderter Deutlichkeit, dass es richtig gewesen war, seiner Intuition zu folgen.

Unschlüssig verharrte Jakob. Überall um ihn herum knackte und raschelte es. Das Geräusch seines keuchenden Atems dröhnte ihm in den Ohren. Eine Krähe erhob sich mit schwerem Flügelschlag aus dem Baum, der wie ein stilles Mahnmal mitten auf der Lichtung wuchs und seine mächtigen kahlen Äste dem Nachthimmel entgegenreckte.

Jakob folgte dem Flug des Vogels mit dem Lichtstrahl, kehrte dann aber abrupt zu dem Baum auf der Lichtung zurück.

Sein Unterbewusstsein hatte etwas registriert. Etwas, das nicht ins Bild passte. Auf dem Boden hockte mit ausgestreckten Beinen, an den Baumstamm gelehnt, eine Gestalt. Der Kopf war zur Seite gekippt, hing wie lose über der linken Schulter. Obwohl ihn noch einige Meter von dem Baum trennten, konnte Jakob erkennen, dass es ein Kind war, das dort auf dem Boden saß.

Ein Kind mit einer roten Jacke, einer bunt geringelten Strickmütze, den dazupassenden Schal um den Hals geschlungen. Jakobs Puls beschleunigte sich.

»Nein!« Der Schrei schallte wie ein Hilferuf durch die Nacht.

In der nachfolgenden Stille schienen alle Bewohner des Waldes den Atem anzuhalten, um dem Nachhall von Jakobs verzweifeltem Ruf zu lauschen. Mit beiden Händen wischte er das nasse Gestrüpp zur Seite und stolperte über die Lichtung. Der Lichtkegel der Taschenlampe hüpfte unruhig auf und ab. Er kam auf dem matschigen Untergrund ins Rutschen, fing sich wieder und stolperte auf den Baum zu. Dort ließ er die Taschenlampe zu Boden fallen, stürzte vor der kleinen Gestalt auf die Knie und presste ihren leblosen Körper fest an sich.

Jakob konnte nicht anders. Wie ein in die Enge getriebenes tödlich verletztes Tier schrie er seine Verzweiflung laut aus sich heraus.

32

Jakob hätte nicht sagen können, wie lange er schon auf dem Boden kauerte, das tote Kind in den Armen wiegte und seinen Tränen freien Lauf ließ. Er hatte jegliches Zeitgefühl verloren. Der Schmerz über den Tod seiner Tochter riss ihn in Stücke. Er wollte hier neben seinem kleinen Mädchen wachen, bis er selber sterben würde. Ohne sie erschien ihm ein Weiterleben vollkommen sinnlos.

Doch irgendwann holte ihn die Realität wieder ein. Seine Tränen waren versiegt, nur noch vereinzelte, trockene Schluchzer kamen ihm über die spröden Lippen. Jakobs Kehle fühlte sich wund an. Er spürte seine Beine kaum noch. Sanft löste er seine Arme von dem schmächtigen Körper und lehnte ihn an den Baumstamm. Nach seinem Gefühlsausbruch fühlte er sich wie ausgewrungen. Leer und unsagbar müde. Mühsam kam er auf die Beine, die so taub waren, dass sie fast unter ihm wegknickten. Mit einer Hand stützte er sich an dem rissigen Stamm des Baumes ab. In seinen Beinen kribbelte es jetzt, als würde sich eine Armee von Ameisen durch seine Nervenbahnen auf und ab bewegen.

In Jakobs Augenhöhe war etwas in die Rinde geritzt. Er hatte seinen Blick schon halb abgewandt, da stutzte er plötzlich. Sah noch mal genauer hin. Doch es war zu dunkel, um zu erkennen, was da geschrieben stand. Wo war die Taschenlampe? Jakob sah sich hektisch um. Er entdeckte sie keinen Meter entfernt auf dem Boden. Ihr Licht flackerte.

Die Batterie würde nicht mehr lange durchhalten. Jakob hangelte sie vom Boden und richtete den Strahl auf den Stamm.

Obwohl er halb damit gerechnet hatte, fuhren ihm die Worte, die jemand in den Baumstamm geritzt hatte, wie ein Faustschlag in den Magen.

SCHULD BIST DU

Die Buchstaben waren mit einem roten Stift, vermutlich einem Edding, sorgfältig ausgemalt worden. Sie glänzten, als wäre die Farbe noch ganz frisch, gerade erst aufgetragen worden. Die Taschenlampe in der Hand fuhr Jakob herum und scannte die Umgebung. Das Gefühl, von allen Seiten beobachtet zu werden, überfiel ihn mit aller Macht.

»Was wollt ihr von mir?«, schrie er und drehte sich mehrmals um die eigene Achse. »Zeigt euch! Ich weiß, dass ihr da seid.«

Er schwenkte die Taschenlampe. Im Gehölz am Rand der Lichtung machte er einen Schatten aus. Er bewegte sich auf die Bäume zu, verschmolz mit der Dunkelheit. Ohne nachzudenken, preschte Jakob hinterher. Den mit Moos überwucherten Baumstumpf sah er zu spät. Er schaffte es nicht mehr, seinen Lauf zu stoppen, er stolperte und fiel der Länge nach ins nasse Gras. Benommen blieb er liegen. Die Taschenlampe, die er noch immer mit der Hand umklammerte, flackerte kurz auf und erlosch. Jakob stemmte sich mit der rechten Hand vom Boden hoch und schrie laut auf vor Schmerz. Die seelische Pein hatte ihn für kurze Zeit die körperliche vergessen lassen. Er biss die Zähne zusammen und schaffte es irgendwie auf die Beine zu kommen.

Vor ihm lag dunkel und undurchdringlich der Wald. Obwohl der Mond schien, konnte Jakob nicht allzu viel erkennen. Er schüttelte die Taschenlampe. Sie flammte wieder auf. Die Bäume vor ihm standen wie ein Spalier von Soldaten in Reih und Glied. Von dem Schatten, den Jakob vor wenigen Minuten dazwischen wahrgenommen hatte, war weit und breit nichts mehr zu sehen.

Wahrscheinlich nur ein Reh, dachte Jakob und wandte sich wieder um. Er musste seine Tochter von hier wegbringen. Um nichts auf der Welt würde er sie hier allein zurücklassen. Nicht auszumalen, was mit ihrer Leiche geschehen würde, wenn Tiere sie entdeckten. Auch wenn sein gesamter Körper mittlerweile schmerzte, als wäre er unter eine Dampfwalze gekommen, und er sich kaum noch auf den Beinen halten konnte, würde er Mia auf seine Arme nehmen und in das Dorf bringen. Jakob humpelte zurück. Schon von Weitem sah er, dass der kleine Körper nicht mehr am Baumstamm lehnte. Jakob erschrak bis ins Mark. Wo war sie? Er beschleunigte seine Schritte. Erst als er nur noch wenige Meter von dem Baum entfernt war, entdeckte er sie. Sie war zur Seite gekippt. Das Gesicht halb im Gras, lag sie mit angewinkelten Beinen auf der Erde. Jakobs Kehle schnürte sich bei dem Anblick zu. Er schluckte. So elend hatte er sich in seinem ganzen Leben noch nicht gefühlt. Er verstaute die Taschenlampe in seiner Jackentasche und beugte sich vor, strich ihr sanft über die Wange.

»Ich bring dich hier weg, mein Schatz«, flüsterte er mit erstickter Stimme.

Er schob beide Hände unter den kleinen Körper, um ihn hochzunehmen, da verkündete der laute Piepton seines Handys den Eingang einer SMS. Jakob zögerte kurz, dann richtete er sich auf und zerrte das Mobilgerät aus der Innentasche. Jakob öffnete die SMS. Es las sie. Ein Mal, ein zweites Mal. Er konnte nicht glauben, was da stand:

Das ist nicht deine Tochter.

Jakob starrte auf das Display, bis es dunkel wurde. Nur stückchenweise sickerte die Bedeutung der Worte in sein Bewusstsein. Wut kroch in ihm hoch. Wer steckte hinter dieser perfiden Schnitzeljagd? Wurde jeder seiner Schritte beobachtet, seit er heute Nachmittag in Berlin gelandet war? Waren sie ihm sogar bis hierher gefolgt? Jakobs Blick hetzte über die Lichtung. Nichts wies darauf hin, dass sich jemand in seiner Nähe aufhielt. Aber es war ein Leichtes, sich in einer der dunklen Ecken zu verbergen, in die der matte Schein des Mondes nicht vordrang. Zu der Wut mischte sich ein diffuses Angstgefühl. Jakob wollte nur noch eins: weg hier.

Er stopfte das Handy zurück in die Jackentasche und ging ächzend in die Hocke. Vorsichtig richtete er die kleine Gestalt vom Boden auf. Die SMS hatte ihn verunsichert. Er zupfte dem Kind die Mütze vom Kopf und schrak entsetzt zurück. Dort, wo vorher der Hinterkopf gewesen war, klaffte ein Loch. Reflexartig wandte Jakob den Blick ab. Er holte tief Luft und zwang sich noch mal hinzusehen. Die toten Augen des Mädchens blickten starr an ihm vorbei, als fixierten sie etwas weit hinter seinem Rücken. Adrenalin schoss durch Jakobs Körper. Er hatte das Gefühl, jeden Moment von innen heraus zu explodieren.

Das war nicht Mia.

Das Mädchen sah ihr nicht mal ähnlich. Sie hatte nur die gleichen Sachen an wie seine Tochter. Wie hatte er sich so täuschen können? Das hätte er doch auf den ersten Blick sehen müssen. Was war bloß mit ihm los?

Jakob schlug die Hände vorm Gesicht zusammen und brach in Tränen aus. Doch dieses Mal war es die pure Erleichterung, die ihn seine Fassung verlieren ließ.

33

Ein leises Wimmern lässt mich innehalten. Alarmiert sehe ich hoch. Hat er Schmerzen? Wird er wach?

Ich neige mich zu ihm hin, studiere aufmerksam sein schmales Gesicht. Keine Regung ist zu erkennen. Auch die Geräte, an die er angeschlossen ist, zeigen keine Unregelmäßigkeiten. Alles im grünen Bereich.

Ich wende den Kopf. Mein Blick bleibt am Fenster gegenüber hängen. Schwarz auf Grau. Wie ein Scherenschnitt sehe ich mich gespiegelt in der Scheibe. Die Nacht dahinter ist dunkel. Erhellt nur von einem einzigen flackernden Lichtpunkt in weiter Ferne. Ich bin so müde, dass es mir schwerfällt, die Augen aufzuhalten. Aber ich darf nicht einschlafen. Ich stehe vom Stuhl auf, strecke mich und gähne ausgiebig. Danach fühle ich mich wieder etwas munterer. Frische Luft würde jetzt guttun. Ich bin schon auf dem Weg zum Fenster, als mir einfällt, dass es sich ja nicht öffnen lässt. Ich zucke mit den Schultern, kehre auf meinen Platz neben dem Bett zurück und erzähle meine Geschichte weiter.

***

Ich beschloss, meinen Wagen auf dem Parkplatz des Supermarktes stehen zu lassen. Meine Hände zitterten wie bei einem Alkoholiker im Delirium tremens. Ich war viel zu aufgewühlt, um Auto zu fahren. Stattdessen hetzte ich zu der nahe gelegenen U-Bahn-Station. Abfahrt in fünf Minuten, verkündete die Anzeigetafel. Zeit genug, mir die Zeitung im Kiosk zu kaufen. Die alte Frau vor mir an der Kasse kramte in ihrem Portemonnaie mit zittrigen Fingern umständlich nach den passenden Münzen. Ungeduldig trat ich von einem Fuß auf den anderen, konnte meinen Unmut kaum verbergen. Endlich räumte sie den Platz vor der Kasse. Ich legte das Geld abgezählt auf den Tresen und sprang im letzten Moment unter der rot blinkenden Warnleuchte über der Tür in den Waggon. Direkt hinter mir schloss sie sich mit einem lauten Ratschen. Ich ließ mich auf den nächstbesten freien Platz fallen und wischte mir den Schweiß von der Stirn. Dann nahm ich die Zeitung, die auf der Titelseite mit der Schlagzeile ERMORDET und WEGGEWORFEN – Wer tut so was? aufmachte, von meinem Schoß und überflog den Text unter dem großformatigen Foto vom Fundort der Leiche. Das Mädchen war acht. Vom Alter her passte das. Namen wurden in dem Artikel keine genannt. Nur ein Farbfoto, auf dem das jetzt tote Mädchen dem Leser so fröhlich ins Gesicht lachte, dass es mir für einen Moment die Kehle zuschnürte, prangte neben dem Text. Ob das arme kleine Ding missbraucht worden war, konnte die Polizei zum jetzigen Zeitpunkt noch nicht genau sagen. Es gab allerdings erst mal keine Anzeichen dafür.

Ich betete stumm, dass ich mich irrte. Berlin war ein gefährliches Pflaster. Auch für Kinder. Aber das schreckliche Gefühl wollte nicht weichen. Ich hatte Angst.

Die Anschluss-S-Bahn fuhr mir vor der Nase weg. Voller Ungeduld tigerte ich auf dem Bahnsteig auf und ab. Ich wurde das Gefühl nicht los, dass es meine Schuld war. Ich hätte Grit nicht allein lassen dürfen. Ich wusste doch, wie besessen sie von dem Gedanken war, dass sie für Gerechtigkeit sorgen musste. Als ich endlich vor ihrer Tür stand und auf den Klingelknopf drückte, war ich das reinste Nervenbündel.

Grit öffnete so schnell, als hätte sie hinter der Tür auf mich gewartet. Aber wie es aussah, wollte sie in dieser Minute das Haus verlassen. Sie war in Schuhen und Mantel, über ihrer Schulter baumelte eine geräumige Basttasche. Bei meinem Anblick riss sie erstaunt die Augen auf. Dann erhellte ein strahlendes Lächeln ihr Gesicht und, ehe ich mich versah, war sie mir um den Hals gefallen.

»Gott, was bin ich froh«, schluchzte sie. Ihre Umhängetasche schlug schwer und schmerzhaft gegen meine Hüfte. Ich spürte die Nässe ihrer Tränen an meiner Wange. Resolut schob ich sie von mir. Ich durfte mich jetzt nicht wieder von ihr einlullen lassen.

»Warst du das?« Ich drückte Grit die Zeitung vor die Brust und zwängte mich an ihr vorbei ins Hausinnere. Warme Heizungsluft umfing mich wie ein schwerer Mantel. Mir brach der Schweiß aus. In Windeseile schälte ich mich aus meiner dicken Jacke, ließ sie zusammen mit dem Rucksack achtlos zu Boden fallen.

»Was meinst du?« Grit warf einen flüchtigen Blick auf die Zeitung und sah mich dann ratlos an. »Ich verstehe nicht.«

»Lies«, forderte ich sie auf.

»Komm doch erst mal rein«, sagte sie und ging an mir vorbei Richtung Wohnzimmer. Ich folgte ihr. Sie legte die Zeitung auf der Lehne des Sofas ab, ließ die Handtasche von der Schulter gleiten und zog ihren Mantel aus. Dann nahm sie das Blatt wieder zur Hand. Ihre Augen überflogen den Text.

»Du glaubst echt, dass ich das war?«, sagte sie mit erstickter Stimme und ließ die Zeitung sinken. Eine Träne löste sich aus dem Augenwinkel und ran ihr über die Wange.

»Und? Warst du es?«

Grit wischte die Träne mit einer ungeduldigen Handbewegung weg und schüttelte den Kopf. Ihr »Nein« klang gepresst.

»Nein?«

»Nein!«

Ich wollte ihr so gerne glauben, aber ein Teil von mir misstraute ihr zutiefst.

Grit spürte es offensichtlich. »Du glaubst mir nicht«, sagte sie. Es klang merkwürdig sachlich.

Ich zog die Unterlippe zwischen die Zähne und schwieg. Wohl fühlte ich mich dabei nicht.

Grit nickte mehrmals, als könnte sie meine Zweifel nachvollziehen. Sie nahm die Zeitung hoch und studierte den Artikel noch einmal genau.

Ich beobachtete sie dabei. Ehrlich gesagt, hatte ich eine andere Reaktion erwartet. Ein ungläubiges Aufbegehren, zornige Tränen. Unverständnis, dass ich ihr so etwas Furchtbares zutraute.

Zu meinem Erstaunen bemerkte ich, dass sie den Mund zu einem kleinen Lächeln verzog. Sie legte die Zeitung beiseite, machte einen Schritt auf mich zu und nahm meine Hände in ihre. Widerstrebend ließ ich sie gewähren. Mit ernster Miene sah sie mich an.

»Ich habe erst mit dem Gedanken gespielt, ihn zu töten. Dann wieder dachte ich mir, er soll genauso leiden wie ich. Ich wollte ihm das Liebste nehmen.« Sie holte tief Luft, stieß sie geräuschvoll wieder aus. »Ich habe ihn beobachtet, bin seiner Frau gefolgt, habe mich an die Tochter rangemacht. Ich habe tausend Pläne geschmiedet, wie ich es am besten bewerkstellige. Und alle wieder verworfen. Aber das hier«, sie betonte die letzten drei Worte mit besonderem Nachdruck und nickte kurz zum Sofa, wo sie die Zeitung abgelegt hatte, »war ich nicht.« Sie sah mir fest in die Augen, hielt meinem zweifelnden Blick stand. »Außerdem«, wieder erhellte für den Bruchteil einer Sekunde ein kleines, fast triumphierendes Lächeln ihre Gesichtszüge, »ist das Mädchen auf dem Foto nicht seine Tochter.«

»Nicht seine Tochter?«, wiederholte ich ungläubig.

Grit schüttelte den Kopf. »Nein.«

Sie setzte sich auf das Sofa und sah mich unverwandt an. Ich senkte unter ihrem traurigen Blick die Augen, kam mir mit einem Mal schlecht vor. Wie hatte ich nur auf so eine Idee kommen können?

»Hast du mich bei der Polizei angezeigt?«, fragte Grit unvermittelt.

Ich sah zu Boden, presste die Lippen zusammen und nickte stumm mit dem Kopf.

»Ich bin dir nicht böse«, sagte Grit. Überrascht sah ich auf. »Ich kann sogar verstehen, warum du es getan hast. Du wolltest mich vor einer großen Dummheit bewahren. Schön, dass du da bist, ich habe dich so vermisst.« Mit einem liebevollen Blick schaute sie mich an.

Ich öffnete den Mund, wollte sagen: »Ich dich doch auch«. Aber da war etwas in ihren Augen, das mich zurückhielt. Der liebevolle Ausdruck erschien mir aufgesetzt. Ich glaubte, dahinter etwas anderes wahrzunehmen. Etwas Kaltes, Berechnendes. Mir drängte sich die Frage auf, warum sie sich dann nicht bei mir gemeldet hatte, wenn sie mir nichts nachtrug. Schuldbewusst wich ich Grits Blick aus und knetete nervös meine Hände.

Ich war erleichtert, dass ich mich geirrt hatte. Dennoch blieb mein Misstrauen ihr gegenüber. Natürlich konnte ich ihren Hass auf diesen Mann verstehen. Konnte sogar nachvollziehen, dass sie ihm den Tod wünschte. Vor allem, nachdem er vor Gericht so glimpflich davongekommen war. Die Vorstellung, dass er sein Leben weiterleben konnte, als wäre das alles nicht geschehen, nagte an ihr. Zermürbte sie.

In meinem Hinterkopf meldete sich eine leise Stimme, kaum hörbar. Sie flüsterte: *Bist du dir da so sicher, dass man mit so einer Schuld weiterleben kann wie bisher? Als wäre nichts geschehen? Sieh dich doch selbst an. Du trägst heute noch schwer an der Bürde deiner Schuld, obwohl seit dem Unfalltod von Kati viele Jahre vergangen sind. Diese Schuld wird dich dein Leben lang begleiten. Warum sollte es ihm anders ergehen?*

Grits Stimme riss mich aus meinen trüben Gedanken. »Ich muss dir etwas beichten«, sagte sie zerknirscht. »Ich habe, glaube ich, etwas sehr, sehr Dummes getan.«

34

Jakobs Erleichterung, dass es sich bei dem toten Mädchen nicht um Mia handelte, wich allmählich einem Gefühl des grenzenlosen Entsetzens. Es war das vierte tote Kind, das er im Verlauf weniger Stunden gefunden hatte. Das konnte kein Zufall sein. Wie die anderen Kinder war sie offensichtlich nicht hier gestorben. Sonst wäre der Boden blutdurchtränkt. Etwas fehlte allerdings noch.

Jakob sah sich suchend um. Und tatsächlich. Nur einen Steinwurf entfernt entdeckte er die Geige im nassen Gras. Das dunkle Holz schimmerte im Licht des Mondes wie frisch poliert. Der Bogen steckte dicht daneben in der Erde, neigte sich über das Musikinstrument, als müsse er darüber wachen. Langsam humpelte Jakob darauf zu. Das Bündel, das im Schatten eines Buschwerks mit dem Erdboden verschmolzen schien, bemerkte er erst, als er direkt davor stand. Kleidung, die jemand unter dem Strauch abgelegt hatte, dachte er unsinnigerweise im ersten Moment. Dann fiel ihm auf, dass ein Ärmel der Jacke an den Nahtstellen zur Schulter hin zerfetzt war, als hätte ihn jemand mit roher Gewalt herausgerissen. Dort, wo eigentlich der Arm sein sollte, war nichts. Jakobs Blick glitt über das vermeintliche Kleiderbündel. Nur langsam dämmerte ihm, worum es sich wirklich handelte. Um den zerstümmelten Rumpf eines Menschen.

Zum Glück kein Kind, schoss es Jakob durch den Kopf. Gleichzeitig schämte er sich für diesen Gedanken. Als sei der Mord an einem Erwachsenen weniger grausam als der an einem Kind. Fassungslos betrachtete er den entsetzlich zugerichteten Torso, der vor ihm auf der Erde lag. Nicht nur ein Arm, auch der Kopf fehlte. Es sah aus, als wäre er direkt über dem Kehlkopf vom Körper geplatzt. Das linke Bein war knapp über dem Kniegelenk, das andere im Hüftgelenk vom Körper abgerissen worden. Aus den zerfetzten Wundrändern wanden sich durchtrennte Adern und Sehnen wie Würmer aus dem Inneren. All das registrierte Jakobs Verstand binnen weniger Sekunden. Die Reaktion seines Körpers setzte mit Verzögerung ein. Sein Magen hob sich. Säure schoss ihm die Kehle hoch. Jakob würgte, schaffte es gerade noch, zwei Schritte zur Seite zu stolpern, dann erbrach er sich, bis er nur noch bittere Gallenflüssigkeit spuckte. Er wischte sich fahrig über den Mund, verharrte, die Hände auf die Oberschenkel gestützt, schwer atmend in gebeugter Haltung.

Als er wieder aufschaute, blickte er in zwei dunkle Augen, die ihn bösartig fixierten. Jakob stieß einen Schrei aus, machte reflexartig einen Schritt nach hinten und stolperte über ein Hindernis auf dem Boden. Er ruderte mit den Armen, schaffte es aber nicht, sein Gleichgewicht zu halten. Er fiel nach hinten, landete auf dem Rücken und stieß sich den Kopf an einem harten Gegenstand. Doch er spürte den Schmerz kaum. Schnell richtete er sich in eine sitzende Position auf und starrte wie gebannt auf den Kopf vor ihm, der auf einem Baumstumpf aufgespitzt war und ihn aus der Entfernung zu beobachten schien. Es war der Kopf eines Mannes, der seltsamerweise unversehrt schien.

Jakob atmete tief durch. Nichts wie weg hier, war sein erster klarer Gedanke. Langsam, ohne den körperlosen Kopf aus den Augen zu lassen, rappelte er sich vom Boden hoch. Vor seinen Füßen, zwischen den niedergedrückten Grashalmen, entdeckte er das Hindernis, das ihn zu Fall gebracht hatte. Jakob streifte es mit einem schnellen Blick. Er erkannte sofort, worum es sich handelte. Wieder würgte er an der Magensäure. Vor ihm lag das Bein des Mannes, bis zum zerfetzten Oberschenkel in ein Jeanshosenbein gehüllt, der Fuß steckte in einem weißen Turnschuh.

Jakobs Blick flog über die Lichtung. Ein schwerer Geruch nach Verwesung, den er bislang nicht wahrgenommen hatte, nahm ihm den Atem. Mit einem Mal hatte er den Eindruck, dass ihn aus der Dunkelheit tausend Augen anstarrten. Die Geräusche der Nacht verdichteten sich zu einem Raunen, das immer eindringlicher wurde und ihn von allen Seiten umschloss.

Schuld bist du, flüsterten die Stimmen in einem wiederkehrenden Kanon. Von überallher krochen die gewisperten Worte auf ihn zu. Wie kleine unsichtbare Wesen bohrten sie sich in seine Gehörgänge, steigerten sich zu einem hämmernden Stakkato, aus dem Jakob nur noch ein Wort deutlich herausfiltern konnte. *Schuld!*

Das Wort pulste in einer Endlosschleife durch seinen Kopf.

Schuld. Schuld. Schuld.

Schuld bist du.

Mit einem lauten Aufschrei hielt Jakob sich beide Ohren zu und flüchtete Hals über Kopf, so schnell sein geschundener Körper es zuließ, in den nahen Wald. Instinktiv fand er den Weg zurück. Völlig zerkratzt und schweißgebadet kam er auf dem Vorplatz seines zerstörten Hauses an. Seine Lunge brannte, sein Atem ging rasselnd. Er war so mit den Nerven am Ende, dass er erst mit Verspätung registrierte, dass Tamaras Wagen wieder vorm Haus parkte.

Aus dem Schatten löste sich eine dunkle Gestalt und kam mit großen Schritten auf ihn zugeeilt. Sofort ging Jakob in Angriffsposition. Er hob die Arme, bereit sich mit seinen Fäusten zur Wehr zu setzen.

»Mann, Jakob«, sagte Tamara, eine Mischung aus Missbilligung und Besorgnis in der Stimme. »Wo hast du denn gesteckt?«

Jakob ließ die Arme sinken. Dasselbe könnte er sie fragen. Aber das hatte Zeit bis später. Jetzt gab es Wichtigeres zu tun. »Wir müssen die Polizei verständigen«, keuchte er.

»Wieso? Was ist passiert?«

»Da im Wald«, Jakob wies hinter sich, »sind zwei Leichen.« Tamara trat einen Schritt näher. »Kinder?« Sie hob die Augenbrauen.

Jakob hörte deutlich den skeptischen Unterton in ihrer Stimme, die ihm merkwürdig unterkühlt vorkam. Er zwang sich, ruhig zu bleiben. »Ein kleines Mädchen und ein Mann«, antwortete er. »Beziehungsweise das, was von ihm übrig ist.«

Tamara räusperte sich. »Jakob, sei mir bitte nicht böse. Aber bevor ich die Polizei verständige, möchte ich mich mit eigenen Augen davon überzeugen –«

»Du glaubst mir nicht«, fiel Jakob ihr ins Wort und strich sich das verschwitzte Haar aus der Stirn.

»Nein. Ich glaube dir nicht«, bestätigte Tamara. »Ich fürchte, dass du unter Zwangsvorstellungen leidest und dir einbildest, Dinge zu sehen, die nicht existent sind.«

Jakob schluckte schwer. Er zog die Unterlippe zwischen seine Zähne und kaute darauf herum. Es machte ihm zu schaffen, dass Tamara ihn für unzurechnungsfähig hielt. Denn nichts anderes steckte hinter ihrem Statement. Er würde ihr beweisen müssen, dass sie sich irrte.

»Okay«, sagte er mit fester Stimme. »Dann komm mit!«

»Schaffst du das denn?«, fragte Tamara. »Du siehst«, sie musterte ihn von oben bis unten, »ehrlich gesagt, mehr als beschissen aus. Völlig zerkratzt und voller Blut.«

»Es ist nicht weit«, beharrte Jakob. »Komm! Bringen wir es hinter uns.«

35

Jakob ging voran. Der Mond schien mittlerweile so hell, dass er die Taschenlampe nicht mehr brauchte. Er stopfte sie in die Jackentasche zurück. Den matschigen Pfad an der Wiese vorbei zu finden war kein Problem. Nur – wo waren die Spuren geblieben, denen er in den Wald gefolgt war? Auch seine eigenen Fußabdrücke konnte er auf dem schmalen Weg nicht mehr ausmachen. Hatte der Regen die Spuren verwischt? Hatte es denn geregnet? Jakob war sich nicht sicher. Er schien jegliches Gefühl für seine Umgebung verloren zu haben. Verunsichert verlangsamte er seine Schritte.

»Stimmt was nicht?«, fragte Tamara, die dicht hinter ihm lief.

Jakob schüttelte den Kopf. »Nein, nein. Alles in Ordnung«, behauptete er und schritt weiter auf den Wald zu. Die Lichtung war nicht allzu weit entfernt. Er würde sie ohne große Probleme finden. Er hatte ja auch wieder zurückgefunden. Er bahnte sich mit beiden Händen einen Weg durch das Gestrüpp in den Wald hinein. Sein Körper war so mit Adrenalin vollgepumpt, dass er keinerlei Schmerzen verspürte.

»Nicht so schnell«, keuchte Tamara hinter ihm.

Jakob hörte nicht auf sie. Verbissen kämpfte er sich zwischen den eng stehenden Kiefern durchs Unterholz. Die Lichtung müsste sich jeden Augenblick vor seinen Augen auftun. Aber wohin er auch blickte, er sah nur die dünnen, hohen Stämme der Bäume. War er irgendwo abgebogen? Seiner Erinnerung nach war er immer geradeaus gelaufen. Er verlangsamte seine Schritte, verharrte auf der Stelle. Tamara schloss zu ihm auf.

»Sind wir bald da?«, fragte sie etwas atemlos.

»Ja«, behauptete Jakob. »Gleich da vorne muss es irgendwo sein.« Er wies mit der Hand vage in die Richtung, wo er die Lichtung vermutete, und lief weiter. Tamara blieb ihm dicht auf den Fersen. Ihre Turnschuhe machten auf dem weichen, feuchten Waldboden schmatzende Geräusche. Der modrige Geruch wurde intensiver. Süßlicher Verwesungsgestank mischte sich darunter. Hier war er richtig. Jakob atmete flacher, hastete weiter.

Plötzlich wurde es mit einem Schlag dunkel. Jakob verlangsamte seine Schritte und richtete den Blick nach oben. Durch eine Lücke zwischen den Baumkronen machte er eine schwarze Wolke aus. Der Mond hatte sich offenbar gerade dahinter verkrochen. Jakob stoppte, fummelte die Taschenlampe aus der Jackentasche und knipste sie an. Das Licht flackerte kurz auf, ging dann wieder aus.

»Shit«, fluchte Jakob. Er machte die Taschenlampe aus, wieder an. Nichts. Er schüttelte sie. Knipste sie an, aus. Es nützte nichts. Die Batterien waren leer. Genervt ließ Jakob sie in seine Jackentasche zurückgleiten.

»Sollen wir nicht umkehren?«, fragte Tamara. »Entweder du findest die Stelle nicht mehr oder –« Sie ließ den Satz unbeendet in der Luft hängen.

»Sag es ruhig«, knurrte Jakob gereizt.

»Sie existiert nur in deiner Einbildung.« Tamara legte ihm eine Hand auf die Schulter. »Ich weiß nicht, was mit dir los ist«, sagte sie. »Aber ich mache mir Sorgen um dich. Große Sorgen.«

Jakob hörte deutlich das Mitleid in ihrer Stimme und spürte, wie er sich verkrampfte. »Was soll mit mir los sein?«, begehrte er auf.

Tamara zuckte hilflos mit den Schultern. »Wenn ich das wüsste, könnte ich dir ja vielleicht helfen.«

Jakob ließ ihre Bemerkung unkommentiert. Er wollte ihr auf Teufel komm raus beweisen, dass sie unrecht hatte. Die Leichen mussten irgendwo hier ganz in der Nähe sein. Er hatte sie schließlich mit eigenen Augen gesehen.

Ja, und das tote Mädchen hast du für Mia gehalten. Er verdrängte den Gedanken schnell wieder, kniff die Augen zusammen und versuchte im tiefen Grau der Dunkelheit etwas zu erkennen. Flackerte da vorne ein Licht? Huschte da nicht ein heller Schatten durchs Unterholz?

»Da ist wer«, rief er Tamara über die Schulter zu.

»Wo? Ich habe nichts gesehen.«

Tamaras ungläubigen Ruf in den Ohren, preschte Jakob durch das dichte Gestrüpp voran. Die Bäume stellten sich ihm wie finstere Gestalten in den Weg. Er musste höllisch aufpassen, dass er in der Dunkelheit nicht gegen einen Baumstamm rannte. Und dann – ganz abrupt – war der Wald zu Ende. Jakob kletterte unter Zuhilfenahme beider Hände eine kleine, steile Böschung hoch und fand sich auf einer schlecht beleuchteten Landstraße wieder. Ungläubig starrte er dem Auto hinterher, das genau in diesem Moment wie aus dem Nichts auftauchte und mit überhöhter Geschwindigkeit und aufgeblendeten Scheinwerfern an ihm vorbeischoss.

Er verstand gar nichts mehr. Wo war die Lichtung geblieben? Sie müsste genau hier, an dieser Stelle sein. Er drehte sich um. Tamara quälte sich gerade die Böschung hinauf. Jakob beugte sich vor und streckte ihr seine unverletzte Hand hin. Er bemerkte, dass sie kurz zögerte, bevor sie sie ergriff und sich von ihm hochhelfen ließ. Schwer atmend blieb sie neben ihm am Straßenrand stehen. In ihren Haaren hatte sich ein nasses Blatt verfangen, über ihre linke Wange zog sich eine Schramme bis zum Mundwinkel hinunter.

»Du hast dich verletzt«, sagte Jakob und zeigte mit dem Zeigefinger auf ihr Gesicht. Gleichzeitig zupfte er das Blatt aus ihrem Haar. Tamara ließ es geschehen, wischte sich mit der Handfläche fahrig über den Kratzer auf ihrer Wange.

»Nun sag's schon«, forderte Jakob sie auf.

Tamara schüttelte nur stumm den Kopf. »Lass uns zurück zum Wagen gehen«, sagte sie und vermied es, wie es Jakob schien, ihn dabei anzusehen. Ohne seine Reaktion abzuwarten, setzte sie sich in Bewegung.

Jakob folgte ihr schweigend. In seinem Kopf herrschte ein wirbelndes Chaos aus Gedanken und Gefühlen, die er auf keinen gemeinsamen Nenner bringen konnte. Er konnte verstehen, dass Tamara an seiner Wahrnehmungsfähigkeit Zweifel hatte. Aber er wusste, was er gesehen hatte. Er wusste, dass er nicht unzurechnungsfähig war. Immer mehr gewann er den Eindruck, dass jemand ein falsches Spiel mit ihm spielte. Die Frage war: Wer? Und warum? Schon an dem Punkt kam er nicht weiter. Er zermarterte sein Hirn nach jemandem, dem er auf die Füße getreten war. Privat? Er hatte sich mit keinem überworfen, hatte keine Affäre, schuldete niemandem Geld. Beruflich? Auch da fiel ihm niemand ein.

Mit gesenktem Kopf trottete Jakob hinter Tamara her und versuchte vergeblich zu begreifen, was ihm widerfuhr und warum sein Leben innerhalb weniger Stunden so aus den Fugen geraten konnte.

36

Grit schob ihre Hände unter die Oberschenkel, zog die Schultern hoch und wippte mit dem Oberkörper rhythmisch vor und zurück. Sie ließ sich Zeit mit ihrer Beichte. Ich zähmte meine Ungeduld und gestand ihr die Zeit zu, die sie offensichtlich brauchte. Grit holte tief Luft. Dann sagte sie: »Ich habe seiner Frau einen Brief geschrieben.«

»Einen Brief«, wiederholte ich verständnislos.

Sie lächelte verlegen und kratzte sich ausführlich hinterm Ohr. Ich war mit meiner Geduld kurz vorm Ende. Am liebsten hätte ich sie geschüttelt und geschrien: »Jetzt rede endlich!«

»Keinen richtigen Brief«, räumte sie ein. »Nur die Namen und ein Satz –« Sie stockte und warf mir einen schuldbewussten Blick zu. Sie schloss die Augen, fing an zu rezitieren, als würde sie ein Gedicht vortragen: »Ich werde euer Leben auslöschen. So, wie er unser Leben ausgelöscht hat.«

Ich schluckte. »Das hast du geschrieben?«

Grit hob beide Schultern und senkte schnell den Kopf. Aber mir war, als hätte ich ein verräterisches Funkeln in ihren Augen aufblitzen gesehen. Ganz kurz nur, sodass ich mir nicht sicher war, ob ich es mir nicht eingebildet hatte.

»Kurz danach ist seine Frau mit der kleinen Tochter ausgezogen«, sagte sie. Jetzt war der triumphierende Unterton in ihrer Stimme nicht mehr zu überhören. Grit presste die

Lippen fest aufeinander, als wollte sie ein Lächeln unterdrücken.

»Du glaubst, dein Brief war der Grund?«

»Vielleicht nicht direkt«, sagte Grit. »Aber es hat ihre Entscheidung sicher beeinflusst.«

»Woher willst du das wissen?«, fragte ich.

Grit wand sich, druckste herum. »Ich nehme es an«, behauptete sie.

Jetzt riss mir endgültig der Geduldsfaden. »Grit, hör auf rumzulavieren«, herrschte ich sie an. »Sag mir endlich die Wahrheit. Was hast du noch alles getan?«

Natürlich fing sie sofort an zu weinen. Doch statt wie üblich weich zu werden, machten mich ihre Tränen nur noch wütender. Ich verschränkte die Arme und wartete ungerührt, bis die Tränenflut versiegt war. Wie erwartet, dauerte es nicht lange, als Grit merkte, dass ihre Tränen nicht die gewünschte Wirkung erzielten. Sie schniefte, zog die Nase hoch und wischte sich über die feuchten Wangen.

»Ich muss mal«, sagte sie mit kläglicher Stimme. Unsicher wie eine zerbrechliche Greisin erhob sie sich von der Couch und tappte auf wackligen Beinen aus dem Zimmer.

Ich konnte mich irren, aber mein Gefühl sagte mir, dass sie mir Theater vorspielte. Warum hatte sie mir das mit dem Brief erzählt? Das ergab doch keinen Sinn. Oder wollte sie damit andeuten, dass ihr das als Rache genügte? Die Familie entzweit zu haben. Eine leise Hoffnung, dass jetzt alles wieder gut werden würde, regte sich in mir.

Gleichzeitig fiel mir ein, dass sie mit keinem Wort erwähnt hatte, dass die Polizei die Waffe beschlagnahmt hatte. Wenn sie zurückkam, würde ich sie direkt darauf ansprechen. Ich musste mir Gewissheit verschaffen, dass sie ihre Rachepläne tatsächlich endgültig aufgegeben hatte. Nur wenn sie mir das zusicherte, sah ich noch eine Chance für unsere Freundschaft.

Und was, wenn nicht? Ging es überhaupt noch um unsere Freundschaft? Ging es nicht längst um etwas anderes? Die Fragen drängten sich mit aller Macht aus einer Ecke meines Unterbewusstseins in den Vordergrund. Ich seufzte, griff nach der Wasserflasche, die auf dem Tisch stand, und trank einen großen Schluck daraus.

Grit blieb lange weg. Ich war kurz davor, nach ihr zu sehen, da rauschte im Hintergrund die Klospülung. Ihre Schritte hörte ich erst, als sie direkt hinter mir war. Ich fühlte einen Lufthauch dicht neben meinem Ohr, keine Sekunde später traf mich ein heftiger Schlag gegen die Schläfe. Der Schmerz kam mit Verzögerung, schoss mir wie Feuer unter die Schädeldecke. Ich wollte mich aufrichten, umdrehen, da traf mich ein zweiter Schlag auf den Hinterkopf. Kurz erhaschte ich einen Blick auf Grits verbissenes Gesicht. Auf die Waffe in ihren Händen.

Also doch, dachte ich. Dann explodierten rote Blitze vor meinen Augen, als hätte ich zu lange in die pralle Sonne gesehen, und alles um mich herum versank in Finsternis.

Sie will dich umbringen, war mein letzter, entsetzter Gedanke.

Als ich wieder zu mir kam, lag ich zur Seite gekippt auf dem Sofa, die Arme um meinen Oberkörper geschlungen, und zitterte vor Kälte. Unter meiner Schädeldecke wütete ein kreischender Schmerz. Stöhnend richtete ich mich auf, fasste mir an den Hinterkopf. Meine Haare waren verklebt, meine Fingerspitzen voller Blut.

Inzwischen war es dunkel geworden. Die Laterne vor dem Haus erhellte mit ihrem orangefarbenen Licht den Raum nur notdürftig. Ich schaute auf meine Armbanduhr.

Es war bereits früher Abend. Ich musste eine ganze Weile bewusstlos gewesen sein.

Benommen wankte ich ins Bad, wusch mir die Hände und presste das Handtuch auf die Wunde. Im Schrank unter dem Waschbecken fand ich eine Blechschachtel mit Pflasterzuschnitten. Ich versorgte die Wunde notdürftig, dann durchstöberte ich den Medikamentenschrank nach Schmerztabletten. Ich würgte eine, zwei und – nach kurzem Zögern – eine dritte Tablette trocken hinunter. Dann ließ ich das Wasser laufen und trank die kühle Flüssigkeit aus der hohlen Hand.

Danach fühlte ich mich etwas besser. Jedenfalls setzte mein Verstand wieder ein. Warum hatte Grit mich niedergeschlagen? Es musste einen Grund dafür geben. Das hatte sie nicht getan, weil sie wegen der Anzeige bei der Polizei wütend auf mich war. Mir fiel ein, dass sie mir im Mantel die Tür geöffnet hatte. Demnach war sie auf dem Sprung gewesen, wollte weg. Wohin? Ich konnte noch immer nicht klar denken, die Schmerzen tobten wie brüllende Monster durch meinen Kopf. Ich sank auf den Hocker neben der Badewanne, presste beide Hände gegen die Schläfen und versuchte Ordnung in meine Gedanken zu bringen.

Bei meiner Ankunft hatte das Garagentor offen gestanden und Grits alter cremefarbener Mercedes vorm Haus geparkt. Ich eilte in die Küche, hob den Vorhang und spähte nach draußen. Der Mercedes war weg. Sie hatte ihn nach Jennys Tod nicht mehr gefahren. Wollte ihn sogar verkaufen. Ich hatte ihr geraten, erst mal abzuwarten. Doch das half mir jetzt auch nicht weiter. Ich musste wissen, wohin sie gefahren war.

Nachdenklich ging ich ins Wohnzimmer zurück, ließ meinen Blick durch den Raum schweifen. Unter dem großen Erkerfenster neben der Zimmerlinde stand der alte Sekretär aus Nussbaumholz, den Grit von ihrer Großmutter geerbt hatte. Hier saß sie manchmal abends und schrieb in ihr Tagebuch. Ich durchwühlte sämtliche Schubladen, auch die geheime, die sich hinter der Intarsienverzierung unter dem kunstvoll verschnörkelten Aufsatz verbarg. Nichts. Verdammt, wo könnte das Buch sein?

Ich lief in Grits Schlafzimmer, durchsuchte die Nachttischschublade, die Kommode, die Schränke, sank neben dem Bett auf die Knie und entdeckte darunter nichts bis auf ein paar Staubmäuse. Sogar die Matratze hob ich an. Auch da war es nicht. Schwer atmend richtete ich mich wieder auf. Wo konnte das verdammte Tagebuch denn noch sein?

Das Musikzimmer. Mit großen Schritten durchquerte ich das Wohnzimmer, zerrte die Schiebetür zu dem anschließenden Raum auf. Das in rotes Leder eingebundene Büchlein lag aufgeschlagen auf dem zugeklappten Flügel, als wäre Grit beim Lesen darin gestört worden und hätte es achtlos beiseitegelegt. Unwillkürlich stieß ich einen Seufzer der Erleichterung aus.

Ich nahm das Tagebuch vom Flügel, eine Handvoll Fotos fiel zu Boden. Ich bückte mich, hob sie auf. Schnappschüsse.

Ihn erkannte ich sofort. Das kleine Mädchen an seiner Seite müsste die Tochter sein. Sie sah dem ermordeten Mädchen aus der Zeitung tatsächlich nicht ähnlich. Für einen Moment erfüllte mich das mit einem Gefühl der Erleichterung. Auf einem anderen Foto war ein Mann mit einer dunkelhaarigen Frau zu sehen. Auf der Rückseite stand: *seine Frau und sein bester Freund.*

Ich begann zu lesen. Mein Entsetzen wuchs mit jeder Zeile, die Grit geschrieben hatte. Sie schien die Familie schon seit geraumer Zeit zu beobachten, hatte akribisch Buch geführt über jeden von ihnen. Wann wer das Haus verließ, wann sie zurückkehrten. Von allen hatte sie eine Art Profil angelegt. Sie hatte sich mit seinem Freund angefreundet, sich offenbar mehrmals mit ihm in einer Kneipe getroffen.

Wie hatte sie das hinter meinem Rücken geschafft? Wieso hatte ich davon nichts mitbekommen? Wir waren doch gerade in der letzten Zeit ständig zusammen gewesen. Mir fiel ein, dass sie manchmal für Stunden verschwunden war, auf meine Nachfrage, wo sie gesteckt hätte, nur ausweichend geantwortet hatte. Vermutlich hatte sie vieles schon eingefädelt, bevor ich zu ihr gezogen war.

Ich setzte mich auf den Hocker vor dem Flügel und ließ das Tagebuch auf den Schoß sinken. Sie hatte sich das Vertrauen dieser Menschen erschlichen, um – Ja, um was zu tun? Wenn ich das konkret wüsste, könnte ich handeln. Die Polizei informieren oder sie aufhalten. Irgendwas.

Mir war zum Heulen zumute.

Ich hatte auf Grit aufpassen, ihr Halt geben, ihr zur Seite stehen wollen. Nichts davon war mir gelungen. Ich hatte sie alleingelassen. Wie damals Kati.

Abrupt stand ich auf. Das Tagebuch rutschte von meinem Schoß und fiel zu Boden. Ein linierter Zettel flatterte heraus. Ich bückte mich danach und hob ihn auf. Grit hatte darauf eine Adresse notiert und das Datum von heute dazugeschrieben, es zweimal dick unterstrichen. Ich überlegte nicht lange. Ich schnappte mir das Tagebuch, steckte den Zettel mit der Adresse in die Hosentasche, riss meine Jacke und den Rucksack vom Boden in der Diele hoch und stürmte aus dem Haus.

37

Tamara zog die Schiebetür zum Innenraum des Kastenwagens mit einem kräftigen Ruck auf. Sie bückte sich unter dem Türrahmen hindurch ins Innere, wandte sich dann nach Jakob um, der abwartend draußen stehen geblieben war und die Trümmer seines zusammengestürzten Hauses mit einem Gefühl von Wehmut betrachtete. Die Ruine erschien ihm mit einem Mal als Sinnbild für sein gesamtes Dasein. Alles war auseinandergebrochen, nichts war mehr so, wie es einmal gewesen war. Wie sollte er die einzelnen Teile jemals wieder zusammenfügen? Unwillkürlich stieß er einen tiefen Seufzer aus.

»Jakob?« Tamaras Stimme riss ihn aus seinen quälerischen Gedanken. »Komm rein«, forderte sie ihn auf. »Ich verbinde erst mal dein Bein. Du blutest ziemlich.«

Jakob schaute an sich runter. Das linke Hosenbein war blutdurchtränkt. Komischerweise hatte er keinerlei Schmerzempfinden. Er fühlte sich zwar bis zur Grenze des Ertragbaren erschöpft, aber nichts tat ihm mehr weh. Auch die Hand und das Gelenk schmerzten nicht mehr, wie ihm jetzt erst bewusst wurde. Er befand sich in einem angenehmen, fast schwerelosen Zustand. Merkwürdig, dachte er und kletterte zu Tamara in den Wagen. Als wäre der körperliche Schmerz aufgrund der Stresssituation als unpassend abgeschaltet und stattdessen tonnenweise Endorphine ausgeschüttet worden, um ihn in einem, wenn auch trügerischen

Wohlgefühl zu wiegen. Jakob schloss die Schiebetür, damit der Innenraum nicht noch mehr auskühlte.

»Setz dich.« Tamara blies warme Atemluft in ihre Hände und deutete auf die Bank im hinteren Teil. Sie öffnete die Klappe des Hängeschrankes neben dem zweiflammigen Gasherd und nahm den Verbandskasten heraus.

Jakob rutschte ganz nach hinten, lehnte sich an die Rückwand und hob das verletzte Bein auf das dünne Polster, das auf der Bank lag. Schweigend schnitt Tamara mit der Schere durch den Stoff der Hose und versorgte die Wunde mit einer Professionalität, die Jakob erstaunte.

»Hast du in der Zwischenzeit eine Ausbildung als Krankenschwester gemacht?«

Ohne hochzusehen, sagte Tamara: »Da, wo ich mich die letzten Jahre aufgehalten habe, lernt man das irgendwann. Das gehört zum Überleben dazu.«

»Entschuldige«, sagte Jakob. »Ich wollte nicht –«

Tamara winkte ab. »Lass gut sein. Sag mir lieber, wie es jetzt weitergehen soll.«

Jakob zuckte hilflos mit den Schultern. »Am liebsten würde ich mich irgendwo verkriechen«, sagte er. »Abwarten, bis dieser Albtraum endlich ein Ende hat. Aber das geht leider nicht. Ich muss Mia finden.«

»Und Anne«, fügte Tamara hinzu.

»Und Anne«, bestätigte Jakob.

»Fertig.« Tamara verstaute den Verbandskasten wieder sorgfältig in dem Hängeschrank. »Jakob«, sagte sie und stockte kurz. »Irgendetwas stimmt hier nicht. Und ich werde das Gefühl nicht los, es hat etwas mit dir zu tun.«

»Natürlich hat es mit mir zu tun«, entgegnete Jakob müde und setzte sich wieder aufrecht hin. »Mit wem sonst?«

»So meine ich das nicht«, sagte Tamara. »Ich befürchte, dass du den Bezug zur Realität –«

»Schon gut«, fiel ihr Jakob ins Wort. »Ich weiß, was du sagen willst. Du musst dich nicht wiederholen.« Er erhob sich. »Es ist wohl besser, wenn unsere Wege sich hier wieder trennen.«

Tamara legte ihm eine Hand auf den Arm. »Jakob, warte. Bitte. Es hilft uns nicht weiter, wenn du jetzt gekränkt reagierst.«

»Versetz dich doch mal in meine Lage.« Jakob wandte sich ihr zu. »Seit ich aus Vietnam zurück bin, habe ich das Gefühl, in einem falschen Film gelandet zu sein. Und jetzt kommst du daher und zweifelst auch noch an meinem Verstand.«

»Ich zweifele nicht an deinem Verstand«, widersprach Tamara. »Es ist nur –« Sie brach den Satz ab und hob hilflos die Schultern.

»Siehst du«, sagte Jakob und verzog die Lippen zu einem resignierten Lächeln.

Das Klingeln eines Handys ersparte Tamara die Antwort. Jakobs Hand fuhr wie elektrisiert in die Innentasche seiner Jacke. Das Display zeigte an, dass die Rufnummer unterdrückt war. Er zögerte, nahm das Gespräch dann aber an. »Ja?«

»Spreche ich mit Jakob Auerbach?«

Eine Frauenstimme. Tonlos, fast ein Flüstern.

Jakob kam die Stimme vage vertraut vor, aber auf die Schnelle erschloss sich ihm nicht, woher er sie kannte.

»Es geht um Mia«, sagte die Frau und schob, »Ihre Tochter« hinterher, als müsste sie ihm das in Erinnerung rufen.

»Was ist mit ihr?« Jakob umklammerte das Mobilgerät. Er schrie fast. »Wer sind Sie? Was haben Sie mit ihr gemacht?«

»Wer ist dran?«, fragte Tamara erschrocken. Jakob wies sie mit einer abwehrenden Geste an, ruhig zu sein.

»Ich weiß, wo sie ist«, sagte die Frau, ohne auf Jakobs Fragen einzugehen.

»Dann sagen Sie es mir.« Jakob war so angespannt, dass sein Kiefer knackte. In der Leitung blieb es still. Er hielt das Gehäuse des Mobilgeräts fest an das Ohr gedrückt. Die Leitung war wie tot.

»Sind Sie noch dran?«, schrie er.

Dann vernahm er eine Stimme, deren Klang ihm durch und durch ging.

»Jakob, bitte komm«, wisperte Anne. »Schnell. Sie wird uns sonst –«

Jakob vernahm einen erstickten Laut, dann meldete sich die Anruferin wieder zu Wort. »Das genügt«, sagte sie.

»Was soll ich tun?«, fragte Jakob. »Los, reden Sie schon!« Tamara legte ihm eine Hand auf den Oberarm, als wollte sie ihn beruhigen.

Die Frau nannte ihm eine Adresse. Dann war es still in der Leitung, sie hatte aufgelegt.

»Was zu schreiben.« Jakob ließ das Handy sinken, stopfte es in die Jackentasche. »Schnell«, ergänzte er mit gehetzter Stimme.

Tamara sah ihn für den Bruchteil einer Sekunde ratlos an. Dann reagierte sie. Mit einem Handgriff öffnete sie eine Schublade und reichte ihm Block und Stift.

Jakob notierte die Adresse, die ihm die Frau genannt hatte.

»Wir müssen nach Berlin-Buch«, sagte er.

Dieses Mal reagierte Tamara sofort. Sie quetschte sich zwischen den beiden Sitzen durch und nahm auf der Fahrerseite Platz, Jakob tat es ihr gleich und kletterte auf den

Beifahrersitz. Keine fünf Sekunden später startete sie den Wagen.

»Wer war das?«, fragte sie, während sie schaltete. »Warum müssen wir nach Buch? Was ist los? Jakob, sprich mit mir.«

Jakob holte tief Luft. »Mein Verdacht hat sich bestätigt. Mia und Anne sind tatsächlich entführt worden«, sagte er mit tonloser Stimme. »Erst war eine Frau dran und dann Anne.« Mit beiden Händen fuhr er sich durchs Haar. »Sie hatte offensichtlich schreckliche Angst.«

Tamara zog scharf die Luft ein. »Hast du auch mit deiner Tochter sprechen können?«

Jakob schüttelte stumm den Kopf. Die Angst schnürte ihm die Kehle zu. Was war mit Lukas? Wie passte er ins Bild? War er auch ein Opfer? Oder hatte er etwas mit der Entführung der beiden zu tun?

»Ich frage mich gerade, wie Lukas da reinpasst«, sagte Tamara, als hätte sie Jakobs Gedanken gelesen. »Glaubst du, er hat etwas damit zu tun?«

Jakob hob in einer hilflosen Geste beide Hände. »Ich habe keine Ahnung«, sagte er. »Aber ich kann es mir, ehrlich gesagt, nicht vorstellen.« Jakob stockte. *Schließlich ist er mein bester Freund*, hatte er hinzufügen wollen. Aber da war ihm Lukas' merkwürdiges Verhalten am Telefon wieder in den Sinn gekommen. Er hatte aufgelegt, als er ihn gebeten hatte, Anne ans Telefon zu holen.

Der Wagen rumpelte über das Kopfsteinpflaster der Hauptstraße durch das wie ausgestorben wirkende Dorf. Ein paar Meter vor ihnen huschte eine Katze mit steil aufgerichtetem Schwanz über den Fahrweg, duckte sich unter dem Zaun hindurch und verschwand in einem der Vorgärten.

Jakob versuchte sich mit seinem Handy ins Internet einzuwählen. Er wollte die Adresse googeln, die die Frau ihm genannt hatte. Unvermittelt brach das Netz weg.

»Über die A10 müsste es am schnellsten gehen«, sagte er zu Tamara, ohne das Display aus den Augen zu lassen. »Fahr Richtung Birkenwerder und von dort auf die Autobahn.«

»Okay«, antwortete Tamara.

»Wieso krieg ich jetzt kein Netz mehr?«, murmelte er genervt. »Eben ging's doch noch.«

Tamara beschleunigte nach dem Ortsausgangsschild. Jakob wischte mit der freien Hand über die beschlagene Scheibe der Beifahrertür. Dichter, hoher Wald säumte den Straßenrand, reckte sich wie eine schwarze Mauer in den nachtdunklen Himmel. Außer ihrem war kein anderes Fahrzeug unterwegs. Die Scheinwerfer malten zwei helle Lichtstreifen auf den dunklen Asphalt.

Jakob warf einen Blick auf sein Handy – noch immer kein Netz – und steckte es weg. Verstohlen betrachtete er das Profil von Tamara, die konzentriert auf die Straße schaute. Mit einem Mal kam sie ihm fremd vor. Sie strahlte eine kühle Unnahbarkeit aus, die ihn unwillkürlich frösteln ließ. Jakob lehnte sich im Sitz zurück, schloss die Augen und rief sich selbst zur Räson. Offenbar verlor er allmählich jeglichen Bezug zur Realität. Erst zweifelte er an Lukas' Loyalität, jetzt ging er innerlich auf Distanz zu Tamara. Zu dem einzigen Menschen, der ihm in dieser Situation zur Seite stand. Ihm war wirklich nicht mehr zu helfen.

»Was hat die Frau denn nun konkret gesagt?«, unterbrach Tamara das ungute Schweigen, das zwischen ihnen lastete.

»Nur dass Anne und Mia in Buch sind«, sagte er.

»Verstehe.«

Jakob schluckte. Unvermittelt wallte Ärger in ihm hoch. »Was verstehst du?«, fuhr er Tamara an.

Sie zuckte zusammen, warf ihm einen irritierten Blick zu.

»Ich verstehe nämlich nichts«, sagte Jakob mit erhobener Stimme. »Wieso werde ich dahin bestellt? Müssten der oder die Entführer nicht erst eine Lösegeldforderung stellen? Und dann eine Geldübergabe ausmachen?«

»Stimmt«, konstatierte Tamara. »Da ist was dran.«

Jakob runzelte die Stirn. Irgendetwas stimmte nicht mit ihr. Das spürte er. Deshalb empfand er sie auch als kalt und abweisend. Er holte tief Luft. Dann platzte es aus ihm heraus. »Wo bist du gewesen?« Er wandte sich ihr zu, musterte sie herausfordernd von der Seite.

»Wie meinst du das jetzt?« Tamara klang überrascht.

»Vorhin, nachdem das Haus eingestürzt ist, da warst du plötzlich verschwunden.«

»Ach, das meinst du«, sagte Tamara leichthin. »Sorry, ich musste mal. Als ich wiederkam, warst du weg.«

»Dein Wagen hat eine Toilette. Hast du jedenfalls gesagt«, wandte Jakob ein.

Tamara warf ihm einen schnellen Blick von der Seite zu.

»Mein Gott, Jakob! Was soll das? Ich musste einfach mal frische Luft schnappen. Ein paar Schritte gehen. Ich hatte das Gefühl zu ersticken. Ein kleiner Panikanfall, wenn du's genau wissen willst.«

»Ich habe laut nach dir gerufen«, bohrte Jakob ungerührt weiter.

»Das habe ich nicht gehört.«

»Und dann bist du einfach gefahren?«, sagte Jakob. »Ohne mich.«

»Ja«, sagte sie. Jakob hörte die Ungeduld in ihrer Stimme. »Ich habe alles nach dir abgesucht, du warst weg. Ich dachte –« Sie brach ab.

»Was dachtest du? Sag schon.« Das kam schärfer heraus, als Jakob beabsichtigt hatte.

Tamara hob die Schultern. »Ich weiß auch nicht. Ich dachte, du hättest dich«, sie zögerte, »verdrückt.«

Jakob zog die Augenbrauen hoch. Das war das Dümmste, was er je gehört hatte. Tamara log. Da war er sich sicher. Aber er hatte keine Ahnung, warum sie ihn anlog. Es musste einen Grund dafür geben.

Welche Rolle spielte sie eigentlich in dieser Geschichte? Sie war wie aus dem Nichts plötzlich wieder in seinem Leben aufgetaucht und wich ihm seitdem nicht mehr von der Seite. Äußerlich schien sie kaum verändert, aber irgendetwas an ihr irritierte Jakob zusehends. Er konnte nicht benennen, was genau es war. Es war mehr so ein Gefühl, das sich immer mehr verstärkte. Sie erschien ihm so weit weg. Unerreichbar.

»Warum bist du dann wieder zurückgekommen?«, fragte er sie mit kalter Stimme.

Tamara seufzte laut. »Vielleicht, weil ich es nicht über mich gebracht habe, dich in dieser verfahrenen Situation alleinzulassen?«

Für einen kurzen Moment spürte Jakob so etwas wie Rührung in sich aufsteigen. Die Sorge um ihn hatte Tamara zur Rückkehr bewogen. Aber im gleichen Atemzug meldeten sich seine Zweifel zurück. War das wirklich der Grund gewesen? Wie er es auch drehte und wendete: Tatsache war, dass sein Leben seit Tamaras Auftauchen immer mehr aus den Fugen geriet. Steckte sie hinter all dem? Hatte sie das von langer Hand vorbereitet? Als späte Rache?

Jakob fror plötzlich.

38

Es war bereits dunkel, als ich die steile Treppe von der U-Bahn-Station nach oben eilte. Die Laternen gossen kaltes Licht auf den Bürgersteig. Ich roch den beißenden Brandgeruch, hörte das zerstörerische Wüten des Feuers, schon bevor ich in die Immanuelkirchstraße einbog. Ein Teil der Straße war großräumig abgesperrt. Aus dem Dachstuhl eines mehrstöckigen Hauses schlugen Flammen. Darüber plusterten sich schwarze Rauchgebilde auf, krochen über die Dächer der anliegenden Häuser. Die Feuerwehr blockierte mit mehreren Mannschaftswagen die Straße. Die Löscharbeiten waren in vollem Gange. Etwas abseits parkte ein Notarztwagen mit eingeschaltetem Warnlicht. Zwei Feuerwehrmänner mit Atemmasken und einer Trage, auf der jemand lag, eilten aus dem Haus. Auf dem Bürgersteig dem brennenden Haus gegenüber drängelte sich eine Menschentraube. Wahrscheinlich die Bewohner, die es selbst oder mithilfe meiner Kollegen noch rechtzeitig aus dem Haus geschafft hatten. Und natürlich jede Menge Schaulustige, die es insgeheim genossen, ein solches Unglück hautnah miterleben zu dürfen, ohne selbst davon betroffen zu sein. Gaffer, die sich geradezu suhlten im Unglück und im Leid anderer Menschen. Ein Adrenalinkick sondergleichen. Das bot Gesprächsstoff für mehrere Wochen inklusive wohlige Schauer bei der Erinnerung an diese aufregenden Momente. Angewidert beobachtete ich, wie einige der Gaffer das

Geschehen mit ihren Handys fotografierten oder filmten. Wahrscheinlich gab es jetzt schon auf Facebook die ersten Kommentare dazu.

Im Laufe meiner Jahre als Rettungssanitäterin hatte ich diese Sorte Mensch hassen gelernt. Viel zu oft hatte ich es erlebt, dass jemand das Handy zückte, statt zu helfen. Dass Rettungsarbeiten von einer sensationslüsternen Meute behindert wurden und aus dem Grund Schwerverletzten nicht mehr rechtzeitig geholfen werden konnte. Sie mussten wegen der Sensationsgier anderer sterben. Das machte mich immer wieder aufs Neue unsagbar wütend. Am liebsten wäre ich rübergegangen und hätte den Leuten meine Meinung zu ihrem Verhalten an den Kopf geworfen. Aber dafür hatte ich jetzt keine Zeit. Außerdem würde ich wahrscheinlich sowieso nur auf Unverständnis stoßen. Auch das wusste ich aus eigener Erfahrung. Ich ging näher ran, suchte mit den Augen nach der Hausnummer an der Fassade, während meine Hand gleichzeitig nach dem Zettel in der Hosentasche griff. Ich verglich die Nummern. Sie waren identisch.

Grit, was hast du getan?

Mein Magen sackte ins Bodenlose.

Etwas abseits entdeckte ich einen Kollegen, den ich kannte. Er sprach konzentriert in ein Funkgerät. Ich eilte auf ihn zu, fragte ihn, was hier passiert war. Er reagierte irritiert, wollte mich schon abkanzeln, da erkannte er mich und entschuldigte sich hastig. Ich winkte ab. Ich war seit Monaten krankgeschrieben, da konnte man schon mal in Vergessenheit geraten.

»Hallo«, sagte er. »Wie geht es dir?«

»Geht, danke der Nachfrage, Bernd«, antwortete ich und wiederholte ungeduldig meine Frage.

»Was genau passiert ist, wissen wir nicht. In einer der Dachgeschosswohnungen ist Feuer ausgebrochen. Die Kollegen haben einen Mann rausgeholt. Er hat eine schwere Rauchvergiftung.« Er wies mit dem Kinn Richtung Notarztwagen. »Warum fragst du?«

»Ein Freund von mir wohnt hier«, schwindelte ich.

Bernds Blick verriet Mitleid. Ich zog die Unterlippe zwischen die Zähne und senkte beschämt die Augen.

»Komm mit«, sagte Bernd und griff nach meinem Oberarm.

»Vielleicht ist er es ja gar nicht.«

Ich nickte, ließ mich stumm zu dem Krankenwagen führen. Die hinteren Türen standen weit offen. Ein Notarzt und ein Helfer kümmerten sich um den Mann auf der Liege. Bernd erklärte, wer ich war.

»Keine Angst, es besteht keine Lebensgefahr. Er wird durchkommen«, sagte der Helfer zu mir, nachdem ich einen kurzen Blick auf den Mann geworfen hatte.

Ich erkannte ihn sofort. Er war auf einem der Fotos, die ich in Grits Tagebuch gefunden hatte. *Sein bester Freund.* An den Namen erinnerte ich mich nicht mehr.

»War sonst noch jemand in der Wohnung?«, fragte ich. Bernd schüttelte den Kopf.

»Nein«, sagte er knapp und war schon wieder mit dem Funkgerät zugange.

»Dank dir«, sagte ich schnell und wandte mich zum Gehen.

»Wann kommst du wieder?«, rief er mir nach.

Ich drehte mich um, ein *bald* lag mir auf der Zunge, wollte mir aber nicht über die Lippen kommen. Ich zuckte mit den Schultern, hob die Hand zum Abschied und ging mit schnellen Schritten davon.

***

Ich bin so versunken in meine Geschichte, dass ich nur mit Mühe an den Ort zurückfinde, an dem ich tatsächlich bin. In das Zimmer im Krankenhaus. Zu dem Mann, an dessen Bett ich seit Stunden wache. Draußen vor dem Fenster beginnt die Dämmerung des Tages sich bereits gegen die Dunkelheit durchzusetzen. Während ich ihm meine Geschichte erzähle, die auch seine ist und die schon bald zu unserer gemeinsamen verschmelzen wird, hat sich vieles verschoben. Ich bin mir nicht mehr sicher, ob ich das Versprechen, das ich Grit in einem Moment der Schwäche oder besser der Unzurechnungsfähigkeit gegeben habe, wirklich einhalten kann. Ich bin mir nicht mehr sicher, was Recht und was Unrecht ist. Vielleicht kann man die Grenzen dazwischen so eindeutig gar nicht ziehen. Es gibt eben nicht nur Gut und Böse. Schwarz und Weiß. Richtig und falsch. So einfach ist das Leben nun mal nicht.

Ich habe Grits Stimme noch im Ohr, als sie mir nach der Urteilsverkündigung zuzischte: »Sieh ihn dir an. Sieht so jemand aus, der sich schuldig fühlt?« Ich weiß noch, wie erschrocken ich war über den Hass, der ihre Stimme dunkel und schrill zugleich klingen ließ.

Ich höre den Medikamentenwagen der Schwestern durch den Gang rattern. Es wird nicht mehr lange dauern, bis die Frühschicht übernimmt und das Krankenhaus zu neuer Geschäftigkeit erwacht. Bis dahin möchte ich meine – unsere – Geschichte zu Ende erzählt haben. Und bis dahin muss ich zu einer Entscheidung gekommen sein.

Ich betrachte sein durchscheinendes Gesicht, das nur noch aus Haut und Knochen zu bestehen scheint, und frage mich, ob er mich hört. Ob meine Worte bei ihm ankommen. Mitleid schwappt in mir hoch, rollt über mich hinweg in einer nicht enden wollenden Woge.

Niemand, denke ich, niemand darf das Recht für sich in Anspruch nehmen, über einen anderen Menschen zu richten. Das ist eine Anmaßung, die keinem zusteht. Richten allein darf nur Gott. Und der richtet nicht. Er verzeiht. Auch dann, wenn man seine Taten nicht bereut? Ich weiß es nicht. Ich kenne mich nicht so gut aus mit der christlichen Religion. Mein Glaube an einen Gott ist gestorben, als meine Schwester ertrunken ist und ich die Liebe meiner Eltern verloren habe. Sie haben mir nicht verziehen. Obwohl ich ihr eigen Fleisch und Blut bin. Dennoch fühle ich einen diffusen Neid auf die Menschen, die ihre Kraft aus dem Glauben an einen allmächtigen, alles verzeihenden Gott schöpfen. Jemand, mir ist entfallen wer, hat mal gesagt: Ich kann nicht tiefer fallen als in Gottes offene Hand. Diese Worte haben mich so beeindruckt, dass ich sie mir gemerkt habe. Vielleicht weil der Gedanke etwas ungemein Tröstliches hat. Weil ich mir insgeheim wünsche, ich könnte auch so fest daran glauben, dass da tatsächlich jemand ist, der mich auffängt, wenn ich fallen sollte.

Doch letztendlich scheint mir Gott in seiner Güte sehr launisch zu sein. Wie sonst lässt es sich erklären, dass ihm so viele Menschen durch die Finger gleiten und am Boden zerschellen? Ohne dass sie sich etwas zuschulden haben kommen lassen. Es sind nicht immer die Bösen, denen Böses widerfährt.

Ein Geräusch reißt mich aus meinen Gedanken. Er bewegt den Kopf hin und her. Ein gequälter Ausdruck verzerrt seine Gesichtszüge. Sanft streiche ich ihm über den Handrücken. Komapatienten durchleben oft schreckliche Albträume, die ihnen so real erscheinen, dass sie auch noch lange nach dem Erwachen von ihnen verfolgt werden.

Ich murmele beruhigende Worte, bis seine Gesichtszüge sich wieder glätten. Er versteht mich. Diese Gewissheit spüre ich mit einem Mal tief in mir, als hätte er mir durch unseren Körperkontakt eine Botschaft übermittelt.

Sprich weiter, gibt er mir ohne Worte zu verstehen. *Ich möchte das Ende aus deinem Mund hören. Ich möchte verstehen, was warum geschehen ist.*

Also nehme ich den Faden wieder auf und erzähle weiter.

39

Wo war Grit? Die Frage pulsierte in einer Endlosschleife durch mein Gehirn, während ich zur U-Bahn zurückstapfte. Fest stand, dass sie hierher gefahren war. Zu dem Haus, das jetzt in Flammen aufging. Und dass sie von dem Mann, der mit einer Rauchvergiftung im Krankenwagen lag, ein Foto bei sich zu Hause aufbewahrte. Man muss nicht besonders clever sein, um daraus zu schließen, dass Grit heute Abend bei ihm in der Wohnung gewesen war. Nur – wo war sie hin? Was hatte sie vor? Im Gehen zerrte ich das Tagebuch aus der Außentasche meines Rucksacks. Ich blätterte die letzte beschriebene Seite auf, die das Datum von heute trug, und las noch mal, was Grit geschrieben hatte:

Ich bin am Ziel. Der Tag der Tage ist gekommen. Heute Abend werde ich sie treffen. Erst wollte ich mit ihr und dem Kind zu Jennys Grab, es dort zu Ende bringen, aber dann ist mir ein anderer Ort eingefallen, der mir für mein Vorhaben geeigneter erscheint. Ich war heute noch mal dort. Er ist immer noch da. Endlich wird die Gerechtigkeit siegen und meine kleine, süße Jenny ihren Frieden finden.

Und ich mit ihr.

Das Wort Frieden war verwischt, als wäre eine Träne auf das Papier getropft und mit der Hand weggewischt worden. Ich las den Eintrag noch mal. Er brachte mich keinen Schritt weiter. Ich zermarterte mir das Hirn, aber mir wollte partout nicht einfallen, welchen Ort Grit meinen könnte. Kurz blitzte in meinem Kopf die Mahnung auf, dass es höchste Zeit war, die Polizei einzuschalten, aber ich verscheuchte den Gedanken schnell wieder. Selbst wenn die Polizei mir meine Geschichte sofort glaubte, würde es viel zu viel Zeit kosten, bis sie sich in Bewegung setzen würde. Sie wussten genauso wenig wie ich, wo sie Grit suchen mussten. Bis dahin könnte es schon zu spät sein. Außerdem klammerte sich etwas in mir nach wie vor an die Hoffnung, dass Grit nicht in der Lage war, einen anderen Menschen zu töten. Und schon gar kein Kind.

Einer Eingebung folgend zückte ich mein Handy und rief Aaron an. Ich hatte Glück, er war zu Hause. Während ich durch die Kälte zurück zur U-Bahn-Station stapfte, schilderte ich ihm atemlos, was passiert war.

»Ich möchte damit nichts mehr zu tun haben«, sagte er, als ich kurz pausierte, um Luft zu holen.

Ich schluckte meinen Ärger runter. »Aaron, bitte! Überleg doch mal, wo sie stecken könnte.« Meine Stimme bekam einen flehenden Unterton. »Gibt es einen Ort, wohin sie sich schon früher zurückgezogen hat? Einen Ort, den sie mit Jenny verbindet. Nicht ihr Grab«, fügte ich schnell hinzu. »Dort ist sie nicht. Bitte, Aaron. Oder willst du, dass das Mädchen stirbt?« Ein Passant warf mir einen irritierten Blick zu. Ich dämpfte meine Stimme. »Du hast Grit doch mal geliebt«, beschwor ich ihn.

Ich hörte, wie er scharf einatmete und die Luft wieder auspustete.

Bitte, leg nicht auf, bat ich stumm. *Du bist der Einzige, der mir noch helfen kann.*

Aaron legte zwar nicht auf, aber seine Worte brachten mich dennoch an den Rand der Verzweiflung. »Tut mir leid«, sagte er, und es hörte sich an, als meinte er es wirklich so. »Mir fällt nichts dazu ein.«

»Habt ihr nicht irgendwo an einem See in Brandenburg oder meinetwegen an der Ostsee ein Haus, eine Hütte, irgendwas?«, fragte ich.

Aaron antwortete nicht. Er schien nachzudenken. Ich flüchtete mich vor dem Regen, der ohne Vorwarnung sintflutartig einsetzte, in einen überdachten Hauseingang.

»Nein«, sagte Aaron. »Ihre Eltern hatten am Stechlinsee ein kleines Häuschen, aber das haben sie schon vor zig Jahren verkauft. Mit Jenny waren wir da nie.«

Mir war so elend zumute, ich hätte heulen können. »Okay«, sagte ich. »Da kann man nichts machen. Dank dir, Aaron.« Ich nahm das Handy vom Ohr, mein Zeigefinger schwebte schon über dem Display, um das Gespräch zu beenden, da hörte ich ihn »Warte mal« rufen.

Mein Magen machte einen kleinen Hüpfer. »Ja?«, fragte ich.

»Mir ist was eingefallen«, sagte er erwartungsgemäß. »Es ist vielleicht etwas weit hergeholt –« Er stockte, als müsste er überlegen, ob er weitersprechen sollte.

»Sag's«, forderte ich ihn auf.

»Es gibt in Berlin-Buch einen Schrottplatz für Großfahrzeuge. Dorthin ist damals der verunglückte Bus abgeschleppt worden. Ich war einmal mit Grit dort. Sie wollte ihn unbedingt sehen. Frag mich nicht, warum. Ich war mir sicher, dass der Bus längst verschrottet worden war. Aber dem war nicht so. Kurz darauf wurde der Schrottplatz zum Verkauf angeboten. Ich weiß allerdings nicht, ob –«

»Wo ist der Schrottplatz?« Ich unterbrach Aaron mitten im Satz. »Weißt du die Adresse noch?«

Ich hörte ihn atmen, er schwieg, schien nachzudenken. Ich bezähmte meine Ungeduld.

»Nein«, sagte Aaron. Mein Herz setzte vor Enttäuschung einen Schlag aus.

»Aber das ist kein Problem«, schob er schnell hinterher. »Das finde ich raus. Ich kann im Internet nachschauen.«

»Würdest du das tun?«, fragte ich. »Sofort?«

»Klar«, sagte Aaron. »Ich rufe dich gleich zurück.«

»Gut«, sagte ich. »Ich mach mich dann schon mal auf den Weg nach –« Ich kramte in meinem Gedächtnis nach dem Namen.

»Buch«, ergänzte Aaron. »Das ist im Nordosten von Berlin. Mit der S-Bahn kommst du problemlos da hin. Der Schrottplatz selbst liegt allerdings etwas außerhalb.«

»Danke«, sagte ich.

»Nicht dafür«, sagte Aaron und legte auf.

Ein Regentropfen, groß wie eine Murmel, klatschte mir von der Dachrinne auf den Kopf, rann mir kalt über die Haut. Ein zweiter folgte. Ich zerrte mir die Kapuze meiner Jacke über den Kopf, zog die Schultern bis zu den Ohren hoch und verließ den schützenden Hauseingang. Eine Mischung aus Schnee und Regen fiel wie ein Vorhang aus dem nachtdunklen Himmel herab. Wind kam auf, blies mir in heftigen Böen entgegen. Ich verfiel in einen schnellen Galopp. Außer Puste und ziemlich durchnässt hetzte ich die Stufen zur U-Bahn-Station runter. Meine Zähne klapperten aufeinander. Ich blieb vor einer Schautafel auf dem Bahnsteig stehen und versuchte mich in dem Gewirr aus bunten Linien auf der Netzkarte zurechtzufinden. Buch fand ich relativ schnell. Die S-Bahn fuhr dahin. Ich musste nur einmal in Pankow umsteigen. Wenn ich Glück hatte, schaffte ich es in einer halben Stunde.

Die U-Bahn stand auf dem Bahngleis bereit. Abfahrt in einer Minute. Ich sprang in den nächstbesten Waggon, ließ mich auf einen der Plastiksitze fallen und zog mein Handy aus der Tasche. Wieso rief Aaron mich nicht zurück? Ich drückte die Taste für die Wahlwiederholung. Die Türen der U-Bahn schlossen mit einem Ratschen, ein kaum spürbarer Ruck ging durch den Zug, dann setzte er sich rumpelnd in Bewegung, gewann immer mehr an Fahrt, während der dunkle Schlund des Tunnels ihn verschluckte. Ich starrte blicklos aus dem Fenster, das Handy so fest ans Ohr gepresst, dass es schmerzte. Ein Zug brauste auf dem Parallelgleis so dicht an uns vorbei, dass ich vor Schreck zusammenzuckte.

Das Freizeichen tönte in mein Ohr. Aaron ging nicht ran.

40

Jakob schob die zermürbenden Gedanken beiseite. Wahrscheinlich tat er Tamara unrecht. Er konnte von Glück sagen, sie an seiner Seite zu haben. Im Stillen leistete er Abbitte. Er rieb seine eiskalten Hände aneinander, dabei fiel sein Blick auf das Blatt Papier, das ihm auf der schwarzen Plastikmatte im Fußraum weiß entgegenleuchtete. Er beugte sich vor und hob es auf. Es war die Namensliste aus dem Briefumschlag, der an Anne gerichtet gewesen war. Das Datum stach ihm ins Auge.

»Ist das die Namensliste der Kinder, die alle am gleichen Tag gestorben sind?«, fragte Tamara mit einem schnellen Seitenblick.

»Ja«, sagte Jakob nachdenklich. »Am 16. Juni 2017. Irgendwas verbinde ich mit diesem Datum.« Er griff nach seinem Handy und fluchte leise.

»Immer noch kein Netz?«

Jakob öffnete den Mund zu einem Ja, als ihm schlagartig einfiel, woher er das Datum kannte. »Die Apothekerin«, sagte er. Von draußen strömte kalte Luft in den Wagen. Schnell fuhr er die Scheibe wieder hoch.

»Wie bitte?«, fragt Tamara. »Wo bist du denn jetzt mit deinen Gedanken?«

»Entschuldige. Die Apothekerin in der Immanuelkirchstraße, die so nett war, meine Hand zu verbinden. Sie erzählte mir, dass ihr Enkel am 16. Juni 2017 gestorben ist. Er war kaum älter als Mia.«

»Oh, wie schrecklich.«

Jakob hörte das Mitgefühl in ihrer Stimme. Wie hatte er sie nur gerade noch als kalt und gefühllos empfinden können?

»Aber wahrscheinlich«, fuhr Tamara fort und zögerte, bevor sie weitersprach, »ist es einfach ein Zufall, dass der kleine Junge am gleichen Tag gestorben ist.«

»Schon möglich, dass es Zufall ist. Aber irgendwie glaube ich das nicht.« Jakob warf einen Blick auf sein Handy. Das Netz war wieder verfügbar. Schnell stellte er eine Verbindung zum Internet her. Er rief die Suchmaschine auf, gab das Datum ein, fügte Unfall und Berlin hinzu. Umgehend wurde die Seite mit den Ergebnissen geöffnet.

Jakob starrte den ersten Treffer auf der Seite sekundenlang an, bevor er mit dem Zeigefinger den Link *Busunglück am Pankower Kreuz: Unfallverursacher kann sich an nichts erinnern* antippte.

»Ich hab was gefunden.« Er begann laut zu lesen. »Heute begann der Prozess gegen den 40-jährigen Autofahrer, der am 16. Juni 2017 am Autobahndreieck Pankow eins der schwersten Busunglücke der letzten Jahre in Deutschland verursacht haben soll. Sieben Kinder im Alter zwischen zehn und zwölf Jahren sowie der 52-jährige Busfahrer starben bei dem Unfall. Weitere zehn Kinder wurden zum Teil schwer verletzt. Die Kinder waren Mitglieder eines Kinderorchesters. Sie befanden sich auf dem Weg nach Hamburg zu einem Konzert. Der Unglücksfahrer, der angibt, sich nicht an den Vorfall erinnern zu können, war auf der nassen Fahrbahn ins Schleudern geraten. Bei dem Versuch, ihm auszuweichen, knallte der Bus gegen einen Brückenpfeiler, durchbrach die Leitplanke und –«

Jakob brach mitten im Satz ab. Seine Kehle war so zugeschnürt, dass er keinen Ton mehr herausbrachte.

»Wie furchtbar«, sagte Tamara, ein leises Beben in der Stimme.

»Ja«, krächzte Jakob.

»Was ist mit dir?«, fragte Tamara und warf ihm einen raschen Blick zu. »Geht dir das so nahe?«

Ja, dachte Jakob erstaunt und zugleich irritiert, es geht mir nahe. So nahe, als wäre jemand, den ich gut gekannt habe, dabei zu Tode gekommen. Gleichzeitig spürte er, wie seine Augen sich mit Tränen füllten. Er blinzelte und sah auf seine Hände hinunter, die unkontrolliert zitterten. Schnell umschloss er mit den Fingern das Handy. »Die Kinder waren kaum älter als Mia«, raunte er, als er sich und seine Stimme wieder einigermaßen unter Kontrolle hatte. »Sie hatten ihr ganzes Leben noch vor sich.«

»Der Unglücksfahrer ist in deinem Alter.« Tamara setzte den Blinker, um den alten VW-Käfer zu überholen, der vor ihnen mit kaum mehr als sechzig über die Autobahn zockelte.

»Was willst du damit sagen?«, stieß Jakob hervor.

»Nichts weiter. Es ist mir nur aufgefallen.«

Jakob sah aus dem Seitenfenster. Im Glas des Fensters verwischten seine Gesichtszüge zu konturlosen Schemen. Genauso fühle ich mich, dachte er. Als würde ich mich langsam auflösen. Einfach verschwinden. Vielleicht wäre das gar nicht mal das Schlechteste. Er war müde, so unsagbar müde.

»Wie geht man damit um? Das muss doch«, Jakob stockte, sprach schleppend weiter, »nicht zu ertragen sein, diese Schuld, für den Tod so vieler Menschen verantwortlich zu sein. Und dann auch noch Kinder. Das –« Er schluckte. Ihm gingen die Worte aus.

Tamara löste eine Hand vom Lenkrad und strich ihm sachte über den Arm. »Es ist sicher schwer, wenn nicht sogar unmöglich, mit dieser Schuld weiterzuleben wie bisher.«

Jakob nickte. »Ich habe von diesem schrecklichen Unglück damals gar nichts mitbekommen«, sagte er.

»Merkwürdig. Das muss doch durch alle Medien gegangen sein. Du als Journalist –«

Jakob zuckte mit den Schultern. »Du weißt doch, wir Politikredakteure haben den sogenannten Tunnelblick. Wir kriegen außer dem politischen Geschehen nichts von dem mit, was um uns herum sonst noch so geschieht«, antwortete er in einem halbherzigen Versuch, die gedrückte Stimmung etwas aufzulockern. »Da muss schon die ganze Welt untergehen. Wahrscheinlich war ich zu der Zeit in Urlaub.«

Tamara stieg nicht darauf ein. »Auf dieser Liste da«, sie nickte mit dem Kopf in Jakobs Richtung, »stehen die Namen von sieben Kindern und einem Erwachsenen. Wenn du mich fragst, sind das die Namen der beim Busunglück Getöteten.« Jakob nahm das Blatt Papier wieder zur Hand und starrte auf die Namen. Keiner sagte ihm etwas. Hatte die Apothekerin den Namen ihres Enkels genannt? Er konnte sich nicht erinnern. Und dann sprach Tamaras aus, was ihm schon die ganze Zeit im Kopf herumschwirrte.

»Wieso adressiert jemand diese Liste an Anne und steckt sie in euren Briefkasten?«

»Keine Ahnung«, antwortete Jakob. »Vielleicht kannte Anne eins der Kinder?«

Tamara schüttelte unwillig den Kopf. »Selbst wenn, das ergibt keinen Sinn«, widersprach sie.

Wie aus dem Nichts schwebte in diesem Augenblick das über der Straße hängende Hinweisschild auf sie zu. Beide starrten auf die in weißes Scheinwerferlicht getauchten Buchstaben, die auf dem dunkelblauen Hintergrund unnatürlich hell hervorstachen, in fast bedrohliche Nähe rückten und dann wieder aus dem Sichtfeld verschwanden. Pankow. 2000 Meter.

»Hier muss dieser furchtbare Unfall damals passiert sein«, wisperte Tamara.

Jakob nickte stumm. Ein Gefühl der Beklommenheit legte sich schwer wie ein Stein in seinen Magen. »Wir müssen bei der nächsten Ausfahrt von der Autobahn runter«, sagte er mit rauer Stimme.

»Wir sind hier heute schon mal langgefahren«, sagte Tamara. »Erinnerst du dich? Du hattest einen Schwächeanfall.«

Etwas in Tamaras Stimme ließ Jakob aufhorchen. »Ja? Und?«, fragte er. Es kam forscher heraus als beabsichtigt.

Sie machte keine Anstalten, ihm zu antworten.

Das ungute Gefühl in seinem Magen verfestigte sich zu einem schweren Klumpen. Jakob spürte, wie das Unwohlsein von seinem gesamten Körper Besitz ergriff. Er versuchte tief und gleichmäßig zu atmen. Gleichzeitig brach ihm aus allen Poren der Schweiß aus.

Das klackende Geräusch des Blinkers durchbrach die Stille. Tamara scherte aus und fuhr von der Autobahn. »Wo müssen wir jetzt lang?«, fragte sie.

»Augenblick, das haben wir gleich.« Jakob, froh über die Ablenkung, zückte das Handy und gab die Adresse, die die Frau ihm genannt hatte, in den Browser ein. Seine Hände zitterten noch immer. Wie bei einem Alkoholiker, dachte Jakob und wartete, bis ihm der Routenplaner angezeigt wurde. »Das ist die Adresse von einem Schrottplatz«, sagte er erstaunt.

»Einem Schrottplatz?«, wiederholte Tamara. Sie klang nicht weniger überrascht als er.

41

Das Handy, das ich auf meinem Schoß umklammert hielt, fing plötzlich an zu klingeln. Ich zuckte zusammen. Schnell hob ich es ans Ohr. »Ja?«

»Ich bin's«, sagte Aaron. »Tut mir leid, es hat etwas länger gedauert.«

»Das habe ich bemerkt«, antwortete ich. Es kam mir spitzer als beabsichtigt über die Lippen.

»Ich habe die Adresse«, sagte Aaron. »Hast du einen Stift.«

»Nein, aber das kann ich mir merken«, sagte ich.

Er nannte mir die Adresse, und ich wiederholte sie laut. So konnte ich sie mir besser einprägen. »Danke, Aaron. Du hast mir sehr geholfen.«

Ich merkte, dass er zögerte. Er schien noch etwas auf dem Herzen zu haben. »Was ist?«, fragte ich.

»Soll ich vielleicht mitkommen?« Ich hörte am Klang seiner Stimme, dass es ihm nicht leichtgefallen war, mir dieses Angebot zu machen, und verzog den Mund zu einem kleinen Lächeln.

»Lass stecken«, sagte ich. »Ich komme ganz gut allein klar.« Ich war mir da zwar absolut nicht sicher, aber jemanden, der so zögerlich war wie Aaron, konnte ich an meiner Seite nun wirklich nicht gebrauchen.

»Okay«, sagte er, und die Erleichterung war ihm deutlich anzuhören. »Aber du rufst mich an, sobald –« Er ließ den Satz unbeendet.

»Klar«, sagte ich. »Mach ich«, und drückte ihn weg, ohne mich zu verabschieden. Ich steckte das Handy in die Seitentasche meiner Jeans. Notfalls wollte ich es schnell zur Hand haben.

Der Zug verringerte seine Geschwindigkeit, fuhr in einen Bahnhof ein. Karow las ich auf dem Schild auf dem Bahnsteig. Noch eine Station. Im Geiste wiederholte ich die Adresse, die Aaron mir genannt hatte. Ich durfte sie auf gar keinen Fall vergessen. Vor Ungeduld schaffte ich es kaum, ruhig auf meinem Platz sitzen zu bleiben. In meinem Magen rumorte es. Ich wusste nicht, was mir mehr zusetzte. Die Angst, ich könnte zu spät kommen, oder meine Enttäuschung über mein Versagen. Ich hätte merken müssen, was mit Grit los war. Ich hätte mitbekommen müssen, dass ihre Trauer um Jenny sie in den Wahnsinn trieb. Aber wahrscheinlich war ich viel zu sehr mit mir selber und meinen Problemen beschäftigt gewesen. Wie damals bei Kati. Ich biss mir auf die Unterlippe, schluckte schwer an den aufsteigenden Tränen. *Selbstmitleid hilft dir jetzt auch nicht weiter*, wies eine Stimme in meinem Hinterkopf mich zurecht. Ich riss mich zusammen und rekapitulierte im Geiste, was ich in den Aufzeichnungen von Grits Tagebuch entdeckt hatte.

Ich hatte die Seiten nur überflogen, aber wie es aussah, hatte Grit schon länger Kontakt mit ihm und seiner Familie. Grit hatte von Anfang an nur eins gewollt: sie zu zerstören. Sie sollten das gleiche Schicksal erleiden wie ihre eigene Familie. Heute Abend würde sie ihr Werk vollenden. Wenn ich es nicht schaffte, sie daran zu hindern, würde sie das Kind töten. Vor den Augen der Eltern. Ich wusste nicht, wann der Funke Hoffnung, den ich die ganze Zeit noch in mir gespürt hatte, dieser Gewissheit gewichen war. Wann mir klar geworden war, dass ich mir etwas vorgemacht und mich in Grit getäuscht hatte.

Ich holte tief Luft und sprang vom Sitz hoch. Mit wackeligen Knien stapfte ich durch den schmalen Gang zu einer der Ausgangstüren. Ich hatte Schwierigkeiten, mein Gleichgewicht zu halten, wankte hin und her, musste mich immer wieder an einem der Sitze festhalten, als wäre ich sturzbetrunken. Fast schien es, als würde mein inneres Ungleichgewicht sich auf meinen Körper übertragen. Mir wurde schlecht. Ich stützte mich mit einer Hand an der Ausgangstür ab, versuchte tief und gleichmäßig zu atmen. Die befremdeten Blicke der wenigen Fahrgäste ignorierte ich. Dennoch machte ich insgeheim drei Kreuze, als die Lautsprecherstimme Buch als nächsten Halt verkündete und ich den Zug verlassen konnte.

Ich eilte die Stufen zum Ausgang hinunter. Auf dem kleinen Bahnhofsvorplatz sah ich mich suchend um. Ein einsames Taxi parkte in einer Parkbucht. Voller Angst, jemand könnte mir den Wagen vor der Nase wegschnappen, lief ich durch den Schneeregen darauf zu, riss die Seitentür auf und ließ mich schwer atmend auf den Rücksitz fallen.

Die Taxifahrerin, jung, raspelkurze blondierte Haare, gepiercte Augenbrauen, ich tippte auf Musikerin, drehte sich zu mir um. »Wo soll's hingehen?«, fragte sie mit gleichgültiger Stimme.

Eine Schrecksekunde lang wollte mir die Adresse nicht mehr einfallen. Mein Kopf war wie leer gefegt.

»Was ist?«, hakte die Frau ungeduldig nach und schien mich mit ihrem stechenden Blick durchbohren zu wollen.

Schnell nannte ich ihr Straße und Hausnummer, sie nickte zufrieden und startete den Motor. Leise Musik tönte aus dem Lautsprecher des Radios. Etwas Klassisches. Grit hätte mir jetzt wahrscheinlich sofort den Komponisten nennen können. Allein der Gedanke erfüllte mich mit Wehmut. Warum war ich so blind gewesen? Die Frage bohrte sich immer wieder in meinen Kopf. Ich hätte verhindern müssen, dass Grit sich in ihrem Gerechtigkeitswahn verrannte. In etwas hineinsteigerte, das unweigerlich in einer Katastrophe enden musste.

»Alles in Ordnung mit Ihnen?«, tönte die Stimme der Fahrerin mitten in meine Gedanken.

»Ja, ja«, sagte ich. »Warum fragen Sie?«

Im Rückspiegel trafen sich unsere Blicke. Ihre Augen musterten mich skeptisch.

»Sie haben gerade laut gestöhnt.«

»Habe ich?«

»Ja.«

»Ist mir gar nicht aufgefallen«, sagte ich und fügte hinzu. »Ich habe ziemlich üble Bauchschmerzen. Das monatliche Drama.«

Sie nickte, Verständnis überlagerte das Misstrauen in ihren Augen. »Kenn ich«, sagte sie mit einem angedeuteten Lächeln. »Mir hilft da immer 'ne Wärmflasche.« Dann widmete sie ihre Aufmerksamkeit wieder dem Straßenverkehr.

Wir verließen die Hauptverkehrsstraße, rumpelten durch schmale, zum Teil ungepflasterte Nebenstraßen. Automatisch griff ich nach oben, hielt mich an dem Griff über der Tür fest. Kleine Einfamilienhäuser mit winzigen Vorgärten drückten sich im matten Schein der Straßenlaternen wie schutzsuchend eng aneinander. Hinter den meisten der Fenster schimmerte Licht durch die Vorhänge. Aus den Schornsteinen quoll weißer Rauch, kräuselte sich nach oben in den dunklen Himmel. Ich stellte mir vor, wie alle zusammen am Küchentisch saßen und zusammen ihr Abendbrot verspeisten. Vater, Mutter, Kind. Sie erzählten, lachten, aßen. Geborgenheit. Nähe. Familie.

Nicht für mich, dachte ich. Wehmut überfiel mich mit einer solchen Heftigkeit, dass meine Kehle ganz eng wurde. Ich hatte Angst vor Nähe, Angst, Verantwortung für andere Menschen zu übernehmen. Angst, zu lieben. Wenn man den Worten meiner Therapeutin Glauben schenken konnte, war ich eine einzige Zusammenballung von Ängsten, die es mir unmöglich machten, das Leben unbeschwert zu genießen.

Schließen Sie Frieden mit der Vergangenheit. Sie sind nicht schuld am Tod Ihrer kleinen Schwester. Sie waren doch selbst noch ein Kind. Ihre Worte. Ich hörte sie, sie erreichten mich aber nicht. Durchdrangen nicht den Panzer, hinter dem ich mich und meine Gefühle seit damals verbarrikadiert hatte.

Was war mit Grit? War das, was ich für sie empfand, Liebe? Ich wusste es nicht, gab ich mir selbst die Antwort. Ich wusste nur, dass ich mich für das, was sie tat, mitverantwortlich fühlte. Aus welchen Gründen auch immer. Meine Therapeutin wäre sicherlich stolz auf mich.

»Wir sind da.«

Wieder riss die Stimme der Taxifahrerin mich aus meinen Gedanken. Ich schreckte hoch, sah aus dem Seitenfenster. Der Wagen hielt vor einem mit Wellblech umzäunten Gelände. Zwei riesige Gaslaternen gossen ihr funzeliges Licht auf einen mit Kies aufgeschütteten Vorplatz.

»Neun Euro fünfzig.« Die Taxifahrerin hatte sich im Sitz umgedreht, in der Hand die lederne Geldtasche.

Hastig fummelte ich mein Portemonnaie aus der Jacke, entnahm einen Zehner und reichte ihr den Schein. »Stimmt so«, sagte ich.

»Danke.« Sie schob den Schein zwischen die anderen in ihre Börse. »Der Schrottplatz steht schon eine Weile zum

Verkauf«, sagte sie. »Sind Sie deswegen hier?« Sie sah auf, warf mir einen neugierigen Blick zu.

»Nein«, antwortete ich kurz angebunden, verabschiedete mich ebenso knapp und stieg aus dem Wagen. Es regnete noch immer. Ich zerrte mir die Kapuze über den Kopf.

Der Motor des Taxis heulte kurz auf, die Reifen drehten auf dem durchnässten Boden durch, Kies spritzte hoch, dann verklangen die Autogeräusche allmählich in der Ferne. Irgendwo kläffte ein Hund.

Nach der Wärme im Wagen begann ich binnen Sekunden in meinen feuchten Klamotten zu frieren. Ich zog die Schultern hoch, atmete tief ein und ging auf das Gittertor zu, das den dunklen, übermannshohen Wellblechzaun in der Mitte durchtrennte. Der Kies knirschte leise unter meinen Schuhsohlen. Auf dem Blechschild, das über dem Tor gestützt von zwei Stahlträgern thronte, prangte in großen schwarzen Lettern:

AUTOVERWERTUNG
GEBRÜDER KURT UND HELMUT OBILINSKI
An- und Verkauf von
Unfallfahrzeugen aller Art

Das gleichförmige Rauschen des Verkehrs auf der nahen Autobahn drang nur gedämpft an mein Ohr, sonst war es still. Unheimlich still. Mit einem Mal bereute ich, dass ich Aarons Angebot, mich zu begleiten, abgelehnt hatte. Aber hätte ich mich in seiner Gegenwart tatsächlich sicherer gefühlt? Ich bezweifelte es.

Erst als ich dicht davor stand, bemerkte ich, dass das Tor nur angelehnt war. Das Vorhängeschloss schien aufgebrochen worden zu sein. Mein Herzschlag beschleunigte sich.

Ich drückte das Tor etwas weiter auf, schlüpfte durch den Spalt hindurch und scannte die Umgebung. Rechter Hand befand sich eine Art Baucontainer. Aus hellem Wellblech. An den beiden Fenstern an der Frontseite waren die Rollläden heruntergelassen. Über der schmalen Eingangstür zuckte unruhig das Licht einer Neonröhre. Wahrscheinlich hatte jemand vergessen, sie auszumachen.

Eigentlich hatte ich meterhohe Türme zusammengepresster Autos erwartet, wie ich es aus amerikanischen Filmen kannte. Aber auf dem Teil des Geländes, der von den beiden Laternen draußen vor dem Zaun notdürftig beleuchtet wurde, standen die Autos dicht an dicht. Erst beim genauen Hinsehen entdeckte ich eingedrückte Hecks, zerbeulte Dächer, tür- und fensterlose Karosserien. An der Backsteinwand, die das Gelände auf der linken Seite begrenzte, stapelten sich unzählige Reifen übereinander. Der Geruch nach Gummi hing in der Luft und verursachte mir Übelkeit. Oder war es die Angst, die mir auf den Magen geschlagen war?

Langsam bewegte ich mich durch den Gang zwischen den Autoreihen entlang, bis die Dunkelheit vor mir immer undurchdringlicher wurde und ich kaum noch etwas erkennen konnte. Das Gelände schien riesig zu sein.

Wie, um Gottes willen, sollte ich hier Grit finden?

Wenn sie überhaupt hier war. Vielleicht hatte mich meine Intuition ja getäuscht und das war nicht der Ort, den Grit in ihrem Tagebuch gemeint hatte. Unschlüssig blieb ich stehen. Lauschte in die Dunkelheit. Sah überall Schatten zwischen den Autowracks, hörte Geräusche, die ich nicht zuordnen konnte. Mit einem Mal kam mir meine übereilte Aktion vollkommen hirnrissig vor. Wenn Grit hier wäre, müsste ja auch ihr Mercedes irgendwo parken. Entschlossen lenkte ich meine Schritte Richtung Ausgang.

42

»Wir müssten gleich da sein«, sagte Jakob. Es kam ihm vor, als würden seine Worte wie ein scharfes Schwert mit einem einzigen Schlag das Schweigen durchtrennen, das sich zwischen ihm und Tamara in den letzten Minuten ausgebreitet hatte. Das dumpfe Unbehagen in seinem Bauch war zwar verschwunden, aber die Beklemmung, die seinen Brustkorb einengte, wollte nicht weichen. Er hatte sogar die Fensterscheibe runtergekurbelt, in der Hoffnung, die frische Luft von draußen würde ihm guttun, aber das Wageninnere kühlte so schnell aus, dass er zu frieren begann. Auch Tamara zog die Schultern hoch, als wäre ihr kalt. Aber sie sagte keinen Ton. Jakob schloss das offene Fenster nach ein paar Minuten wieder. Danach hatte er noch einige Male den Versuch gestartet, die Unterhaltung wieder in Gang zu bringen, aber ihre einsilbigen Entgegnungen ließen ihn ganz verstummen.

Jetzt holperten sie in dem schlecht gefederten Kastenwagen über das Kopfsteinpflaster einer schmalen Landstraße. Auf beiden Seiten erstreckten sich Ackerflächen, deren Ausmaße sich in der Dunkelheit verloren. Eine Schneeflocke tänzelte über die Windschutzscheibe, zerbarst in winzig kleine Eiskristalle. Eine zweite folgte, dann klatschten im Wechsel mit dem Schnee Regentropfen auf das Glas. Die Scheibenwischer nahmen ratschend ihre Arbeit auf.

»Da vorne musst du rechts abbiegen«, wies Jakob Tamara nach einem Blick auf den Routenplaner an.

Tamara nickte stumm und sah weiterhin stur geradeaus. Als wäre er überhaupt nicht vorhanden. Jakob hielt es nicht länger aus.

»Was ist los mit dir? Wieso redest du nicht mehr mit mir? Habe ich dir etwas getan?«

Tamara schüttelte den Kopf, setzte den Blinker.

»Aber irgendetwas hast du doch«, beharrte Jakob. »Das spüre ich.«

Er sah, wie Tamara mit den Zähnen ihre Unterlippe zernagte, als müsse sie sich dazu durchringen, ihm eine Antwort zu geben. Jakob dachte schon, sie würde sich weiter ausschweigen, und wollte sich mit einer Mischung aus Resignation und Ärger wieder von ihr abwenden, da holte Tamara tief Luft.

»Mir geht dieser schreckliche Unfall nicht mehr aus dem Kopf«, sagte sie mit merkwürdig gepresster Stimme.

»Das kann ich gut verstehen«, sagte Jakob. »Es ist immer schlimm, wenn Menschen plötzlich aus dem Leben gerissen werden. Aber wenn es sich um Kinder handelt, ist es besonders tragisch. Sie hatten das ganze Leben noch vor sich. Und dann – mit einem Schlag – ist es vorbei.«

»Ja«, bestätigte Tamara. »Unfassbar. Meine Gedanken waren allerdings gerade –« Sie zögerte, befeuchtete mit der Zungenspitze ihre Lippen.

Jakob sah sie aufmerksam von der Seite an. »Ja?«

»Ich dachte an die Menschen, die zurückbleiben. An die Eltern, die Geschwister, die Freunde. Und«, wieder zögerte sie kurz, bevor sie weitersprach, »an den Unglücksfahrer. Auch für ihn wird nichts mehr so wie früher sein.«

Jakob spürte, wie sich alles in ihm zusammenzog. Er wollte etwas erwidern, aber er brachte kein Wort über die Lippen. Tamara räusperte sich. »Ich werde das Gefühl nicht los, dass du das bist«, sagte sie nach einer Weile mit belegter Stimme.

»Dass ich was bin?« Im gleichen Atemzug, in dem Jakob die Frage stellte, wurde ihm klar, was Tamara gemeint hatte.

»Du denkst, ich –« Er brach ab, unfähig den ungeheuerlichen Gedanken in seinem Kopf in Worte zu fassen.

»Ja«, bestätigte Tamara mit leiser Stimme. »Es passt alles zusammen.«

»Du spinnst doch«, brauste Jakob auf. »Das ist völlig absurd. Außerdem müsste ich das doch wissen.«

»Nicht zwingend.« Tamara strich sich eine Locke hinters Ohr und warf ihm einen schnellen Blick von der Seite zu. »Die Verdrängung von traumatischen Ereignissen ist ein«, sie zögerte kurz, als müsse sie nach der richtigen Formulierung suchen, »ein ganz natürlicher Abwehrmechanismus. Man verbannt das als furchtbar empfundene Erlebte aus dem Bewusstsein, um sich selbst zu schützen. Das ist jetzt sehr einfach ausgedrückt, aber so ungefähr funktioniert Verdrängung.«

Jakob spürte, wie der Ärger in ihm hochstieg und sich in seiner Kehle zu einem festen Klumpen verdichtete. Er räusperte sich. »Mir ist der Begriff der Verdrängung selbstverständlich bekannt. Mir ist allerdings schleierhaft, wie du darauf kommst, mir zu unterstellen, dass ich diesen schrecklichen Unfall verursacht haben könnte und das Ganze anschließend verdrängt hätte.« Seine Bemühung, Tamaras Vorwurf mit ruhiger, beherrschter Stimme zu begegnen, wurde mit jedem Wort vergeblicher. Er wurde immer lauter. Tränen verschleierten seinen Blick. Die letzten zwei Sätze spie er ihr geradezu ins Gesicht: »Was hast du überhaupt hier verloren? Du bist doch tot!«

Tamara wich in letzter Sekunde einem Taxi aus, das wie

aus dem Nichts von links aus einer Seitenstraße auf sie zuschoss.

Jakob bekam davon nicht viel mit. Er war wie vor den Kopf gestoßen. Wieso hatte er das gesagt? Tamara war doch nicht tot. Sie saß hier, direkt neben ihm. Wenn er wollte, könnte er die Hand nach ihr ausstrecken, sie berühren, ihren Duft – Schlagartig wurde Jakob klar, was ihn schon die ganze Zeit über irritiert hatte, ohne dass er den Grund dafür hätte benennen können. Tamara war geruchlos. Ihm fiel kein besseres Wort ein. Sie roch … nach nichts.

Er versuchte all die Gedanken, die durch seinen Verstand wirbelten, in Worte zu fassen, aber er brachte keinen Ton über die Lippen. Er saß nur da, fühlte sich merkwürdig haltlos.

Tamara bog auf einen Schotterplatz ab und hielt an. Sie machte den Motor aus, legte die Hände gefaltet auf ihren Schoß und sagte: »Wir sind da.«

»Tamara, ich –«, begann Jakob und stockte, ihm fiel nicht mehr ein, was er hatte sagen wollen.

Tamara wandte sich ihm zu und legte sanft einen Zeigefinger auf seine Lippen. »Pst«, flüsterte sie und lächelte ihn liebevoll an. »Weißt du eigentlich, dass ich nie aufgehört habe, dich zu lieben?«

Jakob sah, wie ihre schönen Augen sich mit Tränen füllten. In einem ersten Impuls wollte er sie an sich ziehen, ihre Tränen wegküssen und ihr versichern, dass er keine Frau je so geliebt hatte wie sie. Er wollte sie festhalten und nie wieder loslassen. Aber er schien unfähig, sich zu rühren. Er saß nur da, schaute sie an und spürte, wie etwas tief in seinem Inneren aufbrach. Er sehnte sich in diesem Moment so sehr nach ihr, dass es wehtat. Gleichzeitig ergriff ihn eine tiefe Trauer, die ihn mit einem nie gekannten Schmerz erfüllte.

Tamara lächelte unter Tränen, als würden sich seine Gefühle auf sie übertragen. Sie nahm den Finger von seinen Lippen, strich ihm mit der Hand sanft übers Gesicht. Jakob schmiegte seine Wange in ihre Handfläche.

»Deine Erinnerung kehrt zurück«, sagte Tamara leise. »Das ist gut und wichtig. Denn nur so kannst du loslassen.«

Wieder öffnete Jakob den Mund, um etwas zu sagen. Wieder wollte es ihm nicht gelingen. Mehr als ein krächzender Ton kam nicht über seine Lippen.

»Und du musst loslassen«, fuhr Tamara fort. Wehmut klang in ihrem Tonfall an. »Vielleicht findest du dann auch deinen Frieden. Häng nicht dem nach, was für immer verloren ist. Halte nicht an dem fest, was du nicht mehr ändern kannst. Richte deinen Blick nach vorne, nicht in die Vergangenheit.«

»Wie soll das gehen?«, wisperte Jakob. »Es ist doch die Vergangenheit, das gelebte Leben, das unsere Gegenwart maßgeblich mitbestimmt.«

»Unsere Vergangenheit prägt uns«, bestätigte Tamara mit sanfter Stimme. »Sie sollte uns dennoch in unserem Handeln nicht festlegen.«

»Aber –«

»Lass uns an diesem Punkt enden«, unterbrach ihn Tamara. Ihre Stimme schien kaum mehr als ein Hauch. »Mir bleibt nicht mehr viel Zeit.«

Jakob fühlte, wie sein Herz schwer wurde. Tränen stiegen ihm in die Augen.

»Du hast recht«, sagte sie. Aus ihren Augen sprach die tiefe Zuneigung, die sie für ihn empfand.

»Womit?«, fragte Jakob. Obwohl er die Antwort wusste, hoffte er einen Augenblick lang, dass er sich irrte.

Tamaras Lächeln vertiefte sich. »Ich bin tot, Jakob. Gestorben bei einem Terroranschlag auf einem Marktplatz in Kandahar. Am 15. Juni 2017.«

Jakob starrte sie an. Obwohl Tamara nur seine eigenen Worte bestätigte, kam ihm die Situation immer surrealer vor. Wie konnte er hier sitzen und mit Tamara über ihren Tod plaudern, als sei das nichts weiter gewesen als ein harmloser Schnitt mit dem Messer in den Finger. Als er den Mund öffnete, kam er sich vor wie ferngesteuert. Als würde ihm irgendeine nicht fassbare Macht die Worte auf die Zunge legen.

»Die Fotos, die du noch kurz vor deinem Tod geschossen hast, sind damals um die Welt gegangen. Du hast, glaube ich, jeden Preis dafür bekommen, den es gibt.«

Tamara schenkte ihm ein schmerzliches Lächeln. »Das Leben kann so schnell vorbei sein«, flüsterte sie. »Eben noch warst du voller Elan und Energie. Du hattest Pläne, Wünsche, Hoffnungen. Und dann – ganz plötzlich – verstummt deine Welt. Mit einem Schlag. Die Erde dreht sich dennoch weiter. Alles geht seinen normalen Gang. Als hätte es dich und dein Leben nie gegeben.«

Aus Tamaras Hand, die immer noch auf Jakobs Wange ruhte, war alle Wärme gewichen. Sie fühlte sich kalt und merkwürdig fremd auf seiner Haut an. Unwillkürlich schauderte er. Tamara sah ihn unverwandt an. In ihrem Blick lagen Wehmut und eine tiefe Traurigkeit. »Das hier«, sie machte eine ausholende Bewegung mit der anderen Hand, »ist nicht real. Ich existiere nur in deiner Fantasie.«

»Soll das heißen, ich träume?«, stieß Jakob heiser hervor. »Ich habe das alles, was mir heute widerfahren ist, nur geträumt?«

»Ja«, bestätigte Tamara. »Du bist in einem Traum gefangen, aus dem du nicht aufwachen kannst oder willst.«

Das ist doch kompletter Unsinn, wollte Jakob aufbegehren. Doch der Satz blieb ihm im Hals stecken, denn er bemerkte, wie Tamara immer durchscheinender wurde. Sie schien direkt vor seinen Augen zu verblassen.

»Leb wohl«, flüsterte sie.

»Aber –« Jakob schaffte es nicht, seinen Blick von ihr zu lösen.

»Leb wohl.« Tamaras Stimme drang nur noch wie ein leiser Hauch an sein Ohr.

Fassungslos sah Jakob zu, wie ihr Körper sich vor seinen Augen in ein Nebelgebilde auflöste und sich verflüchtigte. Er wischte sich über die Augen. Für einen Augenblick fühlte er sich schwerelos. Ihm war, als schwebe er.

Als er die Augen wieder öffnete, stand er mitten auf dem Schotterplatz, auf dem Tamara geparkt hatte. Jakob blickte sich um. Der Wagen war verschwunden. Im fahlen Licht der Laternen entdeckte er Reifenspuren. Aber ob sie tatsächlich von Tamaras Wagen stammten, konnte er natürlich nicht sagen. Auch die Erinnerung an Tamara und die Erlebnisse der letzten Stunden waberten seltsam konturenlos durch seinen Kopf. Er konnte keins der Bilder scharfstellen, keine Sequenz des Erlebten vor sein inneres Auge holen. Als wäre tatsächlich alles nur ein Traum gewesen, der ihm im Moment des Erwachens allmählich, aber unaufhaltsam entglitt.

Und dann war jede Erinnerung an die Ereignisse der Nacht gelöscht.

***

Wo war er? Wie war er hierhergekommen?

Jakob drehte sich um die eigene Achse. Sofort wurde ihm schwindelig. Er schwankte, konnte sich nur mit Mühe auf den Beinen halten. Was war bloß mit ihm los? Er leckte sich über die Lippen, schmeckte den schalen Geschmack von Alkohol in seinem Mund. Ich bin betrunken, schoss es ihm durch den Kopf. Wieso war er betrunken? Was machte er hier überhaupt?

Vor seinen Augen verschwamm alles. Nur schemenhaft nahm er seine Umgebung wahr. Wieder wurde ihm schwindelig. Er schloss die Augen. Doch das Schwindelgefühl wurde dadurch noch schlimmer. Alles um ihn herum schien sich zu drehen. Der Boden unter seinen Füßen wankte. Magensäure schoss seine Speiseröhre hoch, hinterließ einen bittereren Geschmack auf seiner Zunge. Ihm wurde übel. Schnell riss er die Augen wieder auf und versuchte tief durchzuatmen. Wie ein Ertrinkender sog er die kalte Luft tief in seine Lunge.

Er sah sich um. Nebelschwaden tauchten die Umgebung in ein dichtes Weiß. Plötzlich lichtete sich der Nebel an einer Stelle und ein paar Meter von ihm entfernt schälten sich die Konturen eines Gittertores aus dem Grau. Es stand weit offen. Dahinter klaffte ein Loch undurchdringlicher Schwärze. Erst jetzt drang in sein Bewusstsein, dass er etwas in der Hand hielt. Ein Blatt Papier. Er hob es dicht vor seine Augen, um lesen zu können, was darauf stand. Er erschrak zutiefst, als er die Namen und das Datum darauf las, und begriff nicht, warum ihm das solche Angst machte.

Er wollte den Zettel zusammenknüllen und weit von sich werfen, als ihm auffiel, dass auch die Rückseite beschrieben war:

Ich werde euer Leben auslöschen.

So, wie er unser Leben ausgelöscht hat.

Wieder erschrak er. Gleichzeitig spürte er, wie eine tiefe Verzweiflung von ihm Besitz ergriff.

Ein Geräusch ließ Jakob aufschrecken. Er sah hoch. Ein großes Blechschild über dem Tor, gehalten von unsichtbaren Pfeilern, bewegte sich leise knarrend im Wind. Die großen, hingeschmierten Lettern, die dicke rote Tränen zu weinen schienen, sprangen ihn geradezu an.

Jakob sog scharf die Luft ein, machte unwillkürlich zwei stolpernde Schritte zurück. Am liebsten hätte er sich umgedreht und wäre geflohen. Aber etwas hielt ihn fest. Er schaffte es einfach nicht, sich von der Stelle zu rühren, schien mit dem Boden verwachsen zu sein. In seinem Kopf herrschte ein Vakuum. Wie gebannt starrte er auf die Worte auf dem Schild und versuchte zu begreifen, was nicht zu begreifen war.

SCHULD BIST DU

stand da. Jakob öffnete den Mund zum Schrei. Aber nicht ein Ton kam über seine Lippen.

43

Aus den Augenwinkeln nehme ich eine Bewegung wahr. Abrupt unterbreche ich meine Erzählung. Er hat den Kopf zur Seite geneigt, schaut mir direkt ins Gesicht. Seine Augen sind voller Panik. Ich beuge mich vor, streiche ihm sacht über die Wange. Plötzlich wird sein Blick leer, langsam senken sich seine Lider wieder über die Augäpfel. Er gleitet zurück in die Bewusstlosigkeit. Nur der gequälte Ausdruck bleibt auf seinem Gesicht haften wie eine Maske. Hinter meinem Rücken öffnet sich die Tür. Ich drehe mich um. Eine Krankenschwester, die ich nicht kenne, betritt den Raum. Die Frühschicht hat übernommen.

»Alles okay bei Ihnen? Wie geht es Ihrem Mann?«, fragt sie. Ohne meine Antwort abzuwarten, schiebt sie ihren Körper an mir vorbei, überprüft die Geräte und streicht anschließend die Bettdecke glatt. »Ich bin Schwester Heidi«, sagt sie. »Wir hatten gerade Übergabe.«

Ich nicke, obwohl sie das nicht sehen kann, weil sie mir den Rücken zudreht, und überlege, ob ich ihr sagen soll, dass der Patient gerade kurz bei Bewusstsein war. Ich zögere. Wenn ich nicht hier wäre, hätte es auch niemand mitbekommen. Aber dann sage ich es doch.

»Das ist ein gutes Zeichen.« Kurz tätschelt sie seine Wange, murmelt »Das wird wieder« und richtet sich leise stöhnend auf. »Rücken«, erklärt sie mir und verzieht schmerzhaft das Gesicht. »Keine Ahnung, wie lange ich diesen Knochenjob hier noch machen kann.«

Ich weiß nicht, was ich darauf erwidern soll, aber das scheint Schwester Heidi auch nicht zu erwarten. Ohne Pause spricht sie weiter: »Jemand von der Polizei hat angerufen. Wir haben gesagt, dass der Patient noch nicht vernehmungsfähig ist und wir auch nicht abschätzen können, wann das der Fall sein wird, aber sie wollen auch mit Ihnen reden. Sie schicken jemanden vorbei, haben sie gesagt.«

Natürlich habe ich damit gerechnet. Nach den Ereignissen auf dem Schrottplatz war klar, dass sie mich vernehmen werden. Dennoch fährt mir der Schreck in die Magengrube. Ich bringe nur ein heiseres »Wann?« heraus.

Die Schwester zuckt gleichmütig mit den Schultern. »So genau haben sie das nicht gesagt. In der nächsten Stunde.«

Ich beiße mir auf die Unterlippe. Eine diffuse Angst macht sich in meinem Magen breit. Die Schwester sieht mich erwartungsvoll an. In ihren Augen glitzert unverhohlene Neugier. Ich halte ihren Blick fest und schweige. Was soll ich auch sagen? Ich will ihr nichts erklären. Ich will, dass sie geht.

Die Schwester senkt die Augen, brummelt missmutig etwas vor sich hin, wahrscheinlich eine Beschwerde über mein unfreundliches Verhalten, und verlässt das Zimmer. Die Tür zieht sie mit viel Nachdruck hinter sich zu.

Mir bleibt nicht mehr viel Zeit, wenn ich meine Geschichte, die sich nun mit seiner Geschichte verknüpfen wird, zu Ende erzählen will. Spätestens dann, wenn die Polizei hier auftaucht, wird auffliegen, dass ich nicht seine Frau bin.

Sondern Nora Welsch.

Eine traumatisierte Rettungsassistentin, die alles, wirklich alles dafür geben würde, wenn sie die Geschehnisse dieser Nacht rückgängig machen könnte.

44

Jakob fühlte sich wie von einem Kokon umsponnen. Noch immer verharrte er in der Kälte, mit hängenden Armen, unfähig, sich zu bewegen, und versuchte zu begreifen, was ihm widerfuhr. Die Feuchtigkeit legte sich wie ein Film auf sein Gesicht, Kälte kroch in jeden Winkel seines Körpers. Er begann zu zittern. Plötzlich schossen einzelne Sequenzen durch seinen Kopf, fügten sich ineinander zu einem flimmernden Film, der allmählich klarer wurde und vor seinem inneren Auge abzulaufen begann.

Wie durch den Sucher einer Kamera blickte er in den Gastraum einer Kneipe. Seine Stammkneipe, wie er anhand des vergilbten Che-Guevara-Posters an der Wand hinter dem Tresen erkannte. Dann entdeckte er sich selbst.

In sich zusammengesunken hing er auf einem Barhocker, die Hände um das halb leere Bierglas gekrümmt, das in einer Wasserlache vor ihm auf dem Tresen stand, und stierte stumpfsinnig vor sich hin. Er sah abgemagert und krank aus. Die Haare fielen ihm wirr und fettig in die Stirn, das Hemd hing halb aus der Hose und war mit dunklen Flecken übersät. Den Bartstoppeln nach zu urteilen, hatte er sich seit Tagen nicht mehr rasiert. An den wenigen Tischen in der Kneipe drängten sich die Gäste, und lautes Stimmengewirr erfüllte den Raum. Nur das Zischen und Gurgeln der Espressomaschine übertönte den Lärm. Der Duft nach frischem Kaffee überlagerte den Geruch nach Bier und anderen Ausdünstungen, die am Kneipenmobiliar klebten wie eine unsichtbare Patina.

Jakob war – mal wieder – bei Lukas gewesen. Hatte so lange mit den Fäusten die Wohnungstür bearbeitet, bis Lukas sie endlich geöffnet hatte. Durch den Türspalt hatte Jakob einen Blick auf den gedeckten Tisch werfen können. Kerzenlicht. Er schnaubte verächtlich. Damit kriegte er Anne auch nicht rum. Oder doch?

Jakob verbarg sein Gesicht in den Händen. Er vermisste vor allem seine kleine Tochter. So sehr, dass es wehtat. Aber Anne ließ ihn nicht zu ihr. *Hör auf zu saufen*, hatte sie gesagt, *dann können wir vielleicht noch mal darüber reden.*

Und Lukas unterstützte sie. Er hatte ihn von der Tür weg in den Hausflur gedrängt und ihm mit der Polizei gedroht. Ihm, seinem besten Freund. Jakob glaubte, Mias Stimme in der Wohnung zu hören, die nach ihrem Papa rief. Bei der Erinnerung daran stürzten Jakob Tränen aus den Augen. Er schniefte, wischte sich mit dem Handrücken über die Nase.

Er würde viel, nein, alles dafür geben, wenn er das Rad der Zeit zurückdrehen könnte. Vielleicht hätte er sich doch Hilfe von einem Psychologen holen sollen? Vielleicht wäre er dann nicht in ein so tiefes Loch gestürzt. Vielleicht hätte er dann seine Ehe, seine Familie retten können.

Vielleicht. Vielleicht. Vielleicht.

Jakob schnaubte. Vielleicht war die kleine Schwester der Ausweglosigkeit. Es gab jetzt weiß Gott Wichtigeres, als den Versäumnissen der Vergangenheit nachzuheulen. Er musste für heute Nacht einen Schlafplatz finden. Seine Wohnung war heute Morgen zwangsgeräumt worden, und er hatte keine Ahnung, wo er jetzt unterkommen sollte.

Das Schrillen des Telefons hinter dem Tresen verschaffte sich über den Geräuschteppich hinweg lautstark Gehör und riss Jakob aus seinen trüben Gedanken. Der Typ hinterm Tresen stellte das Glas mit dem gerade angezapften Bier beiseite, wischte sich die Hände an seiner Jeans trocken und nahm den Hörer hoch. Er hieß Marcel, sah aus wie ein Klon des Boxers Axel Schulz und hatte ein Herz groß wie ein Fußballstadion.

Der einzige Freund, der mir noch geblieben ist, dachte Jakob und griff nach seinem Bierglas.

»Für dich«, sagte Marcel in diesem Moment und hielt ihm den Hörer hin.

»Für mich?«

Es kam nicht mehr so häufig vor, dass jemand ihn sprechen wollte. Seit dem Unfall mieden ihn die Menschen in seinem Umfeld, als hätte er eine ansteckende Krankheit. Selbst die Bewährungsstrafe, zu der ihn das Gericht verurteilt hatte, hatte nichts daran geändert. Ein Fahrfehler. Keine Absicht. Natürlich nicht. Aber die Schuldgefühle wurde er dennoch nie mehr los. Sie verfolgten ihn auf Schritt und Tritt. Jeden Morgen beim Aufwachen war sein erster Gedanke und sein letzter, wenn er es nachts, betäubt vom Alkohol, endlich schaffte, für ein, zwei Stunden einzuschlafen: *Du bist ein Mörder.*

Marcel zuckte die breiten Schultern und drückte ihm den Hörer in die Hand. Zögernd hob Jakob ihn an sein Ohr.

»Ja, bitte?« Jakob merkte, dass er selbst die zwei Worte nicht mehr allzu deutlich über die Lippen brachte.

»Jakob Auerbach?« Die helle Stimme einer Frau.

»Jep«, sagte Jakob und betrachtete stirnrunzelnd die Tasse mit dem dampfenden Kaffee, die plötzlich statt des Bierglases vor ihm stand. Er sah irritiert hoch. Marcel grinste ihn an.

»Du hast genug für heute«, formte er tonlos mit den Lippen. Aber Jakob bekam davon nichts mehr mit. Seine ganze Aufmerksamkeit galt den Worten der Anruferin.

»Wenn du deine Tochter ein letztes Mal lebend sehen willst, solltest du sofort auf den Schrottplatz der Gebrüder Obilinski nach Buch kommen«, sagte die Frauenstimme an seinem Ohr. Jakob durchfuhr es heiß und kalt. Er richtete sich kerzengerade auf.

»Wenn ich sofort sage, meine ich sofort«, fuhr sie fort. »Und wage nicht, die Bullen zu informieren.«

»Was?« Schlagartig fühlte Jakob sich nüchtern. Die Stimme kam ihm vage bekannt vor. Aber er kam nicht drauf, woher er sie kannte. »Was soll das? Wer sind Sie?«, keuchte er.

Die Frau nannte ihm Straße und Hausnummer und drückte das Gespräch weg.

Jakobs benebeltes Gehirn brauchte eine Weile, um das Gehörte zu sondieren und einzuordnen. Dann murmelte er die Adresse mehrmals vor sich hin. Er durfte sie auf keinen Fall vergessen. Automatisch griff er nach der Kaffeetasse und trank einen großen Schluck von dem bitteren Gebräu. Er verbrannte sich die Zunge an der heißen Flüssigkeit, aber das merkte er kaum. Ihm war aufgegangen, wer die Anruferin war: Grit.

Er hatte sie vor einiger Zeit hier in der Kneipe kennengelernt. Sie schien Ähnliches erlebt zu haben wie er. Auch wenn sie nicht darüber redete. Jakob spürte das. Sie schien zu verstehen, was er durchmachte, und verurteilte ihn nicht. Und so kotzte er sich im Laufe mehrerer alkoholtrunkener Abende bei ihr aus. Sie hörte ihm zu, machte nicht viele Worte. Vor allem keine Vorwürfe. Das gefiel ihm. Er erzählte ihr von dem schrecklichen Unfall. Wie sein Leben danach immer mehr zerbröckelte, alles den Bach runterging. Wie er seinen Job verloren hatte, weil er zu viel trank und immer unzuverlässiger wurde. Wie Anne, die sein *überbordendes*

Selbstmitleid nicht mehr ertrug, mit Töchterchen Mia aus der gemeinsamen Wohnung auszog und Unterschlupf bei seinem ehemals besten Freund Lukas fand. Wie trotz guter Vorsätze jeder Versuch scheiterte, sich aus dem Sumpf aus Schuldgefühlen und Selbstmitleid wieder herauszuziehen, er stattdessen immer tiefer darin versank.

Aber warum drohte Grit ihm jetzt? Was sollte das? Er hatte ihr doch nichts getan. Die Gedanken fuhren Karussell in seinem Kopf. Nicht einer ergab einen Sinn.

»Hey, Jakob, was ist los mit dir? Schlechte Nachrichten?« Marcel wischte mit einem Lappen die Wasserpfütze vom Tresen und betrachtete ihn prüfend.

Jakob starrte ihn an wie eine Erscheinung. Sein Gegenüber zog die Stirn kraus, strich sich mit einer Hand über die Glatze.

»Hat's dir die Sprache verschlagen?«

»Kannst du mir Geld für ein Taxi leihen?« Jakob rutschte vom Hocker. »Einen Fuffi?«

»Was ist denn los?«, insistierte Marcel. »Ist was passiert?«

»Es ist wichtig. Bitte.«

Marcel verzog das Gesicht zu einer gequälten Grimasse, griff dann aber nach hinten in seine Gesäßtasche und zog das Portemonnaie heraus. »Frag mich nicht, warum ich das für dich tue«, sagte er und reichte Jakob den Schein über den Tresen hinweg. »Verdient hast du's nicht.«

»Danke«, murmelte Jakob.

Er rutschte vom Hocker, griff sich seine Jacke, die er über den Sitz gelegt hatte, und schlüpfte umständlich hinein. Der Boden unter seinen Füßen schien leicht zu schwanken. Er war wohl doch betrunkener, als er gedacht hatte. Breitbeinig stakste er an den Tischen vorbei durch den Gastraum. Mit beiden Händen schob er den schweren Vorhang vor der

Ausgangstür auseinander und rief Marcel über die Schulter zu: »Du bekommst dein Geld zurück.«

»Wer's glaubt«, murmelte Marcel, aber das hörte Jakob schon nicht mehr. Der Vorhang hatte sich bereits hinter ihm geschlossen.

Er hatte keine Mühe, ein Taxi zu finden. In Kudamm-Nähe kurvten immer welche herum.

Ab hier begann der Film in seinem Kopf plötzlich lückenhaft zu werden.

Dunkel erinnerte er sich an den misstrauischen Blick, mit dem die Taxifahrerin ihn musterte, als er auf den Rücksitz kletterte. Sie zog schnüffelnd die Luft ein und verzog das Gesicht, als sie seine Fahne roch, fuhr dann aber doch los.

»Untersteh dich und kotz mir den Wagen voll«, knurrte sie.

Jakob sah, wie er sich zur Fahrerin vorbeugte und etwas brüllte. Er konnte aber nicht hören, was. Vermutlich schrie er, sie solle schneller fahren. Es ginge um Leben und Tod. Die Fahrerin wies ihn zurecht. Er solle sein Maul halten, sonst würde sie ihn auf der Stelle aus dem Wagen werfen.

Er beherrschte sich, sank auf den Sitz zurück und schloss die Augen. Im Radio liefen die Nachrichten. Der Sprecher erzählte etwas von einem Brand im Prenzlauer Berg. Ein Dachgeschoss in der Immanuelkirchstraße brannte lichterloh. Lukas, dachte Jakob und fühlte Panik in sich hochsteigen. Da wohnte Lukas. Mia und Anne waren bei ihm in der Wohnung.

An dem Punkt riss der Film in seinem Kopf abrupt ab.

JETZT

Dunkelheit.

Mühsam versucht er die Augen zu öffnen, schafft es nicht. Seine Lider scheinen mit den Augäpfeln verklebt zu sein.

Er spürt seine Arme, seine Beine. Aber er kann sie nicht bewegen.

Wo bin ich?

An sein Ohr dringen Geräusche, die er nicht einordnen kann. Wieder versucht er die Augen zu öffnen, wieder gelingt es ihm nicht.

Angst.

Er spürt seinen Herzschlag, der in einen immer schnelleren Rhythmus gegen seinen Brustkorb wummert.

Ich bin gelähmt, schießt es ihm durch den Kopf. Ein Gefühl der Verzweiflung verdrängt die Angst. Tränen steigen in seine Augen. Er reißt sie auf.

Licht.

Gleißendes Licht. Er blinzelt in die Helligkeit.

Über ihm ein Gesicht. Schwebend, als würde kein Körper dazugehören. Augen, die ihn aufmerksam ansehen.

Wer bist du?, will er fragen. Kein Ton verlässt seine Lippen. Plötzlich schiebt sich eine Hand in sein Gesichtsfeld, senkt sich auf ihn herab.

Unwillkürlich zuckt er zurück. Drückt sich fest in die weiche Unterlage.

Die Lippen in dem Gesicht bewegen sich. Formen Worte. Sie

sind wichtig. Das spürt er. Er strengt sich an, aber der Sinn der Worte dringt nicht zu ihm durch.

Das Gefühl der Angst ist wieder da. Übermächtig. Er besteht nur noch aus Angst. Wie glühende Lava brennt sie sich durch seine Eingeweide.

Er will schreien, aufstehen, fliehen. Aber es bleibt bei dem Gedanken. Kein Muskel seines Körpers gehorcht ihm.

Er fühlt, wie ihm die Sinne schwinden, kämpft verbissen dagegen an und verliert den Kampf.

Nein, denkt er, nicht. Ich darf nicht schlafen. Ich darf nicht schlafen.

45

Irgendetwas scheint ihn zu beunruhigen. Er wirft den Kopf hin und her. Jetzt öffnet er die Augen. Starrt mich an, voller Angst, als fürchte er, ich wolle ihm etwas Böses tun. Ich hebe die Hand, streiche ihm sanft über die Stirn. Rede beruhigend auf ihn ein. Es scheint zu wirken. Er wird ruhiger, seine Augen schließen sich. Ich setze mich wieder auf den Stuhl, nehme wie selbstverständlich seine Hand. Wo war ich in meiner Erzählung stehen geblieben? Auf dem Schrottplatz.

***

Während ich auf den Ausgang zustrebte, kamen mir wieder Zweifel. Wo sollte Grit sonst sein, wenn nicht hier? So schnell sollte ich nicht aufgeben. Mir war aufgefallen, dass auf dem Gelände alle paar Meter Laternen standen. Vielleicht war der Schalter irgendwo vorne am Tor angebracht. Wenn ich Licht hatte, würde ich mich noch mal auf die Suche machen.

Den Mann sah ich erst, als ich nur noch ein, zwei Meter von dem Wellblechhäuschen entfernt war. Er stand direkt hinter dem Eingang, schaute sich suchend um. Das flackernde Licht der Neonröhre warf zuckende Schatten über seine Gestalt. Ich verlangsamte meine Schritte. Aaron. Er war doch gekommen. Die Freude, ihn zu sehen, nicht allein nach Grit suchen zu müssen, durchströmte mich in einer warmen Woge. Schon einen Wimpernschlag später musste ich erkennen, dass ich mich geirrt hatte. Das war nicht Aaron. Das war – Mir stockte der Atem.

Jetzt hatte er mich auch entdeckt. Er zögerte, kam dann auf mich zu. Seine Schritte waren unsicher. Er schwankte leicht wie ein Seemann auf Landgang. Als er dicht vor mir stand, roch ich die Alkoholfahne. Er sah aus, als hätte er in den Klamotten, die um seinen abgemagerten Körper schlotterten, tagelang geschlafen. Unwillkürlich wich ich einen Schritt zurück.

»Steckst du mit ihr unter einer Decke?« Er schaute mich aus rot geäderten Augen an. Seine Stimme klang verwaschen. »Wo ist meine Tochter? Sag es mir! Oder ich –«

»Herr Auerbach, bitte«, unterbrach ich ihn. »Hören Sie mir zu.« Ich suchte nach Worten, um ihm die Situation zu erklären.

Ein lauernder Ausdruck erschien auf seinem Gesicht. »Woher weißt du, wer ich bin? Hat sie dich vorgeschickt?«

Unvermittelt stürzte er sich auf mich. Im letzten Moment konnte ich zur Seite springen. Er kam ins Taumeln, fing sich aber. Mit erhobenen Fäusten wandte er sich mir wieder zu.

Ich hob beschwichtigend beide Hände. »Bitte«, sagte ich. »Sie müssen mir glauben, ich habe nichts mit der Entführung Ihrer Tochter zu tun.«

Er zögerte, ließ die geballten Fäuste auf Bauchhöhe sinken, beäugte mich aber weiterhin aus misstrauisch zusammengekniffenen Augen.

»Grit ist eine gute Freundin von mir. Sie ist dabei, eine Riesendummheit zu machen. Ich bin hier, um das zu verhindern.« Ich wählte meine Worte mit Bedacht, um ihn nicht noch mehr zu reizen. Doch der Versuch ging nach hinten los.

»Riesendummheit?« Er spuckte mir das Wort regelrecht vor die Füße. »Diese Frau hat mein Kind in ihrer Gewalt. Und meine Lebensgefährtin.«

»Woher wissen Sie, dass Ihre Tochter hier ist?«, fragte ich.

»Sie hat mich angerufen und herbestellt.«

»Woher kennen Sie Grit?«, wollte ich wissen. Die Frage war heraus, bevor ich nachdenken konnte. Im Prinzip war es vollkommen gleichgültig, woher die beiden sich kannten. Die Gedanken in meinem Kopf überschlugen sich. Wenn Grit ihn extra herbestellt hatte, dann bedeutete das, sie hatte seiner Tochter noch nichts getan.

»Das ist doch jetzt völlig egal, woher ich Grit kenne«, sagte Jakob Auerbach, als hätte er meinen Gedanken erraten. In seiner Stimme schwang ein Zittern mit. »Wir müssen meine Tochter finden.«

»Was genau hat Grit gesagt?«, fragte ich ihn.

»Wenn du deine Tochter noch ein Mal lebend sehen willst, komm sofort her«, sagte er wie aus der Pistole geschossen. Bei den letzten Worten brach seine Stimme. Er schlug die Hände vors Gesicht und begann zu schluchzen.

Ich merkte, wie Ungeduld in mir hochwallte. Für alkoholisiertes Selbstmitleid hatten wir jetzt wirklich keine Zeit.

»Reißen Sie sich verdammt noch mal zusammen«, fuhr ich ihn an. Der scharfe Befehlston lag durchaus in meiner Absicht.

Und er zeigte Wirkung. Er ließ die Hände sinken, fuhr sich über die Augen. »Entschuldigung, Sie haben recht. Ich bin einfach –« Er brach ab und machte eine hilflose Geste mit der Hand, die alles und nichts bedeuten konnte.

Wenn ich nicht gewusst hätte, wen ich vor mir hatte, hätte ich wahrscheinlich Mitleid mit dem Menschen empfunden. Er sah fertig aus, als wäre er schwer krank. Vielleicht war er das ja auch. Vielleicht war er innerlich an seiner Schuld zerbrochen. Aber ich konnte keine Empathie für ihn aufbringen. In erster Linie sah ich in ihm den Mann, der acht Menschenleben auf dem Gewissen hatte. Der nicht nur das Leben von Grit und ihrer Familie mit einem Schlag zerstört hatte, sondern das vieler anderer Menschen ebenfalls. Schnell schob ich die Gedanken beiseite. Auch dafür war jetzt nicht der richtige Zeitpunkt.

»Wenn Grit Sie extra herbestellt hat, dann will sie auch, dass Sie Ihre Tochter finden«, überlegte ich laut. »Nur dann ergibt das Ganze einen Sinn.«

Als hätte jemand nur auf diese Worte gewartet, flammten die Laternen auf, tauchten das Gelände in gleißendes Licht. Ich fuhr herum, starrte auf den hell erleuchteten Schrottplatz. Instinktiv wich ich in den Schatten des Wellblechhauses zurück. Wenn Grit mich noch nicht entdeckt hatte, konnte das für uns von einem entscheidenden Vorteil sein.

Jakob Auerbach rührte sich nicht von der Stelle. Er stand da mit hängenden Armen und offenem Mund, als spielte sich vor seinen Augen etwas ungemein Fesselndes ab. Ich ließ meinen Blick über die Autoreihen wandern, konnte aber nichts Auffälliges entdecken. Wo steckte Grit? Sie konnte sich in einem der Autowracks verborgen halten und uns beobachten.

Unvermittelt brüllte Jakob los: »Was hast du mit meinem Kind gemacht, du verdammtes Miststück?« Seine Stimme hallte merkwürdig blechern über das Gelände.

Er rannte los, bevor ich etwas unternehmen konnte, um ihn zu stoppen. Ich zwang mich, ihm nicht zu folgen. Grit rechnete nicht damit, dass ich auch hier war. Mein Gefühl sagte mir, dass ich genau diesen Überraschungseffekt ausnutzen musste. Ich ließ Jakob, der durch den schmalen Gang zwischen zwei Autoreihen stolperte, einen kleinen Vorsprung, dann huschte ich in geduckter Haltung hinterher.

Als eine verzerrte Stimme durch einen Lautsprecher plötzlich über das Gelände schallte, erschreckte ich mich so, dass ich abrupt innehielt. Auch Jakob stoppte, schaute sich suchend um.

»Ist das nicht der ideale Ort für unser Finale, Jakob?«

Grit!

Mich überlief es heiß und kalt. Mein Atem beschleunigte sich. Noch nie in meinem Leben hatte ich mich so hilflos gefühlt. Ich hatte nicht die geringste Ahnung, was ich tun sollte.

Jakob drehte sich um die eigene Achse. »Wo steckst du? Zeig dich!« Er schwankte, schaffte es aber, auf den Beinen zu bleiben.

Ein Lachen dröhnte über den Platz. Es klang schrill und hörte sich in meinen Ohren eindeutig irre an. Mein Herz krampfte sich zusammen.

»Wie fühlt es sich an, wenn man sieben Kinder getötet hat?« Die Stimme schien von allen Seiten zu kommen. Wie eine riesige Welle brach sie über mir zusammen. Hallte in meinen Ohren nach. Anscheinend hatte Grit sich ein Megafon besorgt.

»Mörder!«, tönte ihre Stimme durch die Dunkelheit. »Kindermörder!«

Grits Worte trafen mich wie ein Messer mitten ins Herz. Rissen die Wunde auf, die ich schon fast geschlossen glaubte. Mit einem Schlag war alles wieder so gegenwärtig, als wäre es gerade erst geschehen. Unwillkürlich stöhnte ich auf und schloss die Augen.

Sofort tauchte das Flammeninferno vor mir auf, ich fühlte die Hitze des Feuers, die mir den Atem nahm, spürte die Nässe des Nieselregens, der sich wie eine feine Schicht auf mein Gesicht legte, hörte das Heulen der Martinshörner, das von den entsetzlichen Schreien der verletzten Kinder übertönt wurde.

Körperteile, zerfetzt, zerschmettert. Und Blut. Überall Blut.

Noch immer verfolgten mich diese Bilder bis in meine Träume. Ich würde sie wohl nie wieder loswerden.

In dem Bus, der in Flammen aufgegangen war, hatte sich ein Kinderorchester auf der Fahrt zu einem Konzert befunden. Kinder voller Aufregung und Vorfreude auf ihren ersten großen Auftritt. Und dann, von einer Sekunde auf die nächste, war ihr Leben vorbei. Noch bevor es richtig begonnen hatte.

Zwei Jungen und zwei Mädchen, eins der Mädchen war Grits Tochter Jenny, starben noch am Unfallort. Drei andere Kinder erlagen erst später den Folgen ihrer Verletzungen. Besonders tragisch war der Tod der Zwillinge Max und Marie Sander. Max starb auf dem Weg ins Krankenhaus, seine Schwester Marie kämpfte noch Stunden lang auf der Intensivstation ums Überleben, bevor auch sie den Kampf gegen den Tod verlor.

Ich war nicht die einzige Rettungsassistentin, die einen solchen Einsatz nur mit psychologischer Hilfe verkraften konnte. Wenn überhaupt. Ich wusste von einigen Kollegen, die nichts lieber täten, als hinzuschmeißen und sich einen anderen, nicht so kräfte- und nervenzehrenden Job zu suchen. Damals nach Katis Tod hatte ich mir geschworen, einen Beruf zu wählen, in dem ich Menschen retten konnte. Sozusagen als Buße für meine Schuld. Natürlich war mir bewusst, dass es nicht immer gelingen konnte, jedes Leben zu retten. Man kam oft zu spät. Man musste lernen, das Unvermeidliche, den Tod zu akzeptieren. Mir war immer klar gewesen, wie wichtig es war, sich zu verschließen gegen die schrecklichen Bilder, die einen an dem Unfallort erwarteten. Womit ich nicht gerechnet hatte, war, dass jede Mauer, und sei sie noch so stabil, mit der Zeit Risse bekam und dass diese Risse immer weiter aufklafften, immer durchlässiger wurden.

Der Einsatz, bei dem auch Grits Tochter ums Leben gekommen war, hatte mich über meine Grenzen katapultiert. Ich war mir, auch nach so langer Zeit, nicht sicher, ob ich es jemals schaffen würde, meine Arbeit wieder aufzunehmen.

Ein Geräusch, das wie das Aufheulen einer gequälten Kreatur klang, riss mich in die Gegenwart zurück.

Jakob Auerbach stand ein paar Schritte von mir entfernt, die Hände erhoben und den Kopf in den Nacken geworfen. Über sein Gesicht rann der Regen wie Tränen.

»Es war ein Unfall!« Die Worte waren ein einziger verzweifelter Schrei. »Ich habe das doch nicht gewollt.«

Ein höhnisches Lachen war die Antwort. Dann legte sich wieder eine tiefe, schwere Stille über den Schrottplatz. Nur das eintönige Trommeln des Regens auf die Blechdächer der Autos war zu hören.

Was hatte Grit vor? Wo steckte sie? Wie konnte ich sie aufhalten? Die Gedanken fuhren Achterbahn in meinem Kopf. Ich musste irgendetwas tun. Noch während ich das dachte, entdeckte ich den Wagen. Er stand etwas abseits. Vor der schwarzen Wand aus Gummireifen. Ich erkannte ihn sofort. Es war der Mercedes von Grit. Vielleicht war das Mädchen da drin. Mit schnellen Schritten bewegte ich mich seitwärts. Jakob Auerbach behielt ich dabei fest im Blick. Er war auf die

Knie gesunken, das Gesicht in beiden Händen verborgen, gab er Laute von sich, die mich an ein verletztes Tier denken ließen. Der Regen strömte auf ihn herab, durchnässte seine Kleidung. Um ihn herum bildeten sich kleine Wasserlachen. Er schien nichts davon mitzubekommen.

Die Tür auf der Beifahrerseite des Mercedes stand weit offen. Ich konnte, obwohl ich noch einige Meter von dem Auto entfernt war, sehen, dass niemand drinsaß. In geduckter Haltung schlich ich mich näher an den Wagen ran, spähte ins Innere. Auch im regennassen Fußraum kauerte niemand. Ich beugte mich vor. Auf dem Beifahrersitz lag eine grüne Plastikflasche. Darin schwappte eine klare Flüssigkeit. Direkt daneben entdeckte ich einen weißen Blisterstreifen. Vier Tabletten fehlten. Ich nahm ihn hoch, drehte ihn um, entzifferte auf der Rückseite das Wort Temazepan. Ein starkes Schlafmittel. Grit war eine Gegnerin jeglicher Art von Schlaftabletten. Selbst in den Zeiten, in denen die Trauer um den Verlust ihrer Tochter sie nächtelang schlaflos durchs Haus hatte wandern lassen, weigerte sie sich strikt, irgendwelche Tabletten zu nehmen.

Was war das? Ich erstarrte, lauschte.

Stille. Nur das leise Prasseln des Regens war zu hören. Ich zog meinen Kopf aus dem Wageninneren, richtete mich auf. Da. Da war es wieder. Ich hielt den Atem an. Ein leises Klopfen mischte sich unter die monotonen Geräusche des Regens. Es schien aus dem Kofferraum zu kommen. Mit zwei Schritten war ich hinter dem Mercedes, mit einer Hand tastete ich nach dem Entriegelungsschalter, mit der anderen zerrte ich an dem Kofferraumdeckel. Er klemmte, ließ sich nur einen winzigen Spaltbreit öffnen.

Ich warf einen Blick zu Jakob Auerbach rüber. Vielleicht konnte er mir helfen. Doch die Stelle, wo er vor wenigen

Minuten noch völlig durchnässt auf dem Boden gekauert hatte, war leer.

46

Mit beiden Händen griff ich in den schmalen Spalt, der sich zwischen der Karosserie und dem Kofferraum geöffnet hatte. Die scharfe Kante des Metalls schnitt mir schmerzhaft in die Finger. Ich holte tief Luft und drückte den Deckel mit aller Kraft nach oben. Es gab ein knirschendes Geräusch, dann löste sich der Mechanismus, und der Kofferraumdeckel öffnete sich mit einem Ruck. Sofort schlug mir ein durchdringender Schweißgeruch entgegen. Eine Gestalt, erst auf den zweiten Blick erkannte ich, dass es sich um eine Frau handelte, lag zusammengekrümmt wie ein Embryo auf einer blauen Plastikplane, die auf dem Boden des Kofferraums ausgebreitet war. Die Frau hob den Kopf, über dem Mund ein breiter Streifen Klebeband, die Arme vor dem Körper mit einem groben Strick zusammengebunden. Aus angstvoll aufgerissenen Augen starrte sie mich an. Sie war leichenblass. Dunkle Haarsträhnen klebten ihr feucht im Gesicht.

»Keine Angst«, flüsterte ich. »Ich will Ihnen nichts tun. Ich bin hier, um Ihnen zu helfen.«

Mit einem angedeuteten Nicken signalisierte sie, dass sie mich verstanden hatte, aber ihr Blick blieb misstrauisch.

Jetzt erkannte ich sie. Sie war auf einem der Fotos, die ich in Grits Tagebuch entdeckt hatte. Es war Anne, der Nachname war mir entfallen, die ehemalige Lebensgefährtin von Jakob Auerbach. Ich überlegte, ob ich sie bei der

Gerichtsverhandlung gesehen hatte, konnte mich aber nicht erinnern. Ich löste ihre Fesseln und half ihr vorsichtig aus dem Kofferraum.

»Ich werde jetzt das Klebeband entfernen«, sagte ich. Sie nickte. Ihre Augenlider flatterten.

»Stillhalten«, sagte ich und riss ihr in einem Zug den Streifen vom Mund.

Die Frau gab einen erstickten Laut von sich. Ihre Hand fuhr hoch, presste sich auf die Lippen. Sie wandte sich ab, taumelte ein paar Schritte von mir weg. In gekrümmter Haltung begann sie zu würgen und zu spucken. Eine weiße, breiige Masse landete vor ihr auf der Erde. Ich nahm an, es waren die Schlaftabletten, die Grit ihr verabreicht hatte. Sie hatte sie nicht runtergeschluckt, sondern in der Backentasche geparkt.

Die Frau strich sich mit beiden Händen die Haarsträhnen aus dem Gesicht. »Wer sind Sie? Wo ist Mia?«, krächzte sie und leckte sich über die Lippen. »Wo ist meine Tochter?« Sie taumelte. Ich packte sie am Arm und stützte sie.

»Ich weiß es nicht«, sagte ich.

»Wer sind Sie überhaupt?« In ihren Augen blitzte Misstrauen auf. »Stecken Sie mit ihr unter einer Decke?«

Ich ließ ihren Arm wieder los und schüttelte den Kopf. »Nein. Ich bin eine Freundin von Grit, aber –«

Bevor ich zu einer Erklärung ansetzen konnte, sprudelten die Worte aus ihr heraus. Sie sprach so schnell, dass ich ihr kaum folgen konnte.

»Grit stand eines Tages plötzlich vor unserer Tür. Erst wollte ich nichts mit ihr zu tun haben. Schließlich hat Jakob –« Sie brach ab. In ihren Augen schwammen Tränen.

»Ich weiß«, sagte ich schnell.

»Aber sie tat mir so leid, und sie schien mir so schutzbedürftig.« Die Frau schniefte leise und lachte ein kurzes, freudloses Lachen. »Damit hat sie mich gekriegt.«

Oh, ja, dachte ich, das war Grits Spezialität. In anderen Menschen Beschützerinstinkte zu wecken.

»Also habe ich es geduldet, dass sie uns besuchte und mit Mia spielte. Allerdings habe ich drauf geachtet, dass sie und Jakob sich nicht begegnen. Obwohl ich immer ein schlechtes Gefühl dabei hatte.« Sie biss sich auf die Lippen. Regen rann ihr über die Stirn ins Gesicht. Sie wischte ihn mit einer fahrigen Handbewegung weg.

Ich schluckte, wollte etwas erwidern, aber mir fiel nichts ein.

»Was hat sie vor?« Sie schaute mich an, in ihren Augen las ich die Angst vor der nicht ausgesprochenen Antwort.

»Wir verständigen jetzt die Polizei«, sagte ich kurz entschlossen. Das hätte ich schon viel früher machen sollen. Ich griff in die Seitentasche meiner Jeans, tastete nach dem Handy.

»Das wirst du schön bleiben lassen.«

Ich wirbelte herum. Grit musste sich von hinten an uns herangeschlichen haben. Sie stand nur einen Steinwurf entfernt von uns. Das Gesicht kaum erkennbar unter der Kapuze ihrer Regenjacke. Alles an ihr tropfte. Auch die Waffe, die sie auf uns gerichtet hielt, glänzte vor Nässe. Grit registrierte mein Erschrecken mit einem leisen Lachen.

»Ja«, sagte sie und schob die Kapuze aus der Stirn. »Ich habe sie immer noch. Die beiden Polizisten, die bei mir waren, haben mir geglaubt, dass ich keine Waffe besitze und nicht den Schimmer einer Ahnung habe, wer mich angezeigt haben könnte.«

Anne neben mir atmete schwer. Ein Ruck ging durch ihren Körper. Ich spürte mehr, als dass ich es sah, wie sich jeder Muskel ihres Körpers spannte. Sie ballte die Fäuste, war kurz davor, auf Grit loszugehen.

»Nicht«, wisperte ich und legte eine Hand auf ihren Arm. Grit ließ ich dabei keine Sekunde aus den Augen. »Warum tust du das? Es ist schon so vielen Menschen Leid zugefügt worden, warum willst du es noch schlimmer machen, als es ohnehin schon ist?«

Grits Gesichtszüge verhärteten sich. »Du bist keine Mutter. Du hast kein Kind verloren«, sagte sie kalt. »Anfangs dachte ich, dass du verstehst. Du warst dabei, ich konnte deinen Schmerz über den sinnlosen Tod der Kinder fühlen. Ich dachte, du würdest mir helfen. Aber ich habe mich in dir getäuscht. Du verstehst gar nichts.«

»Ich verstehe deinen Schmerz. Glaub mir, ich fühle mit dir, aber du kannst nicht ein Unrecht durch ein anderes wiedergutmachen. Hör auf, bitte. Noch ist niemandem etwas geschehen. Lass uns einfach hier Schluss machen und –«

»Sei still«, schnauzte sie mich an. Dann, als würde sie meine Anwesenheit erst jetzt registrieren, fragte sie: »Was willst du überhaupt hier?«

»Dich davor bewahren, den größten Fehler deines Lebens zu machen«, sagte ich. »Begreif es endlich: Nichts, was du tust, bringt dir Jenny zurück.« Meine Stimme hatte mittlerweile einen flehenden Unterton angenommen.

»Du kapierst es einfach nicht«, antwortete sie. »Mein Leben ist sinnlos geworden ohne mein Kind. Jenny war mein Leben, meine Zukunft. Sie war alles –« Sie brach ab. Ihr Blick wurde leer, als würde er sich nach innen richten, um dort nach den richtigen Worten zu suchen.

»Wo ist sie?«, fragte ich. »Wo ist das Mädchen?«

»Was hast du mit meinem Kind gemacht?« Annes Frage war ein einziger Schrei. Meine Hand lag noch immer auf ihrem Arm. Ich verstärkte den Druck meiner Finger, spürte das Zittern, das ihren gesamten Körper erfasst hatte.

»Ich habe mit Aaron gesprochen«, sagte ich zu Grit. »Er hat mir gesagt, dass der Bus noch hier auf dem Gelände steht. Dort ist Mia, stimmt's?«

Grit lächelte. »So schließt sich der Kreis«, sagte sie leise.

Anne neben mir schnappte hörbar nach Luft. »Sie sind ja wahnsinnig«, sagte sie mit tonloser Stimme.

Grit kam einen Schritt näher. Jetzt konnte ich ihr Gesicht ganz deutlich sehen. Sie musterte Anne bestürzt, als hätten ihre Worte sie verletzt. Dann begann sie zu nicken. Ein Lächeln umspielte dabei ihre Mundwinkel. Es wirkte vollkommen unangebracht. »Ja«, bestätigte sie mit einer ebenso unangebrachten Liebenswürdigkeit. »Das bin ich. Wahnsinnig vor Schmerz.«

Viel fehlte nicht mehr und sie würde völlig durchdrehen. Sie war unberechenbar geworden in ihrem selbstgerechten Leid.

»Bitte, Grit, bring uns zu ihr«, flehte ich. »Noch ist es nicht zu spät.«

Sie maß mich mit einem erstaunten Blick. »Es fehlt noch jemand«, sagte sie. »Die Hauptperson. Wo ist er hin?« Sie hob das Kinn, rief, ohne uns aus den Augen zu lassen, mit lauter Stimme: »Jakob? Wo bist du? Wir warten hier auf dich.«

Ihre Stimme hallte durch die dunkle Nacht. Es blieb still. Nur die Geräusche des Regens waren zu hören. Grit runzelte die Stirn.

»Jakob?«, rief sie noch mal mit durchdringender Stimme. Wieder bekam sie keine Antwort.

Anne und ich tauschten einen schnellen Blick. Ich sah die Hoffnung, die in ihren Augen aufblitzte. Vielleicht hatte er Mia gefunden und brachte sie in Sicherheit?

Grit machte eine ungeduldige Bewegung mit der Waffe, als wollte sie uns von sich scheuchen. »Los«, sagte sie. »Setzt euch in Bewegung.«

»Wo gehen wir hin?«, fragte ich.

»Umdrehen! Erst mal geht es geradeaus«, befahl sie mit der barschen Stimme eines Feldwebels, ohne auf meine Frage einzugehen.

Anne und ich gehorchten zögernd. Es war ein ungutes Gefühl, Grit mit einer geladenen Waffe hinter uns zu wissen. Ich warf einen raschen Blick auf Anne, die neben mir herstolperte. Ihr Gesicht war kalkweiß. Sie sah aus, als würde sie jeden Augenblick zusammenbrechen.

»Geht es noch?«, flüsterte ich.

Sie schloss kurz die Augen, dann nickte sie. »Mir ist nur so schlecht«, sagte sie. »Und so kalt. Ich fürchte, ich muss mich gleich übergeben.«

»Was redet ihr miteinander?«, tönte Grits misstrauische Stimme hinter mir.

Ich drehte mich halb zu ihr um, sagte: »Nichts weiter. Ihr ist nur schlecht.«

Ich richtete meine Aufmerksamkeit wieder auf die Umgebung. Von Jakob war immer noch nichts zu sehen. Ich hoffte, dass das ein gutes Zeichen war und er mit Mia auf und davon war. Uns würde Grit nichts tun.

Sei dir da mal nicht so sicher, wisperte eine Stimme in meinem Hinterkopf.

Die Autoreihen begannen sich zu lichten. Eine freie Fläche tauchte vor uns auf, von zwei Laternen in helles Licht getunkt. Auf dem niedergetrampelten Gras schimmerten Regentropfen. Einige ausrangierte Lkw-Führerkabinen standen herum. Auf den ersten Blick sahen sie völlig intakt aus. Ein alter Traktor ohne Räder rostete in einer Ecke vor sich hin, ein Pick-up mit eingedrückter Seite leistete ihm Gesellschaft. Dahinter entdeckte ich das Wrack des Busses. Anne neben mir atmete scharf ein und stieß einen erstickten Laut aus. Offensichtlich hatte sie ihn auch gesehen.

Er stand etwas abseits, ganz dicht an der grauen Betonmauer, fast, als würde er sich Halt suchend dagegenlehnen. Die Front hatte sich ins Businnere geschoben. Wie von der Faust eines Riesen hineingequetscht. Die Fenster waren dunkle Löcher. Beim Näherkommen sah ich in den Rahmen die scharfen Zacken von geborstenem Glas. Das Wageninnere war rußgeschwärzt. Wer hier lebend rausgekommen war, hatte einen besonders aufmerksamen Schutzengel an seiner Seite gehabt.

Plötzlich stieß Anne einen Schrei aus. Ich zuckte zusammen. »Mia!«, schrie sie und rannte los. Sie rutschte auf dem matschigen Untergrund aus, fing sich wieder und stolperte weiter.

»Bleib stehen!«, kreischte Grit in meinem Rücken. Doch Anne hörte nicht auf sie.

Ich stand wie erstarrt, unfähig, einen klaren Gedanken zu fassen, geschweige denn zu reagieren. Grit stürzte an mir vorbei, die Waffe im Anschlag.

Dann entdeckte ich Jakob. Die Umrisse seiner Gestalt zeichneten sich in dem dunklen Rechteck im hinteren Teil des Wracks ab, das wahrscheinlich ein Ausstieg des Busses gewesen war.

Auf dem Arm trug er seine Tochter. Seine Hand hielt ihr Köpfchen, das sich schutzsuchend gegen die Halsbeuge drückte. Der kleine Körper zuckte, Wimmerlaute drangen an mein Ohr.

»Mia!« Annes Schrei ging mir durch und durch.

Das Mädchen hob den Kopf, drehte ihn zur Seite und rief mit kläglicher Stimme: »Mama.« Ihr Gesicht war verheult und rot verquollen.

Der ohrenbetäubende Knall eines Schusses zerriss die Nacht. Jakob sprang mit dem zappelnden Kind auf dem Arm zur Seite. Die Kugel schlug dicht neben seinem Kopf in das Blech der Karosserie ein.

Jetzt kam Bewegung in mich. »Grit!«, schrie ich. »Um Gottes willen. Hör auf damit!« Ich stürzte durch den strömenden Regen auf sie zu.

Aus den Augenwinkeln nahm ich wahr, wie Jakob seine Tochter auf den Boden herunterließ und sich schützend vor sie stellte. In dem Augenblick fiel ein zweiter Schuss. Jakobs Hände schnellten zur Körpermitte. Er wankte, schaute kurz hoch. Für den Bruchteil einer Sekunde begegneten sich unsere Blicke. Ich sah das verständnislose Staunen in seinen Augen. Dann senkten sich seine Lider, und er starrte auf seine Hände, von denen Regenwasser das Blut wusch und in feinen Rinnsalen zu Boden tropfen ließ. Seine Beine knickten ein, er sank zu Boden.

Ein markerschütternder Schrei ertönte. Anne stürzte sich auf Grit. Sie riss ihr die Waffe aus der Hand, und bevor ich auch nur zu irgendeiner Reaktion fähig war, feuerte sie. Grit schrie auf, umklammerte ihren rechten Oberarm.

Mein Körper schien in der Schwerkraft gefangen. Wie in Zeitlupe setzte ich mich in Bewegung. Jetzt war ich neben Anne. Ihre Hände krampften sich um den Griff der Waffe. Ihr Gesicht war eine starre Maske. Sie war so angespannt, dass ihr Kieferknochen sich deutlich unter der Haut abzeichnete.

Meine Arme schienen aus Blei zu sein. Es kostete mich eine unglaubliche Kraftanstrengung, sie zu heben. Bevor ich

Anne die Waffe entwinden konnte, feuerte sie noch eine Kugel ab. Blut spritzte.

Grit taumelte zurück. Sah an sich hinunter. Das ausgefranste Loch des Schusses in ihrer Regenjacke war genau dort, wo das Herz saß.

Jemand schrie. Laut und gellend. Die Waffe fiel zu Boden. Mit einem Satz war ich neben Grit. Ich fing sie auf und ließ sie vorsichtig zu Boden gleiten. Der Herzmuskel pumpte unablässig Blut aus der Schusswunde. Ich riss mir die Jacke vom Körper, ließ mich neben ihr auf die Knie sinken und presste den Stoff auf die Schusswunde. Grits Blick flackerte. Es gab nichts mehr, was ich für sie tun konnte. Außer bei ihr zu sein in der Stunde des Todes. Ihre Lippen, aus denen jegliche Farbe gewichen war, bewegten sich, sie versuchte etwas zu sagen. Ich beugte mich über sie, brachte mein Ohr ganz nah an ihren Mund.

»Versprich mir, dass du ihn tötest.« Ihre Stimme war nur noch ein tonloses Röcheln. »Bitte«, hauchte sie. »Er darf nicht leben. Das wäre nicht gerecht. Wenigstens er soll –« Der Rest ging in einem gurgelnden Geräusch unter, das aus ihrer Lunge zu kommen schien.

Ich schluckte schwer an dem Kloß in meinem Hals. *Die Kugel hat ihn in den Bauch getroffen, ich glaube kaum, dass er das überlebt*, wollte ich entgegnen. Aber ich bekam kein Wort über die Lippen.

Langsam hob ich den Kopf, sah in Grits fiebrig glänzende Augen, die ein einziges Flehen waren, ihr diesen letzten Wunsch zu erfüllen.

»Versprich es mir«, formten ihre Lippen tonlos. Über ihr Gesicht rann der Regen.

Meine Zähne bissen so fest aufeinander, dass es wehtat. Grits Lider flackerten, ihr fielen die Augen zu. Die Worte brachen aus mir heraus, ohne dass ich sie bewusst steuerte. »Ich verspreche es dir«, hörte ich mich sagen.

Mir war, als würde ein leises Lächeln um Grits Mundwinkel zucken, dann erschlaffte ihr Körper.

Sie war tot.

Ich fühlte nichts als Leere in mir. Meine Augen brannten, aber ich hatte keine Tränen.

Ein lautes Stöhnen hinter mir katapultierte mich in die Gegenwart. Ich drehte meinen Kopf. Anne kniete neben Jakobs Körper auf dem Boden, die kleine Mia drückte sich an ihre Mutter, schluchzte herzzerreißend. Ich schaffte es kaum, mich vom Boden hochzustemmen, als wären meine Glieder mit Gewichten beschwert. Ohne nachzudenken, griff ich nach meiner Jacke.

Jakob Auerbach lag neben dem Bus und hielt sich mit beiden Händen die Seite. Er stöhnte vor Schmerzen. Zwischen seinen Fingern quoll Blut hervor. Ich kniete neben ihm nieder, seine Augen waren trübe, aber offen. Er war bei Bewusstsein. Ich faltete die Jacke zusammen und drückte sie auf die blutende Wunde. Er stöhnte leise auf. In der gleichen Sekunde wurde er ohnmächtig.

»Wir müssen einen Krankenwagen rufen«, flüsterte mir Anne mit tonloser Stimme zu. Ich nickte, mit einer Hand fummelte ich mein Handy aus der Hosentasche, dann wählte ich die Notrufnummer. In kurzen, präzisen Worten schilderte ich die Situation und gab unseren Standort durch. Das Klinikum Buch war ganz in der Nähe, teilte man mir mit. Der Rettungswagen müsste in wenigen Minuten hier sein.

»Der Notarzt wird gleich da sein«, sagte ich und drückte wieder mit beiden Händen meine Jacke auf Jakobs Wunde. Anne nickte stumm, presste ihre kleine Tochter noch fester an sich, strich ihr mit einer Hand über das nasse Haar.

»Sie stand heute Abend plötzlich in der Tür. Unangemeldet. Behauptete, wir wären verabredet.« Annes Stimme klang schleppend, als würde sie nur mit Mühe die Worte finden.

»Wir waren gerade beim Abendessen. Natürlich haben wir sie gebeten, mit uns zu essen. Sie muss Lukas etwas in den Wein getan haben. Er ist plötzlich am Tisch zusammengesackt und Grit hatte eine Pistole in der Hand. Sie hat sich Mia geschnappt und gedroht, sie zu erschießen, wenn ich nicht tue, was sie sagt. Die Kerze auf dem Tisch –« Anne stockte, schluchzte auf. »Sie ist umgefallen. Die Serviette stand sofort in Flammen. Aber Grit –« Ihre Stimme brach, sie weinte jetzt hemmungslos. Ihre Tränen vermischten sich mit dem Regen, der in Bächen über ihr Gesicht lief. Mit einer Hand strich sie ihrer Tochter, die sich an ihren Körper presste, als wollte sie mit ihm zu einer Einheit verschmelzen, unablässig über den Kopf.

Der noch ferne Klang der Martinshörner tönte in meinen Ohren. Die Rettung war bereits auf dem Weg hierher.

»Was soll jetzt aus Mia werden, wenn ich –« Anne brachte ihren Satz nicht zu Ende.

Der zweite, der tödliche Schuss war gefallen, als Grit schon außer Gefecht war. Ein guter Anwalt würde natürlich trotzdem auf Notwehr plädieren und vor Gericht, wenn er einen milden Richter fand, vielleicht sogar damit durchkommen. Aber ich war keine Juristin, ich konnte keine Prognose wagen.

Ich legte zwei Finger an die Halsschlagader des Verletzten, biss mir auf die Unterlippe, schüttelte den Kopf.

»Was ist?«, fragte Anne alarmiert.

»Gehen Sie«, sagte ich, ohne den Kopf zu heben.

»Aber das –«

»Ich fühle den Puls nicht mehr«, log ich und senkte die Stimme, als wollte ich verhindern, dass die Kleine mitbekam, was ich sagen wollte. »Ich fürchte, ihm ist nicht mehr zu helfen.«

Anne wurde blass, sie schluckte. »Aber …«, sagte sie noch mal. »… ich kann doch jetzt nicht einfach –« Ihr Blick streifte den leblosen Körper von Grit.

Ich richtete mich auf und sah ihr fest in die Augen. »Kein aber«, sagte ich. »Er ist tot. Sie können nichts mehr für ihn tun. Sie müssen jetzt an ihre kleine Tochter denken. Vertrauen Sie mir. Ich weiß, was ich tue.«

Das durchdringende Tönen der Martinshörner kam immer näher.

»Komm, mein Schatz«, wisperte Anne. »Ich bringe dich von hier weg.«

Sie nahm ihre Tochter an der Hand und zog das wie erstarrt wirkende Kind mit sich. Das Mädchen hatte die ganze Zeit nicht ein Wort gesagt. Es würde Jahre dauern, viel Geduld und Liebe erfordern, bis sie das Erlebte einigermaßen verarbeitet hatte. Wahrscheinlich würde sie dieses Trauma ihr Leben lang als Bürde mit sich herumschleppen. Mitleid überflutete mich. Es traf wirklich fast immer die Schwächsten, dachte ich.

Im Davongehen drehte sich Anne noch mal um. »Danke«, sagte sie. In ihren Augen sah ich Tränen schimmern. »Wenn ich etwas tun kann –« Ihre Stimme brach, sie zögerte, dann wandte sie sich ab und eilte mit ihrer Tochter davon. Ich sah ihnen nach, bis die Dunkelheit ihre Gestalten verschluckt hatte.

Wie von selbst trugen mich meine Füße dorthin, wo Anne die Waffe hatte fallen lassen. Ich hob sie vom Boden auf und betrachtete sie.

Um Fingerabdrücke bräuchte ich mir keine Gedanken zu machen. Die wusch das Regenwasser weg. Noch hatte ich Zeit, noch war die Rettung nicht da. Jetzt könnte ich mein Versprechen einlösen und danach ebenfalls verschwinden. Langsam ging ich auf ihn zu, richtete die Waffe auf ihn. Zielte. Im Hintergrund hörte ich das Aufheulen der Sirenen.

Mein Finger krümmte sich um den Abzug. Ich schoss.

***

Seine Hand zuckt wie ein kleines, gefangenes Tier in meiner. Überrascht sehe ich hoch. Seine Augen sind offen. Der Blick ist klar. Er scheint bei vollem Bewusstsein zu sein.

Ich beuge mich vor, bringe meine Lippen nah an sein Ohr. »Als der Krankenwagen kam, war Anne mit Mia längst gegangen. Ich habe mich als deine Frau ausgegeben und bin mit ins Krankenhaus gefahren. Die Polizei wird gleich hier sein. Ich werde aussagen, dass ich Grit erschossen habe. Anne wird frei sein. Ihr und Mia wird nichts geschehen. Das verspreche ich dir.«

Ein letztes Mal streiche ich ihm sanft über die Wange. Dann nehme ich meinen Rucksack vom Bett. Langsam gehe ich zur Tür. In dem Augenblick, in dem ich sie öffne, geben die Maschinen in dem Krankenzimmer Alarm.

Ich verharre kurz, aber drehe mich nicht nach ihm um. Vielleicht überlebt er. Vielleicht auch nicht.

Das liegt nicht in meiner Entscheidung.

Verzeih mir, Grit. Ich konnte das Versprechen, das ich dir gegeben habe, nicht halten. Ich habe es nicht über mich gebracht, einem Menschen das Leben zu nehmen. Ich dachte, ich könnte es vielleicht, wenn ich mir meine, unsere Geschichte noch mal vergegenwärtige, mir all das Leid und den Schmerz, der dir durch ihn zugefügt wurde, wieder ins Gedächtnis zurückrufe. Aber selbst dann konnte ich es nicht. Ich habe daneben geschossen, bewusst daneben geschossen, damit die Polizei später die Schmauchspuren an meiner Hand findet.

Ich hätte dir dieses Versprechen nie geben dürfen, Grit. Und du hättest es mir nie abnehmen dürfen. Dazu hattest du kein Recht.

Warum ich mich jetzt vor Anne stelle und ihre Schuld auf mich nehme? Ich weiß es selbst nicht so genau. Vielleicht verspreche ich mir davon die Abgeltung meiner Schuld. Die Buße für Katis Tod und für mein Versagen als deine Freundin.

Das mag dir irrational erscheinen, liebe Grit, aber ich fühle mich gut mit meinem Entschluss. Zum ersten Mal seit dem Tod meiner kleinen Schwester fühle ich mich befreit. Als wäre eine Last von mir abgefallen. Eine leise Ahnung, wie es sein könnte, unbeschwert, frei von Schuldgefühlen in ein neues, in ein anderes Leben starten zu können, keimt in mir auf. Meine Kehle schnürt sich zu. Mir kommen die Tränen. Aber dieses Mal sind es Tränen der Freude und der Hoffnung. Auf eine Zukunft frei von der Last der Vergangenheit.

KURZ VOR DEM ENDE

Nieselregen fällt aus einem grau verhangenen Himmel. So fein, dass er für das Auge kaum sichtbar ist. Die Blätter der Scheibenwischer zeichnen zwei Halbkreise in die nasse Schicht auf der Windschutzscheibe. Jakob lenkt den Wagen mit einer Hand, mit der anderen drückt er wahllos die Nummern auf dem Display, auf der Suche nach Radio 1. Anne hat das Auto gestern gefahren und wie üblich irgendeinen dieser Lala-Sender eingestellt, die von früh bis spät aktuelle und altbekannte Hits runternudeln, ab und zu unterbrochen von den humorigen Kommentaren eines enervierend gut gelaunten Moderatoren-Duos.

Jakob flucht leise vor sich hin. Er vergisst immer wieder, unter welcher Nummer er seinen Lieblingssender abgespeichert hat. Als endlich die vertraute Stimme des Sprechers aus dem Lautsprecher tönt, stößt er geräuschvoll die Luft aus seiner Lunge und widmet seine Aufmerksamkeit wieder uneingeschränkt dem Straßenverkehr.

Er setzt den Blinker, schert aus und biegt auf den Zubringer zur Autobahn ab. Im Radio fällt ein Name. Im ersten Moment glaubt Jakob, sich verhört zu haben. Er stellt lauter. Mit wachsender Bestürzung lauscht er den Worten des Nachrichtensprechers.

»Die Fotografin Tamara Sander wurde gestern Abend mitten im Botschaftsviertel Wazir Akbar Khan auf offener Straße aus nächster Nähe in den Kopf geschossen. Laut Angaben der

Polizei war sie sofort tot. Tamara Sander galt als eine erfahrene Kriegsfotografin, und für ihre Fotos war ihr kein Risiko zu hoch. Jetzt musste sie ihren Wagemut mit dem Leben bezahlen. Tamara Sander wurde für ihre Arbeiten mit vielen Preisen ausgezeichnet –«

Jakob spürt, wie sich seine Kehle zuschnürt. Tamara. Tot. Vor seinem inneren Auge taucht ein Bild von ihr auf. Verschwommen erst, aber dann gewinnt es immer mehr an Schärfe. Er sieht ihr Gesicht, das leuchtende Grün ihrer vor Lebensfreude blitzenden Augen. Das dunkle Haar, ihr lachender Mund. Sie erscheint ihm so lebendig, dass er das Gefühl hat, er müsse nur die Hand nach ihr ausstrecken, dann könne er mit dem Zeigefinger die sanft geschwungene Linie ihrer Oberlippe nachzeichnen, die Wölbung ihrer Wange an seiner Handfläche spüren.

In seinem Hals bildet sich ein Kloß, der sich nicht herunterschlucken lässt. Der Schmerz, den er fühlt, lässt sich mit nichts vergleichen, was er je empfunden hat. Es ist, als würde sein Innerstes nach außen gekehrt.

Tamara, seine Tamara. Tot. Tot. Ermordet.

Es gibt so viel, was ungesagt zwischen ihnen geblieben ist. All die Jahre hat er gehofft, dass sie ihm irgendwann erklären würde, warum sie damals ohne ein Wort des Abschieds aus seinem Leben verschwunden ist. Jetzt würde er den Grund dafür nie erfahren. Er würde ihr nie mehr sagen können, dass er keine Frau nach ihr so geliebt hat wie sie.

Zum ersten Mal wird Jakob bewusst, dass er insgeheim immer gehofft hat, dass sie eines Tages zu ihm zurückkehren würde. Dass sie der Grund ist, warum er und Anne noch immer nicht verheiratet sind. Für einen kurzen Moment fühlt er tiefe Scham über diese Erkenntnis. Dann drängt sich die Trauer über ihren Tod wieder in den Vordergrund seiner Emp-

findungen und überdeckt all seine Schuldgefühle. Die vergangenen Jahre hat er ihren beruflichen Werdegang aus der Ferne mitverfolgt. Er hat immer gewusst, wo sie sich befand. Sich gefreut, wenn ihre Arbeit wieder mit einem Preis honoriert wurde. Sein verdammter Stolz hat ihm die ganze Zeit im Weg gestanden und ihn daran gehindert, den Kontakt zu ihr aufzunehmen, obwohl er gerade in letzter Zeit wieder häufiger mit dem Gedanken gespielt hatte. Aber er hat seinem Zögern immer wieder nachgegeben. Sie hat ihn damals – scheinbar grundlos – von einem Tag auf den anderen verlassen. Ist ohne ein Wort der Erklärung aus der Stadt und aus seinem Leben verschwunden.

Jetzt ist es zu spät.

Tränen verschleiern seinen Blick.

Ein Hupen dringt gedämpft wie aus weiter Ferne an sein Ohr. Automatisch beschleunigt er.

Jakob versucht die Tränen wegzublinzeln, wischt mit der Hand hektisch über die Augen. Der Tränenstrom will nicht versiegen, im Gegenteil. Tamara ist tot, hämmert es unablässig in seinem Kopf. Er umklammert das Lenkrad und heult los wie ein kleines Kind. Den Bus, den er touchiert, als er von der Beschleunigungsspur auf die Autobahn wechselt, nimmt er nur als einen verschwommenen Schatten wahr. Erst als er den heftigen Schlag spürt, der Wagen ausbricht und in Schlangenlinien über die Fahrbahn schlingert, realisiert er, was geschehen ist.

Ein Fahrzeug hat ihn gerammt.

Jakob steigt auf das Bremspedal, gleichzeitig kuppelt er instinktiv aus. Der Wagen rutscht über den Asphalt, schrammt an der Leitplanke vorbei. Metall kreischt auf Metall. Schmatzend suchen die Reifen auf dem nassen Asphalt nach Halt. Jakob krallt seine Finger fester um das Lenkrad. Stemmt sich mit seinem ganzen Gewicht auf die Bremse.

Es scheint eine Ewigkeit zu dauern, bis der Wagen endlich zum Stehen kommt.

Das Herz klopft ihm bis zum Hals. In seinen Ohren rauscht das Blut. Das Dröhnen in seinem Kopf erschlägt jeden klaren Gedanken.

Dann – mit einem Schlag, als hätte jemand den Ton auf stumm gestellt – Stille.

DANKSAGUNG

Mein erstes Dankeschön gilt euch: meinen Leserinnen und Lesern. Ich hoffe, »Schuld bist du« hat euch gut unterhalten und ein paar spannende Stunden geschenkt. Wenn ihr der Meinung seid, dass mir mit »Schuld bist du« ein spannender Thriller gelungen ist, würde ich mich sehr freuen, wenn ihr eine kurze Bewertung auf Amazon einstellt und mein Buch weiterempfiehlt. Ihr könnt mir auch gerne schreiben, wenn ihr Fragen habt. Für das Melden von Fehlern, die im Korrektorat übersehen wurden, bin ich ebenfalls dankbar. Einfach eine Mail verfassen und an jutta@jutta-maria-herrmann.de schicken. Ihr könnt mich natürlich auch über Facebook und Instagram kontakten: Meinen Namen in die Suche eingeben und schon findet ihr mich.

Wer über weitere Bücher von mir und andere Neuigkeiten informiert werden möchte, sollte sich auf meiner Website jutta-maria-herrmann.de für den Newsletter anmelden. Dann seid ihr immer auf dem Laufenden.

Ganz herzlich danke ich meinen Testleserinnen für ihre Mühe und meiner Autorenkollegin Saskia Calden für das fantastische Cover.

Jutta Maria Herrmann
August 2019

Printed in Poland
by Amazon Fulfillment
Poland Sp. z o.o., Wrocław

44332809R00192